«i grandi» tea

Ana Johns

La donna dal kimono bianco

Romanzo

Traduzione di
Maria Carla Dallavalle

TEA

Per informazioni sulle novità
del Gruppo editoriale Mauri Spagnol visita:
www.illibraio.it

Prima edizione italiana presso Tre60, gennaio 2020

TEA - Tascabili degli Editori Associati S.r.l., Milano
Gruppo editoriale Mauri Spagnol
www.tealibri.it

Titolo originale
The Woman in the White Kimono

Prima edizione « I Grandi » TEA settembre 2022

LA DONNA
DAL KIMONO BIANCO

A mio padre, David Gaydos
デヴィッドゲーディス
(1936–1988)

Basta incontrarsi e parlarsi per diventare sorelle.
PROVERBIO GIAPPONESE

Prologo

Il mio nome da nubile è Naoko Nakamura. Sposandomi sono diventata Naoko Tanaka. E una volta, per un breve periodo di tempo, c'è stato un altro nome, un nome insolito che mi fu attribuito nel corso di una cerimonia non convenzionale celebrata sotto un vecchio albero carico di luci tremolanti.

Non fu un sacerdote a officiare il rito. Non ci sposammo in un tempio sacro e io non feci i consueti tre cambi d'abito.

Ma ero innamorata.

Quella sera il buio ricopriva le piccole case del villaggio avvolgendole in un manto nero, ma a ovest il cielo striato di arancione sembrava indugiare curioso, facendo capolino all'orizzonte. L'aria umida mi accarezzava le guance mentre scendevo i gradini del portico fino al giardino, e quando svoltai l'angolo, rimasi senza fiato.

Il vialetto acciottolato era punteggiato di lanterne di carta e delle sfere dorate illuminavano gli alberi come *hotaru*, le lucciole che sciamano dopo le abbondanti piogge di luglio. Erano così tante che camminando sotto i rami e alzando lo sguardo, mi sembrava di essere sovrastata da enormi ombrelli che mi riparavano da centinaia di stelle cadenti.

Con un sorriso feci scorrere la mano sul mio abito per tastarne la piacevole morbidezza. Non mi ero mai sentita così bella o così agitata. Trepidavo di eccitazione, come se una stellina pirotecnica crepitasse dentro di me, trasmettendomi una vibrazione che mi attraversava dalle dita dei piedi ai polpastrelli.

Davanti a me, in mezzo alla piccola folla in attesa, c'era colui che di lì a poco sarebbe diventato mio marito. La luce delle lanterne si rifletteva nei suoi occhi, accendendoli di lamelle bianche che danzavano come vele in un oceano blu, e io mi sentii naufragare dentro quegli occhi. Dentro di lui. In quell'istante.

Ogni passo che facevo mi avvicinava sempre più al mio futuro e mi portava lontano dalla mia famiglia. Erano due estremi opposti, contrastanti in tutti i sensi, ma in qualche modo avevo trovato il mio posto fra l'uno e l'altro. Era quello che Buddha definiva la via di mezzo. Il giusto equilibrio della vita.

Io lo definivo felicità.

Una vita piena d'amore è felice. Una vita per l'amore è insensata. Una vita fatta di "se solo..." è insopportabile. Nei miei settantotto anni, le ho vissute tutte e tre.

Mia nonna ripeteva spesso: «Il dolore è così. E lo stesso vale per la felicità. Prima o poi passano». Ma nonostante gli anni che ho sulle spalle, quando chiudo gli occhi, riesco ancora a vedere il tremolio distante di migliaia di minuscole luci.

1

America, oggi

Perfino di notte con il personale ridotto, il Taussig Cancer Hospital seguiva sicuro la sua rotta, come l'omonima nave. Con il dottor Amon al timone, pregavo che mio padre riuscisse in qualche modo a superare la tempesta, ma la sua salute precaria mi spingeva a rimanere al suo capezzale, attenta a ogni minimo segnale.

Sebbene avessi abbassato le luci e il volume del televisore, papà si agitava nel sonno. Il silenzio era rotto soltanto dal ronzio delle macchine e dal bip regolare dei monitor, e le conversazioni provenienti dal corridoio si riversavano come onde nella stanza. Qualcuno fischiettava.

«Stuzzicare il vento fischiettando era rischioso» diceva papà ricordando i tempi in cui andava per mare. «Poteva essere foriero di forti burrasche e acque agitate.» L'ospedale non era la nave di quando prestava servizio in Marina negli anni Cinquanta, ma pur ritenendo quell'omonimia una coincidenza improbabile, non me la sentivo di ignorare le superstizioni nautiche. Mi alzai e andai a chiudere la porta.

«Cosa…» Papà agitò le braccia facendo sbattere i tubicini della flebo come cime contro l'albero maestro. «Tori?»

«Sono qui, papà.» Mi avvicinai al letto e posai una mano sul suo braccio. «Sei all'ospedale, ricordi?» Si svegliava un po' frastornato nell'ultima settimana, fra intervalli di riposo sempre più brevi. Era diventata la norma ormai.

Fece una smorfia di dolore nello sforzo di tirarsi su, così gli sostenni la schiena e cercai di sistemarvi dietro un cuscino. Infilando le mie braccia sotto le sue lo aiutai a sollevarsi, sorprendendomi di quanto fosse diventato leggero. Scherzando aveva detto di non essere più "neanche la metà" dell'uomo che era stato un tempo, ma io non avevo riso. La realtà era tutt'altro che divertente e la battuta era ben lontana dal vero. Lui era *ancora* il mio straordinario papà.

Gli porsi il bicchiere di plastica. Lo agitò facendo sbattere i cubetti di ghiaccio rimasti e bevve un sorso d'acqua. Questo bastò a scatenare la reazione: una tosse insistente difficile da tenere a bada. Gli tolsi il bicchiere di mano, gli passai qualche fazzoletto e attesi che la crisi passasse. Dopo un ultimo colpo di tosse, papà si abbandonò sul cuscino e chiuse gli occhi, stremato.

«Tutto a posto?» Parole vuote, perché era chiaro che non stava bene, ma lui mi rassicurò comunque con un cenno del capo.

Poi sospirò, un sospiro profondo e rauco attraverso il quale le parole tentavano di farsi strada. «Ti ho mai parlato della famosa Blue Street? Fu la prima cosa che vidi quando sbarcai dalla nave in Giappone.»

«E la ragazza che rimase colpita dai tuoi occhi fu la seconda, giusto?» Mi illuminai, felice che mio padre fosse lucido e sperando che lo rimanesse abbastanza a lungo per ripetere il suo racconto ancora una volta.

«Be', all'epoca avevo un aspetto migliore.»

«Ce l'hai anche adesso.» Era vero. Aveva ripreso un po' di colore sulle guance e il suo sguardo era vivace e concentrato. Anche i movimenti erano migliorati. La cosa mi appariva meravigliosa e sconfortante al tempo stesso. Il dottor Amon mi aveva avvertito circa la possibilità di una "fugace ripresa" prima che mio padre imboccasse l'ultima curva.

Per lui, l'ultimo urrà. E per me, l'epilogo di una storia.

Dalla sedia accanto al suo letto, mi protesi in avanti e appoggiai il mento sulle mani chiuse a pugno. «E così facesti un passo avanti, ti chinasti per sfiorare le pietre luccicanti incastonate nel selciato e...?»

«E quando mi rialzai, lei era là.»

«Che ti fissava.»

«Sì. E io la fissai di rimando, vidi il mio futuro e mi innamorai all'istante.» Papà piegò la testa di lato con un sorriso dolce sulle labbra.

Sebbene quella fosse la versione ridotta, ancora una volta rimasi rapita dalla sua storia perché sapevo che avrebbe portato a tutte le altre.

«Ogni volta che arrivavo al porto, la trovavo là ad aspettarmi» continuò. «Ma io andavo e venivo in continuazione. Funzionava così. Eravamo due navi che si incrociano nella notte, come nella poesia di Longfellow.» Inspirò a fatica.

Cercai la sua mano lentigginosa e gliela strinsi.

«Dopo il periodo di servizio a bordo rimasi di stanza a Detroit e iniziai a bere. Ma poi conobbi tua madre, e lei mi salvò.» I suoi occhi erano inchiodati ai miei. «E c'è una cosa che devi sapere. Mi stai ascoltando?»

«Certo.» Pendevo da ogni singola parola.

«Tua madre è stata l'amore della mia vita, ma prima di *quella* vita, ne ho vissuto un'altra. È ciò che stavo cercando di dirti.» Contrasse le labbra.

Quando? Quando aveva cercato di dirmelo? La mia mente ripercorse ogni momento delle ultime settimane, tentando di decifrare che cosa mi era sfuggito. Non capivo neppure cosa potesse significare "vivere un'altra vita". Non ero sicura di volerlo capire.

«Sarebbe più semplice se leggessi la mia lettera. Ho bisogno che tu lo faccia adesso, okay, Tori? È arrivato il momento.»

È arrivato il momento?

D'un tratto mi sentii gonfiare il petto. Una bolla emotiva che premeva contro le costole e mi serrava il cuore. Provai a controllarla con una serie di rapidi respiri, temendo che esplodesse. Non riuscivo a muovermi.

Mio padre allungò la mano e diede dei colpetti sulla mia. «È tra le mie cose. Vai a prenderla.»

Trovai la sua borsa dietro la porta del bagno, la posai sul tavolo e aprii la cerniera. Con le mani tremanti rovistai tra i suoi vestiti finché, sentendo la carta sotto le dita, mi bloccai. Tirai fuori la busta, poi indugiai un istante a fissarla.

Inchiostro rosso. Caratteri *kanji*. Fogli spiegazzati.

Mentre tornavo da mio padre, i nostri occhi si incrociarono.

Un uomo in fin di vita. Una figlia con il cuore spezzato.

«Vieni qui, siediti» disse. «Va tutto bene.»

No, non andava tutto bene. Perché non è possibile rimandare un addio. Non ero pronta a quel congedo, né volevo sentire quello di mio padre. Non potevo.

Un grumo di dolore mi premeva in fondo alla gola. «Io...» Feci un passo verso di lui, poi mi fermai. Avevo bisogno che tutto rallentasse e prendesse fiato, così da poterlo fare anch'io. Lo stress degli ultimi mesi, l'angoscia suscitata dal lento declino di mio padre, il cancro inesorabile, e ora... un groppo mi serrò la gola mentre gli occhi si riempivano di lacrime. Mi avvicinai alla porta con passi affrettati.

Papà disse qualcosa, ma io ero già in corridoio, dove lui non poteva vedermi. Mi coprii la bocca e presi dei respiri lunghi e profondi, cercando di respingere l'ondata di emozione che mi soffocava. Come eravamo arrivati a quel punto? Avevamo studiato le terapie più adatte, tentato qualsiasi rimedio domestico, consultato uno specialista, eppure non era bastato. La confusione e il senso di colpa gravavano sulle mie spalle, e mi sentivo schiacciata da quel peso. Lanciai un'occhiata alla busta. A ripensarci, avrei dovuto aprirla il giorno in cui era arrivata.

Mio padre guardava la partita in soggiorno. «Tori, sei tu?»

«Sì, sono io.» Lanciai le chiavi e la posta sul tavolo, sorpresa che mi avesse sentito entrare con il televisore a un volume così alto. «C'è una lettera per te.» Feci capolino in soggiorno e gliela mostrai sventolandola.

I suoi occhi rimasero incollati allo schermo. I miei caddero sulla valigia vuota accanto alla sua sedia. Non si era ancora preparato per andare in ospedale e l'avrei dovuto accompagnare l'indomani mattina. Anche se era stato quasi un miracolo che lo specialista fosse riuscito a trovargli un posto in reparto, capivo bene lo scarso entusiasmo di mio padre.

Odiavo il cancro.

Non soltanto si era mangiato il suo corpo, aveva divorato il suo spirito e consumato il mio. Mi ero disperata come una bambina, una bambina di trentotto anni.

Lo lasciai alle prese con la sua partita, una delle poche cose che ancora gli procuravano piacere, mi versai una tazza di caffè, poi mi apprestai ad affrontare quella montagna di corrispondenza. Le buste erano state raccolte con spessi elastici di gomma e infilate nella sua cassetta della posta, come se lui fosse rimasto fuori per un mese e avesse dimenticato di sospendere il servizio. Solo che non era andata così. Gli era semplicemente sfuggito di mente di farmi controllare.

Bevvi un sorso di caffè e mi ritrovai a fissare la lettera. Simboli asiatici stampigliati qua e là. Spesse righe rosse che barravano l'indirizzo. Sopra questo, in caratteri latini, la scritta PARTI. *Parti?* Feci saltellare la busta sulla mano, la girai sul retro e poi tornai a guardarla sul fronte. Era stata piegata più di una volta e il bordo era sfilacciato, come se fosse rimasta impigliata nello smistalettere automatico; strano che fosse stata recapitata comunque.

La giornalista investigativa che era in me moriva dalla voglia di aprirla.

La alzai verso la plafoniera del soffitto e la osservai controluce. In quella posizione riuscii a vedere il profilo di un biglietto piegato e una specie di cordino. Provai a scuoterla, ma la busta non aveva peso. La rigirai e spianandola mi accorsi di una parola familiare sbaffata nella piega.

Japan.

C'era una sbavatura d'inchiostro sulla "J". Ne seguii il contorno con la punta del dito. Chi conosceva ancora mio padre in Giappone? Era stato di stanza laggiù durante il servizio in Marina e raccontava storie inverosimili di quel periodo oltremare, ma risalivano a cinquant'anni prima. Non c'erano emblemi né insegne militari, perciò non si trattava dell'annuncio di una convocazione ufficiale. Forse una rimpatriata informale? Aveva giocato a baseball quando era arruolato, anche in Giappone.

Una volta la Settima Flotta della Marina statunitense aveva sfidato in un'amichevole gli Shonan Searex, la squadra locale di Yokosuka. Ogni volta che ne parlava, papà si metteva una mano a coppa sulla fronte, come a scrutare la folla in uno stadio. «Neanche un posto vuoto si riusciva a vedere. Ma te lo immagini, Tori?»

Sì, me lo immaginavo. Sempre.

L'arena scoperta, il tappeto erboso perfettamente curato e mio padre, così giovane, così nervoso, che si scaldava sulla pedana del lanciatore.

«Non hai idea del chiasso» raccontava papà. Invece degli applausi si sentivano i colpi delle mazze di plastica colorate sbattute sugli schienali dei sedili – *pam pam pam*. I capitani della tifoseria correvano su e giù dagli spalti suonando i tamburi e incitando la loro squadra del cuore con cori che inneggiavano alla vittoria. Alcuni gruppi organizzati di sostenitori che occupavano settori riservati, urlavano slogan attraverso i megafoni e cantavano inni creati su misura. Papà sosteneva che il baseball aveva dato uno scossone alla tranquilla cultura giapponese degli anni Cinquanta.

Sebbene fosse un'amichevole, la partita contro gli USA aveva un sottofondo pesante: in sostanza, il Paese del Sol Levante intendeva, se non cancellare, almeno sbiadire il rosso, il bianco e il blu delle stelle e strisce avversarie.

«Quasi desideravo che la nostra squadra perdesse» ripeteva sempre papà. «C'era la famiglia della mia ragazza sugli spalti e non volevo che si sentissero offesi prima ancora di conoscermi.»

Parlava sempre della "sua ragazza" quando mi raccontava

queste storie. Non avevo mai saputo il suo nome. E se c'era mia madre in giro, non c'erano neppure i racconti. Quando gli chiedevo qualche dettaglio in più, lui scuoteva la testa e gonfiando le guance si limitava a dire: «Era speciale, davvero».

Lo era anche lui. E io lo adoravo.

Un uomo che aveva ereditato l'abitudine di bere brandy alla frutta dal padre slovacco, sapeva imitare la camminata spavalda di John Wayne e tesseva racconti colorati come nessun altro.

Anche se, come succedeva nella maggior parte dei casi, era difficile capire quanto ci fosse di vero. «Cos'è la verità se non una storia che raccontiamo a noi stessi?» diceva. Poi mi strizzava l'occhio, mi dava un buffetto sul naso e mi lasciava a discernere la realtà dalla fantasia. Una cosa che stavo ancora facendo.

Ma quella lettera dal Giappone... *quella* era reale.

«I Tigers hanno perso» disse papà distogliendomi dai miei pensieri mentre si avviava verso il frigorifero. Lo aprì e rimase a fissare l'interno.

«Vuoi che ti prepari uno spuntino?» Doveva mangiare qualcosa. Era sempre più deperito. All'inizio la figura più snella gli aveva attirato complimenti, ma l'ammirazione era cessata quando il dimagrimento era diventato eccessivo. Perfino le mani – le stesse che una volta avevano lanciato la palla in uno stadio superaffollato – si erano ridotte a un reticolo di ossa nodose.

Chiuse il frigorifero senza prendere nulla, strinse la cintura della vestaglia blu, poi si grattò il mento ispido di barba con la sua tipica fossetta. «No, sto bene così, grazie.» Indicò la busta. «E quella cos'è?»

«Te l'ho detto. È una lettera indirizzata a te.» Gliela porsi. «Viene dal Giappone.»

Me la prese di mano con un gesto rapido e brusco, e osservò i timbri. D'un tratto cambiò espressione. Strinse la lettera contro il petto, girò su se stesso e si allontanò senza dire una parola.

Attesi qualche istante prima di seguirlo.

Se ne stava immobile, con gli occhi incollati alla busta, in mezzo alla stanza in penombra. Le tende arricciate non riuscivano a tenere lontano lo sguardo indiscreto del sole. O il mio. Allargai lo spiraglio della porta di qualche centimetro. La fessura lasciò passare due spessi fasci di luce che si allargarono nella stanza battendo sulle spalle di mio padre. Si voltò e si coprì con la mano il viso non rasato per nascondere la sua espressione insolita. Un'espressione sconosciuta per me, tanto come quella lettera.

Un'espressione su un viso rigato di lacrime.

2

Giappone, 1957

Mia nonna dice spesso: «La preoccupazione copre una cosa piccola di ombre grandi». E se si tratta di una cosa grande? L'ombra che aleggia su di me è fitta e mostruosa, quasi viva.

Sono in piedi prima che spunti il sole per aiutare Okaasan, mia madre, a preparare la colazione a base di riso bianco, pesce alla griglia e zuppa di *miso*, ma io non ho appetito. Il mio stomaco è troppo pieno di preoccupazioni.

Ho quasi diciotto anni e domani si terrà l'*omiai*, l'incontro preliminare del mio matrimonio combinato.

Se non altro ora, con gli ideali americani che contrastano questa antica tradizione, le presentazioni sono l'unica fase prestabilita. La scelta dell'uomo da sposare è mia. Naturalmente avere questa possibilità e poterne usufruire sono due faccende ben diverse. Ma questa è la mia sfida. Una delle tante che devo affrontare.

Prendendo il piatto dalle mani di Okaasan, mi inchino davanti a mio padre e a mio fratello quando entrano nella stanza, intenti a discutere di politica. Una conversazione sul futuro che spazia dalle Nazioni Unite e l'indipendenza del Giappone fino al distacco dall'America.

Mio padre è sbarbato e ha i capelli cortissimi – un retaggio del periodo militare – e indossa un abito elegante in stile occidentale per fare colpo sui commercianti stranieri. Poiché Taro è *Oniisan*, il fratello maggiore, e affianca papà in azienda, si veste e si comporta esattamente come lui. Un'imitazione perfetta, tranne per la sua lingua tagliente, una caratteristica ritenuta poco opportuna.

«Naoko, presto incontrerai Satoshi e assicurerai i nostri futuri introiti» dice Taro con tono compiaciuto.

«Un fidanzamento predestinato» aggiunge la nonna sgusciando alle loro spalle. Le sue labbra sottili si tendono in un sorriso a bocca chiusa che le gonfia le guance leggermente cascanti.

Ho incontrato Satoshi anni fa, quindi dovrei sapere se eravamo *predestinati*. Un fidanzamento obbligato, più che altro, e che ne sarebbe stato della mia futura felicità? Dunque l'amore non conta? Poso una tazza davanti alla nonna e le verso il tè. «Ma prima tutti hanno accettato di conoscere il *mio* prescelto.» A mia volta accenno un sorriso a bocca chiusa.

Un fidanzamento con Satoshi è un forte *suggerimento* della mia famiglia.

Un fidanzamento con Hajime è una profonda *speranza* da parte mia.

«Se dai la caccia a due lepri, finirai per non prenderne neanche una» sentenzia la nonna. Questa è soltanto una del suo ricchissimo arsenale di massime. Le lancia come frecce, ma invece di limitarsi a una, che si spezza facilmente, ne tira dieci in un fascio solo.

Sono già pronta a incassare altre frecciatine quando mia madre si intromette fra noi a fare da scudo. «Penso che per l'incontro di domani con il tuo Hajime dovremmo riunirci in giardino per il tè e le presentazioni di rito. Sarebbe l'ideale, no?» Per evitare lo sguardo indagatore di mio padre, si finge impegnata a sistemarsi una ciocca di capelli che le è sfuggita dallo chignon.

Tutto di lei, della mia Okaasan, è delizioso e ordinato. Ha una corporatura esile e delicata, e lunghi capelli del colore della fuliggine usata per ottenere l'inchiostro *sumi*. Li tiene annodati sulla nuca fissandoli con lunghi spilloni di giada.

Accenno un inchino, grata per il suo intervento. Prima che la guerra interrompesse gli affari della ditta import-export di famiglia, mio padre era a capo di un impero commerciale e avevamo molta servitù, giardinieri compresi. Ora ce la caviamo senza alcun aiuto. Ce la caviamo in generale, come fanno tutti. Perciò utilizzare il giardino comporta grande impegno e molti preparativi. La dichiarazione di mia madre di volerlo usare per la sgradita presentazione di Hajime placa ogni discussione, per ora.

Okaasan sa bene qual è la posta in gioco. Forse tutto quanto.

Il padre di Satoshi, un potente acquirente di Toshiba, è il cliente più importante di mio padre. Questo fa di me un'esca preziosa. Se Satoshi abbocca, la mia famiglia raccoglierà i frutti in solida moneta sonante che ci consentirà di alleggerire i nostri gravosi impegni. Se invece io rifiuto, provocherò conseguenze rovinose, perché il padre di Satoshi potrebbe rompere i rapporti con la nostra ditta appesantendo ulteriormente la nostra posizione.

C'è soltanto una via d'uscita.

Hajime deve essere impeccabile nell'incontro di domani per essere considerato una scelta possibile, e Satoshi deve trovarmi inadatta e scegliere un'altra. In questo modo la sua famiglia non subirebbe alcuna offesa e la mia non ne subirebbe le conseguenze. La nostra azienda continuerebbe a prosperare con le proprie forze e io vivrei un matrimonio basato sull'amore.

Questo è il mio piano.

Nella lotta fra pietra e acqua, è l'acqua che alla fine vince. Poiché la mentalità della mia famiglia è dura come la pietra, io devo essere persistente come l'acqua per cambiarla.

«Sarò in ritardo, Okaasan» la avverto, ignorando la stretta al petto. «Visto che salterò le lezioni di danze tradizionali nei prossimi giorni, dovrò trattenermi con Kiko dopo la scuola per esercitarmi.» È soltanto una mezza bugia, perché in effetti si tratta di un allenamento. Ma invece di danzare con Kiko, dovrò prepararmi con Hajime.

Kenji, il mio fratellino, irrompe nella stanza e atterra con un tonfo sul cuscino posato sul pavimento, facendo tintinnare i piatti e sobbalzare la nonna. Ha nove anni ed è già molto sveglio per la sua età. Gli occhi vivaci e le lunghe ciglia scure gli consentono di farsi perdonare tutto, anche le cattive maniere.

Gli lancio un'occhiata severa. Lui mi risponde con una linguaccia.

Quando siamo tutti presenti, diciamo «*Itadakimasu*» – la formula di ringraziamento – ma io continuo a tenere la testa bassa mentre chiedo altre benedizioni. *Ti prego, fa' che l'incontro di domani sia perfetto, in modo che l'inadeguatezza di Hajime non sia fonte di vergogna per la nostra famiglia o aggiunga valore a quella di Satoshi.*

Sì, sono un fascio di nervi, ma il mio cuore è pieno di speranza.

La giornata a scuola procedeva come una lumaca, in modo lento e faticoso. Anche ora, mentre aspetto Hajime alla stazione di Taura, si trascina stancamente. Quando scendo dalla banchina del treno, il sole pomeridiano rimbalza dai tetti di acciaio accecandomi. Socchiudo gli occhi per ripararmi dal riflesso, scrutando la folla alla ricerca del volto di Hajime. *Dov'è?* Sono ansiosa di allenarmi con lui.

Alcuni americani in divisa passano davanti a me mangiando. Hajime non farebbe mai un errore così grossolano. Abbiamo già lavorato parecchio sull'etichetta per far colpo sulla mia famiglia. Mai camminare e mangiare contemporaneamente. Bisogna sedersi in segno di rispetto per il tempo e il sacrificio che sono stati necessari per piantare il seme, raccogliere i frutti e preparare il cibo. Gli americani sembrano non accorgersi o non badare al fatto che tutti sono costretti a chiudere gli occhi davanti alla loro mancanza di educazione. Tutti tranne Hajime. Lui si distingue nettamente dagli altri.

Indossa una maglietta bianca e pantaloni beige. Con quei bei capelli dai riflessi scuri, il ciuffo alto tirato indietro e la profonda fossetta sul mento, somiglia a Elvis o a un divo del cinema. Forse James Dean. Entrambi andiamo pazzi per tutto ciò che è moderno. Vorrei essermi cambiata, invece ho ancora indosso la divisa della scuola. Se non altro, ho raccolto i capelli in una coda di cavallo alta all'occidentale.

Lo saluto con la mano mentre mi viene incontro.

Il mio sorriso è già così largo che mi fanno male le guance. L'amore e la tosse non si possono nascondere, perciò ci vuole tutto il mio impegno per non mettermi a correre o a urlare.

Quando ci incontriamo siamo travolti da un imbarazzante bisogno di saltare l'uno nelle braccia dell'altra, ma ci limitiamo a piccoli inchini, poi scoppiamo a ridere quando quasi sbattiamo le teste insieme. Hajime mi prende la mano – un tabù sociale – e con una breve corsetta mi trascina in una viuzza defilata tra le vetrine dei negozi.

Incasso la testa tra le spalle, timorosa di attirare lo sguardo di muto rimprovero di cuori induriti. «Ci assillano come falene. Dobbiamo andarcene di qui, Hajime.»

«Certo, proprio come le falene, sono tutti attratti dalla tua luce. Perciò ti dico, lasciali guardare.» Mi fa un ampio sorriso rivelando la sottile fessura tra gli incisivi. Poi, protendendosi, urla al mondo: «Ehi, gente, io amo questa ragazza!»

«*Ssst!*» Mi sposto sull'altro suo fianco e mi appiattisco contro il muro ridendo. «Di che luce parli?» gli chiedo continuando a tenere d'occhio la strada.

Lui si volta e torna a prendermi la mano. «Quella dietro ai tuoi occhi.» Me la stringe, poi cerca l'altra. «Quella che emana il tuo cuore.» Posa un rapido, tenero bacio su ciascun palmo.

Ho le guance in fiamme. Ora non ho occhi che per lui. Hajime è dispettoso come un ragazzino, ma è anche un uomo, e la combinazione di queste due caratteristiche è irresistibile.

Si avvicina e preme la sua fronte contro la mia. «Ciao, Cricket.»

«Ciao, Hajime.» Allargo il sorriso, stupita da quanto io sia diventata audace con lui contraddicendo una vita di insegnamenti – *mostrati umile, rimani in silenzio, pensa prima agli altri*. Tutte cose buone, eppure… Abbasso gli occhi sfuggendo al suo sguardo penetrante. Mi divorerebbe con gli occhi se non stessi attenta, ma mi prende il viso tra le mani e mi picchietta il mento.

«Sto per baciarti proprio qui, sulle labbra, okay?»

Mi alzo in punta di piedi e lo bacio io per prima.

Sento il cuore balzarmi nel petto, diviso tra panico e beatitudine. *Chi è la ragazza che sono diventata?* Come il bocciolo che saluta il sole del mattino, mi apro a lui. Sì, è davvero delizioso, dolce come *kompeito* sulla mia lingua. E proprio come mi succede con quei confetti squisiti, sono golosa e ne vorrei ancora. Prendere ciò che il mio cuore desidera? È liberatorio, certo, ma ce lo siamo promessi: non lo faremo più finché non saremo sposati.

Perciò ci stacchiamo.

Sorrido. Hajime mi restituisce un sorriso più ampio. Lo allontano con una manata sul petto e rido. Già, *chi* è questa ragazza? Lui mi abbraccia, e io lo so. Sono sua. Sono ancora io, ma più audace, più aperta, più *libera*. Se è vero che emano una luce interiore, è per la felicità che lui riesce a creare.

«Ho una sorpresa per te» dice baciandomi sulla testa prima di lasciarmi andare. «Vieni.» Esce dal vicoletto con pochi passi lunghi e decisi, poi si volta facendomi cenno di seguirlo.

«Dove andiamo?» Accelero il passo per tenergli dietro mentre lui si dirige verso un prato incolto.

Poi si volta e si mette a camminare all'indietro con un sorrisetto malizioso sulle labbra. Si piega per raccogliere un filo d'erba, lo rompe e se lo mette tra i denti succhiandone l'estremità.

«Dove mi stai portando, Hajime?»

I suoi occhi, azzurri come il cielo appena dopo la pioggia, si stringono, poi si chiudono quando si volta di nuovo. «Niente da fare. Non posso dirtelo.» Dà un'occhiata dietro le spalle. «È una sorpresa.»

Spalanco gli occhi. Lui si mette a correre.

«Aspetta!» Rido, seguendo la sua falcata energica e slanciata. L'erba alta mi sferza i polpacci scoperti, ma mi affretto quando si allontana troppo e rallento quando non lo vedo più. «Hajime?» Guardo gli alberi vicini, poi indietro nella direzione da cui siamo venuti, infine mi volto.

«Ah!» Caccio un gridolino per lo spavento e mi copro il viso con le mani stringendo i gomiti. Ridendo, Hajime mi avvolge tra le braccia e mi culla avanti e indietro sussurrandomi che mi ama.

E così sono semplicemente felice.

Abbasso le mani, soltanto un po', mi sporgo leggermente e sbircio oltre la punta delle dita. Hajime piega la testa e mi stampa un bacio sulla fronte. Sì, sono sua. Lui è mio. È questo il destino.

«Vieni, è poco più avanti» dice afferrandomi la mano.

Riprendiamo a camminare con le dita intrecciate. Hajime con un nuovo filo d'erba da masticare, e io che cerco di inghiottire i miei timori assillanti. «Dobbiamo ancora esercitarci, ricordi? Capisci quanto è importante?»

«Certo.» Mi lancia un'occhiata di sottecchi. «Non è questo il motivo per cui ci siamo allenati almeno un centinaio di volte?»

«Un centinaio di volte non basta.» Il cuore mi martella, gonfio di disappunto. «Per padroneggiare perfettamente l'arte di servire il tè, ci vogliono *anni* di pratica, forse una vita intera. Per arrivare a conoscere a fondo le regole dell'etichetta, abbiamo soltanto questo momento.» Mi fermo e lo imploro con lo sguardo. «L'incontro di domani sarà decisivo. Ti prego, dobbiamo ripassare.»

«D'accordo...» Alza gli occhi al cielo in cerca di risposte. «Prima di tutto esprimo il mio apprezzamento per la ciotola, la faccio ruotare un paio di volte, mi scuso se bevo prima degli altri per dimostrare umiltà e mi inchino prima di prendere il primo sorso.» Abbassa il mento. «Vedi? Siamo pronti, ora andiamo.» Mi afferra la mano.

Non sono convinta, così continuo a farlo esercitare mentre ci inerpichiamo su per una ripida collina, ormai lontani dalla strada affollata sotto di noi. Non so dove siamo diretti, ma non mi lascio distrarre dal nostro obiettivo. «Che cosa devi fare prima di *passare* la ciotola?»

Hajime appare incerto.

«Devi asciugare il bordo con il tovagliolo, o rischi di causare imbarazzo, te lo ricordi?» Mi sento un pugno nello stomaco.

Un errore simile non viene dimenticato né tantomeno *perdonato.* «In che direzione devi passare la ciotola dopo aver asciugato il bordo?»

Hajime assume un'espressione vuota.

La mia si fa ansiosa. «A sinistra. *Sinistra!*» Il mio cuore galoppa e prendo a camminare più velocemente davanti a lui. «Come faremo a convincerli che siamo fatti l'uno per l'altra se non ti ricordi nulla?»

«Cricket.»

«Dobbiamo essere *perfetti*» insisto. Continuo a camminare, a predicare, a farmi travolgere dal panico. «Nessun passo falso. Nemmeno il minimo errore, o loro potrebbero respingere la mia richiesta e obbligarmi a sposare Satoshi.» Agito le braccia mentre le parole mi escono di bocca incontrollate. «Sei *tu* la mia felicità. Sei *tu* la persona cui sento di appartenere. Capisci? *Noi* siamo destinati a stare insieme, perciò dobbiamo essere perfetti e dimostrarglielo.»

«*Naoko!*»

Mi volto di scatto, colpita dal fatto che si rivolga a me chiamandomi con il mio vero nome.

«La vedi quella?» Cerca di camuffare un sorriso, poi avanza di qualche passo. «Guarda. Come potrebbero rifiutarci il loro consenso quando abbiamo già una casa?»

Con il sole in fronte, sbatto le palpebre per scacciare i pallini che mi offuscano la vista e mi appare una manciata di casette sparse lungo il declivio di una collina che formano un piccolo villaggio. Sono piccole strutture con il tetto di paglia che ha bisogno di essere risistemato. Ruoto su me stessa per trovarmi faccia a faccia con Hajime. *Abbiamo già una casa?* Poi mi si ferma il cuore. «*Qui?*»

Facendomi girare di nuovo, appoggia il mento sulla mia spalla. «Là, guarda. Quella in cima a quel dosso è la nostra.» Sorride accanto alla mia guancia e attende che lo faccia anch'io.

Mi limito a mordermi il labbro.

«So che non è granché. È piccola e vecchia, e per niente simile a quello cui sei abituata o che meriti.» È agitato e si mangia le parole. «E in realtà non ho nient'altro da offrirti se non la promessa di amarti e...»

Mi ama.

Quale altro ragazzo usa queste parole? Nessuno che io abbia mai conosciuto. Nemmeno mio padre rivolgendosi a mia madre. Mentre continua a parlare di futuri interventi alla casa, mi appoggio a lui per cercare conforto e inspiro il suo profumo – un fresco sentore di cuoio e di agrumi – assorbendolo dentro di me. Il suo insolito dopobarba ha un che di esotico. Mi piace tutto di lui perché nulla è prevedibile.

«... e là, vicino al portico, potrei ripulire un pezzetto di terra e ricavare un orticello. Riesci a immaginartelo? So che potresti vivere con Satoshi e la sua famiglia in qualche grande casa moderna, ma...»

«Chi ha bisogno di una grande casa moderna?» ribatto decisa guardandolo bene in faccia, sorprendendomi io stessa per la mia reazione impulsiva. «Chi desidera avere una suocera incontentabile o doversi adeguare alla gerarchia e alle regole di un'altra famiglia? Io no di certo, perciò una modesta casetta a un piano da dividere con te per me è perfetta.» Con Hajime, il mio cuore e la mia mente non sono soltanto tollerati, sono celebrati, ma... Ho un improvviso tuffo al cuore e distolgo lo sguardo.

Perché deve rivelarsi tutto così difficile?

«Che c'è che non va?» Gli occhi interrogativi di Hajime cercano i miei, offuscati dal senso di colpa. «Non ti piace?»

Un brivido di terrore mi corre lungo la schiena.

«Cricket, sai che a me puoi dire tutto. Non devi mai nascondere i tuoi pensieri, okay?»

Annuisco, piena di gratitudine. Con lui sono libera di esprimere opinioni o comportarmi in modo stupido, perché a lui piacciono i miei pensieri così come i miei sorrisi. *Ma come faccio a spiegare questo?* Non è quella casupola fatiscente che mi preoccupa, ma il contesto. È una zona della città popolata dagli *Eta*, gli emarginati. I *Burakumin* occupano i gradini più bassi della scala sociale. Sono poveri, spesso di sangue misto, e svolgono attività essenziali, ma in qualche modo legate alla morte: macellai, conciatori di pelli, addetti alle pompe funebri. Perciò sono ritenuti contaminati, sporchi e *sfortunati*.

Sono io quella sfortunata.

La mia famiglia non me lo permetterebbe mai. Vivere qui danneggerebbe la reputazione di mio padre e le prospettive di Taro di costruirsene una. Hajime non sa che la mia famiglia ha già espresso il suo favore per Satoshi, ma come faccio a caricarlo anche di questo peso? Un altro colpo a un tamburo vuoto. Mi sfrego il naso e mi guardo i piedi.

Nel nostro cielo si sono addensate ombre grandi, poiché queste non sono preoccupazioni di poco conto.

3

America, oggi

La mattina dell'appuntamento di mio padre con il dottore, caricammo la sua Cadillac decappottabile e partimmo in direzione est. L'autostrada a due corsie ci avrebbe portato direttamente al Taussig Cancer Center nell'Ohio, fiancheggiando campi di soia, piantagioni di granoturco e chilometri di pale rotanti. Le imponenti turbine popolavano l'orizzonte di centrali eoliche a perdita d'occhio. Papà alzò la visiera del suo berretto da ragazzino, si tamponò la fronte con il fazzoletto e osservò le pale rotanti attraverso il finestrino tirato su.

Lo guardavo di sottecchi.

Non avevamo parlato della lettera dal Giappone – cosa significava, chi l'aveva mandata, che effetto gli aveva fatto – ma questo non voleva dire che non ci avessi pensato. Come avrei potuto evitarlo? L'aveva portata con sé. Avevo intravisto il familiare lampo di rosso sul cruscotto prima di partire. Papà, accorgendosi di dove stavo guardando, l'aveva presa, l'aveva piegata e se l'era messa in tasca. Non aveva detto nemmeno una parola e io avevo capito che era meglio non fare domande, ma oltre a preoccuparmi della sua febbriciattola persistente, pensavo a poco altro.

Chi l'aveva mandata? Un vecchio commilitone forse, ma la lettera, semmai, sarebbe dovuta provenire dagli Stati Uniti, non da oltreoceano. Mi passò per la mente l'eventualità che si trattasse del ringraziamento o di un bollettino di informazioni di un ente di beneficenza. Papà sposava cause meritorie in tutto il mondo, ma in tal caso la lettera non avrebbe generato in lui quel tipo di reazione. L'avevo visto con le lacrime gli occhi soltanto in un'altra occasione: al funerale di mia madre.

Fu colto da un violento attacco di tosse e cercò invano di liberarsi la gola, poi lanciò un'occhiata nella mia direzione. «Sei silenziosa.»

«Sono concentrata» dissi, ed era vero. Anche se la cabriolet del 1958 era un modello mozzafiato, con i suoi interni rossi imbottiti, la scocca bianco perla e le fasce rosse che correvano dai fari schermati alla lunghissima coda, la sua mole ingombrante la rendeva difficile da gestire. Senza contare che era la prima volta che la guidavo.

Per quanto, però, quand'ero piccola, ignorando le proteste di mia madre, papà lasciava che mi infilassi tra loro e lo aiutassi a sterzare. Mamma urlava quando lui staccava le mani dal volante tenendolo sotto controllo soltanto con il ginocchio alzato e gli intimava di rallentare quando si spingeva oltre il limite di velocità prescritto. Insomma, viaggiare sulla Caddy di mio padre era sempre stata un'avventura divertente.

Ma ora guidare una decappottabile d'epoca era un'esperienza ben diversa. Era difficile da maneggiare, e ogni volta che le auto ci superavano, ci sentivamo sbattuti da tutte le parti. Nonostante i finestrini alzati e gli occhiali da sole sul naso, non riuscivo a impedire che i capelli mi cadessero sugli occhi.

Viaggiare con la capote abbassata non era elettrizzante come ricordavo. Lo dissi a mio padre.

Come per magia lui tirò fuori dal vano portaoggetti del cruscotto una specie di stella filante rossa che colorò l'aria gonfiandosi come una maestosa vela.

Spalancai gli occhi quando la misi a fuoco e capii di cosa si trattava. *Il foulard di mamma!* Non lo vedevo da anni. Riuscivo ancora a evocare l'immagine di mia madre che lo indossava, i suoi capelli biondo cenere messi in piega con le forcine la sera prima, raccolti sotto quella sciarpina di seta dal grazioso disegno floreale.

Mentre cercavo di mettermela in testa, papà allungò la mano per tenere il volante: non mi sfuggì il curioso ripetersi della situazione a ruoli invertiti, ma in compenso ci sfuggì la corsia. Sbandammo, costringendo un'altra auto a sterzare bruscamente e a suonare il clacson. Mi affrettai a legarmi il foulard sotto il mento e sorrisi a mio padre.

Lui mi sorrise a sua volta. «Ti sta bene. Dovresti tenerlo.»

Mi guardai nello specchietto retrovisore e vidi il mio viso invece di quello di mia madre. «Non potrei. Era il suo.»

«No, davvero.» Alzò una spalla. «In realtà ho sempre desiderato che l'avessi tu, ma tua madre l'ha trovato prima, quindi cosa potevo fare?»

Il cuore mi balzò in petto. «Dici sul serio?»

«Sì. Voglio che lo tenga tu. È importante.»

Lo sistemai meglio sui capelli. Mi piaceva moltissimo quel foulard. Quando veniva indossato, il rosso e il bianco del disegno si riunivano dipingendo una bellissima storia a colori, ma quando veniva allargato e spianato, secondo mio padre, il disegno ne raccontava una in particolare.

«Una storia segreta» ripeteva facendo scorrere le dita sull'orlo cucito a mano. Poi aggiungeva che la Cina manteneva segreta quella storia da oltre duemila anni. Indicando i fiori del disegno, diceva che erano gli stessi che si potevano trovare nel giardino del palazzo reale, dove la giovane imperatrice aveva scoperto qualcosa di più prezioso dell'oro: il baco da seta.

«La fanciulla stava sorseggiando il suo tè quando un bozzolo cadde dal cielo e, con sua grande sorpresa, andò a tuffarsi proprio nella sua tazza.» A quel punto papà spalancava gli occhi per enfatizzare il momento e io squittivo felice quando faceva le smorfie. Poi fingeva di ripescare il bozzolo dalla tazza, proprio come aveva fatto la giovane imperatrice, e sosteneva che da esso si dipanava un unico filo lucente lungo quasi un miglio.

La famiglia reale, colpita da quella lucentezza perlacea, aveva usato il filamento delicato per tessere stoffe esotiche da esportare nel mondo intero. E poiché la rarità della seta era cresciuta fino a diventare leggendaria, l'imperatore aveva emesso un decreto per tutelarne l'origine: i bachi da seta che vivevano tra i gelsi del giardino dovevano rimanere un segreto. «E le cose restarono così finché...» A quel punto papà alzava un dito.

Io mi avvicinavo, sapendo che da quel momento la storia sarebbe cambiata.

Talvolta era una principessa viziata, promessa a un principe che veniva da una terra lontana. La giovane non sopportava di vivere senza poter indossare i suoi abiti preziosi, così nascose i bozzoli nel suo copricapo nuziale.

Altre volte mio padre introduceva due monaci nestoriani che usavano i loro alti bastoni di bambù per contrabbandare i bachi. Ma la versione che preferivo era sempre quella delle spie giapponesi pronte a percorrere la lunga Via della Seta che, secondo mio padre, era raffigurata nel foulard. Passavo ore a cercare di immaginare quel viaggio di seimila chilometri seguendo le varie linee del disegno.

Se la Cadillac era il bene materiale più prezioso di mio padre, i ricordi suscitati dal foulard di seta appartenuto a mia madre, con le storie nascoste nel suo intricato disegno, erano il mio.

«Sei di nuovo molto silenziosa» osservò papà distogliendomi dal mio tuffo nel passato.

Mi riscossi. «Stavo pensando all'imperatrice e al bozzolo che andò a finire nel suo tè.»

«Te lo ricordi ancora?»

«Certo. Ricordo tutte le tue storie. C'era quella delle navi che si davano battaglia in mare aperto, la lotta per la principessa giapponese...» Qualche volta, in quella storia, il protagonista era un giovane samurai le cui parole erano più veloci e potenti della sua spada. Altre volte, un principe molto ricco che poteva permettersi di offrirle tutto, tranne l'unica cosa che il cuore della principessa desiderava. Quando chiedevo cosa fosse questa cosa, mio padre mi rivolgeva un sorriso sghembo e rispondeva: «Me».

«Oh.» Tamburellai sul volante con le dita. «E c'era anche quella del tè con l'imperatore.»

«L'imperatore…» Mio padre rise sbuffando dal naso. «In realtà era un uomo d'affari a capo di un vasto impero commerciale. Come hai potuto dimenticarlo?»

«Mi raccontavi un sacco di storie legate al tè.» *E al Giappone*. Gli lanciai un'occhiata furtiva. «Potresti ricordarmene qualcuna.»

Mi rispose con un sorriso. E in quell'esatto istante il tempo scivolò indietro. All'epoca in cui un papà straordinario raccontava storie epiche a una bambina che le adorava. Una piacevole rimpatriata.

«Be', a parte la seta, posso dirti questo…» Si schiarì la voce. «Non è *mai* venuto niente di buono dal tè.»

4

Giappone, 1957

Cerco di cancellare il sonno dagli occhi e mi sforzo di svegliarmi completamente. Uno spiraglio di luce attira la mia attenzione. Poi un fruscio fuori della finestra. Una farfalla bianca sbatte le sue ali fragili. Si allargano e si stringono fino a sparire nel nulla, per poi aprirsi di nuovo.

Le mie palpebre si appesantiscono, catturate dalla danza. Con un profondo sbadiglio rifletto sulle storie primitive degli esseri viventi che vagano per il mondo sottoforma di insetti. Immagino di essere quella farfalla, sospinta dalla brezza mattutina. Libera, felice e appagata. Vado a trovare Hajime e gli sussurro rassicuranti parole da sogno sull'incontro di oggi. *Ci siamo esercitati tanto. Siamo pronti. Li conquisterai.*

«Naoko!»

Sbatto le palpebre contro la luce fastidiosa per sostituire le ali impalpabili della mia fantasia. Mia madre mi chiama di nuovo dalla cucina. Quando mi tiro su, ho un capogiro e torno a distendermi aspettando che passi. Poi mi alzo, arrotolo il letto e mi avvio verso la cucina.

«Avresti dovuto svegliarmi, Okaasan!» La raggiungo, trafelata, rischiando di investire mia nonna per la fretta. Il pungente aroma della zuppa di *miso* fresca mi pervade i sensi. Hanno già fatto colazione tutti e il mio fratellino si sta mettendo le scarpe per prepararsi ad andare a scuola.

«Buona fortuna con il tuo fidanzato, Naoko» dice Kenji,

e accompagna l'augurio arricciando le labbra e simulando lo schiocco di un bacio.

Caccia un urlo quando lo agguanto per dargli un pizzicotto di punizione.

«Kenji, muoviti!» lo esorta la mamma, e mi mette una scodella vuota in mano facendomi cenno di sedermi a tavola accanto a papà. «Mangia quello che è avanzato, poi ci prepariamo. Ci aspetta una giornata impegnativa.»

Mio padre ha l'aria accigliata e tira un lungo sospiro prima di concentrarsi sul suo tè. La vena sulla tempia pulsa sotto i capelli che negli ultimi tempi si sono ingrigiti. Sono sicura di essere io la responsabile.

Mia nonna ama ripetere: «Ciò che appare fin troppo evidente può portare a un rapido rimpianto». Ciò che appare evidente a me è che mio padre ha acconsentito a questo incontro con Hajime soltanto per salvare le apparenze. E ciò che apparirà evidente a lui è che ho accettato l'incontro con Satoshi soltanto per garantirmi il primo.

Il nervosismo mi fa pizzicare la pelle man mano che proseguono i preparativi pomeridiani per la presentazione di Hajime. Io sono quasi pronta, ma Okaasan non approva come ho sistemato il tradizionale pettinino ornamentale bianco e rosa tra i capelli, così mi sta rifacendo l'acconciatura. Io tengo il fermaglio in grembo mentre lei mi passa la spazzola tra i capelli.

Faccio scivolare meccanicamente il pollice avanti e indietro sulla superficie liscia del pettine smaltato, consapevole che non importa che sia posizionato correttamente. Hajime non noterà se è al posto giusto, così come non si accorgerà se il giardino rispetta la simmetria secondo la regola del tre, o se il servizio da tè è quello estivo, ma Okaasan questo non lo sa.

O forse sì? È in qualche modo a conoscenza di ciò che ho tenuto nascosto? Teme la reazione di papà?

Io sì.

La nonna non fa che accrescere il nostro nervosismo. «Così

non va bene. Non vedi? Il pettinino pende ancora» borbotta Obaachan passandoci accanto. Finge di non interessarsi ai preparativi, ma trova ogni pretesto per intromettersi dispensando le sue opinioni.

Lo fanno tutti. La preparazione perfetta dell'incontro riflette il prestigio e l'importanza della mia famiglia. Questo vale anche se l'ospite d'onore non ha nessun bagaglio famigliare da ostentare.

La mia mente è risucchiata in un'ossessiva spirale fatta di regole rigide e stretta osservanza del protocollo. Ho spiegato bene a Hajime dove deve sedersi? Quando deve parlare? Quanto mangiare? Ho il battito accelerato. *Gli ho raccomandato di servirsi soltanto di piccole porzioni?* Di solito ha un appetito notevole; avrei dovuto avvertirlo. Penso di non averlo fatto. Ho un gran caldo. Mi sento stordita. Ho la nausea. E l'*obi* mi stringe troppo. Il peso della tradizione minaccia di soffocare ogni mio respiro.

«Ecco, così.» Okaasan mi dà dei colpetti leggeri sui lati della testa, poi indietreggia di un passo per contemplare il suo lavoro. I fiori di susino del pettine pendono da una parte con delicata precisione. «Sì, così va bene. Mi pare che sia a posto.»

Papà e Taro passano senza nemmeno degnarmi di uno sguardo incuriosito. Per l'incontro con Satoshi sono certa che si comporteranno diversamente. Oggi per loro sono invisibile. Un fantasma.

Okaasan dà un ultimo ritocco al mio kimono. È carino, ma ordinario, contrariamente al *furisode* che indosserò durante la visita di Satoshi. Quello ha le maniche ampie che si allargano come enormi ali colorate.

«Mmh… è ancora storto» commenta la nonna alle mie spalle. Piega la testa da una parte osservando gli ornamenti sui miei capelli. «Un coperchio sghembo su una teiera sghemba.»

Mi sento un buco allo stomaco. *Anche lei sa di Hajime?*

Il mio fratellino pensa che la nonna abbia delle volpine astute al suo servizio che le riferiscono tutto quello che sentono in giro. Non l'ho mai preso sul serio, ma ora comincio a pensare che sia davvero così.

Mia madre controlla ancora una volta la mia acconciatura e sbuffa respingendo l'opinione della nonna. Mi fa cenno di seguirla in giardino, dove il palcoscenico è pronto per l'imminente rappresentazione. Un leggero tappeto di vimini ripara il patio con le pietre coperte di muschio. La composizione floreale sul tavolo è un'unica esplosione di corolle bianche. E il servizio per la rituale cerimonia del tè attende, disposto in modo impeccabile.

Solo papà e Taro sono fuori posto.

Seduti in giardino, con le spalle rivolte all'entrata, hanno un atteggiamento di muta opposizione. Il fumo che esce dalle loro pipe si avvolge a spirale nell'aria, come due serpenti attorcigliati intorno a un'invisibile pianta rampicante. Le mie viscere si rivoltano in segno di protesta.

È quasi ora.

Hajime sa quanto sia importante arrivare al momento giusto, non un minuto prima né un minuto dopo. Sa che deve percorrere il sentiero spruzzato d'acqua che attraversa il giardino rugiadoso per liberarsi della polvere terrena e avvicinarsi al cancelletto per le presentazioni ufficiali prima del tè. Così io resto in piedi, all'erta, la pelle bruciante per la tensione che sento crescere dentro di me, temendo il momento in cui papà e Taro si volteranno, poseranno gli occhi su Hajime e pronunceranno la loro sentenza.

Poiché la casa si trova ad angolo rispetto alla mia posizione, riesco a vedere il punto da cui Hajime arriverà. Continuo a restare di guardia, ma ho l'impressione che non ci sia abbastanza aria per i miei polmoni. Mi fa male il petto per lo sforzo di respirare.

Come mi era venuto in mente?

Avrei dovuto dirlo a *loro*.

Avrei dovuto dirlo a *lui*.

«Oh, guarda, Naoko. Un segno di fortuna.» Mia madre indica la mia manica, dove una farfalla sembra essersi posata per prendersi un istante di riposo sul disegno floreale rosa del mio kimono. Le sue ali impalpabili giocano nella brezza con un lieve movimento di flusso e riflusso, e subito mi torna in mente la visione che ho avuto stamattina al risveglio e tiro un profondo respiro.

«Ti ho sognato, sai, farfallina?» dico sorridendo, più tranquilla mentre osservo la mia amichetta che è tornata da me. «Ci siamo fatte trasportare dal vento, noi due, insieme. Mi porti buone notizie?»

«Può darsi che tu sia ancora addormentata come nel sogno della farfalla di Chuang Tzu» dice la nonna mentre Taro la aiuta a sedersi sulla stuoia.

Io resto concentrata sulla mia piccolissima visitatrice e tengo fermo il braccio in modo che lei possa soffermarsi a esplorare la seta della mia manica. Il grande maestro taoista sognò di essere una farfalla, completamente dimentico della sua precedente condizione umana. Quando si svegliò, eccolo là. Di nuovo un uomo. Quindi era un uomo che aveva sognato di essere una farfalla? O una farfalla che ora sognava di essere un uomo? Cos'è reale?

«Forse Chuang Tzu si è fissato sulla cosa sbagliata, Obaachan» obietto. «Invece di cercare quale delle due dimensioni è reale, forse lo sono entrambe. La vera felicità sta nel mezzo.»

La nonna stringe le labbra senza ribattere.

L'ho ammutolita?

Okaasan protende la mano per sistemarmi il pettine tra i capelli, decidendo che, tutto sommato, è davvero un po' sghembo. La nonna fa un sorrisetto compiaciuto.

È una vittoria di breve durata.

La farfalla spiega le sue ali bianche e spicca il volo. Seguo il suo percorso leggiadro e sinuoso finché i miei occhi si riempiono di una nuova visione. Il mio futuro.

Hajime è *qui*.

La farfalla si tuffa a salutarlo, librandosi nell'aria per qualche istante come per sussurrare un augurio prima di volare via. Le farfalle che frullano nel mio stomaco non sono nemmeno lontanamente altrettanto aggraziate. Anzi, volteggiano alla cieca in un accesso di frenesia, sbattendo l'una contro l'altra.

I nostri occhi si incontrano mentre Hajime si avvicina. Nota il mio kimono tradizionale, i capelli raccolti e il viso incipriato con un lampo di ammirazione, ma il suo sorriso si spegne subito vedendo che io non lo ricambio.

Sono agghiacciata, in preda al panico.

Ho il cuore in gola che batte all'impazzata. Hajime, perfettamente sbarbato, i capelli in ordine, ha l'aria di un attore di Hollywood, ma *perché* è in divisa? Perché non si è vestito in borghese? Non avevo pensato a questa possibilità. La mia stupida svista rischia di rovinare tutto!

Aggrotta le sopracciglia, spiazzato dalla mia reazione. «Che c'è che non va?», mi chiede muovendo soltanto le labbra, ma ormai è troppo tardi per spiegare. Lo hanno già visto.

Gli occhi di Okaasan guizzano da lui a me esprimendo quello che non osa dire ad alta voce.

«Cooosa...» La nonna osa per entrambe. «*Lo sapevo!*»

Davanti alla sua brusca reazione, Taro rivolge gli occhi fiammeggianti nella nostra direzione. Si spalancano di sorpresa suscitando la curiosità di papà. Si volta.

«E questo cos'è?» Papà sobbalza urtando la ciotola del tè che cade rumorosamente e va in frantumi.

Okaasan annaspa.

Papà la fulmina con un'occhiata accusatoria, poi punta gli occhi su di me.

Avverto uno spasmo allo stomaco. Abbasso il mento, consapevole di dover rimediare in fretta. «Papà, desidero presentarvi...»

«Non ti permetterò di fare niente del genere.» Papa è travolto da un'ondata di indignazione aspra e penetrante.

I miei occhi si posano su Hajime. Ha le labbra serrate in una linea sottile. È stupito dalla reazione dei miei famigliari, ma abbassa il capo e si inchina. «È un onore...»

«*Onore?*» sbotta mio padre, stizzito. «No. *No*. Non c'è un briciolo di onore in *questo*.» Se ne va passandoci davanti.

Taro si affretta a seguirlo, e nel farlo, dà una spallata a Hajime.

Mi rivolgo a mia madre, confusa. «Okaasan?»

«Ti prego, Naoko, saluta il tuo amico e rientra in casa.» Si scusa con un inchino e segue i due uomini.

«Guarda che cosa hai combinato» dice mia nonna indicando la ciotola del tè rotta. Il suo sguardo è duro e tagliente. «Questa crepa al centro l'ha spaccata in due. Non si può rimettere al suo posto sulla mensola. Non è più utilizzabile» protesta rabbiosa protendendo il mento. «Vedi, Naoko? Non c'è felicità nel compromesso. Non con un *gaijin*.» Pronuncia la parola quasi sputandola, poi se ne va borbottando: «Stupida ragazza. Stupida e ridicola».

Io resto a fissare la ciotola in frantumi, poi, sull'orlo delle lacrime, mi volto verso Hajime.

Lui si dondola su un piede, incerto se fare un passo avanti o tornare indietro. «Dopo settimane di preparazione non glielo avevi ancora detto?» Si toglie il berretto e si passa una mano tra i capelli curati. «Perché?»

«Non ce l'ho fatta.» La mia voce si spezza, proprio come è successo alla ciotola. Cominciano a sgorgare le lacrime. Mi avvicino, desiderando con tutte le mie forze che lui capisca. «È stato proprio il mio silenzio a permettere questo incontro, Hajime. Volevo che ti conoscessero, che vedessero il viso dell'uomo che amo e che voglio sposare. Questo era l'*unico* modo.»

«Avresti dovuto dirglielo, però.» Fa un passo indietro, strofinandosi la nuca con la mano. «Perché in *questo* modo, tutto quello che vedono è la faccia del nemico.» Il suo sguardo scivola verso la finestra da dove Taro e la nonna ci stanno osservando e giudicando, in attesa. «Un *gaijin*, un americano.»

Quell'orrenda parola aleggia tra noi.

Oggi doveva essere un giorno felice. Sapevo che sarebbe stato difficile. Che mio padre e il mio fratello maggiore sarebbero stati una sfida. Perfino la nonna, ma pensavo, speravo… Mi sbagliavo.

Nascondo il viso tra i palmi aperti. «Mi dispiace.» Trattengo l'emozione, incapace di sopportare la vergogna.

«*Naoko*.» C'è una nota supplichevole nel modo in cui il mio nome rotola fuori dalla lingua di Hajime. Mi stacca le dita dal viso, poi mi scosta una ciocca di capelli dalle guance rigate di lacrime. «No, dispiace più a me. Non volevo che le cose andassero così per te. Per noi. E nemmeno per loro. Io...»

Toc toc toc. Ci stacchiamo di colpo aprendo un mare di distanza fra noi mentre la nonna, dalla finestra, gli fa cenno di andarsene con gesti frenetici e rabbiosi. Hajime si inchina, poi indietreggia, ma si ferma sull'angolo del giardino dove lei non può vederlo. Si mette le mani in tasca.

Mi perdo nell'azzurro liquido dei suoi occhi. Nella delusione che esprimono. Desiderava soltanto essere accettato dalla mia famiglia. E io non desidero altro che essere accettata da lui. Mi tremano le labbra. «Hai cambiato idea?»

L'aria è immobile. Gli uccelli tacciono. Ogni cosa trattiene il respiro.

Lui scuote la testa. «No, *no*, ma tu devi farla cambiare a loro.»

«Come? Non mi ascolteranno.»

«Tu sei sveglia e brillante, Cricket. Fai sentire la tua voce.» Si avvicina. «Convincili ad ascoltarti.»

La nonna ci sollecita di nuovo battendo sui vetri e mi urla di rientrare.

Ci guardiamo negli occhi.

Una conversazione silenziosa intrisa di bisogni e desideri.

Hajime si allontana camminando all'indietro e con il solo movimento delle labbra mi dice: «Ti amo».

«Ti amo anch'io» gli rispondo nello stesso modo.

Lui sorride. Annuisce. Poi si volta per andarsene.

«Hajime!» imploro.

Mia nonna strepita, ma io rincorro il mio amore. «Li convincerò.»

«Se c'è qualcuno che può farlo, quella sei tu» mi rincuora lui, poi si volta di nuovo.

Con un sospiro, lo seguo con lo sguardo finché sparisce dietro l'angolo. Un fantasma. Un'ombra che si allunga e si affievolisce. Poi più nulla.

La nonna ha ragione.

Sono una ragazza stupida. Stupida e ridicola.

Ma sono anche una ragazza che Hajime giudica sveglia e brillante, capace di far sentire la sua voce. E ho intenzione di farlo.

Perché sono anche una ragazza innamorata.

5

America, oggi

Quando io e mio padre mettemmo piede per la prima volta al Taussig Cancer Hospital ci smarrimmo. Del resto non era difficile immaginarlo, date le enormi dimensioni di quel complesso ospedaliero. Uno scoraggiante labirinto di alti edifici di vetro che si ergevano imponenti l'uno accanto all'altro e che, quando il sole pomeridiano rimbalzava in mezzo a loro, si trasformavano in una distorta sala degli specchi.

Una volta individuata l'entrata giusta per noi, camminammo affiancati verso la porta mentre le nostre immagini riflesse ci venivano incontro, saltellando come per salutarci con gioiosa energia e lunghi passi armoniosi. Ma poi quelle immagini si rimpicciolirono, rallentarono l'andatura e all'improvviso ci trovammo faccia a faccia con il riflesso di quelli che eravamo in realtà.

Un vecchio malato. Una figlia preoccupata. Ecco quello che vedemmo. Quello che eravamo. I personaggi di una casa dei divertimenti.

«Il *Taussig.*» Mio padre si fermò per un istante a osservare il nome dell'ospedale sulla porta. La sua immagine riflessa sembrava guardarci. «Era il nome della mia nave. Era un cacciatorpediniere Sumner, lo sapevi?» Si tolse il berretto e si passò le dita tra i capelli. Si erano increspati di sudore e gli ricadevano sulla fronte febbricitante. «Sissignore, avevo diciassette anni e fu lì che ebbe inizio la mia vita. Chi avrebbe mai immaginato che vi sarebbe anche finita?»

Finita? Lo guardai di sottecchi mentre aprivo la porta, poi riflettei sulla strana coincidenza del nome.

Essendo una giornalista investigativa, non ero tipo da credere nei segni del destino. Mi attenevo alla razionalità e al suo linguaggio incontrovertibile per descrivere la realtà nuda e cruda. Ma come spiegare il fatto che l'ospedale e la nave di mio padre avessero lo stesso nome? Forse l'universo stava davvero cercando di dirmi qualcosa. E forse quella verità, nella quale era coinvolto mio padre, non parlava per certezze assolute, ma nelle sottili tonalità di sussurri sfumati, e io non dovevo fare altro che ascoltare.

«Era il 1955... Fu allora che entrai in Marina.»

Mentre attraversavamo l'atrio, mio padre ripercorse il viale dei ricordi.

«Era l'anno del rock'n'roll, dei diritti civili e della ribellione assoluta.» Si tamponò la fronte con il fazzoletto. «*Gioventù bruciata* era la voce della mia generazione. Rifiutavamo il conformismo. Volevamo il cambiamento. Di certo era quello che volevo io. E dovetti lottare per ottenerlo.»

«Lo so, papà.» Non era la prima volta che lo sentivo raccontare di quel periodo. «Da questa parte.» Gli indicai gli ascensori.

«Quell'anno furono due le cose che cambiarono tutto per me.» Alzò la mano e le contò sulle dita nodose. «Primo, James Dean morì in un incidente d'auto. E secondo, Rosa Parks rifiutò di cedere il suo posto sull'autobus.» Spiegò che, pur non essendoci alcun collegamento tra i due eventi, per lui, un ragazzo che diventava maggiorenne negli anni Cinquanta, avevano costituito una piccola epifania.

«Non avevamo alcun controllo sulla quantità di tempo a nostra disposizione, ma l'uso che ne facevamo dipendeva da noi.» Si posò una mano sul petto. «E se volevo una vita diversa rispetto a quella di mio padre, dovevo prendere posizione e tenergli testa. Così lo affrontai a muso duro e gli dissi che mi sarei arruolato in Marina.»

«Ma avevi soltanto diciassette anni e ti serviva il suo permesso» dissi immaginandolo ai ferri corti con mio nonno, un uomo formidabile.

«Sì, ma io avevo le mie ragioni. Ed erano ottime ragioni.» Papà raddrizzò le spalle, sollevò il mento, poi mi raccontò che aveva usato l'immigrazione dei suoi nonni come esempio per far leva su suo padre. Prima dello scoppio della Prima guerra mondiale erano fuggiti dalla allora Cecoslovacchia oppressa, alla ricerca di una vita migliore. E se seguire le orme del nonno e del padre lavorando in fabbrica – come tutti gli immigrati della zona – poteva essere una *buona* vita, per mio padre non era abbastanza.

«Alla fine riuscii a portarlo dalla mia parte. Dissi: "Non lo devo forse al nonno, che ha fatto quel sacrificio, e a *te*, che ne hai beneficiato per poi cavartela da solo e puntare più in alto?"» Papà si illuminò di un sorriso soddisfatto. «Eccola. Quella fu la mia carta vincente. Mio padre prese una penna e firmò il permesso per l'imbarco, così, su due piedi.»

«È una bella storia, papà» dissi mentre lo registravo al banco dell'accettazione.

«Di lì a poco mi imbarcai sulla *Taussig*, e ora eccomi di nuovo qui.» Guardò il logo affisso sul muro, diede qualche colpo di tosse nel fazzoletto e annuì. «Eh già, era il 1955...»

Neanche sei mesi prima di arruolarsi, il piano di sviluppo urbano di Detroit aveva destinato l'area in cui i miei nonni lottavano per guadagnarsi il pane all'industria pesante. Con le acque del fiume e l'aria pesantemente inquinate, la gente aveva iniziato ad abbandonare le proprie case o a bruciarle per incassare gli indennizzi assicurativi. Via via che le famiglie se ne andavano, arrivavano i guai. Per la povera comunità ungherese di Detroit, questi erano segnali inequivocabili dell'avvicinarsi di tempi duri.

E anche se apprezzavo la storia della lotta per l'indipendenza di mio padre, scommetto che la decisione di mio nonno di concedergli il permesso di arruolarsi non era dipesa tanto dall'insistenza del figlio, quanto piuttosto dall'esigenza di alleggerire i problemi incombenti della famiglia.

Speravo soltanto che mio padre non avesse acconsentito a consultare lo specialista per alleggerire me.

Il sorriso aperto del dottor Amon e il suo papillon giallo mi misero subito a mio agio. Il dottore conversò amabilmente del più e del meno mentre rivedeva l'anamnesi di mio padre e scherzò durante la visita preliminare. Perciò il fatto che lo mandasse in radiologia per una TAC non mi preoccupò più di tanto.

Quando rivedemmo il dottor Amon, circa tre ore e mezzo più tardi, il suo sorriso luminoso si era spento per adeguarsi alla gravità della situazione che era emersa. La nuova prospettiva aleggiò sulla conversazione che seguì e non pensai a nient'altro.

Si scusò per averci fatto attendere e spiegò che aveva preferito consultare i colleghi del suo team, poi sbatté insieme le mani e si apprestò a informarci più diffusamente.

«... il cancro è andato in metastasi...»

«... linfonodi gonfi e versamenti pleurici bilaterali...»

«... polmonite.»

Mi si asciugò la bocca.

Tosse, respiro affannoso, febbre, sudorazione, unghie livide, basso livello di globuli bianchi nel sangue e sistema immunitario compromesso... Aggiunse altri dettagli, cose da dottore che vagavano nella mia testa confusa senza che io riuscissi a coglierne nessuna.

Ma l'affermazione finale mi fece riscuotere.

Mio padre doveva essere ricoverato.

La camera privata, seppur dotata dei comfort di un albergo di buon livello, non riusciva a nascondere l'odore dei medicinali e i rumori tipici di un ospedale. Era sbalorditivo con quanta rapidità fosse cambiata la marea. Feci un profondo sospiro e mi passai la mano sulla fronte per cancellare la tensione. «È stata una lunga giornata. Devi essere esausto.»

«Io sto bene» disse papà mettendo da parte la rivista e massaggiandosi lo stomaco con le dita nodose. «Sai a cosa stavo pensando? In un certo senso è un bene che io abbia un cancro.»

«*Papà…*»

«No, ascolta. Quello che voglio dire è che, con il cancro, abbiamo più tempo. Il tempo che non abbiamo avuto con la mamma.»

Mi sentii stringere il cuore. Certo, il cancro ci dava del tempo, ma ne guastava la qualità. Riduceva la pazienza con il dolore, creando ricordi contaminati che non valeva la pena di conservare. Avevo bisogno di *lui*. Non di ciò che il cancro non poteva inghiottire. «Lei mi manca tanto.» Non ero pronta a sopportare anche la mancanza di mio padre.

«Con l'infarto se n'è andata velocemente, e anch'io ci ho pensato, sai? Almeno in questo modo possiamo ricordarla com'era. È rimasta la stessa sino alla fine.» I suoi occhi color del cielo si rannuvolarono, attraversati dai ricordi, poi si nascosero sotto le palpebre pesanti che si abbassavano lentamente. «Non come me.»

«Che cosa significa non come te?»

«Così» disse, e indicò se stesso agitando le mani su e giù. «Sono grato per il tempo che mi viene concesso, ma non voglio essere ricordato come un vecchio brontolone.»

Era vero. Mio padre alternava momenti in cui si lamentava per le sofferenze procurate dalla malattia che lo divorava, ad altri di torpore dovuti ai medicinali somministrati per attenuarle. Ma negli intervalli fra l'uno e l'altro emergevano sprazzi del suo spirito vivace. Il ragazzo determinato che non si era lasciato plasmare dalle circostanze della vita, l'inquieto sognatore che aveva navigato per i mari del mondo e l'onesto padre di famiglia che affrontava la vita con un pizzico di allegria.

Mi feci forza, decisa a fargli sapere come lo vedevo io. «Quel vecchio brontolone *non* è mio padre. Io so bene chi è mio padre. È un uomo gentile e premuroso che amava sua moglie e viveva per la sua famiglia. Io so chi sei. Ti vedo, papà. E *questo…*» Imitai il suo gesto di poco prima. «Questo è la malattia. Nient'altro.»

«Ma è quello che avrà in mente la gente al mio funerale.»

Mi sentii cadere il cuore a terra. Se il cancro lo stava uccidendo, lui stava uccidendo me. «Vorrei semplicemente agitare una bacchetta magica, pronunciare qualche parolina e… puff.» Schioccai le dita. «Far sparire tutto.»

Papà ridacchiò e si appoggiò contro i cuscini ammucchiati. «Abracadabra.»

«Il mio albero magico.» Sorrisi ripensando alla storia che mi raccontava, poi tirai la coperta sottile su quel fragile mucchietto di ossa che era diventato mio padre.

«Non era l'albero a essere magico, era la formula» puntualizzò. Il suo sbadiglio soffocò un sorriso.

«E che formula, papà!»

Era una bella storia.

Quando me l'aveva raccontata per la prima volta, eravamo in giardino e stavamo piantando un alberello che era riuscito a far crescere da un seme.

«Non troppo profondo, non troppo distanziato, giusto lo spazio per farlo respirare.» L'aveva sistemato per bene. Quando mi ero tirata indietro per ammirare il risultato, mi aspettavo di vedere i rami fare cenni di saluto o brillare – qualcosa, insomma. In fondo aveva detto che era un albero magico. Gli avevo detto che era rotto.

Ma papà mi aveva spiegato che la magia stava nelle *parole* che si dovevano pronunciare. Un messaggio scritto che lui aveva ricevuto in dono una volta, quando si trovava sotto un albero proprio uguale a quello che avevamo piantato. «Solo che quello era già cresciuto ed era alto quasi dieci metri. E quella sera le lanterne di carta accendevano ogni ramo di una luce palpitante. Erano così tante, Tori, che se ti appoggiavi al tronco e guardavi in su, era come se un enorme ombrello ti riparasse da una pioggia di centinaia di stelle cadenti.»

«Ma quali sono le parole magiche?» avevo farfugliato attraverso la fessura lasciata dagli incisivi appena caduti. «Abracadabra e bibbidi bobbidi bu?»

Papà aveva riso. Una risata muta che gli fece scuotere le spalle. Aveva posato una mano sulla mia testolina e mi aveva scompigliato i capelli, tanto che le mie trecce si erano agitate avanti e indietro come le perline di un sonaglio.

«Per capire quale direzione prendere, devi conoscere sia le tue radici sia le tue potenzialità.» Mio padre aveva aggiunto che quella massima aveva avuto qualcosa di magico per il momento della vita che stava attraversando all'epoca: lasciava le sue radici, la sua casa, e cercava una meta nuova. «Mi parlò.»

Per moltissimo tempo credetti che fosse stato l'albero a parlargli. Guardavo il mio alberello stentato con occhi nuovi, cercavo di ricordare la formula magica per farlo parlare. Ma poi arricciavo il naso e chiedevo a papà se potevo limitarmi a dire «Abracadabra».

Lui rideva, mi stringeva a sé e mi faceva il solletico sino a farmi squittire. Passavamo l'ora successiva a far vibrare la lingua contro spessi filamenti d'erba per emettere una varietà di fischi. Quell'albero si trova tuttora nel giardino della nostra vecchia casa. Non ha mai raggiunto i dieci metri d'altezza, ma parlava.

Con la storia di papà, avrebbe continuato a parlare per gli anni a venire.

«Mi passi quello, per favore?» chiese mio padre indicandomi il suo bicchiere di ghiaccio. Balzai in piedi per prenderlo. Poi, senza pensare, gli sistemai la coperta rimboccandola ai lati.

I suoi occhi stanchi si accesero di un tremolio incrociando i miei. Rise attraverso il naso.

«Che c'è?» Gli rivolsi un sorriso complice perché sapevo cosa stava pensando. Anche lui faceva sempre lo stesso con me. «Vuoi una storia anche tu?» chiesi accostando la sedia per tenerlo d'occhio meglio. «Ne ho alcune nuove che ho raccolto in giro per il mio lavoro. Vediamo… Che ne dici di documenti falsificati per l'abbattimento illegale di alberi in una zona protetta? Potrei trasformarla in una fiaba popolata di trafficanti e di pelose creature del bosco.»

Il petto di papà fu scosso da una risata silenziosa. Per me, una vittoria trionfante.

Si inumidì le labbra. «La storia dell'albero magico. Ti ho mai detto *perché* mi trovavo là?»

Ci pensai su. No, non me l'aveva mai detto. «Ma non puoi aggiungere dettagli alla mia storia.»

«Sono vecchio. Posso fare quello che voglio.» I suoi occhi agganciarono i miei. «Sei pronta?»

«Ti ascolto.» Mi feci più vicina.

«Okay, dunque. Questo vecchio albero, come sai, era alto dodici metri, davvero imponente.»

«E magico.» Risi. «Diventa sempre più alto ogni volta che me ne parli.»

Papà mi zittì con un debole sorriso. «E poiché era in fiore – una nuvola di fiori rosa – era il luogo perfetto per celebrare un matrimonio.»

Mi raccontò che non era stato un sacerdote regolarmente ordinato a officiare la cerimonia, bensì una guida spirituale vestita di bianco. Al posto dei parenti della coppia erano presenti dei perfetti sconosciuti e degli amici nuovi di zecca. Invece di un anello, gli sposi si scambiarono un sacchettino di seta decorato. Dentro c'era un unico seme di quell'albero maestoso con un foglietto arrotolato, scritto in inglese da una parte e in giapponese dall'altra. «Era la formula magica che ti ho detto.»

«È una bella aggiunta alla tua storia, papà.»

Sbatté gli occhi assonnati e li chiuse. «Avresti dovuto vedere l'abito della sposa.»

Mi illuminai. Mi piacevano gli abiti nuziali. Quello di mia madre era un classico modello stile anni Cinquanta, smanicato, con il collo alto, il corpino aderente e la gonna svasata che esplodeva in una nuvola di tulle fluttuante sopra le ginocchia. «Era come quello della mamma?» chiesi.

«No, no.» Sospirò. «Era un kimono.»

6

Giappone, 1957

Mia madre è andata a recuperare il suo prezioso *shiromuku*, il kimono da cerimonia, mentre Kenji e io ammiriamo le sue foto di nozze. È dispiaciuta per il mio cattivo umore dopo il fallito incontro con Hajime di ieri e spera di risollevarmi il morale.

Io, invece, spero di farle cambiare idea.

Una foto in particolare cattura il mio interesse, così la avvicino agli occhi per studiarla. Okaasan aveva a disposizione tre cambi d'abito: uno rosa per il ricevimento, un altro rosso acceso per il viaggio di nozze e il più elaborato, il suo *shiromuku* bianco a pannelli, per la cerimonia. Nel ritratto indossa proprio quest'ultimo. L'immagine un po' sbiadita nasconde il suo splendore, ma non offusca la radiosa felicità della sposa.

«Quanto è bella!» esclamo mostrando la foto a Kenji. «E anche papà è bellissimo.» Mio padre sorride raramente, ma quando lo fa, la sua espressione da uomo regale e autoritario si trasforma in quella di un gattone soddisfatto con la pancia all'aria. Di solito riserva questa versione a Okaasan. Qui è stata catturata a beneficio di tutti.

Kenji si avvicina e mi prende la foto di mano. «Come me.» Fa un largo sorriso. «E tu sei come Haha» aggiunge usando il termine infantile per riferirsi alla mamma. Il suo sguardo guizza da me alla foto.

Stringendo gli occhi per osservare meglio i lineamenti di mia madre, sorrido. È come se la mia faccia mi restituisse lo sguardo. Abbiamo gli stessi zigomi scolpiti, forti, la mascella poco pronunciata e la punta del naso alta. «Sono così giovani, poco più che bambini.»

«Presto farai dei bambini anche tu.» Kenji raggrinza il viso in una smorfia di disgusto.

Lo imito prendendolo in giro, poi fingo di interessarmi a un'altra foto. Non ho intenzione di discutere questioni così intime con il mio fratello minore, ma in verità non penso ad altro. Quel bacio rubato che ne ha chiamato altri. E che ha portato alla proposta di matrimonio di Hajime. Sorrido tra me, ricordando quanto mi aveva sorpreso.

«Tu vuoi sposarmi?» avevo ripetuto spalancando gli occhi.

«Più di qualsiasi altra cosa al mondo». Hajime mi strinse a sé con tanta forza che i nostri cuori impazziti sembravano battere all'unisono.

«Dove vivremmo?» chiesi, estasiata, tra le sue braccia. Mentre l'esuberante energia americana colorava i miei sogni, le tradizioni culturali giapponesi mi tenevano ancorata a casa. Mi rannicchiai sotto il suo mento, d'un tratto consapevole che la realtà aveva già soffocato la mia esaltazione. «Hajime, io non potrei *mai* partire.»

«Be'...» Mi baciò la tempia, poi si scostò per passarmi le dita tra i capelli. «E se io mi fermassi qui?»

«Fermarti?» Alzai il mento di scatto. «E la tua famiglia?»

Lui si strinse nelle spalle. «Mi mancherebbero terribilmente, questo è certo. Voglio dire, mi mancano già, e mia *mamma*, poi... Sì, la mia decisione la ucciderebbe...» Piegò la testa di lato e la scosse. «Quanto a me, mi mancherebbero le partite del weekend con i ragazzi e il brunch della domenica con i miei. Mi mancherebbe quella vita, di sicuro, perché è una bella vita. E sì, sarebbe facile tornare a viverla. Ma poi? Magari un giorno, quasi senza accorgermene, mi ritroverei vecchio e non smetterei di chiedermi "Come sarebbe andata se...?" Perché saprei che...» Mi passò le nocche sulla guancia. «Lo vedi, Cricket?

Rinuncerei a tutte le comodità di casa perché sei *tu* la mia casa. E se nella mia vita non ci sei tu, non è affatto vita.»

Lo baciai. Lui aveva chiesto la mia mano. Io invece gli diedi tutto il mio cuore.

«Guarda!» Kenji mi agita una fotografia davanti agli occhi riscuotendomi dai miei pensieri. «Anch'io voglio arruolarmi. Così posso far fuori quei *gaijin* cattivi!» Il suo visetto assume un'espressione bellicosa.

«Come? *Non dire così...*» Do un'occhiata all'immagine. Mi sento torcere lo stomaco. È mio padre in divisa militare. Kenji non sa che Hajime è americano. Non sa nulla di quanto è accaduto durante l'incontro perché non era presente. Allontano la foto. «È la guerra che è cattiva, Kenji.»

«Ma necessaria.» La voce grave di papà ci fa sobbalzare. Con gli occhi stretti a fessura esamina quelle testimonianze sparse sul pavimento.

Da quanto tempo ci sta osservando?

Con due dita fa cenno a Kenji di passargli la foto di lui in divisa. Commenta con un aspro brontolio e assume un'espressione aggrottata. Ha affrontato la guerra più di una volta. «Una di troppo» dice Okaasan quando capita di tirare in ballo l'argomento.

Prendendo a prestito il coraggio di Hajime, deglutisco con forza e oso parlare. «Necessaria, ma terminata, papà. Altrimenti ci troveremo per sempre invischiati in una battaglia come quella tra la scimmia e il granchio.»

Mi lancia uno sguardo inceneritore, poi si rivolge alla nonna che sta arrivando con il tè.

«La scimmia e il granchio... che battaglia sciocca, mah» commenta lei. Quando svolta per entrare in giardino, il suo impalpabile *yukata* estivo si confonde nell'intenso indaco del cielo serale.

Per una volta sono d'accordo con Obaachan. Una storiella stupida per illustrare un'orrida verità. Il granchio trova una polpetta di riso e la scimmia lo convince a scambiarla con un seme di kaki. Il granchio accetta e pianta il seme per far crescere il frutto. Ma poi la scimmia si arrampica sull'albero e glielo ruba. I figli del granchio sono così arrabbiati che cercano vendetta, eccetera, eccetera.

Quando alzo lo sguardo, scopro che papà mi sta fissando, perciò abbasso il mento e la voce. «La vendetta crea soltanto altra vendetta» dico, sperando di scalfire la sua determinazione.

«Calma, calma. Basta con questa discussione.» Mia madre spazza via ogni tensione entrando nella stanza. «Mancano pochi giorni al fidanzamento ufficiale di Naoko con Satoshi. Parliamo soltanto di cose belle, d'accordo?»

Chiudiamo la nostra conversazione tesa perché sappiamo bene che la mamma non deve agitarsi. Quando è sotto stress, talvolta la camera cardiaca sinistra dilatata di Okaasan batte a un ritmo irregolare. Una piccola anomalia di cui raramente si discute, ma che abbiamo sempre tenuto in considerazione.

Soddisfatta, mia madre mostra il suo tradizionale kimono da cerimonia e sorride. «Ecco, Naoko. Provalo e fatti vedere.»

«Provarlo?» I miei occhi divorano quel tessuto prezioso. È una festa per gli occhi di tre strati di finissima seta bianca e straordinaria abilità nella cura dei dettagli. Il motivo elaborato risulta ben visibile o mascherato, a seconda di come gioca con la luce. È talmente incantevole che non oso toccarlo. Indossarlo nel giorno delle mie nozze significa onorare la mia famiglia e presentarmi casta e pura al mio sposo. Scuoto la testa, oppressa dal senso di colpa per non essere in grado di soddisfare nessuno dei due requisiti. «È troppo bello, Okaasan, troppo per me.»

Papà si volta verso mia madre. Lei drappeggia il prezioso kimono sull'avambraccio e io colgo uno sguardo di calda intesa che indugia fra loro.

Piazzandosi davanti a me, mio padre annuisce. «Provalo. Non è troppo per una ragazza che entrerà a far parte di una famiglia di tale importanza. Non tutto deve essere una battaglia, Naoko.»

Eccola qua. Un'offerta di pace condizionata in uno scontro che è appena iniziato.

Dopo cena, mentre papà e Taro sono sul patio, mi appresto a lavare i piatti, con la mamma che li asciuga e la nonna che li rimette a posto sulla credenza.

«Non vuoi prendere il tè in giardino, Obaachan? Potrei portartene un'altra tazza mentre ti riposi i piedi.»

Mia madre lancia una strana occhiata nella mia direzione. *Forse sono stata troppo esplicita?*

La nonna si avvicina zoppicando. Profuma di crema pasticcera e gelsomino e ci osserva sospettosa, ma raggiunge papà e Taro sul patio.

Metto il bollitore sul fuoco, e quando sono sicura che Obaachan è in giardino, inizio. «Stai benissimo oggi, Okaasan, ancora più del solito.» Non è una bugia. Ha i capelli divisi in due grandi ciocche trattenute da pettini dorati con zaffiri blu. «Il tuo kimono estivo ti sta d'incanto.»

«E tu mi lusinghi, Naoko.» Mi dà un'occhiata in tralice, ma questa volta ha gli occhi che ridono.

Chino leggermente il capo e mi concentro sul discorso che ho provato e riprovato.

È una trappola di verità poetica.

Okaasan mi prende di mano la ciotola che ho lavato fino a consumarla. «Ti ascolto, Naoko.»

Il cuore mi batte all'impazzata, come se avessi un uccellino imprigionato nel petto. Prendo un respiro per darmi coraggio, poi lo lascio andare, sperando che il cuore fragile di mia madre mantenga un ritmo regolare mentre procedo con la mia supplica. «Pensi che sia possibile che Satoshi cambi idea su di me?»

«È questo che ti preoccupa?» Le sue spalle si abbassano, come se si fossero preparate a sopportare un peso più grande.

«Per favore, Okaasan, è possibile?»

«Certo che è possibile, ma non credo che...»

«Quindi ammetti che le persone possono cambiare idea?»

Aggrotta le sopracciglia. Sa che sto cercando di portare acqua al mio mulino, quindi non dice nulla.

Mi avvicino. «E se scoprissimo che anche Satoshi non vuole

sposarmi? Così non correremmo il rischio di perdere il contatto con suo padre.»

Okaasan smette di asciugarsi le mani.

Prendo un respiro profondo e do inizio al discorso su cui mi sono esercitata fino a raggiungere la perfezione. «Ti chiedo soltanto di riflettere su questo. Se sei d'accordo che si può cambiare idea, e se Satoshi l'ha fatto – senza offesa –, tu non puoi convincere papà a farlo? Non puoi convincerlo ad aprire il suo cuore per vedere quello che c'è nel mio? Io desidero un matrimonio d'*amore*, Okaasan.»

«Naoko...» Mia madre piega la testa.

«Io amo Hajime.» Pronuncio il suo nome in un sussurro. «E lui ama me. Mi ama così tanto che è disposto a rinunciare alla sua casa in America. Lascerebbe la sua famiglia per costruirsi una vita qui.» Non le dico ancora dove. «È un uomo buono e leale che accoglie i nostri usi e costumi, e mi rispetta.» Sorrido, sopraffatta dall'emozione che mi fa inumidire gli occhi. «Lui mi dà coraggio, Okaasan. Il coraggio di far sentire la mia voce e di agire liberamente, perché ama *tutto* quello che sono. E io amo quella che sono con lui. È come se fossi in grado di fare qualsiasi cosa. Sai che cosa mi ha detto?» Le sue bellissime parole hanno decorato i miei pensieri da quando gliele ho sentite pronunciare. Il mio sorriso si apre. «Ha detto che sono sveglia e brillante, e che se c'è qualcuno che può convincere te e papà del motivo per cui dovremmo stare insieme, quella sono io.» Le prendo la mano e gliela stringo. «Quindi ora ti dico una cosa... *Tu* sei sveglia e brillante, e se c'è una persona che può convincere papà a riprendere in considerazione la mia richiesta, quella sei tu. Ti prego, ti supplico di trovare il coraggio di smuoverlo dalla sua posizione.»

Okaasan alza lo sguardo e posa entrambe le mani sul tavolo. Guarda fuori della finestra, dove sono seduti gli altri. Il tic nervoso del mignolo rivela i pensieri contrastanti che le attraversano la mente. *Tap tap tap*. E ancora, *tap tap tap*. Siamo in piedi l'una accanto all'altra davanti al lavello, ciascuna ferma nel proprio convincimento, senza parlare, finché... il bollitore fischia sputando vapore dal beccuccio.

Mia madre mi fa cenno di spegnere la fiamma e riprende ad asciugare i piatti, segno che la mia risposta deve aspettare. Spesso la sofferenza è il passaggio attraverso il quale si insinua la verità e, perfino nel silenzio, urla nelle mie orecchie. *E se Okaasan non mi risponde affatto?*

Preparo il tè del dopo cena ed esco in giardino per servirlo alla nonna. Non appena arrivo, la discussione sul commercio estero tra papà e Taro si interrompe. Taro mi lancia un'occhiata penetrante, mentre papà mi ignora. Invece osserva Kenji che studia un insetto accanto al suo libro.

«Kenji-kun...» Per mio padre, il solo pronunciare il suo nome è già un rimprovero. Mia nonna accetta il tè con un cenno di assenso del capo e io mi considero congedata, senza che nessuno abbia registrato la mia presenza.

Quando mi volto per andarmene, Taro riprende la conversazione e la parola *gaijin*, pronunciata con tono dispregiativo, risuona nelle mie orecchie. Il suo atteggiamento nei confronti di Hajime è molto più minaccioso rispetto a quello di papà, perché le sue fanatiche convinzioni nazionalistiche non fanno che alimentare i pregiudizi radicati della vecchia generazione.

Sono come benzina su un fuocherello che langue.

La migliore assicurazione contro l'incendio è possedere due case, perciò conto sulla risposta di Okaasan. Se ho persuaso il suo grande cuore, magari riesce a convincere con paziente insistenza la mente ristretta di mio padre ad aprirsi, e la nostra casa non sarà più divisa.

7

Giappone, 1957

Il dondolio sferragliante del treno fa peggiorare il mio bruciore di stomaco provocandomi la nausea. Avrei dovuto rincasare subito dopo la lezione di danza tradizionale, invece mi sono spinta fino al molo. La nave di Hajime è in missione: fanno la spola a settimane alterne fra Yokosuka e i porti vicini, ma gli ho lasciato un messaggio che ho consegnato al marinaio di guardia.

Diceva:

> Il filo rosso del destino è un'antica credenza dell'Asia orientale secondo la quale il cielo lega un cordino rosso intorno al mignolo di coloro che sono destinati a stare insieme. È un filo invisibile che collega tutti quelli che si incontrano per volere del fato, a prescindere dal tempo, dal luogo o dalle circostanze. Il filo può tendersi o attorcigliarsi, ma non si romperà mai. Segui il nostro e mi troverai ad attenderti nella nostra casetta con il tetto di paglia.

Ho tagliato con le forbici due pezzetti di filo rosso – uno per ciascuno di noi – e ho infilato il suo nella busta. Hajime deve sapere che i miei sentimenti e le mie intenzioni non sono cambiati. Ho tralasciato il fatto che nemmeno quelli di mio padre sono cambiati. Anche se credo che mia madre sia dalla mia parte, comprendo il suo atteggiamento sottomesso e il suo silenzio. Appartiene a una generazione diversa e non ha mai incontrato qualcuno come Hajime, capace di ispirarle parole e azioni. Spero che le mie possano incoraggiare le sue.

Con un sospiro, mi appoggio allo schienale e osservo la donna e la bambina sedute davanti a me. Mentre io sono stipata in mezzo agli altri, loro sono isolate. I passeggeri fingono indifferenza, ma lo spazio fin troppo abbondante intorno alle due testimonia disgusto. Non importa che i loro abiti siano puliti, che abbiano i capelli ordinati, o che non portino alcuna mascherina indicante qualche malattia; nessuno vuole rischiare di farsi contaminare da quella bambina evidentemente di sangue misto.

La piccola si accorge che la sto osservando, perciò le sorrido. Rovistando in tasca trovo due caramelle *dagashi* e gliene offro una. Lei si limita a fissarmi.

«Prendi» le dico avvicinandogliela. «Ne ho ancora.»

La bambina allunga la mano con entusiasmo e la prende.

Ora nessuno finge indifferenza.

L'uomo seduto alla mia sinistra si alza in piedi di scatto. La donna accanto a lui si sposta altrove. Una passeggera che fino a qualche minuto prima dormiva ora è sveglia e osserva la scena con uno sguardo di disapprovazione. Sono stata contagiata, perciò fingo indifferenza.

In verità mi fa male il cuore. Se io e Hajime avremo dei figli, succederà la stessa cosa.

Con la sua pelle chiara e gli occhi a mandorla, la piccola è la testimonianza vivente che abbiamo perso la guerra, che le idee radicali dell'Occidente si intromettono nelle nostre tradizioni, che gli americani hanno contaminato il nostro sangue. Questa bambina è di razza mista, e benché innocente, la sua stessa esistenza offende e spaventa i miei connazionali.

L'opposizione del mio Paese e il timore della mia famiglia sono ciò che offende e spaventa me.

Sento le lacrime bruciarmi gli occhi. Piango per loro, per me. Perché non so che cosa fare. Rovisto di nuovo in tasca e tiro fuori le caramelle che mi rimangono. Lei le prende tutte.

Il treno fischia e rallenta con grande stridio di freni. I passeggeri impazienti si alzano in piedi e si avviano verso la porta, come se non vedessero l'ora di liberarsi di noi due.

Mi concentro sull'orizzonte mentre lascio la banchina per tornare a piedi verso casa. Dovrei affrettarmi, ma sono già in ritardo e, come dice la nonna: «Se ti tocca mangiare il veleno, tanto vale pulire il piatto». Procedo calpestando pesantemente la ghiaia e sollevando per protesta rabbiose nuvolette di polvere.

«Naoko.» La voce profonda mi arriva dalla cima della strada in salita.

Strizzo gli occhi per cercare di individuare chi mi chiama. È come una scarica esplosiva che mi attraversa le viscere. Sento una vampata di calore salirmi fino al collo e pizzicarmi la pelle.

Satoshi!

Oh, no. *Me ne sono dimenticata?* Pensavo che il nostro incontro fosse fissato per domani! Affretto il passo, ma poi rallento. Hajime mi ha detto che sono l'unica capace di far cambiare idea alla mia famiglia. Questa è l'occasione per farla cambiare anche a Satoshi. Assumo un'andatura strascicata fingendo di fare una passeggiata tranquilla, anche se lui mi viene incontro di corsa. Voglio che mi trovi scortese.

«Tuo padre ha mandato me e tuo fratello a cercarti.» La sua voce si abbassa via via che si avvicina. «Taro è andato a casa della tua amica Kiko, io ero diretto alla stazione, ed eccoti qui.»

«Già, eccomi qui.» Le foglie stormiscono al vento mentre mi appresto ad affrontare un pubblico passivo. Non posso sottrarmi. Sono ancora confusa. «Ma non dovevamo vederci *domani*?»

«Sì, ma tuo padre ci ha invitati *oggi* per una visita informale.»

Cosa che naturalmente avrei saputo, se papà me l'avesse detto.

Per qualche istante ci studiamo reciprocamente. Io che elaboro un piano. Lui che maledice la sua sorte? Sono un disastro. *Bene.* Spero che se ne vada infuriato e mi giudichi inaccettabile. Cerco di ispirargli questa idea con il mio atteggiamento noncurante. Hajime scoppierebbe a ridere e sarebbe fiero di me. Accentuo ulteriormente la mia scarsa partecipazione.

Mi impongo di non notare quanto sia cambiato. Lo ricordo

come un ragazzo dall'aspetto gradevole, ma ora, devo ammetterlo, è decisamente attraente, seppure non come Hajime. Ha i capelli più lunghi e tirati indietro, ma presumo che normalmente non siano così curati e acconciati alla moda. Il viso è spigoloso, con la punta del naso alta e gli occhi distanti incollati ai miei.

Abbasso la testa e do qualche calcetto svogliato alla ghiaia, irritata dalla mia sfortuna. Se soltanto Satoshi fosse odioso, potrei lagnarmi con la mia famiglia. *Come potete chiedermi di sposare una bestia simile? Pensate ai vostri futuri nipoti! Non avete visto com'è bello Hajime?* Invece le mie argomentazioni cadrebbero nel vuoto.

Accenno un inchino di scuse per metterlo alla prova. «Perdonami, Satoshi-san. Devo aver dimenticato l'appuntamento di oggi. Mi è sfuggito di mente. Sono così sbadata. E si sa: "Donna svampita fa la moglie fallita".» Battute impertinenti, ma almeno posso studiare la sua reazione. La sua forte mascella squadrata si contrae per la tensione? Il mento alzato e il sorrisetto compiaciuto fanno il paio con quelli di Taro? I suoi occhi sono pieni di sdegno come quelli di papà?

«E a me dispiace molto per la confusione.» Mi restituisce garbatamente l'inchino. Sorride. «Facciamo due passi?»

Mi guardo intorno furtiva, incerta sulla mia capacità di reggere quella messinscena, ma mi accingo a passeggiare accanto a lui.

Gli uccelli interrompono il loro canto, disorientati dal fischio della locomotiva a vapore. Un lungo segnale annuncia la partenza del treno. Il Giappone va avanti secondo una rigida tabella di marcia scandita da arrivi e partenze, tutto procede secondo i suoi tempi.

Tranne me.

Come dice mia nonna: «Anche la verità ha i suoi tempi. Se arriva troppo presto o troppo tardi, è una bugia in entrambi i casi». L'insistenza a fare di Satoshi il mio fidanzato non è corretta nei suoi confronti e nemmeno nei miei. Non voglio mentire, perciò il momento adatto per dirgli la verità è questo. Un tremito irrefrenabile mi fa sbattere i denti mentre penso a come presentare la cosa senza urtare la sua sensibilità. Desidero smontare il suo interesse per me, ma senza offenderlo. È pur sempre il figlio del miglior cliente di mio padre.

Hajime dice che sono sveglia e brillante. Ma anche convincente? Mi fermo e lascio che le parole mi escano liberamente dalla bocca. «Sono sicura che un ragazzo del tuo calibro pensa a un'altra fidanzata. Una persona obbediente e premurosa. Una persona che sia perfetta per te. Anch'io mi trovo in una situazione così.» Sono di fronte a lui, ma i miei occhi sono focalizzati sulle sue impeccabili scarpe marroni.

«Capisco.» Dà un colpetto al selciato con la scarpa lucida, seguito da un altro, più nervoso. «Lo conosco?»

«No, sono sicura di no, proprio come io non ho incontrato la persona che hai in mente tu. Ma sono certa che è sempre attenta alla tua fitta agenda di impegni, contrariamente a me, una compagna improbabile. Che cosa avevano in mente i nostri genitori quando hanno pensato a questo fidanzamento?» Mi sforzo di non ridere. Hajime direbbe che dovrei darmi alla recitazione.

«Frequenta la tua stessa scuola?»

«No, ha terminato gli studi.»

Satoshi sposta il peso da un piede all'altro. «Lavora con tuo padre, allora? Magari l'ho visto…»

«No, e non puoi averlo conosciuto.» La tensione mi fa contrarre la mascella. *Non ha sentito quello che ho detto?*

«E come fai a saperlo? Magari…»

«Lo so perché è *americano*» butto lì alzando la testa di scatto, sorprendendomi io stessa per la mia audacia. Subito dopo la abbasso mentre mi sento mancare il cuore. *Che cosa ho fatto?* «Mi dispiace tanto perché non è mia intenzione offendere te, né la tua famiglia. Ti prego, non dire nulla a tuo padre o… Non posso…» Non riesco a respirare e nemmeno a pensare. Sento il bisogno che qualcuno mi dica cosa fare.

Questa tempesta emotiva è troppo vicina. Vorrei trovare riparo nel bosco, insieme alle volpi chiacchierone che ora se la stanno ridendo. Raccontano tutto a mia nonna, ma a me non dicono nulla.

Dal lampo al tuono, conto mentalmente i secondi che li separano.

Uno.

Due.

Tre…

«Devo ammetterlo. È difficile resistere agli americani.»

Che cosa? Sbircio Satoshi attraverso le ciglia. Non è arrabbiato e nemmeno seccato all'idea che io possa scegliere un altro fidanzato – un *americano* – e sta… *sorridendo*? Ha davvero un'altra fidanzata e quindi un cuore aperto alla comprensione?

Riprende a camminare, e io lo seguo senza staccargli gli occhi di dosso.

«Conosci il baseball, Naoko?»

Annuisco, ancora sorpresa dal suo atteggiamento disinvolto, ma cauta. Hajime gioca a baseball. Satoshi lo sa? È un tranello perché la squadra americana ha vinto quella partita tanto pubblicizzata? Le sue parole stanno per riversarsi su di me, trasformate in ira e disgusto?

«Il giocatore di baseball americano Joe DiMaggio ha sposato la celebre diva bionda di Hollywood. Li ho visti quando sono venuti a Tokyo in luna di miele.» Si volta e mi fissa. «Giuro che sono rimasto ipnotizzato dai suoi grandi occhi azzurri.»

Ride, e la cosa fa sorridere anche me, mio malgrado.

Conosco bene la magia che può esercitare un paio di occhi azzurri. Quando incontrai Hajime per la prima volta a Yokosuka, rimasi incantata dai suoi occhi. Catturavano la luce e scintillavano come acqua che assorbe il sole.

«Perciò sì, Naoko, anch'io sono sensibile a questo tipo di fascino. Ma…» Satoshi si ferma, il suo sorriso aperto si fa più dolce. «Mi piacciono anche gli occhi scuri come la notte, che brillano come rari diamanti neri.» Mi fa l'occhiolino. «Forse piacciono anche a te, mmh?»

Mi sento le guance in fiamme, così fisso gli alberi, confusa.

Quindi mi sta corteggiando, sta ancora cercando di impressionarmi. In Giappone ci sono due tipi d'amore. L'amore familiare per moglie e figli, e l'amore relazionale che il marito continua a coltivare fuori casa con gli altri. Io li voglio entrambi nel matrimonio e voglio la *mia* casa. Non un focolare governato da una suocera astiosa.

Riprendiamo a camminare in silenzio.

Perché non è arrabbiato? Avrebbe dovuto dichiarare il nostro fidanzamento inaccettabile, costringendo la mia famiglia a prendere almeno in considerazione Hajime. Satoshi non sta seguendo le regole.

«Ti vedo assorta. A cosa stai pensando?» mi chiede.

«Oh...» Volto lo sguardo nella sua direzione ma lo distolgo immediatamente. Se questo fosse il nostro incontro ufficiale di fidanzamento e io stessi cercando di far colpo su di lui, gli parlerei delle varie piante del giardino per dimostrare la mia conoscenza e l'attenzione per il dettaglio. Oppure gli chiederei dei suoi studi in elettronica e mi dichiarerei colpita per la portata delle sue ambizioni. Invece la lingua mi tradisce. «Sto pensando alla storia del gatto rituale e alla sua sciocca regola.»

Satoshi ride e mi guarda con un'espressione divertita.

«Quasi come questi incontri combinati, non sei d'accordo?» chiedo osservandolo con la coda dell'occhio per vedere se anche questo lo fa sorridere.

Sì. Intreccia le mani dietro la schiena e alza lo sguardo verso gli alberi. «C'era una volta un grande capo spirituale la cui meditazione veniva disturbata dai costanti miagolii e gemiti dell'inquieto gatto del monastero.»

«Già.» Quindi conosce la storia. «E per risolvere il problema, legano il gatto durante le pratiche meditative, in modo che il santone possa concentrarsi.»

«E quando il gatto alla fine muore...» Satoshi alza in aria l'indice e conclude con tono drammatico: «Ne prendono un altro e legano pure quello. Questa diventa una regola *indispensabile* per assicurare un'adeguata, perfetta meditazione nei secoli a venire».

Questa volta ridiamo entrambi.

«Naoko...» Si ferma quando arriviamo in prossimità di casa mia. «Sappi che io ammiro la tua onestà e che non rivelerò mai questa cosa a mio padre, né la userò contro di te o la tua famiglia. Puoi fidarti di me.» Solleva gli angoli della bocca. «E sebbene io capisca che il tuo cuore è impegnato, mi puoi capire quando ti chiedo se c'è spazio per riflettere?» La sua bocca si apre per dire qualcos'altro, ma si chiude immediatamente quando Okaasan e sua madre escono da casa mia e ci vengono incontro.

Il terrore serpeggia lungo la mia spina dorsale. Sono già esausta da questa giornata, devo pure rimproverarmi di aver messo in imbarazzo mia madre? Sono pallida e stanca. Una figlia che non si trova è segno che anche la madre è perduta.

Papà dev'essere furioso.

Una garbata conversazione conclude la visita che ho quasi mancato. Mi inchino alla madre di Satoshi esprimendo ancora una volta le mie scuse per il ritardo, e lui interviene prontamente per assicurare che non è necessario, dal momento che la visita, seppur breve, è stata pienamente gradita e apprezzata. Questo evita a sua madre di rispondere e pone fine al mio incessante imbarazzo. Ci scambiamo dei sorrisi e, con un leggero cenno del capo, Satoshi accompagna fuori sua madre.

Dalla soglia di casa li osservo mentre si allontanano. Satoshi gesticola con un braccio mentre parla, e con l'altro sostiene la madre. Lei si appoggia a lui e dice qualcosa che lo induce a gettare indietro la testa scoppiando in una robusta risata.

«Stai sorridendo» osserva la nonna accostandosi a me.

Mi volto e le guance mi cascano di colpo. «Mi ha semplicemente sorpreso.»

«Come quando ti fai saltare in bocca un involtino di riso: è inaspettato e dolce.» Le sue labbra si arricciano in un sorriso impertinente.

Altrettanto inaspettata è la dura presa di Taro sul mio braccio per trascinarmi da una parte. «Prima ci insulti portandoci in casa un lurido *gaijin* e poi, quando nostro padre cerca di screditare i commenti malevoli che la cosa può aver causato, ti presenti tardi all'incontro? Se non ti avessero trovato, sarebbe andato tutto all'aria. Non lo capisci, sorella?» Ha gli occhi fuori della testa.

«Quello che capisco è che a nessuno importa ciò che desidero.» Libero il braccio dalla sua presa, ma non abbasso il mio sguardo di sfida.

«Che cosa desideri *tu*?» Le labbra sottili di Taro si piegano in una smorfia di scherno. Si avvicina e ringhia. «Vuoi farci perdere tutto? Lo sai quanto lavora duro papà da quando è finita la guerra?»

«La guerra è finita dodici anni fa, Taro» ribatto seccamente.

«La guerra ha distrutto *milioni* di vite, Naoko. Ha quasi annientato il nostro Paese e l'occupazione americana ha appena esaurito i suoi effetti e tu... tu te la fai con loro, indossi i loro abiti, ascolti la loro musica, vuoi addirittura *sposartene* uno.» Taro prende a camminare nervosamente su e giù. «Come pensi che il tuo comportamento possa riflettersi sulla nostra famiglia? Sulla nostra possibilità di riprenderci?»

«E tu, non fai affari con loro?» gli faccio notare di rimando con un'alzata di sopracciglia.

Lui si blocca. «Un regolare contratto di compravendita di merci che procura un beneficio a entrambe le parti *non* è come svendere il nome della propria famiglia.»

«No, ma tu vuoi svendere *me* per trarne un vantaggio economico.» Incrocio le braccia sul petto per contenere il mio cuore martellante.

«Guardati intorno, Naoko.» Taro gesticola ampiamente. «Non ti accorgi delle nostre ristrettezze finanziarie? Vuoi vedere Obaachan e Okaasan ancora più umiliate a causa delle offese che rechi con i tuoi giochini? Vuoi che papà perda la faccia? E io i miei diritti in quanto primogenito? Svenderti...» Sbuffa. «Semmai papà ti fa acquistare punti. Ti assicura una famiglia importante per il *tuo* futuro, quando il nostro è ancora incerto a causa loro. Sei egoista fino a questo punto?»

Avverto una stretta al cuore. *Lo sono davvero?*, mi domando, confusa. Respingo l'accusa di Taro con un gesto della mano, come a voler cancellare quelle parole, e mi volto per andarmene.

Mio padre è in piedi dietro di me.

Kenji, apparso all'improvviso, mi schernisce urlando «Naoko, sei nei guai gr...»

«*Silenzio!*» Il tono grave di papà lo zittisce. Con un unico movimento semicircolare, fa uscire sia lui sia Taro.

Kenji si inchina, la sua espressione sarcastica di poco prima si fa preoccupata. Indietreggiando in silenzio, raggiunge la nonna e la mamma in cucina. Taro mi pugnala con un'ultima occhiata tagliente, poi rende omaggio a papà e se ne va, stizzito.

Quanto a me, mi manca il respiro e sento montare dalle viscere un malessere acuto.

Mio padre allarga le gambe rafforzando la sua posizione bellicosa. Il fuoco che brucia dietro i suoi occhi gli arrossa il viso e rende le sue parole cocenti. «*Dove*, Naoko?»

L'adagio della nonna mi inonda la mente. «La verità, se arriva troppo presto o troppo tardi, è comunque una bugia.» È troppo tardi. «Otousan, ti prego, perdonami. Il tempo è volato e...»

Mi dà un ceffone.

Barcollo, sconvolta. Okaasan annaspa in cerca d'aria e si precipita verso di me, ma papà la respinge.

«Non toccarla!» Mi intrometto fra loro.

«Non spetta a me interferire, perdonami» dice Okaasan abbassando il capo.

«*Sì*, invece. Io sono tua figlia» dico guardandola dritto in faccia. Le lacrime mi pungono gli occhi. «Tu hai una voce, Okaasan, e hai tutto il diritto di usarla. Siamo nel 1957...» Mi rivolgo a mio padre con il cuore pieno di rabbia. «Le donne sono libere di decidere con la loro testa e io...»

Un altro ceffone in pieno viso mi fa barcollare all'indietro. Questa volta fa male. Mi copro con la mano la pelle che brucia mentre le lacrime mi bagnano le dita, ma tengo la testa alta. La prossima volta non mi coglierà alla sprovvista.

«Tu rifletti l'onore della nostra famiglia, Naoko. Su questo non si discute. E questa sera, con la tua assenza ingiustificata, ci hai messo in grande imbarazzo. E ora mi manchi di rispetto con la tua insolenza.» Sputa rabbiosamente le parole, le narici dilatate a ogni respiro. «La colpa è di quel *gaijin* che ti riempie la testa di sciocchezze. Le donne sono libere di decidere con la loro testa...» Ribolle di sdegno. «In questa casa sono io che decido.»

Studio il movimento del suo pomo d'Adamo che sale e scende mentre ingoia la rabbia. Serro la mascella per trattenere la mia.

«E ho deciso di dare la mia benedizione affinché sposi Satoshi al più presto.» Lascia trapelare un ghigno di scherno attraverso i denti serrati. «*Se* ti vorrà ancora, beninteso.»

«Ma papà...»

«*Silenzio!*» Il suo braccio possente si alza, ma resta fermo. «È deciso.»

Cado in ginocchio, sconvolta. Ho il viso inondato di lacrime.

Le sue parole colpiscono più forte di qualsiasi mano.

Soddisfatto, mio padre mi lascia in pace. Secondo lui, un matrimonio con Satoshi mi garantisce le cure di una famiglia che rispetta, una famiglia che assicura il continuo successo della nostra. Questo gli piace, gli dà sicurezza per il futuro di tutti. Lo capisco, ma che felicità c'è in un futuro che non è mio?

Incapace di rialzarmi, mormoro una piccola preghiera e mando la mia supplica nella tempesta. Chiedo la colla per aggiustare i bordi sbrecciati. Se non è possibile, chiedo di essere più forte della ciotola che ho rotto. Se continua a essere impossibile, chiedo l'aiuto di qualcuno che è considerato ancora più importante del gatto rituale.

Perché in Giappone ci sono molte cose di cui aver paura sotto il sole: i grandi terremoti che distruggono intere città, i fulmini mortali scaricati dal cielo adirato, le letali lingue di fuoco, e il proprio padre.

Ultimo, ma non meno importante.

8

America, oggi

Mi ero sistemata in un albergo vicino, ma vi trascorrevo poco tempo. Anzi, avevo portato la maggior parte delle mie cose in ospedale e mi arrangiavo con la grande poltrona in dotazione nella stanza. Ormai era passata più di una settimana, e con le flebo e gli antibiotici che gli venivano somministrati, mi aspettavo che mio padre iniziasse a stare meglio. Invece era peggiorato.

La vestaglia color ottanio di due taglie in più gli cascava addosso e spegneva il suo colorito già pallido. Provavo una stretta al cuore nel vederlo così smagrito. Non mangiava, beveva acqua attraverso la cannuccia e soltanto a piccoli sorsi. E anche se i farmaci calmavano la sua tosse grassa, lo intontivano e accentuavano l'asma. Mio padre se ne stava andando e nessuno faceva nulla.

Un breve *toc toc* e la porta della stanza si aprì lasciando trapelare una striscia di luce fluorescente. Entrò un'infermiera che a papà piaceva molto. Natalie? Era difficile ricordare i nomi quando riuscivo a malapena a ricordare che giorno era.

«Salve» mormorò cercando di non disturbare mio padre. «Sono qui per dare una controllata al nostro giovanotto.» La sua coda di cavallo dondolava mentre si metteva all'opera.

Era sempre «il *nostro* giovanotto», «il *nostro* amico», e «*noi* pensiamo». Come se il personale sanitario fosse un'unica coscienza collettiva anziché un gruppo di singoli individui. Forse era una necessità. Parlare di «nostro giovanotto» consentiva di instaurare una distanza emotiva. Ma il «nostro giovanotto» in questione era *mio* padre, e aveva un nome. Avrei gradito che lo usassero.

«È possibile dargli dell'ossigeno?» chiesi prima che lei si eclissasse. Il respiro congestionato di papà si era fatto più corto, talvolta con lunghe pause fra l'uno e l'altro. «Non credo che abbia bisogno di essere intubato, ma avete la maschera, no?»

«Il dottor Amon sta facendo il giro di visite, sarà qui tra poco.» L'infermiera si chiuse la porta alle spalle, portando via con sé la risposta e la luce.

Quando il dottore finalmente arrivò, balzai dalla sedia e lo dirottai in corridoio.

«Che cosa succede?» Allungò il collo verso la stanza, allarmato.

«No, niente, sta bene. Volevo soltanto valutare con lei altre opzioni terapeutiche. Gli antibiotici non sembrano funzionare, sta peggiorando.» Ormai avevo iniziato il discorso ed ero come un fiume in piena. Stringendo i pugni, lo martellai in rapida successione con le mie preoccupazioni e i miei suggerimenti: antibiotici, effetti di resistenza, inappetenza.

«La prego.» Il dottore alzò le mani. «Capisco...»

«No. Lei *non* capisce. Là dentro c'è mio padre e nessuno sta facendo nulla per lui.»

«La prego...» ripeté il dottor Amon, e mi guidò di nuovo nella stanza. «Coinvolgiamo suo padre in questa discussione.» Premette l'interruttore e una luce spietata illuminò l'ambiente. «Signor Kovač?» Si chinò su di lui. «Salve, signor Kovač. Mi spiace disturbarla.»

Papà sbatté le palpebre, strizzò gli occhi e si guardò intorno passando in rassegna ciò che lo circondava.

«Sì. Buongiorno, signor Kovač, salve.» Il dottore fece un passetto indietro avvicinandosi a me. «Mi risulta che sua figlia sia molto preoccupata per la sua situazione. A quanto pare lei non l'ha ancora informata delle sue decisioni riguardanti le cure e ritengo necessario che lo faccia al più presto, prima che arrivino le altre.»

«Quali altre?»

«Signor Kovač?» Papà si sfregò gli occhi, confuso, così il dottor Amon ripeté. Spostò la testa sul cuscino nella mia direzione, poi fece un cenno d'assenso.

«Sì? D'accordo.» Il dottore si voltò verso di me e spinse indietro le spalle. «Contro il mio parere, suo padre ci ha chiesto di non condividere con lei la sua recente decisione riguardo le terapie.»

«Aspetti, ripartiamo dall'inizio, quale decisione? E quando avrebbe avuto luogo *questa* conversazione?» Mi ero assentata soltanto un paio di volte per recarmi in albergo. Ero uscita raramente per prendere un caffè. O il ghiaccio.

«Dopo i risultati della TAC.» Le parole di papà parvero crepitare mentre cercava di tirarsi su.

Avrei voluto aiutarlo, ma ero incredula e i miei piedi sembravano ancorati a terra. «Okay. Vuoi decidere in autonomia come procedere con il tuo iter terapeutico, e va bene, ma non desideravi che io ne fossi informata?» Scrutai il dottor Amon. «Non è che il cancro sia un segreto.» Guardai mio padre e alzai la voce. «Papà, questo è il motivo per cui siamo venuti qui, ricordi? Per valutare le possibilità di cura per il tuo *cancro*.»

«Dottore...» Mio padre aggrottò la fronte. «Per favore.»

«Sì, d'accordo.» Il dottor Amon unì i palmi, pensando, le portò sotto il naso, poi le lasciò andare insieme alle sue parole. «Dopo aver visto l'esito degli esami, io e suo padre abbiamo parlato di cure palliative e non più tardi di stamattina mi ha comunicato la sua decisione. Capisce che significa?»

No, non lo capivo. Il mio silenzio era eloquente.

Il dottore abbassò il mento. «Suo padre ha scelto di non continuare le cure e ha optato invece per un ricovero per malati terminali.»

«Che cosa?» Le sue parole mi colpirono come un pugno così rapido e violento che scoppiai in lacrime dallo shock. Indietreggiai, sopraffatta dall'incredulità.

Il dottor Amon chiarì che le terapie aggressive non avrebbero fatto altro che prolungare la sofferenza. Spiegò quali erano i possibili interventi per attenuare i sintomi rinunciando alle cure. Disse altre cose, cose incomprensibili su ciò che ci si poteva aspettare, ma la mia mente tornava con insistenza alle parole di mio padre al nostro arrivo in ospedale. *La mia nave. Fu lì che ebbe inizio la mia vita. Chi avrebbe immaginato che vi sarebbe anche finita?*

Non c'era bisogno di immaginare. Mio padre già *sapeva*. E forse, dietro il tè, le vitamine e perfino l'ultimo disperato consulto dello specialista, lo sapevo anch'io.

Quella notte non chiusi occhio. Sbirciando fuori della finestra dell'ospedale vidi il sole spuntare rompendo la foschia. *Cielo rosso al mattino, mare mosso vicino!*

La tempesta stava per arrivare.

9

Giappone, 1957

Oggi non abbiamo lezioni private dopo la scuola, perciò io e la mia amica Kiko torniamo in bicicletta dalla stazione senza affrettarci. Muovendo il manubrio a destra e sinistra, mi destreggio sulla ghiaia procedendo a serpentina mentre continuo a pensare a Hajime e a sperare che abbia letto il mio messaggio. Tengo gli occhi fissi sul filo rosso che ho osato legarmi intorno al dito, poi mi alzo sui pedali per prendere velocità prima di affrontare la salita.

Kiko è rimasta indietro. Io sono persa nei miei pensieri, mentre lei si è chiusa in un ostentato silenzio. È arrabbiata con me per aver preso in considerazione l'idea di mettermi contro la mia famiglia. Ma come potevo non farlo?

Una volta arrivata in cima alla collina, mi fermo con una leggera sbandata e mi volto. La gonna della mia divisa scolastica di cotone è incollata alle cosce. Le do una tiratina per staccarla e aspetto. Kiko se la prende comoda, pedalando piano e fingendo di non notare la mia impazienza. Infine mette i piedi a terra e prosegue camminando sulla ghiaia. Non si ferma neppure, mi passa davanti con le labbra strette e le sopracciglia alzate, come una bambina insolente che trattiene il fiato.

«Senti, so che sei arrabbiata con me.» Seduta sul sellino, spingo la bici con ampie pedalate per recuperare terreno. «Ma non capisci.»

«Cosa c'è da capire?» Kiko sbuffa per liberarsi gli occhi dalla frangia pesante che le ricade sulla fronte. «Prima ti vedi con uno straniero e io penso: va bene, è un bel tipo, entrambe abbiamo un debole per tutto ciò che è americano, quindi è divertente, d'accordo, ma ora?» Le sue guance tonde si imporporano di rabbia. Si ferma per esporre meglio il suo punto di vista.

Freno anch'io, pronta ad affrontare la battaglia.

«Non riesco a credere che tu desideri davvero *sposare* Hajime contro il volere di tuo padre. E dire a Satoshi che ti piace un americano è stata una follia. Che succede se la sua famiglia decide di interrompere i rapporti con l'azienda di tuo padre? La fortuna della tua famiglia si prosciugherà e non potrai più concordare un altro fidanzamento.» Si infila i capelli corti dietro le orecchie per incorniciare meglio il suo sdegno. «E poi, sai *cosa* penseranno tutti» aggiunge con una sbuffatina attraverso il naso.

«Non lo sto *incastrando*» sbotto incrociando le braccia, imbarazzata.

«Ma è quello che dirà la gente. Che ti sei venduta per un biglietto per l'America come fanno le *pan-pan* che bazzicano nei pressi della base.» Si appoggia al manubrio con entrambe le braccia. «Potrebbero perfino arrivare a dire che sei incinta.»

Mi nascondo il viso tra le mani.

«Naoko?!»

Poiché resto in silenzio, Kiko mi scrolla la spalla. «Dimmi che non lo sei.»

«Ho un ritardo» balbetto.

«Cosa?» esclama con voce stridula. «Oh, no...» La sua sorpresa si colora di preoccupata partecipazione. «Di quanto pensi di essere? Magari sei ancora in tempo per sbarazzartene e rimettere tutto a posto.»

Boccheggio. «Sbarazzarmene? *No*...» Scuoto la testa per scacciare quel pensiero assurdo.

Kiko mi si avvicina alternando una pedalata e un passo e quasi bisbiglia. «Potremmo falsificare i permessi. Io ho un po' di denaro da parte, anche se non sono sicura che basti. E dovremmo trovare un medico disposto a sorvolare un po' sulle regole.»

«Smettila, Kiko!» Mi spingo avanti con la bici per lasciarmi alle spalle le orribili parole della mia amica.

«Quanti cicli hai saltato? Dimmi.»

Abbasso la testa, preoccupata dalla mia situazione. Una situazione che non vorrei ammettere ma che non posso più negare. «Se salto questa settimana, saranno tre. Troppi giorni.»

«Avresti dovuto dirmelo prima.» Le parole di Kiko non fanno che affondare il coltello nella piaga. «Ti avrei aiutato. Ci sarebbe stato il tempo. Ma ora?»

«Ma ora niente. Io *desidero* questo bambino.» Girando su me stessa per guardarla bene in faccia, difendo la mia verità. «Io amo Hajime. Questo non significa nulla? E Hajime ama *me*.» Do un calcio sulla strada, sollevando sabbia e spargendo sassolini in tutte le direzioni, poi torno a pedalare verso casa.

Kiko mi raggiunge, borbottando come una vespa irritata pronta a pungere. «La gente avrà di che chiacchierare.»

«Abbiamo intenzione di sposarci, comunque» dico senza guardarla in faccia. «Così tutte quelle galline pronte a spettegolare non avranno materiale su cui fare commenti.» Un altro calcio, e questo alza una nuvola di polvere, insieme all'ira di Kiko.

«Anzi, ne avranno ancora di *più*.» Pedala più forte e girando in tondo mi intrappola in mezzo al cerchio. «I pettegolezzi non smetteranno mai di perseguitare la tua famiglia.»

Ruoto su me stessa mentre lei insiste ad accerchiarmi per tenermi addosso i suoi occhi inquisitori. I miei bruciano di lacrime.

«Ti daranno della *puttana*, Naoko. Diranno che la tua famiglia è disonorata e nessuno vorrà più avere a che fare con te. Anche i miei mi costringeranno a prendere le distanze. È questo che vuoi?»

«Sai bene che non è così» protesto debolmente.

«Nessuno vuole i mezzosangue.» Kiko si avvicina con il respiro affrettato. «E nessuno vorrà *te*. Dove vivrai? Gli stranieri non hanno titolo a possedere terre e la tua famiglia ti caccerà di casa, perciò dove andrai? Alla base americana?»

«No.» Punto i piedi perché sento che sto perdendo terreno.

«Hajime ha affittato una casa a Taura» butto lì alzando il mento con aria determinata. «Staremo bene.»

Kiko si ferma di botto con una sbandata. «Intendi nella vecchia comunità *Eta*, vero?» È sconvolta. «Oh, Naoko, *non puoi* vivere là.»

«Lo so...» Mi sento cadere il cuore. «Ma forse non sarò costretta a farlo.»

Le confido il piano che ho messo a punto, di come ho chiesto a Okaasan di smuovere papà dalla sua decisione. E che, se questo non dovesse funzionare, avremmo scelto insieme dove vivere – e poiché lo stigma della comunità *Eta* li disonorerebbe, magari ci avrebbero aiutato a trovare una sistemazione migliore. Anche se sarebbe stato solo per salvare se stessi.

«È *questo* il tuo piano?» mi schernisce Kiko. «Hajime doveva essere soltanto un ricordo, Naoko. Un ricordo segreto e meraviglioso cui pensare con nostalgia un giorno. Ma se farai di testa tua, è questo che diventerai. Un ricordo per tutti noi. Esiliata. Hai considerato *questo* nel tuo piano?» Scuote la testa. «Non ti permetterò di farlo.»

«Non c'è niente che possa farmi cambiare idea. Lo amo.»

Ci scambiamo un'occhiata eloquente.

«Allora sei una pazza.» Kiko mi guarda con gli occhi scintillanti di lacrime, poi si allontana spingendo con forza sui pedali.

Perché deve essere così difficile? Se si trattasse del figlio di Satoshi, tutti parlerebbero di una benedizione inaspettata e affretterebbero il matrimonio. Toccando il filo rosso avvolto intorno al dito, guardo Kiko allontanarsi attraverso un velo di lacrime. Le sue parole mi spezzano il cuore, ma non intaccano i miei propositi. Siamo amiche da quando eravamo bambine, perciò i nostri fili hanno sempre proceduto insieme fianco a fianco. Non abbiamo mai cambiato strada per andare in direzioni diverse. Finora.

«Naoko.»

Sento una voce che sussurra il mio nome da lontano. Chi mi sta chiamando? Corro con le dita aperte sfidando il vento e andando incontro a quel suono. Guardandomi intorno, tutto sbiadisce e si confonde finché non metto a fuoco. Sono sveglia dentro al mio sogno.

Alzo le braccia per dominare l'aria. Sono il direttore d'orchestra che convince gli elementi della natura ad andare in scena. Dapprima, lieve, l'indecifrabile fruscio dei rami e delle foglie ondeggianti. Poi, con forza, e con una folata di vento, il fogliame si stacca dai rami per volteggiare intorno a me. Sempre più velocemente, in una pazza danza vorticosa.

«Naoko, svegliati.»

La voce placa il vento e le foglie cadono tutte insieme. Apro gli occhi sbattendo ripetutamente le palpebre. Mia madre si china su di me e mi scuote la spalla disperdendo la nebbia del dormiveglia.

«Okaasan?»

«Ssst, vieni con me subito» mormora, si raddrizza ed esce in silenzio dalla stanza.

Mi alzo e mi sforzo di scacciare il sogno, poi, camminando in punta di piedi, seguo mia madre verso la porta sul retro.

Quando arrivo in giardino, spalanco gli occhi per adattarmi alla luce. Il sonnolento sole arancione occhieggia da dietro una fitta coltre scura, senza impegnarsi per dissiparla, forse irritato per essere stato disturbato di prima mattina.

«Vieni.» Okaasan mi prende per il braccio e mi guida lungo il sentiero del giardino, lontano da casa.

«Che succede?» Ho la pelle d'oca per l'aria fredda.

Mia madre si ferma davanti alla panca di legno esposta a ovest. Mi siedo accanto a lei, consapevole dell'importanza del momento. Ha la risposta che sto aspettando?

I suoi occhi tristi si incatenano ai miei. «Naoko, è un bene che Satoshi sia al corrente dell'esistenza del tuo amico americano e mostri un cuore compassionevole. Questo libera la nostra famiglia da futuri impegni. Inoltre ti permette di fare una scelta. Tu hai due strade, ma solo un'opportunità di optare per quella che deciderai di percorrere.» Mi prende la mano e la stringe fra le sue. «Ma non c'è alcuna possibilità di tornare indietro. Ti è chiaro?»

Faccio cenno di sì con il capo, sforzandomi di capire, anche se sono in preda alla confusione.

Sulla sua bocca si disegna un dolce sorriso. «Figlia mia, poiché ci presenti un militare americano come tuo aspirante fidanzato e rifiuti di prendere in considerazione Satoshi – un buon partito –, tuo padre sospetta una gravidanza.»

«Che cosa? Perché mai pensate...?» Mi sento sprofondare. *Kiko.* «Te l'ha detto lei?»

Mia madre fa un cenno per fermare le parole che pendono dalle mie labbra. «Poiché conosco mia figlia e noto che al mattino è inappetente e ha la nausea, lo sospettavo già.» Mi stringe la mano. «Allora, il bocciolo è rimasto sul ramo? O la gravidanza di cui ha parlato Kiko è *possibile*? Ora ti chiedo di tirar fuori il coraggio di rispondermi con la verità.»

Non voglio ammettere di aver già conosciuto le gioie dell'intimità del matrimonio, così distolgo lo sguardo, umiliata. Il mio silenzio è una risposta abbastanza eloquente.

Di nuovo, le sue dita sottili si stringono intorno alle mie. «Con o senza bambino, tuo padre non accetterà Hajime, figlia mia. E Satoshi non potrà accettarti come sua promessa sposa se nel tuo ventre cresce il seme di un altro. La nonna conosce una levatrice che potrebbe confermare o escludere la tua gravidanza e, in caso affermativo, gestire la cosa in tutta riservatezza.»

Alzo lo sguardo per assorbire il significato delle sue parole. «Okaasan, *no*...»

I suoi occhi si riempiono di dolcezza. «Satoshi vuole ancora questo matrimonio se lo vuoi tu, Naoko, e anche tuo padre. È ancora possibile. Capisci?»

«Capisco che entrambi i lati della medaglia contengono dolore.» Mortificata, mi accosto a mia madre. Mi passa la mano tra i capelli con un movimento lento e carezzevole. Il sole ha smesso di lottare contro la sua sonnolenza. Stirandosi, disegna deliberatamente una striatura nel cielo grigio-azzurro con le sue dita di luce inzuppate nell'arancione.

Okaasan sospira. «Quando ero piccola, più o meno dell'età di Kenji, cercai di ingannare mia madre. Non era molto diversa da Obaachan, cocciuta e convinta di essere sempre nel giusto. Decisa a metterla in difficoltà con un indovinello ingegnoso, finsi di avere un uccellino immaginario dietro la schiena. Le chiesi: "L'uccellino che ho nascosto è vivo o morto? Cosa rispondi?". Risi, orgogliosa, sapendo che non potevo perdere. Se avesse risposto "Morto", avrei finto di liberarlo, così sarebbe volato via davanti ai suoi occhi. Se avesse detto "Vivo", avrei simulato una pressione per stringere il collo dell'animaletto.

«Osservai mia madre mentre rifletteva sull'enigma e ripetei la domanda, pronta a godermi il mio momento. "Allora, qual è la risposta? L'uccellino è vivo o morto?" Mia madre alzò il mento, sorrise e disse: "La risposta è nelle tue mani".»

Nella pausa che segue lascio che il significato di quell'episodio si depositi nella mia mente.

«Ed è questo che voglio dire a te, figlia mia. La risposta è nelle tue mani. Sei tu a scegliere il destino dell'uccellino, e il tuo, in base a quello che fai ora. Proprio in questo momento.»

Okaasan mi posa le mani sulle spalle e prosegue con tono triste. «Adesso fai colazione e ti prepari per la scuola come al solito. Poi, quando esci, ricordati questo: ai piedi della collina, in mezzo agli alberi, ho nascosto una valigia per te dietro il vecchio ceppo. Hai capito dove?»

Annuisco, sforzandomi di sentire le sue parole nonostante il martellare del mio cuore.

«Se scegli Hajime e la possibilità che ci sia un bambino, prendi la valigia. Vai da lui. Non tornare o ne soffriremo tutti.» I suoi occhi sono umidi. «Se scegli Satoshi, allora vai a scuola, torna a casa e preparati per il matrimonio. Io e la nonna prenderemo accordi con la levatrice per assicurarci che il ventre sia pulito… o che lo sarà, qualora non lo fosse.» Si avvicina. «Ma non dovrai mai più pronunciare il nome di Hajime. Nemmeno con un sussurro.»

Lacrime salate scendono l'una dopo l'altra sulle mie guance e si fermano all'altezza delle labbra. Il panico crescente sale sottoforma di bollicine fino a farmi bruciare la gola e il naso. «Come faccio a sapere quale strada prendere? Come faccio, Okaasan?»

«Prendere quella giusta è destino. Prendere quella sbagliata è pure destino. Perciò devi scegliere il tuo amore ed essere pronta ad amare la tua scelta.» Mi asciuga le lacrime sotto gli occhi con i pollici, poi mi prende il viso tra le mani. «Al tramonto, se tornerai da me, ti abbraccerò con tutto il mio amore. Ma se, sul finire del giorno, non dovessi tornare...» Il respiro stentato le spezza la voce soffocando le sue parole.

Sento il mio pugnalarmi i polmoni.

«Se non dovessi tornare, il mio amore sarà la tua ombra, incrollabile, sempre dietro di te.»

Piego le labbra in una smorfia di dolore. Okaasan mi attira a sé; con un braccio mi avvolge, con l'altra mano mi accarezza senza sosta i capelli. Mi bacia la fronte, la sommità della testa, poi una guancia, poi l'altra e poi... più niente.

Più niente.

Mia madre allenta il suo abbraccio e si appoggia allo schienale. Non mi guarda più. Si limita a fissare davanti a sé con gli occhi lucidi di lacrime, ma spenti. Poi si alza in piedi e tira un sospiro lungo e faticoso. «Il giorno è iniziato, Naoko. L'uccellino è nelle tue mani.»

10

America, oggi

Indugiando davanti alla stanza d'ospedale, fissavo la lettera di mio padre: i caratteri kanji, la "J" sbavata di "Japan" e i bordi spiegazzati della busta. Pensai di aprirla, ma prima mi soffermai a ponderare le sue parole.

Tua madre è stata l'amore della mia vita, ma prima di quella vita, ne ho vissuto un'altra. È questo che stavo cercando di dirti.

Quale *altra vita*, e quando aveva cercato di parlarmene? Durante il tragitto in auto verso l'ospedale? Appena arrivati? Avevo ripercorso ogni passo del nostro viaggio fin qui e mi ero ripetuta nella mente ogni parola e ogni episodio da quando mio padre era stato ricoverato.

Sarebbe più semplice se leggessi la mia lettera. Ho bisogno che tu lo faccia adesso, okay, Tori? È arrivato il momento.

Era arrivato il momento. Stava morendo. Le lacrime presero a scorrere sulle mie guance davanti a quella verità. Non potevo più ignorarla né desiderare che non fosse così. Non potevo mettere a posto le cose. Non c'era nient'altro da fare. Mi riscossi e feci un respiro lento e profondo, poi avvicinai la busta per alzarne il lembo, ma era ancora sigillata. *Papà non l'ha mai aperta?* Aveva espresso il desiderio che io la leggessi, ma perché lui non l'aveva fatto?

Studiai i segni circolari, i simboli stilizzati sbiaditi all'interno, lo strano assortimento di lettere inglesi stampigliate in alto, l'indirizzo del mittente accanto.

E poi eccolo, l'indizio più interessante, un dettaglio che mi balzò subito agli occhi. L'indicazione della casella postale di mio padre. Era sempre stata là, dunque. D'un tratto capii perché la lettera non era stata aperta.

La lettera non era indirizzata a mio padre. Era stata scritta da lui e poi rispedita al mittente. Ma chi era Hajime?

«Papà?» Mi tamponai le guance e rientrai nella sua camera.

Lui sbatté gli occhi sonnolenti.

«Papà, hai scritto tu questa lettera?» La sollevai in modo che potesse vedere bene l'indirizzo. «C'è l'indicazione della tua casella postale, ma questo non sei tu.» Indicai quello strano nome che c'era scritto sopra. «Non capisco.»

Papà osservò la busta, poi me, infine distolse lo sguardo. «Hai...» Il suo respiro era ostacolato da un grumo di catarro persistente. Con un colpo di tosse forzato cercò di liberarsi la gola. «Volevo...» Fece un altro tentativo, poi alzò un dito scarno, ma dovette soccombere a un violento accesso che lo lasciò spossato. La crisi non si placava.

«Devo chiamare qualcuno?» Gli posai una mano sulla schiena, come se potesse calmare l'attacco, fermare il cancro e riportare tutto alla normalità. Feci correre rapidamente lo sguardo sul letto e sul tavolino alla ricerca di un asciugamano o una salvietta, arraffai la scatola dei fazzoletti facendola cadere sul pavimento, poi ne tirai fuori una manciata e glieli passai. Lui vi tossì dentro ansimando.

Li inzuppò di sangue.

«*Oh!*» Ebbi un attimo di mancamento, ma reagii subito e cercai tra le lenzuola stropicciate il filo del campanello per le chiamate urgenti, lo trovai e premetti il pulsante. «Resisti, papà. Stanno arrivando.»

Altri colpi di tosse. Altro sangue. Presa dal panico, corsi alla porta. «*Aiuto!*»

Mio padre stava morendo. E come ogni altra cosa nella sua vita, aveva scelto di farlo a modo suo.

Sedato, passava da un periodo di incoscienza all'altro. Io stavo seduta accanto a lui e lo ascoltavo respirare. Mi sembrava un bel suono, anche se non lo era affatto. Un bell'uomo ma con una malattia così devastante.

Mio padre aveva detto che era questo che la gente avrebbe visto al funerale. Quella volta lo avevo contraddetto, gli avevo riferito quello che vedevo io. Un uomo che aveva amato sua moglie e che era vissuto per la sua famiglia, ma in quel momento vedevo la malattia esattamente nello stesso modo.

Un serpente mostruoso con i denti aguzzi iniettati di morfina che si conficcavano nel braccio. E così come il serpente mangia la propria coda, era iniziato il ciclo fatale che lo avrebbe divorato del tutto.

Papà si svegliò con un sussulto e studiò la stanza, come per orientarsi.

Mi avvicinai e appoggiai la testa accanto alla sua.

Sbatté piano le palpebre pesanti.

Io sbattei le mie, umide di pianto. «Stai bene?»

Un cenno per dire sì. Poi un sopracciglio alzato per rivolgermi la stessa domanda.

«Io sto bene, papà.» Sorrisi attraverso le lacrime. «Starò bene.»

Ci guardavamo.

Era la conversazione della nostra vita.

La nostra ultima conversazione.

Mentre dormiva, mio padre scivolò nel coma e a quel punto iniziò ad avere difficoltà respiratorie. Come aveva chiesto, non ci sarebbero state macchine per tenerlo in vita. E presto… non ci sarebbe stata vita.

Non lasciai più il suo capezzale.

Gli dissi che lo amavo.

Gli tenni la mano.

Dopo qualche ora si lasciò andare.

La notte divenne un avvicendarsi confuso di medici, infermieri, adempimenti burocratici e condoglianze di rito. Un minuto prima ero seduta accanto a mio padre e quello dopo lui non c'era più. Non ricordavo il tragitto in auto per tornare in albergo, eppure ora ero là, sola, nel buio. Sola al mondo.

Prima il pensiero della lettera di mio padre mi spaventava. Non riuscivo a capire che cosa potesse significare, ma ad appena poche ore di distanza dalla sua morte desideravo trovarvi un significato, un significato qualsiasi, perché era tutto ciò che mi era rimasto.

«Okay, papà...» Quelle parole mi suscitarono lacrime istantanee. «Okay, ecco...» Aprii gli occhi e, con le mani che tremavano, sollevai il lembo della busta. All'interno c'era un unico foglio piegato, e nella piega, un filo rosso. *Un filo?*

Osservai il foglio e la familiare grafia nervosa di mio padre, feci scorrere delicatamente la mano sull'inchiostro, poi lessi il testo.

Mia carissima Cricket,

spero che, in qualche modo, questa lettera giunga fino a te e ti trovi in salute e circondata dalle persone che ami. Mi auguro che la tua famiglia comprenda anche un componente legato intimamente a me.

Ti prego, senza alcuna pretesa da parte mia, di farmi sapere se nostra figlia sta bene e, se te la senti, di' al nostro Uccellino che è sempre stata nel mio cuore. Anche ora.

Sono vecchio ormai, Cricket. Sono arrivato all'epilogo, al momento in cui bisogna fare i conti con il dolore. Voglio che tu sappia che non ho mai avuto rimpianti per averti amato. Ma per averti perduto? Per il come e il perché? Oh, quelli sì. Tanti, tanti.

Il tuo Hajime

Figlia. Parlava di *figlia*. Avevo il cuore in gola. *Ti prego di farmi sapere se nostra figlia sta bene.* Avevo la vista offuscata a causa delle lacrime che sgorgavano copiose. Sbattei le palpebre per scacciarle e mi avvicinai la lettera agli occhi per controllare se per caso avevo letto male.

No. Mi portai una mano sulla fronte e ve la lasciai mentre rileggevo la lettera da cima a fondo. Non capivo. Era questo che voleva dirmi? Come? Dov'è lei? Fissai le parole di mio padre, poi elaborai le mie. «Quindi hai un'altra…» Un singulto mi impedì di pronunciare quella parola. Il cuore martellava contro le costole mentre mi sforzavo di tirarla fuori. «*Figlia?*» Non capivo.

«Papà?» La voce si spezzò. Le parole, mescolate alle lacrime, spargevano sale su una ferita appena aperta. Mi guardai intorno alla ricerca di risposte.

Ma mio padre non era più là per darmele.

11

Giappone, 1957

Sono al tavolo della colazione con la mia famiglia in un giorno come tutti gli altri; in realtà, dopo la conversazione con Okaasan in giardino, è un giorno come nessun altro. Sono ossessionata dalle parole di mia nonna: «La preoccupazione copre una cosa piccola di ombre grandi». Ma un'eventuale gravidanza non è affatto una cosa piccola, e l'ombra che getta non è soltanto grande, è di quelle che cambiano la vita.

Masticando a lungo ogni boccone di riso, osservo mia madre con stupore. Forse l'ho incoraggiata a dire la sua, proprio come Hajime ha fatto con me, ma è lei la vera incoraggiatrice. Quando ha tentato di persuadere papà e lui l'ha zittita, ha usato la sua esperienza pratica per metterlo nel sacco. Non è solo intelligente, ha coraggio.

Li scruto oltre il bordo della ciotola, affidando ogni dettaglio alla memoria. Mio padre: capelli grigi con riflessi argento sulle tempie, sopracciglia folte divise da rughe decise e profonde. Taro: sguardo pieno di determinazione, spalle ampie e alte. La nonna: sorriso saputo e spirito intrigante. Kenji: guanciotte simili a quelle di Buddha ed energia inesauribile. Okaasan…

«Cosa stai dicendo, Naoko?» chiede mia nonna. «Mmh?» Mi allunga la tazza, invitandomi a versarle il tè.

«Non ho parlato, Obaachan.»

Bevendo un sorso, fa schioccare la lingua ed emette un suono di disapprovazione. «Un uomo silenzioso merita di essere ascoltato.»

Io rimango in silenzio.

Lei si asciuga la bocca. «Ricordo che quando Okaasan si preparava per il matrimonio, era diventata silenziosa anche lei. L'inizio di una nuova vita è un misto di felicità e tristezza, ma incontrarsi è sempre l'inizio di una separazione. Tu diventerai una nuova figlia per la famiglia di Satoshi, e quando si sposerà Taro, noi, a nostra volta, avremo una nuova figlia.» Gli occhi della nonna si posano su mio fratello. Insiste perché si sistemi al più presto.

«Prima bisogna farsi una fortuna, Obaachan, poi cercare moglie.» Taro sposta lo sguardo da nonna a papà, il quale concorda con un cenno del capo.

«Ah...» La nonna alza un dito nodoso e lo agita verso di lui. «Fortuna e sfortuna sono due secchi dello stesso pozzo.»

Taro deglutisce il suo boccone. «Colui che ha fortuna porta a casa la moglie.»

«Ma non puoi aspettare di aver sete per scavare il pozzo» replica imperterrita la nonna.

Kenji ride. Ridono tutti. Non c'è verso di battere Obaachan.

Sento la gola stringersi nel tentativo di contenere la tristezza. I miei occhi sono offuscati dalle lacrime non versate. Sono questi i momenti che mi mancheranno di più. Sorrido.

La mamma si rabbuia. «Sì, e perderete entrambi la scuola se non vi sbrigate.» Raccoglie le tazze e si avvia verso il lavello, voltandosi per nascondere il viso. «Andate o farete tardi.»

Kenji scatta in piedi per mettersi le scarpe e sbatte contro il tavolo facendo tintinnare i piatti. Taro e papà pianificano la giornata. La nonna mi fissa. Io esito. Sto per dirle addio? I miei occhi si concentrano su mio padre. Lui alza lo sguardo. Ma mi manca l'aria, perciò mi mancano anche le parole.

Alza il mento, ma prima che lui parli, io mi inchino – un inchino profondo che esprime rispetto.

Come per scusarmi. Casomai...

«Naoko, sbrigati! *Itte kimasu*» urla Kenji annunciando che è pronto, ma sparisce senza nemmeno aspettare la mia risposta.

Mentre mi cambio le scarpe, la nonna si avvicina strascicando i piedi e si ferma davanti a me.

Mi alzo, ma non riesco a incrociare il suo sguardo. Invece mi concentro sul suo girovita abbondante e sulla pelle raggrinzita delle mani, decorata dalle macchioline rosso bruno della vecchiaia.

«Naoko, guardami.» Mi solleva il mento e mi guarda dritto negli occhi. Ma non mi dispensa parole sagge. Si limita ad annuire e a sbattere le palpebre, poi si allontana lentamente. Le volpi le hanno riferito tutto.

Rimango sola. Non sono pronta per andarmene. Cerco mia madre con lo sguardo. «Okaasan...» La voce si spezza, incapace di pronunciare la parola.

«Oh, è tardissimo, Naoko. Va'! Va'!» Agita la mano in aria alle sue spalle, ma non si volta.

Così, tirando un profondo sospiro, sono io a voltarmi.

Fuori il sole è già alto. Socchiudendo gli occhi contro la luce abbagliante, scorgo Kiko che inanella una serie di cerchi impazienti ai piedi della nostra collinetta. So che mi ha tradito, quindi perché mi aspetta? Mi dirigo decisa verso di lei con i pugni serrati.

«Naoko!» Mia madre esce di corsa dalla porta principale agitando un cestino del pranzo sopra la testa. «Potresti aver fame, più tardi.» Il suo petto si alza e si abbassa per la breve corsa. Aggrotta le sopracciglia come per ricacciare indietro l'emozione.

Mi tremano le labbra, ma che cosa posso dire? D'un tratto mi attira a sé e altrettanto rapidamente mi lascia andare. Poi, con passetti veloci, ripercorre la strada da cui è venuta.

E così sono sciolta da ogni vincolo. Libera. Libera di mettere alla prova le mie ali e scegliere il mio destino.

Mi fanno male i piedi, ma Kiko mi urla di affrettarmi. Tiene un piede sul pedale e l'altro posato a terra, pronta a darsi una spinta e scattare via.

Vorrei che lo facesse.

Respiro affannosamente dilatando le narici. Procedo a grandi passi con il cuore pesante e la lingua pronta a vomitare parole. *Non aveva alcun diritto di rivelare il mio segreto a Okaasan!* Invece di riversarle addosso accuse e domande, stringo la mascella e le passo davanti lasciando lei e la mia bicicletta alle mie spalle.

Lei mi insegue, ma io abbandono la strada sterrata e proseguo affondando i piedi nell'erba alta e umida che stilla grosse perle di rugiada.

«Naoko.»

Sbircio dietro di me, ma non mi fermo.

«Dove stai andando?» Kiko abbandona la bici, che cade adagiandosi sul fianco. La ruota anteriore gira a vuoto, sospesa, senza andare da nessuna parte. «*Aspetta!*»

«Vattene, Kiko!» Affretto il passo e mi dirigo verso gli alberi. Ieri il suo atteggiamento contraddittorio – prima caldo e poi freddo – mi aveva confuso. Oggi mi irrita. Crede davvero che io non sappia quello che ha fatto? Devio dal sentiero e mi addentro nella fitta boscaglia. La vegetazione mi pizzica i polpacci, i ramoscelli sporgenti mi graffiano le ginocchia nude.

Lei continua a seguirmi.

Mi fermo e mi volto. «Come hai potuto farmi questo? Dire tutto a Okaasan?»

Le sue labbra si aprono ma non danno spiegazioni, così proseguo per la mia strada senza averne nessuna. Più avanti gli alberi si aprono verso il cielo, e sotto una cupola azzurra vedo quello che rimane di un albero di canfora un tempo gigantesco.

Accanto al ceppo, la mia valigia.

Corro, la raccolgo e mi siedo sul tronco.

Kiko spalanca gli occhi davanti a quella scena. La frangia pesante le copre le sopracciglia esageratamente alzate. Si precipita verso di me urlando: «Ma come? Te ne vai?» Gli uccellini sbattono le ali, alcuni prendono il volo. «Come puoi pensare di fare una cosa simile?»

«Che alternativa ho?» Le ricordo le nostre frequenti visite all'Albero dei Desideri del tempio, dove i sacerdoti rivolgono una preghiera quotidiana per i desideri esauditi liberati dal vento. «Non ho forse legato i nastri bianchi delle mie richieste a ogni tralcio, Kiko? Così tanti che i rami si piegavano sotto il loro peso? Ogni settimana chiedevo sempre le stesse tre cose: il vero amore, una famiglia tutta mia e una casa per proteggerci. I miei desideri non hanno preso il volo? Non sono esauditi?»

Kiko assume un'espressione accigliata, poi, usando le parole come un'accetta, recide con un colpo netto tutti i miei desideri, uno dopo l'altro.

«Tu sei accecata dall'amore e non riesci a vedere la verità, Naoko.»

Zac.

«Il tuo bambino sarà di sangue misto e perciò verrà considerato una benedizione mista.»

Zac. Zac.

«E la tua casa è con gli *Eta*, nella vecchia comunità *Burakumin*, e la cosa, invece di proteggere la tua famiglia, non fa che aumentare la tua vergogna.»

Zac. Zac. Zac.

L'ultimo colpo abbatte l'intero albero.

Poi Kiko si volta e mi lascia seduta sul ceppo, sola con la mia decisione.

Okaasan mi ha detto di tornare a casa dopo la scuola se dovessi scegliere Satoshi. Quindi tanto vale non andarci affatto. Meglio usare questo tempo per soppesare il mio desiderio. Invece di rimanere nel bosco, mi ritrovo nella piccola casa che Hajime ha preso in affitto. Quella con il parapetto del portico scheggiato e la staccionata crepata dal sole e bisognosa di essere sistemata. Mi siedo sul gradino sferrando calci contro il legno logoro, ascoltando i campanellini del *furin* che vibrano nella brezza.

Le nuvole inquiete giocano nel cielo del primo pomeriggio. Fluttuano alte, disponendosi in file scure in costante trasformazione. Una ha la sagoma di uno sgombro che si muove rapidamente, un'altra quella di un enorme granchio. Ora le nuvole a forma di animale si fondono insieme in una grande vela sospinta dal vento prevalente che stabilisce la direzione.

È la prospettiva di una nuova vita a governare la mia.

Probabilmente sono incinta. Ho avuto dei disturbi e ho il ciclo in ritardo, ma ho attribuito il mio malessere a un nervosismo diffuso. Ora non più. Andare a est o a ovest dipende dal proprio cuore o dai propri piedi. I miei piedi mi porterebbero a casa. Ma il mio cuore? Lasciare Hajime e abortire? È un pensiero insopportabile.

Con i gomiti sulle ginocchia, appoggio il mento tra le mani e mi guardo intorno. Il piccolo borgo ferve di attività. C'è un ritmo in quel rumore. Il battere intermittente dei martelli che arriva da un gruppo di operai impegnati a restaurare un edificio malridotto nella fila vicina, le chiacchiere delle donne che raccolgono i panni stesi e le note di *Kagome Kagome* suonate dai giovani.

Li osservo mentre rifletto sugli avvertimenti di Taro e Kiko e sull'esortazione a scegliere da parte di Okaasan. Kiko mi ha fatto notare che vivendo qui aumenterei l'onta della mia famiglia, ma mia madre ha detto che, se scelgo Hajime e il suo bambino, non potrei mai tornare da loro, perciò quale oltraggio dovrebbero affrontare? Qualche sommesso pettegolezzo sulla mia sparizione? Okaasan costretta a mentire sulla mia nuova sistemazione? Ma non subirebbero il pubblico scherno, visto che non tornerei mai più al mio nucleo famigliare d'origine.

Mai più.

Sarebbe più facile per tutti se potessi andare in America, ma Hajime non dispone ancora del permesso di matrimonio, perciò questa non è una strada praticabile.

Il mio cuore sprofonda. E se sono incinta come sospetto... I miei figli pagheranno per la mia scelta egoistica? Tutti subiscono lo stigma e la brutta nomea di questo villaggio.

Gli *Eta* o *Burakumin* hanno la fama di essere deviati reietti, indegni di contrarre matrimonio o di trovare un lavoro regolare. Secondo le dicerie peggiori, queste persone sono *hinin*, non-umani cui manca una costola e che hanno ghiandole sudoripare difettose, e questo spiega il motivo per cui la sporcizia non si attacca mai alla loro pianta dei piedi.

Un bambinetto sudicio mi fa un cenno di saluto dalla casa vicina. Sua madre va a raccogliere il bucato steso sul filo ad asciugare. È magra, con i capelli corti e mossi trattenuti dalle forcine, e si sposta con movimenti rapidi e fluidi.

Il bambino non deve avere più di quattro anni e indossa vestiti troppo abbondanti. Mi sorride e accenna un altro saluto, poi, un po' esitante, si avvicina.

«Ciao, piccolo *boku-chan*» dico quasi a me stessa, e gli restituisco il sorriso.

I suoi occhietti sono brillanti di curiosità. Mi indica, poi si passa il dorso della mano sulla guancia sporcandosi ancora di più.

«Tatsu! Tatsu!» lo chiama sua madre, che tiene la cesta del bucato appoggiata sul fianco. «Tatsu, non disturbare la signora. Vieni.» Tende la mano per riportarlo accanto a sé.

Quando il piccolo si volta per correrle incontro, sbircio i suoi piedini nudi. Sono luridi. *Visto? Solo dicerie.*

Il rombo di un tuono mi fa sobbalzare. Poiché minaccia pioggia, recupero la mia valigia e la trascino fino alla porta, ma questa è bloccata dalle assi di legno deformate dall'umidità. Sollevandola un poco e spingendo a fondo riesco ad aprirla. Dei batuffoli di polvere stantia danzano nell'aria che ho mosso con il mio ingresso. Tossisco, poi mi guardo intorno.

La camera più grande, dotata di un vecchio futon, ha le dimensioni del ripostiglio di casa mia. Il piccolo bagno è in fondo. Sbircio dentro e impallidisco. È una toilette di porcellana alla turca. Mi si rivolta lo stomaco e mi sento soffocare dalla nausea per il puzzo.

Un paravento semitrasparente di carta di riso fatta a mano divide questo ambiente dalla cucina. Appoggiata alla parete sul retro c'è una bacinella che fa da lavandino. È tutto piccolo, sporco, fatiscente. Resto immobile in mezzo alla stanza con la mia valigia. Che cosa accadrà a casa se scelgo di restare qui? Che cosa dirà mio padre a Okaasan quando scoprirà che non sono tornata? E Kenji? La mia mente salta da un pensiero all'altro come una cavalletta che evita le pozzanghere.

Sento un bruciore accendersi nella mia pancia e salire a spirale fino alla gola. Gli occhi mi pizzicano per la tensione. *Niente lacrime, Naoko*. Le ingoio. È inutile piangere sul latte versato. Studio il cielo che si va scolorendo, per calcolare il tempo che mi resta prima del momento in cui dovrò prendere la mia decisione. Poche ore al massimo.

Devo scegliere.

Con un sospiro, deposito la mia valigia ancora chiusa sul bordo del futon. I gancetti scattano con un semplice *clic* e, con una cautela esagerata, sollevo il coperchio per vedere che cosa ci ha messo dentro Okaasan.

Rovistando tra gli indumenti trovo gonne e magliette pratiche, semplici kimono, biancheria intima per la notte e perfino le mie scendiletto. Me le infilo e muovo le dita, contenta di stare comoda. Ficco la mano nella tasca grande per cercare i calzini *tabi* e… *aspetta*. Carta?

Rovescio la tasca di tessuto, guardo all'interno e scopro della carta dai bordi setosi, una barretta di inchiostro *sumi*, una pietra e due dei miei pennelli da calligrafia! Un altro lusso che mi offre casa mia. Okaasan ha pensato proprio a tutto. Già immagino come li utilizzerò per passare il tempo. Mi poso le mani sul ventre e rifletto sulla probabile vita che porto dentro di me. Un dono? *Sì*, un rotolo di pergamena per Hajime che annuncia l'arrivo di suo figlio.

Maschio o femmina?

Un vecchio metodo per conoscere il sesso del nascituro – di cui le levatrici assicurano il 98 per cento di attendibilità – consiste nel sommare il mese lunare di nascita della madre e quello del padre alla data di concepimento, poi dividere per 3. Se il risultato non dà resto o è pari a 2, allora sarà una femmina. Se è 1, sarà un maschio. Faccio il conto con le date, poi ricalcolo per avere la certezza, e sorrido.

Se davvero sono incinta, avrò una bambina.

In attesa che smetta di piovere, mi metto al lavoro per preparare il mio annuncio. Se rimango, servirà come dono di nozze. Se decido di andarmene, servirà alla mia coscienza, segnalando per sempre la possibilità della presenza di questo esserino nel mondo.

Alcuni goccioloni tondi cominciano a schizzare sul portico. Prima rari puntini distanziati, poi sempre più fitti, finché nessun tratto rimane asciutto. Il cielo lascia intravedere un ampio squarcio di luce, poi si incupisce rannuvolandosi di nuovo. Mi concentro sulle linee armoniose del *Shodou*, l'arte della calligrafia, sforzandomi di ignorare le scariche saettanti che lacerano il cielo. Disegno il messaggio nella mente – il tempo, il dono, una bambina – e cerco di trasferire il mio spirito in ogni tratto di pennello, in modo che le parole contengano la vita.

Il cielo squassato dal tuono mi fa sobbalzare portando l'inchiostro nella direzione sbagliata e cambiando il significato che intendevo trasmettere. Il pennello scivola e la linea netta della luna diventa la coda prolungata di un drago nel vento.

Resto a fissarlo come se lui mi guardasse a sua volta. La storia del drago raccontata da mia nonna riaffiora dalla memoria sussurrandomi nelle orecchie.

C'era una volta un uomo che amava i draghi. Conservava dipinti e statue a tema e poteva chiacchierare per ore e ore di questi maestosi bestioni con chiunque si desse la pena di ascoltare.

Un giorno un drago sentì parlare di quest'uomo e di quanto apprezzasse i suoi simili. Pensando che conoscere un vero drago lo avrebbe sicuramente reso felice, cavalcò un forte vento e fece una deviazione per fargli visita nella caverna dove abitava.

Quando arrivò, il drago trovò l'uomo addormentato. Costui, svegliandosi e vedendo la bestia gigantesca accoccolata al suo fianco con i denti scintillanti e le scaglie verdi che riflettevano la luce della luna, ne fu terrorizzato. Prima che il drago avesse il tempo di presentarsi, l'uomo afferrò la spada e si scagliò contro l'animale, che arretrò e fuggì dileguandosi.

Qualche volta, quando mia nonna raccontava questa storia,

diceva che il drago rappresentava la nostra tendenza ad amare l'idea di una cosa più della cosa stessa. Altre volte diceva che il drago è la nostra vera identità, una verità che dobbiamo accettare e affrontare.

Io sono qui con il mio. È accovacciato ai miei piedi. Scambiamo una silenziosa conversazione e ne sono consapevole. È lui che getta la mia grande ombra mostruosa. Quella che temevo. Quella che cercavo. Quella che fisso anche in questo istante. Affiorano le lacrime e mi fa male la gola per il tentativo di contenere tutto ciò che, in fondo, ho sempre saputo. Hajime tiene in pugno il mio cuore e io posso tenere il suo bambino, perciò non c'è mai stato bisogno di scegliere.

Solo accettare.

Perché ogni mio desiderio è stato esaudito: un vero amore, una famiglia tutta mia e una casa per proteggerci.

Ma proprio come capita all'uomo che amava i draghi, quando mi trovo ad affrontare la realtà, sono terrorizzata.

12

America, oggi

Le villette del centro per anziani in cui alloggiava mio padre erano pittoresche, con i muri in mattoni a vista e porte ad arco. Avrei sentito la mancanza di quell'ambiente, perfino dei vicini di casa, ma soprattutto di mio padre. Il pomeriggio del suo funerale, amici e conoscenti si tenevano per mano nel suo giardino, mentre il pastore che aveva già celebrato le esequie di mia madre recitava Longfellow come estremo saluto per papà.

Navi che passano nella notte e passando si parlano;
Soltanto un segnale, e una voce distante nell'oscurità;
Così nell'oceano della vita noi passiamo e ci parliam l'un l'altro,
Solo uno sguardo e una voce; poi di nuovo l'oscurità, e il silenzio.

Un amen condiviso, poi lasciammo andare le mani congedandoci anche dal ricordo di mio padre. Quand'era in ospedale, papà citava spesso l'immagine delle due navi per alludere al suo importante, seppur fugace, primo amore. Ma io pensavo che fosse la mamma – l'amore della sua vita – la donna innamorata che lo aspettava al porto celeste per accogliere il suo ritorno a casa.

«Buon vento e mare calmo, papà!» sussurrai il congedo tipico dei marinai con gli occhi umidi. E proprio in quell'istante

Mi tornò in mente l'ennesimo resoconto della sua "lotta per l'indipendenza" quando eravamo arrivati in ospedale. *E se seguire le orme di mio nonno e di mio padre lavorando in fabbrica poteva essere una buona vita, per me non era abbastanza.*

Non era abbastanza, eppure era andata così, dopotutto. Era stato felice, però. O no? Mi sentii stringere la gola. Forse era quello che stava cercando di dirmi. Che non era soddisfatto della piega che aveva preso la sua vita e rimpiangeva ciò cui aveva dovuto rinunciare.

D'un tratto il posacenere assunse un altro significato: un simbolo di tutto ciò che aveva perduto. Un'altra figlia e una vita diversa. Cosa non andava in questa? La rabbia affondò le dita dei piedi nelle acque del dolore e le agitò. Colsi il riflesso della mia espressione angosciata sulla superficie metallica del posacenere, poi lo rimisi sul tavolo e guardai altrove, ma le increspature di quella pozza di dolore si propagavano ovunque. Cos'altro avevo frainteso, e come avrei dovuto comportarmi, data questa nuova consapevolezza?

Ero io, non mio padre, a essere intrappolata e messa alla prova dello spartiacque.

Guardai la sedia di ferro battuto vuota con la vernice rossa ormai rovinata, poi mandai giù l'ultimo sorso di brandy che mi bruciò la gola e mi alzai in piedi.

Un'altra figlia. Ingannavo me stessa se pensavo di poter lasciar perdere. Non potevo ignorare quello che avevo scoperto, perciò l'unico modo per andare avanti era ripercorrere il passato di mio padre.

L'indomani mattina avrei chiamato l'agenzia immobiliare per revocare l'incarico, avrei imballato le sue cose e, così facendo, avrei cercato di disimballare la sua seconda vita.

13

Giappone, 1957

Quella notte non dormii bene. Mi rigirai in continuazione sul futon ammuffito mentre i miei pensieri combattevano i demoni *Baku* che divorano i sogni. Kiko aveva detto a Taro quello che aveva scoperto? Mio padre sarebbe venuto a prendermi per riportarmi a casa? Che cosa sarebbe successo se Hajime avesse ignorato il biglietto che avevo lasciato alla guardia e non fosse tornato? Di fronte a quel pensiero assurdo spalanco di colpo gli occhi.

La prima luce del mattino li ferisce. Sbattendo le palpebre per mettere a fuoco ciò che mi circonda, riconosco lentamente il nuovo ambiente in cui mi trovo. L'acqua macchia il paravento di carta di riso della cucina e sgocciola sulle assi sconnesse del pavimento. Un'erbaccia invasiva si insinua tra le fessure. Sono presa dallo scoramento. Mi ero quasi convinta che lo stato decadente della casa fosse frutto della mia immaginazione. Invece è peggio, perché è ancora più brutta di quanto ricordassi. Ha bisogno di una risistemata generale.

La porta sbilenca della casupola gratta contro il pavimento. Si muove di un centimetro e poi si blocca. Delle dita nervose spuntano dallo spiraglio e cercano di fare presa.

Sobbalzo spaventata, pronta a fuggire. Ma dove? C'è soltanto una via d'uscita. Potrebbe essere chiunque. Un padrone di casa risentito, un vicino un po' bislacco o, peggio, mio padre.

La porta si apre. Pantaloni beige, borsone verde. Capelli lisci.

«Hajime!» La mia anima fa un salto. I piedi fanno altrettanto. Il mio abbraccio lo lascia senza fiato.

«Uoah!» Ride, fa un passo indietro per riacquistare l'equilibrio e lascia andare la borsa, che cade a terra con un lieve tonfo. Mi bacia sui capelli e mi restituisce la stretta.

«Ciao.»

Mi abbandono al suo forte abbraccio. «Ciao.» Non riesco a far uscire nient'altro dalla mia bocca. Solo felicità. Solo sollievo. Solo lacrime. La notte è stata un lungo viaggio con un carico gravoso; ora Hajime è qui per aiutarmi a portarne il peso. Fa un sorriso sghembo, poi mi solleva in punta di piedi per darmi un bacio. Non si è rasato e sento le sue guance ispide sotto i polpastrelli. Rannicchiata contro di lui, mi lascio andare reggendomi su un terreno stabile, per la prima volta da quando sono arrivata qui.

«Questo posto è proprio bruttino, vero?» Hajime indietreggia e si guarda intorno. «Avevo intenzione di farlo ripulire prima che tu...» I suoi occhi si posano sulla mia valigia, poi sono attraversati da un'ombra. È confuso. «Cricket, che cosa sta succedendo?»

«Ho chiesto a Okaasan di fare di tutto per persuadere mio padre, e ci ha provato, ma lui...»

«Ti ha cacciato?» Mi fissa con gli occhi sbarrati.

«Oh no, no, ma...» Torcendomi le mani gli ripeto che ho implorato mia madre di aiutarmi. «Lei mi ha ascoltato, ma mio padre non ha ascoltato lei.» Gli spiego che papà ha concordato il mio fidanzamento con Satoshi senza consultarmi. «Ma indovina cosa ha fatto Okaasan?» Sorrido, illuminandomi di orgoglio. «Senza dirgli niente ha lasciato a me la scelta. Così, eccomi qua.»

«Ma tuo padre lo sa?»

Scuoto la testa.

Hajime ruota su se stesso. «Dobbiamo andare a parlargli.» Afferra la mia valigia e si dirige a grandi passi verso la porta. «Se non ti trova sarà ancora peggio. Non mi accetterà mai.»

«Hajime, se torno a casa dovrò sposare Satoshi.» Mi avvicino e stacco la valigia dalla sua presa. «Io ho scelto te. Quindi indietro non ci torno.»

Dischiude le labbra e deglutisce nervosamente. «Ma che razza di scelta è? Non puoi rinunciare alla tua famiglia.»

«E tu non rinunci alla tua per stare qui con me?» Poso la valigia ai miei piedi e incrocio le braccia.

«Non è la stessa cosa. Mi mancheranno, certo, ma...»

«Hai detto che a tua madre si spezzerebbe il cuore se ti fermassi qui. E le partite di baseball del weekend e i pranzi in famiglia della domenica? So bene a cosa rinuncerai, Hajime. Eppure scegli di stare con me, perciò...» Alzo una spalla e gli rivolgo un sorriso incoraggiante. «Anch'io ho scelto te, va bene?»

«No, non va bene, Cricket. Non va bene per niente.»

Un piccolo passo indietro basta a creare distanza tra noi. Aggrotta la fronte. «Non puoi perdere la tua famiglia a causa mia. Non tornerai mai più a casa? Non li rivedrai più? Nemmeno Kenji? È una pazzia.» Si sfrega la mascella, poi scuote la testa. «No, non se ne parla. Non posso lasciarti fare una cosa simile. Non lo farò. È troppo. No.»

«No?» La rabbia esplode da una lingua troppo spesso trattenuta. «La scelta è mia! Non di mio padre, né di Satoshi. E no, Hajime, non è neppure *tua*.» Quella dichiarazione veemente risuona forte nell'aria e resta sospesa tra noi.

Hajime apre la bocca come se volesse ribattere, ma non dice nulla. Invece distoglie lo sguardo e abbassa le spalle.

Io raddrizzo le mie, pronta a sostenere quello che devo dire. «Ma non capisci?» Le lacrime mi bruciano gli occhi. «La mia scelta è questa. Okaasan ha rischiato tutto perché io potessi farla. E io l'ho fatta. Perciò ora tocca a te prendere una decisione...» Sento il cuore pulsarmi nelle orecchie. «Se ancora vuoi sposarmi. Questo dipende da te. Solo da te.»

«Ma Cricket, non è così semplice...»

«Sì che lo è. *È* semplice. A meno che...» Ha cambiato idea. Forse vede il suo drago, e di fronte a quello che ha chiesto, si accorge che è troppo. Avverto una stretta al cuore. *Una bambina.*

Non gli ho nemmeno confidato questa possibilità. Mi tremano le ginocchia, così mi siedo sul bordo del futon e mi concentro sulle mie mani aperte. Sulla decisione che contengono. Quella che ho già preso.

Quella che lui potrebbe rifiutare. Hajime affonda le mani in tasca e prende a camminare su e giù nervosamente. Un passo, poi un altro. «Non doveva andare così. Avremmo dovuto ottenere la loro benedizione. Volevo che loro partecipassero. Programmare il matrimonio insieme, magari fare una chiacchierata con i miei al telefono...» Sospira e si passa una mano tra i capelli scompigliandoli, poi indugia in quella posizione per qualche istante guardandosi intorno nella stanza coperta di polvere. Il muro con le macchie di umidità. Il pavimento semiallagato. Sospira, si sente trasalire. «Pensavo che avrei avuto il tempo di sistemare questo posto. Mentre tu pensavi alla cerimonia io avrei preparato la casa, ma...» Non riesce a nascondere un'imprecazione.

«Va bene.» La gola chiusa mi blocca il respiro. «Capisco. Non vuoi più sposarmi. Ci sono troppe complicazioni.» Sento che qualcosa ha iniziato a spegnersi, come se il mio spirito si affievolisse.

«No. No, non è questo che intendevo dire.» Hajime si siede accanto a me, in modo da potermi guardare negli occhi. «Certo che voglio ancora sposarti.» Mi prende il viso con entrambe le mani, poi accosta la fronte alla mia. «Più di ogni altra cosa al mondo.»

«E allora? Che c'è che non va?» sussurro.

Solleva lo sguardo per incrociare il mio. «Ricordi il Community Day sulla nave di cui ti avevo parlato? Subito dopo dovremo partire per il pattugliamento sullo Stretto. Hanno cambiato il programma.» I suoi occhi si velano di rammarico. «Non posso restare.»

La notizia mi fa raddrizzare la schiena. Mi aspettavo che restasse qui per tutta la settimana. «Per quanto tempo starai via?»

«Solo due settimane, ma... Tu starai *qui*. Non posso lasciarti in questo posto da sola, non sposata.» È mortificato.

Si protende verso di me e io avvolgo le braccia intorno al suo corpo.

«Il tenente di vascello non ti ha ancora firmato l'autorizzazione al matrimonio? Io l'ho fatto.» Gli passo le dita tra i capelli.

Hajime alza il capo e punta gli occhi su di me. «Lo so, e l'ho fatta autenticare. Sono andato due volte dal mio superiore per far tradurre il documento, ma lui continua a tergiversare perché la Marina disapprova... be', lo sai.» I suoi occhi azzurri sfuggono il mio sguardo. «Questo comunque non ha importanza, perché ci serve il consenso dei tuoi genitori finché non hai diciotto anni.»

«Li compirò tra poco.» La mia voce è stridula. È una situazione disastrosa.

«Sono stanco di chiedere permessi a tutti per sentirmi rispondere di no. Prima il mio superiore, e adesso la tua famiglia.» Hajime esita, demoralizzato, ma poi i suoi occhi si illuminano. «E se lo facessimo comunque? Potremmo farlo oggi stesso.»

«Fare cosa?»

«Sposarci.»

Mi fa alzare, poi stringe le mie mani sul suo petto. «Potremmo celebrare il rito stasera e sistemare la questione dei documenti in un secondo momento. Perché no? Così qui tutti sapranno chi sei, che siamo sposati e che tu stai con me.»

Abbasso lo sguardo sulle nostre mani intrecciate.

«Io ti amo, Cricket. Voglio trascorrere la mia vita con te. Dimentica tutti gli altri. Siamo solo io e te. Tua madre è dalla nostra parte, perciò dobbiamo lavorare su tuo padre finché non vinceremo la sua resistenza. Non mi importa se ci vorrà una vita, io ci riuscirò. Dimmi che lo vuoi anche tu.»

La mia testa gira vorticosamente intorno a dettagli futili. Ma l'idea che Hajime sia ancora determinato a cercare di addolcire mio padre mi scalda il cuore. «Ma non ho nemmeno un vestito.»

«Quello che hai ora.»

«Ma questo è il kimono che uso per dormire!» esclamo scoppiando a ridere, e lui ride con me.

«Allora mettine uno di quelli che hai in valigia. Uno qualsiasi.

Basta che mi dici di sì.» I suoi pensieri fervono di eccitazione. «Possiamo organizzarlo qui. Mi farò aiutare da qualche amico. Ognuno potrà portare un piatto e poi, non so, troverò un pastore, un sacerdote buddista, o quello che vuoi tu.» Si porta i miei palmi alle labbra e li bacia. «Cricket, non posso lasciarti qui sola e non sposata. Voglio che tu diventi mia moglie. Questa è la *mia* scelta, giusto? È quello che hai detto tu stessa.» Sorride. «Bene, io scelgo te, perciò sposami stasera.»

Le lacrime mi offuscano la vista creando un uragano di felicità. «Va bene, sì, sì.»

«Sì?» Il sorriso di Hajime si allarga.

E il suo bacio mi ruba la risposta.

In tarda mattinata Hajime esce per preparare la cerimonia di questa sera. Mi ha lasciato con Maiko, la vicina che ieri ho visto ritirare il bucato. Si è scusata per non essere venuta a salutarmi e ha ammesso che l'avevo spaventata. Pensava che fossi un'esattrice delle tasse venuta a battere cassa. Siamo sedute sullo scalino di casa sua e ridiamo del suo fraintendimento mentre ci dedichiamo alle decorazioni con altre due vicine: Nonna Fumiko, una donna anziana che abita due case più in là, e Ishuri, una giovane madre della fila accanto.

Ishuri ha un bambino con le guance paffute e le dita grassocce piene di fossette. La figlia di Maiko, Yoshiko, si sta occupando di lui e nel frattempo tiene d'occhio il fratellino Tatsu, sempre sporco. Il bimbo corre senza sosta trascinandosi dietro manciate di nastri mentre sua sorella lo insegue invano rimproverandolo.

Seppur sfortunata, la gente qui è felice.

«Allora, bambini in arrivo?» chiede Ishuri inarcando le sopracciglia sottili. Ha la pelle color ambra e butterata, ma il suo sorriso luminoso fa da compensazione. Non sapendo rispondere con certezza, mi limito a fare un cenno con il capo mentre continuo a infilare il nastro verde chiaro attraverso il gancio della lanterna di carta. Le appenderemo agli alberi.

«No. Dovresti aspettare prima di avere figli.» Nonna Fumiko

mi dà un colpetto sulla spalla e mi strizza l'occhio. «Dovresti prima divertirti un po' a fare pratica.» È una donnina fragile con lunghi capelli d'argento raccolti sotto un copricapo logoro ed è vivace come immagino fossero un tempo i suoi colori. «La gioventù sfiorisce abbastanza in fretta. Guardami.» Ride, sollevando le guance magre.

«Nonna Fumiko una volta era la Principessa dei Fiori della festa di primavera» aggiunge Maiko.

«Ora un po' sfiorita, direi» rincalza l'anziana signora, e scoppia in una risata che le fa sussultare la pancia.

«E per il vestito che si fa?» chiede Maiko mettendosi in grembo un'altra lanterna.

«Oh» annaspo alla ricerca della risposta giusta. «Lo *shiromuku* di mia madre è bellissimo, ma...» Mi stringo nelle spalle senza aggiungere altro. È una storia troppo complicata per condividerla con delle persone che ho appena conosciuto.

«Allora puoi mettere il mio *uchikake*» dice Ishuri posandomi una mano sul braccio. «Anche se è un kimono da ricevimento, dovrebbe essere carino addosso a te.»

«Sì, carino. Fin troppo vistoso, però» commenta Nonna Fumiko.

Le tre donne continuano a discutere sui colori chiassosi e su come mitigarli. Sono commossa dalla loro gentilezza, ma al tempo stesso rattristata. Non indosserò l'abito di Okaasan e la mia famiglia non sarà presente alla cerimonia. Porterò il vestito di un'estranea e celebrerò il mio matrimonio senza di loro. Seduta sotto il susino, mi godo la sua ombra e la sua bellezza, ma sono incapace di raccoglierne i frutti.

Accovacciata su uno sgabellino nel bagno di Maiko, mi insapono, mi lavo e mi sciacquo per poi immergermi nella tinozza di acqua profumata che mi ha preparato. In Giappone prima ci si lava, poi si fa il bagno vero e proprio. Hajime non capisce che uno è per detergere il corpo, mentre l'altro serve a purificare la mente.

Maiko e Ishuri mi sistemeranno i capelli e mi aiuteranno a indossare il kimono di Ishuri. È carino, anche se i bordi sono un po' sfilacciati e il colore è sbiadito.

I kimono da cerimonia, con il tessuto prezioso e i disegni ricamati, sono molto costosi, perciò la maggior parte delle famiglie è costretta a noleggiarli. Quello di Okaasan è di sua proprietà. Impegnativo per il suo valore sentimentale e il costo.

Con gratitudine e umiltà, ho accettato l'offerta di Ishuri, naturalmente. Sarebbe disdicevole indossare il kimono che porto tutti i giorni, anche se è in condizioni di gran lunga migliori rispetto a questo preso in prestito. D'altronde, se non è quello di Okaasan, uno vale l'altro. Mi prometterò a Hajime, mi affiderò interamente a lui e accetterò a braccia aperte questa vita nuova e diversa come loro hanno accettato me.

Oggi quello che conta è il cuore, non l'apparenza.

Maiko sta suggerendo quali fiori mettermi tra i capelli, ma si interrompe. «Stai bene, Naoko?»

«Sì» dico mentre sono immersa nella tinozza piena d'acqua profumata di vaniglia e susina speziata. Quelle essenze così intense e gradevoli mi riempiono di gratitudine. Sono poca cosa, eppure regalano moltissimo. Mi sento indegna di tanta dolcezza. Raccolgo l'acqua calda con le mani a coppa e poi allargo le dita, cercando di calmare il mio nervosismo con il suono del gocciolio.

È il giorno delle mie nozze.

Un rituale di luce e di gioia ma, anche se sono serena, mi sento oppressa dalla mancanza di qualcosa. Mi mancano i commenti incessanti di mia nonna mentre la mamma mi aiuta a prepararmi. Mi mancano le rassicurazioni di Okaasan e la sua risata. Le prese in giro di Kenji. L'occhio critico di Taro. Perfino papà mi manca…

Sospiro e mi lascio scivolare giù in modo che l'acqua arrivi a sfiorarmi il naso.

Voglio troppo. Taro ha ragione. Sono egoista. Ma perché papà deve essere così rigido? In fondo so che è il suo orgoglio, non la sua natura, che esige così tanto da me. Ma lui capisce che è la mia natura, non il mio orgoglio, che sogna di avere così tanto di più?

«Naoko?»

La voce di Hajime riempie di eccitazione il mio spirito e anche le donne ne sono contagiate.

Gli urlano qualcosa in giapponese. «Fuori! Non è ancora pronta!»

«Aspetta, Maiko» dice Hajime «*Wazuka sū fun.*» Ride perché le vicine non lo ascoltano. «Cricket?»

Mi alzo subito creando una piccola onda e mi avvolgo in un asciugamano. Stando attenta a dove poso i piedi, mi avvicino alle loro ombre. «Hajime?»

«Di' loro che devo parlarti un momento. Da qui, okay?»

Assicuro a Maiko che è questione solo di un minuto. Le voci si abbassano a un brontolio e le ombre si spostano. Tranne quella di Hajime, che si staglia alta e snella.

Mi avvicino un po' e sussurro: «Hajime». Il mio sorriso si spegne, sostituito dalla preoccupazione. «Va tutto bene? È successo qualcosa?»

«Tutto alla perfezione. Anzi, ho una sorpresa per te. Un dono.»

«Un dono?» Mi alzo subito in punta di piedi. La sua ombra si allontana finché è così piccola che sparisce.

Rimango nella stanza e trattengo il fiato per ascoltare. Odo dei passi, poi altri, poi qualcuno che bisbiglia e la porta che scorre di nuovo. Infine, silenzio.

Se ne sono andate?

Devo uscire?

Appare un'altra ombra. Non altrettanto alta, non altrettanto stretta. La porta si apre. «Oh!»

Okaasan!

Cominciano a sgorgare le lacrime e le mani si agitano. Mia madre mi attira a sé, incurante del fatto che sono bagnata. Mi culla, con il mento sulla mia spalla, le dita che mi stringono freneticamente aggrappandosi alla schiena. Sento il cuore martellarmi nel petto. Le mie parole risultano inadeguate e distanti come la terra e le nuvole. Come posso sperare di esprimere il sollievo, la gratitudine, il puro piacere che trovo in quell'abbraccio?

Non posso.

Dopo un istante, forse due o tre, Okaasan allenta la stretta e si scosta. Si irrigidisce stringendo le labbra, ma gli occhi brillanti di lacrime sembrano chiedere *Stai bene? Sei felice?* La mia risposta si riflette nei miei. *Ora lo sono.* Appagata, annuisce, poi mi passa i pollici sotto gli occhi.

Tira un sospiro di sollievo e ridendo osserva: «Menomale che non ti hanno ancora truccato».

Ho il cuore in gola e non riesco a parlare. Deglutisco con forza per sbloccare le parole, ancora incredula che mia madre sia qui.

«Non posso restare, Naoko. Tuo padre non sa che sono venuta. Ma ho sentito il tuo desiderio nel vento. Mi appare come un sogno, e poi si presenta il tuo Hajime e...» Respirando attraverso il naso, raccoglie tutta la fermezza del suo proposito. «Riconosco dal profondo del mio animo che il tuo destino è sposarti...» La spiegazione viene consumata da un altro rapido respiro. Indica il tavolino vicino al lavello. Steso sul sacchetto di seta c'è il suo *shiromuku*.

Ora sono un fiume di lacrime. Non merito tanto amore. Non ci sono parole. Soltanto lacrime. La mia gola si stringe per controllare i singhiozzi che salgono irrefrenabili.

Mia madre sorride per nascondere la sua emozione, poi si avvia alla porta. *Sta per andarsene?* Apre soltanto uno spiraglio e fa un cenno con la mano. Maiko e Ishuri si precipitano nella stanza chiudendosi la porta alle spalle. Hajime, dopo aver consegnato il suo dono perfetto, è sparito. Lo amo ancora di più.

Gli occhi delle mie nuove amiche convergono immediatamente sullo *shiromuku* e io mi sento mancare per l'imbarazzo. *L'abito di Ishuri.* Dopo essere stata così disponibile e generosa, si sentirà offesa. Il panico mi fa avvampare mentre mi sforzo di trovare la frase giusta per scusarmi. «Ishuri, io... sono...»

«Non ci pensare nemmeno, Naoko.» La voce di Ishuri è calda, piena di comprensione, la stessa che trapela dai suoi occhi spalancati. «Ma certo che indosserai l'abito da sposa di tua madre. È naturale.»

Abbasso la testa e mi piego in un profondo inchino, mortificata, sollevata, sopraffatta da tanta gentilezza. «Grazie, Ishuri» dico cercando invano di frenare le lacrime.

«La luna è molto impaziente» interviene Maiko con un sorriso radioso. «Presto trascinerà con sé la notte, perciò dobbiamo sbrigarci. Prima trucco e capelli, poi diamoci da fare per vestire questa sposa.»

Guardo Okaasan e prendo la sua mano fra le mie. Senza che io parli, lei intuisce la mia domanda. «Come posso andarmene senza vederti vestita? Chiedere questo a una madre è troppo, troppo crudele.» Si porta la mia mano sul petto e la trattiene, facendomi sentire il battito del suo cuore. Quel ritmo costante. «Senti? Batte forte e deciso. Sono qui. Viviamo questo momento. Il cielo non può negarmelo, figlia mia.»

Non do nulla per scontato. Benché io non ne abbia diritto, tutta questa felicità mi è stata donata. La benedizione del cielo è quantomeno capricciosa. Lo riconosco. Così sorrido a mia madre, alle mie nuove amiche e al destino. Nonostante il fiato caldo del drago sul collo – una probabile bambina, Hajime in servizio per settimane, me qui, da sola – capisco che quando il cielo lascia cadere un frutto tu devi aprire le mani.

14

America, oggi

Nel giro di una settimana avevo fatto notevoli progressi nello sgombero dell'appartamento di mio padre, ma avevo scoperto ben poco che chiarisse l'enigma del suo passato. Le montagne russe emotive di dolore e confusione si rivelarono estenuanti, così come le reazioni degli amici e dei vicini di casa, seppur animati da buone intenzioni. Continuavano a passare da me per rinnovarmi le loro condoglianze e portarmi piatti già cucinati. Il frigorifero era pieno zeppo di teglie da riscaldare, ma io non avevo appetito e nulla di nuovo da aggiungere alle solite conversazioni. Almeno, nulla che avrei detto ad alta voce.

«… era un brav'uomo…»

Un brav'uomo con un grosso segreto.

«… ora è con la tua mamma…»

Mia mamma sapeva dell'esistenza di quest'altra figlia?

Quel pensiero mi attanagliava il cuore e non lo mollava. O entrambi me l'avevano taciuto, o era un segreto che custodiva solo mio padre. Non mi piaceva nessuna delle due possibilità, perciò, invece di focalizzarmi su supposizioni e scenari immaginari, mi prendevo delle pause dal lavoro nella casa, soffocavo le emozioni e facevo qualcosa di utile. Ricerche, ad esempio.

La lettera di mio padre diceva chiaramente che aveva generato una bambina, il che significava che doveva esserci un atto di nascita da qualche parte. Digitai sul mio portatile «atti di nascita Giappone anni Cinquanta» e feci scorrere i risultati.

L'ambasciata degli Stati Uniti a Tokyo non conservava atti, né di nascita né di altro tipo. E secondo l'Ufficio degli affari giuridici di Tokyo, tutti i certificati di nascita di cittadini non giapponesi venivano conservati nella città natale, in modo permanente. La bambina sarebbe stata considerata una cittadina a tutti gli effetti negli anni Cinquanta?

Quando staccai gli occhi dal monitor era passata un'ora e l'unica cosa che avevo scoperto era che il Giappone, all'epoca, non aveva un sistema di archiviazione. Almeno non in senso tradizionale. Le famiglie tenevano traccia delle nascite e delle morti in una sorta di registro chiamato *koseki*, ma poiché non disponevo di un nome completo, non era possibile presentare una richiesta ufficiale.

Mi sentii mancare. Non avevo nemmeno il nome della madre, soltanto il nomignolo con cui mio padre si rivolgeva a lei nella lettera: Cricket. Che razza di soprannome era? Sbuffai. Del resto, che nome era *Hajime*? E perché papà si era firmato così?

Chiusi gli occhi e mi massaggiai le tempie. *Che cosa mi sfuggiva?* Conoscevo l'ubicazione della base, gli anni del servizio militare di mio padre. Questi dati dovevano pur contare qualcosa.

Digitai rapidamente sulla tastiera. Se mio padre aveva avuto una bambina nel periodo in cui prestava servizio in Marina, doveva esserci un documento da qualche parte. Cliccai un link dopo l'altro finché non trovai il sito giusto e il dipartimento giusto, e lessi con attenzione la sezione FAQ.

In qualità di parente prossima potevo chiedere i suoi dati, ma non online, poiché la sua data di congedo non rientrava nella fascia temporale dell'archivio per soli due anni. I tempi di attesa andavano dalle sei alle otto settimane ed erano necessari parecchi documenti (codice fiscale e numero di previdenza sociale, settore e periodo di servizio e copia del certificato di morte) di cui disponevo. Mi misi al lavoro.

Raccolsi i documenti attingendo al mio archivio e ne feci delle copie che spedii via mail il mattino seguente. Stavo effettuando il pagamento della tassa online quando udii il suono della sveglia di papà provenire dalla camera da letto. L'aveva puntata per ricordarsi le medicine da assumere la notte, e ogni volta la spegnevo senza però disattivare la ripetizione periodica. Con la scusa di doverla spegnere, ero costretta a entrare ogni giorno nella sua stanza. Era un modo per prepararmi all'immane compito che mi aspettava: passare in rassegna gli effetti personali di mio padre.

Seguendo quel *bip* insistente e districandomi in un labirinto di scatoloni e sacchi che avevo già preparato, mi diressi verso la camera da letto – l'unico vano che non avevo ancora toccato – seguii il filo elettrico e tirai la spina. Il piccolo schermo della sveglia digitale si oscurò.

Rimasi a fissarlo per qualche istante.

Era arrivato il momento di sistemare quella stanza, lo sapevo.

Il mio sguardo si spostò dalla sveglia all'album di foto di famiglia appoggiato sul comodino. Lo presi e mi sedetti sul bordo del letto. Il raccoglitore scadente era quasi sfasciato. Era di quelli con il cartoncino adesivo difettoso coperto da fogli protettivi trasparenti. Eccola qua, la nostra famigliola di tre persone, le immagini sbiadite, ingiallite, incollate alla pagina. E io, l'unica rimasta.

O almeno così credevo.

Quel pensiero continuava a scavarmi dentro. Come se il fatto che mio padre aveva un'altra figlia potesse defraudarmi di qualcosa. Non era così, perché io avevo avuto *lui*. C'era tutta una vita di amore documentata in ogni foto. Feci scorrere la punta delle dita sull'istantanea della Little League. Papà era il mio coach, sia in campo sia fuori, e usava le regole del gioco come una scuola di vita per me.

Stanca? Dacci dentro.

Vincere è importante, ma come vinci lo è ancora di più.

Sei una lanciatrice formidabile, sicura nella seconda base, ma non altrettanto veloce intorno alle basi. Devi conoscere le tue forze.

Conoscere le mie forze... Non conoscevo nemmeno lui.

La mia mente continuava a tentare di conciliare le mie convinzioni – un buon padre, un uomo perbene – con i miei timori – un uomo che aveva abbandonato una donna incinta e una figlia. Non volevo credere una cosa simile. Papà non l'avrebbe mai fatto. Sull'orlo delle lacrime, osservai attentamente la sua foto. La verità era che non lo sapevo più.

Chiusi l'album con un colpo secco, sapendo che non conteneva le risposte che desideravo, e mi avvicinai al comò in cerca di qualcosa di utile.

Il primo cassetto era pieno di biglietti di auguri di compleanno e di anniversario. Alcuni erano miei, ma i più numerosi erano quelli di mia madre. Nessuno proveniva dal Giappone. Il secondo cassetto conteneva T-shirt, quello successivo calzini e biancheria intima, e nell'ultimo trovai una busta di carta per documenti. Rimasi a fissarla per un momento, incerta sul da farsi, poi, con il cuore che batteva forte e le mani tremanti, la tirai fuori e l'aprii.

All'interno c'erano i documenti e l'assicurazione della Cadillac, tutte cose che mi sarebbero servite, ma niente di più. Richiusi il fermaglio, sistemai il tutto nella scatola con l'etichetta «Documenti» ed emisi un sospiro di sollievo misto a delusione.

Davanti all'armadio a muro, esterrefatta, mi misi le mani sui fianchi scuotendo la testa per la quantità di mercanzia che mio padre era riuscito a stiparci dentro. Trovai la sua casacca dei Tigers, la feci scivolare dall'appendino e me la misi sopra la maglia. Mi cadeva dalle spalle, ma mi faceva piacere indossare qualcosa di pulito.

Rovistai fra i suoi vestiti, controllando le tasche di ciascun indumento prima di passare oltre. La maggior parte non erano stati indossati da anni e alcuni avevano ancora l'etichetta. Maglioni invernali e scatole di accessori vari occupavano il ripiano superiore. Alzandomi in punta di piedi, riuscii a prendere una scatola di scarpe, ma ne rovesciai altre. Immagini in bianco e nero si sparsero a ventaglio sul pavimento.

Immagini del periodo in cui mio padre era in Marina.

C'erano foto della sua nave nel porto e altre dell'equipaggio schierato sul ponte. Giovanotti, in realtà. Figli lontani dalla famiglia per la prima volta. Ragazzi del liceo che avevano promesso di scrivere alle loro fidanzatine. Qualcuno che, alla prospettiva di una vita in una cittadina di provincia, aveva capito di voler aspirare a qualcosa in più. Girai le immagini e scoprii che mio padre aveva scritto i cognomi dei suoi compagni: Valentine, Elliott, West, Spain.

E se avessi postato un appello sui siti di veterani della Marina? Se queste persone erano ancora vive o raggiungibili online, o se qualcuno si ricordava di loro, magari mi avrebbero aiutato a far luce su ciò che era accaduto. Un tentativo ambizioso, ma degno di essere considerato, se avesse confermato che ciò che speravo era vero, ossia che mio padre aveva scoperto di avere una figlia molto tempo dopo essere partito in missione, quando ormai non poteva tornare indietro. Forse non era nemmeno sicuro che la bambina fosse sua?

Avevo trovato online diversi articoli che affrontavano l'argomento con titoli come *Bambini dell'occupazione*, *Figli del nemico*, *Pan-pan: le prostitute del dopoguerra*, e ciascuno di essi sollevava una questione diversa.

La bambina era stato uno stratagemma per intrappolare mio padre nel matrimonio? La donna cui aveva scritto era la fidanzata che menzionava sempre nei suoi racconti o qualcun'altra? Sicuramente uno dei suoi commilitoni l'avrebbe saputo, ma quanti di loro erano ancora vivi?

E, naturalmente, c'erano foto di mio padre. *Ciao, papà.*

Con la sua massa di capelli neri impomatati e il suo ampio sorriso che esprimeva la spavalderia tipica della gioventù, era l'immagine perfetta del ragazzo degli anni Cinquanta. Gli mancavano soltanto un giubbotto di pelle e una moto al posto della divisa. Soffocai una risata tra le lacrime. Non mi stupiva che la mamma avesse perso la testa per lui.

Poi vidi foto turistiche con la scritta «Hong Kong», una con l'indicazione «Costa cinese» e parecchie con l'etichetta «Giappone»: la coloratissima Zenrin-mon di Yokohama, venditori ambulanti con la loro mercanzia a Kyoto, e una bellissima donna vestita interamente di bianco. Un kimono. Mi si accapponò la pelle.

Ti ho mai detto perché mi trovavo là? Un matrimonio.

Avresti dovuto vedere l'abito della sposa.

Era un kimono.

Avvicinai la foto agli occhi. La donna aveva il mento rivolto verso il basso, perciò non si vedeva il suo volto, ma le labbra colorate, il drappeggio elaborato del tessuto e il copricapo a mezzaluna facevano pensare a una cerimonia.

Mio padre aveva davvero partecipato a un matrimonio in Giappone?

Abbassai il braccio in grembo senza lasciare la foto. Avevo sempre saputo che i racconti di mio padre sullo Spartiacque continentale avevano qualche fondamento di verità, ma non mi ero mai occupata degli altri.

Ora l'avrei fatto.

15

Giappone, 1957

L'aria umida mi bacia le guance mentre Maiko mi aiuta a scendere dal portico in giardino. La notte avvolge il villaggio di casette sotto una coltre buia, ma il cielo ancora striato di arancione a occidente sembra far capolino all'orizzonte, incuriosito.

In una cerimonia normale, la sposa e lo sposo sono accompagnati da una fanciulla shintoista al servizio del tempio e formano una processione con gli invitati. Ma data l'assenza della mia famiglia, saltiamo queste tradizioni.

Maiko tiene una mano sul mio braccio, ma i miei occhi sono catturati dalle luci distanti. Non appena svoltiamo all'altezza dell'ultima casa, resto senza fiato. Le lanterne di carta che avevamo preparato insieme delineano tutto il sentiero e dei globi dorati illuminano le fronde degli alberi come infinite *hotaru* che sciamano dopo le intense piogge di luglio.

Anche i miei pensieri volano a sciami. *Sto per sposarmi.* Avrei voluto avere Okaasan qui con me. Con un sorriso, faccio scorrere la mano sul suo *shiromuku* per palparne il tessuto morbido sotto i polpastrelli e sentirmi più vicina a mia madre.

Il motivo elaborato di strati di organza bianca dona all'abito volume e vivacità. Un sapiente alternarsi di punti lunghi e corti crea un raffinato ricamo che contribuisce all'opulenza dell'insieme. La fusciacca *obi* di broccato è arricchita da una decorazione realizzata con un sottile cordoncino color argento coordinato con l'acconciatura di fiori intrecciati fra i miei capelli.

Non mi sono mai sentita così bella né così agitata.

Ogni passo che faccio mi avvicina sempre più al mio futuro e mi porta lontano dalla mia famiglia. Sono due estremi opposti, contrastanti in tutti i sensi, ma in qualche modo ho trovato il mio posto fra l'uno e l'altro grazie alla visita di Okaasan e al fatto che indosso il suo *shiromuku*. È quello che Buddha definisce la via di mezzo. Il giusto equilibrio della vita.

Io lo definisco felicità.

Davanti a me, in mezzo a un gruppetto di persone in attesa, c'è Hajime.

Spicca fra gli altri, alto, le spalle larghe, l'uniforme di un bianco candido, appena stirata e impeccabile. Il berretto calato sulla fronte lascia intravedere i capelli ben curati sulla nuca. La mascella forte, cesellata in angoli disegnati, è perfettamente sbarbata.

La sua figura diventa un'immagine bianca sfocata mentre scruto le nuove facce di coloro che gli stanno intorno. Il marito di Maiko con i figli. Nonna Fumiko con la famiglia di Ishuri, e i commilitoni di Hajime, Valentine e Spain, alla sua destra, in uniforme. Sorridono tutti. Tatsu, il figlioletto di Maiko, urla il mio nome provocando risatine divertite.

Li ho quasi raggiunti. Accorcio lentamente la distanza che mi separa da loro. Sono trepidante di eccitazione, come se una stellina pirotecnica crepitasse dentro di me trasmettendomi una vibrazione che mi attraversa dalle dita dei piedi ai polpastrelli. Abbasso lo sguardo con un sorriso nervoso mentre ci avviciniamo. *Ci siamo*.

Prendo respiri lenti e profondi per rallentare i battiti del mio cuore. Avverto gli occhi di Hajime puntati su di me, ma soltanto quando sono davanti a lui oso alzare la testa. Inchinandomi, gli rivolgo uno sguardo attraverso le lunghe ciglia truccate, non più quello di una fanciulla, ma di una donna e, presto, di sua moglie.

Sento il cuore pulsarmi nelle orecchie, mi manca il fiato.

È felice?

Mi restituisce l'inchino, ma non abbassa lo sguardo. È lì che leggo la mia risposta. La luce delle lanterne si riflette nei suoi occhi, accendendoli di lamelle bianche che danzano come vele in un oceano blu, e io mi sento naufragare dentro quegli occhi. Dentro di lui. In questo preciso istante.

Il sacerdote shintoista, con indosso il *Jōe*, un kimono bianco immacolato e un alto copricapo a punta, si schiarisce la voce e chiede a tutti di alzarsi in piedi. La cerimonia ha inizio.

Ci inchiniamo davanti agli anziani, gli ospiti e l'un l'altro. Poi condividiamo a tre a tre lo scambio di coppe di sakè di tre diverse dimensioni. Ciascuna rappresenta l'indissolubilità del legame appena allacciato con un gusto terroso come quello del muschio bianco irrorato di rugiada. Proprio come nel matrimonio, non tutte le cose che si vivono sono piacevoli.

Soltanto con la terza coppa, al terzo sorso, lasciamo che l'intruglio dal sapore pungente si allarghi sulla lingua. Questo è il nono sorso, quindi beviamo. Il nove significa tripla felicità. Colgo un'espressione sorpresa sul viso di Hajime. *Lo avevo avvertito del sapore amaro?*

Quando termina il rito per ingraziarsi gli dei, tutti battono le mani due volte per testimoniare che sono state pronunciate le promesse di impegno.

Rivolgendosi a Hajime, l'officiante inizia a porre le sue domande. Gli chiede se mi amerà, mi rispetterà, mi consolerà e mi aiuterà sino alla fine dei miei giorni. Gli chiede di fare la sua promessa. È questo che stavo aspettando. Capirà? *Devo fare da interprete?* Proprio mentre sto schiudendo le labbra per parlare, lui si volta.

«Sì, lo prometto.»

Mi stringe le mani e si accosta leggermente parlando in tono dolce e carezzevole. «Prometto di amarti *ora*... Prometto di amarti *sempre*.»

Sono tutta contratta nel tentativo di tenere a bada l'emozione e le parole, ma non riesco a trattenerle. «Ti amerò per sempre, Hajime.»

I presenti ridono perché non toccava a me.

Arrossisco e sorrido, poi, rivolgendomi al prete, aggiungo: «Lo prometto anch'io». Non aspetto nemmeno la sua domanda.

Altre risatine sommesse.

Il sacerdote porge a ciascuno di noi un sacchettino di seta che contiene una preghiera di ringraziamento per chiudere la cerimonia. «Che queste parole possano servirvi da guida mentre percorrete il sentiero della vita in una nuova, unica direzione.»

Ma prima che l'officiante ci proclami ufficialmente marito e moglie, Hajime attinge alla propria tradizione e suggella la nostra unione con un bacio. Nonostante le tracce del sakè amaro sulle labbra, è il sapore più dolce che io abbia mai conosciuto.

Quando si stacca, siamo sommersi da auguri e congratulazioni, ma io non sento nulla. Sono incatenata al suo sguardo, sospesa in un magico momento di pura felicità. Gli occhi fissi nei suoi, una tacita intesa tra marito e moglie, la conferma che, nonostante le idee preconcette di ordine e convenienza sociale... noi amiamo.

Ci amiamo.

Dopo la cerimonia ci godiamo il rinfresco sotto gli alberi e ascoltiamo i racconti: come si sono conosciuti Maiko ed Eiji, quanto Ishuri abbia bisogno di dormire dopo l'arrivo del suo bambino, e tutto sui numerosi corteggiatori di Nonna Fumiko. Ridiamo e festeggiamo il nostro nuovo inizio.

Ora è tardi e perfino le lucciole sono assonnate. Il loro spettacolo di luci si affievolisce in lenti baluginii intermittenti. Ascoltiamo il regolare saliscendi del canto del grillo, il sospiro del vento tra gli alberi, e auguriamo la buonanotte agli ultimi invitati rimasti. Maiko è accanto a suo marito, Eiji. Tatsu è abbandonato sulla sua spalla, sprofondato nel sonno. La bambina, Yoshiko, si stiracchia sbadigliando. La serata è stata lunga per tutti.

«Maiko, aspetta.» Mi avvicino a lei con passetti rapidi. Le lanterne appese gettano sprazzi di luce sulle sue guance tonde e addolciscono anche le rughe più minute.

«Che c'è, Naoko?»

«Volevo soltanto...» Mi aggiusto le maniche cercando di trovare le parole giuste per esprimerle quanto sia stata fondamentale la sua gentilezza nei miei confronti. Una nuova ondata di emozione sale a chiudermi la gola. «Senza la mia famiglia qui, o almeno Okaasan...» Le lacrime affiorano e indugiano sul bordo della palpebra inferiore, pronte a staccarsi e cadere. «Desideravo dirti che il tuo aiuto è stato prezioso. Ne sono onorata.» Stringo le labbra e mi inchino.

Lei sorride e ricambia il gesto. Lanciando un'occhiata a Hajime dietro le mie spalle, mi rivolge un grande sorriso. «Andrà tutto bene.»

È così evidente che sono nervosa? Guardo il mio sposo che sta parlando con i suoi colleghi, quindi mi volto di nuovo verso Maiko e sorrido. Poi tiro il fiato e rido apertamente. Sì, sono sicura che il mio nervosismo si nota. Maiko mi dà un colpetto sul braccio e si appresta a raggiungere la sua famiglia.

Anche se io e Hajime abbiamo già condiviso le gioie intime del matrimonio, si trattava di momenti rubati, turbati dalla fretta e dalla necessità di non essere scoperti. Ora che siamo sposati, avremo una notte intera per scoprirci. Saremo soli come marito e moglie. Nessun sotterfugio. Nessuna fretta. Niente a frapporsi tra noi.

Tranne il fatto che forse porto in grembo sua figlia. Un segreto che condividerò con lui domattina.

Per ora mi dirigo verso il mio neosposo a passi lenti e sicuri. Lui è solo e cattura il mio sguardo. *Cosa vuole dirmi?* Il cuore accelera. Ora siamo soltanto noi. Se ne sono andati tutti. Sì, conosco questo sguardo. La testa leggermente piegata di lato. Occhi seri. Sento le farfalle nello stomaco.

Hajime si infila il berretto sotto il braccio e mi tende la mano. «Moglie.»

Moglie.

Mi piace udire questa parola sulle sue labbra. Quando poso la mia mano nella sua, si accende una scintilla – basta il contatto dei polpastrelli e mi sento consumata dal calore. Ci avviamo verso la nostra piccola casa tenendoci per mano, allungando le braccia per allontanarci quando incontriamo un tratto di strada accidentato, per poi riaccostarci subito dopo averlo superato. Con la coda dell'occhio mi accorgo che mi sta guardando.

«Sei silenziosa» dice, e mi stringe di più la mano. «Che cosa stai pensando?»

«Oh...» I miei occhi guizzano nei suoi, poi li distolgo tornando a concentrarmi sulle mie riflessioni. Non ho voglia di condividere questi pensieri. Mi stringo nelle spalle e gli rivolgo un sorriso imbarazzato.

Hajime si porta la mia mano alle labbra e vi posa un bacio. «Be', io sto pensando che sono l'uomo più fortunato del mondo. Sto pensando... cosa posso aver fatto per meritarti?» Mi dà un altro bacetto sulle dita e si ferma. Si avvicina. «Sto pensando... accidenti se è bella.» Il suo sguardo si posa sulle mie labbra, si china su di me e...

Lo bacio, incapace di trattenermi. Le sue labbra calde si modellano sulle mie. E poi non penso più a nulla e mi abbandono alle sensazioni.

D'un tratto mi prende in braccio e ride. «Che cosa fai?»

Si muove come se non pesassi nulla e si dirige con passi corti e rapidi verso il portico. Si sposta di lato in modo da aprire la porta che fa resistenza. «Lo sposo deve portare in casa la sposa tenendola in braccio.»

«Non conosco questa usanza» dico mentre lui oltrepassa la soglia insinuandosi di sbieco tra i battenti.

«Benvenuta a casa, mogliettina.»

Mi mordo le labbra e sorrido, la sua curiosa tradizione già dimenticata.

Avverto una contrazione nel petto e stringo più forte le mani allacciate intorno alla sua nuca. Hajime mi rimette a terra con un movimento agile, ma senza staccarsi da me. Anzi, mi attira a sé e le sue labbra cercano di nuovo le mie. Avverto il desiderio crescere lentamente nel suo bacio. La sua mano annaspa in aria per posarsi sulla porta e chiuderla alle nostre spalle. Fa scivolare le mani sui miei fianchi sino a fermarsi sull'*obi*. Le sue dita armeggiano goffamente. Poi si ritrae e accenna all'abito di mia madre. «Temo di rovinarlo. Non vorrei...»

Lo zittisco sfiorandogli le labbra con le dita. «Ci sono volute tre donne per mettermi il vestito, Hajime. Ti prego, se hai pazienza, per togliermelo ne basterà una.»

Mi tolgo le scarpe e le calze *tabi*, invitandolo a fare altrettanto. Poi, prendendogli la mano, lo guido verso il futon e gli faccio cenno di sedersi. Lui si slaccia la camicia mentre si siede sul bordo, e allargandosi il colletto per essere più comodo, si lascia andare indietro reggendosi sui gomiti.

Lo guardo mentre mi osserva incuriosito. Ho il cuore in gola e deglutisco a fatica.

Con le mani tremanti recupero la fodera di seta nella quale era avvolto il mio *shiromuku* e la lascio ai miei piedi. Poi, senza staccare gli occhi da Hajime e con grande cura, allungo la mano dietro la schiena per liberarmi del cordino decorativo. In tono dolce e sommesso, parlo in giapponese, consapevole che lui non capirà tutto ciò che dico. Non è una conversazione che farei tutti i giorni. Ma sono parole che ho scelto soltanto per lui e solo per questa notte. «Ora sei mio marito, quindi, senza vergogna, sono pronta per te.» Mi passo la lingua sulle labbra e prendo un lungo respiro per calmarmi, poi allento la fusciacca. Mi sguscia tra le dita mentre cade. Ogni movimento è misurato per perseguire una piacevole finalità estetica, ogni tocco immaginato, come se la mia mano sfiorasse la sua pelle.

Ho catturato la sua totale attenzione. Lentamente slego il *makura*, il cuscinetto, per liberare le pieghe lungo la schiena. Mi tremano le mani mentre sistemo un'estremità sull'altra. Flettendo le ginocchia lo poso sul telo di seta aperto ai miei piedi.

«Non serve coprirmi.» La mia voce è un sussurro rauco.

Disfo il nodo dell'*obi*. Mi cade allentato tra le mani e lo metto da parte. Poi slaccio l'*himo* che trattiene l'eccesso del drappeggio. Il cuore mi martella nel petto rendendo il mio respiro affrettato. Hajime mi fissa con gli occhi socchiusi e pieni di passione. Le pupille scure divorano il colore risparmiando soltanto un sottilissimo cerchio di azzurro.

Quando mi rialzo, il *shiromuku* slacciato pende lungo il mio corpo, perdendo ogni forma. Finalmente si può togliere.

«Questa notte…» continuo facendo scivolare la mano sotto il vestito all'altezza della spalla per scostarlo e rivelare la sottoveste. «Le mie labbra, la mia pelle…» Libero l'altra spalla e trattengo nel pugno la stoffa afflosciata. «Tutto il mio…»

Hajime inclina la testa di lato come a indicarmi che ha colto il messaggio trasmesso dalle mie semplici parole. Ho le guance in fiamme. Ancora una volta mi chino per posare il kimono sul grande tessuto di seta. Con il mento abbassato in segno di umiltà, mi accovaccio e alzo lo sguardo su di lui.

Hajime non è più semisdraiato. Si avvicina protendendosi verso di me.

A pochi centimetri dal suo viso, dalle sue labbra, sussurro: «Accolgo il tuo tocco. Sono qui per il tuo piacere».

Il frullio d'ali che sento dentro di me cresce trasformandosi in un brulichio frenetico, consapevole di quello che sto per fare. Millenni di mogli innamorate si sono svegliate dentro di me. È un'antica consapevolezza radicata nella mia essenza, il concetto primitivo del corteggiamento e dell'invito proprio della natura stessa. E come un modello, uso questa consapevolezza per guidare e ammaliare. Non desidero altro che dargli piacere. Dimostrargli il mio amore. Sentire il suo.

Prendo un respiro profondo e rimango in piedi, immobile. La sottoveste cade a terra ed eccomi davanti a mio marito, in tutta la mia essenza.

Trattengo il respiro e Hajime inspira piano attraverso le labbra socchiuse.

I suoi occhi scorrono sul mio corpo nudo. Il mio cuore batte a un ritmo disordinato. Tutto è esposto al suo sguardo. Sono sua, oggetto della sua ammirazione. Il mio petto si alza e si abbassa, scosso da respiri brevi e affrettati. Un'ondata di calore cresce piano mentre sono in attesa, cercando i suoi occhi che scrutano ogni centimetro del mio corpo.

Non oso muovermi finché non lo fa lui.

Mio marito prende la sua sposa.

16

Giappone, 1957

Io e Hajime siamo rimasti a parlare, a ridere e ad amarci come marito e moglie fino a molto tempo dopo che la luna è calata all'orizzonte. La mattina ci trova intrecciati come tralci di glicine, assetati, in cerca della stessa luce.

Mentre i passeri litigano, l'ansia torna a ricordarmi ciò che mi aspetta. Dopo una notte passata a manifestargli il mio amore, desidero confidargli che questo amore potrebbe già essere sbocciato in un fiore.

Respiro l'oceano dalla sua pelle nuda e abbronzata e percepisco l'alzarsi e l'abbassarsi dei suoi muscoli tonici sotto il palmo della mia mano. Sono felice. Appagata. Palpitante di emozioni.

Lo studio mentre ancora sonnecchia. La nostra bambina avrà lo stesso incavo delicato del suo mento? Gli stessi occhi del colore del mare? Gli stessi capelli leggermente ondulati? Vorrei che almeno avessero la stessa tonalità decisa, scura come l'inchiostro. La amerei comunque, ma se fosse così, se non altro, avrebbe un peso in meno sulle sue esili spalle.

Hajime tira un pigro respiro e stende la bocca in un sorriso languido. «'Giorno.» C'è una nota rauca nella sua voce al risveglio di prima mattina. Un nuovo aspetto che mi diventerà familiare, un altro dettaglio di cui mi innamorerò.

Mentre mi tiro su, i capelli mi cadono sul viso. Lui me li infila dietro le orecchie e me li pettina per tutta la lunghezza facendovi scorrere le dita, per poi farlo di nuovo. Quel movimento ripetuto è piacevole, mi trasmette calma e dolcezza, e come un gatto allungo il collo per accoccolarmi contro di lui.

Sorrido a mio marito. *Marito*. Le mie emozioni si moltiplicano in cerchi concentrici. Partirà oggi per un'operazione di pattugliamento dello Stretto di Taiwan. Dovrei aspettare le due settimane che lo terranno impegnato per dirglielo. Smuovo le acque con le mie parole per saggiare la temperatura. «Che bello il bambino di Ishuri.»

Un paio di liquidi occhi azzurri mi fissano intensamente. «Tu sei bella.»

Con le dita sfiora il contorno delle mie labbra sorridenti, ma non mi lascio distrarre. «Secondo me è perfetto. Non ha quasi pianto, hai notato?»

«Ishuri però è stanca. Ha detto che non riesce a dormire.» Hajime prende un ampio respiro interrotto da uno sbadiglio indolente che si mangia le sue parole. «Mi piace dormire.» Si stira e mi stringe più forte a sé.

«Non ti piacciono i bambini?» La mia voce è quasi stridula.

Hajime mi guida alle sue labbra anelanti. Senza smettere di sorridere e con un tono cantilenante precisa: «A me piace *farli*, i bambini».

Un bacio appassionato, e dentro di me si scatena una tempesta di sensazioni che mi fa venir voglia di canticchiare. Per un istante la mia attenzione viene distolta. Le sue dita percorrono tutta la mia spina dorsale lasciando una scia di brividi infuocati. Il suo bacio è avido e delizioso, ma non posso farmi distrarre oltre, ciò che devo dire non può aspettare ancora.

«Hajime.» Mi stacco da lui e mi tiro su. Spostando il mio peso, mi allungo per prendere il rotolo di pergamena infilato vicino al cuscino. Quello con il drago che ho dipinto quando sono arrivata qui. Lo avvicino, afferro il margine e lo piazzo in mezzo a noi.

Hajime inarca le sopracciglia. «Per me?» Si puntella su un gomito, si liscia i capelli scarmigliati e si sfrega un occhio. Si lascia scivolare indietro e tende le mani. «Vieni qui.»

Io rotolo sul fianco e mi rifugio nell'incavo del suo braccio posando la testa vicino al suo mento. Premo un dito sulle lettere in rilievo della piastrina di metallo che porta al collo mentre è impegnato a srotolare il mio dono di nozze. Sono pietrificata dalla paura. *E se questa per lui è una notizia sgradita?*

Hajime avvicina al viso la carta dai bordi setosi e cerca di decifrare l'elaborata scrittura kanji in stile corsivo. Chiudo gli occhi in trepida attesa, ascoltando il suo cuore, e prego che sia aperto ad accogliere una figlia. Tre secondi, cinque, dieci? *Per quanto tempo resterà a fissare le mie parole senza mostrare una reazione?* Le dita dei piedi si arricciano dall'impazienza. Partorire un figlio può essere più facile che annunciare il suo probabile arrivo.

«È meraviglioso.» Mi bacia sulla testa.

I miei occhi si spalancano. *Tutto qui?* Accartoccio il viso, confusa. Il suo non dimostra felicità. La sua espressione, sebbene sia piacevole, è vaga.

«Che cosa dice?» mi chiede stringendosi nelle spalle.

«Oh...» Mi abbandono contro di lui, sollevata. «Il corsivo è difficile da leggere, anche per un giapponese. Punta più sull'effetto estetico che sulla leggibilità.» Indico i simboli verticali lungo il margine sinistro. «Questo segno è il numero sei. Quello dopo vuol dire luna...» Mi chiedo se sia il caso di spiegare cosa significa la coda del drago, ma decido di non farlo. «Quest'ultimo si legge come benedizione.» Sento le farfalle nello stomaco. «Quindi tra sei lune saremo benedetti.» La gravidanza in Giappone si misura in mesi lunari scanditi in periodi di quattro settimane. Perciò, invece dei nove mesi occidentali, noi ne contiamo dieci, anche se restano pur sempre quaranta settimane. E se sono incinta, vuol dire che sono alla quarta settimana. Quindi dovrei partorire a febbraio.

Attendo la sua reazione senza alzare lo sguardo.

«E questo cosa significa?» Indica il carattere kanji più grande sulla destra.

«Quello significa...» Il mio cuore batte all'impazzata, come un uccellino che sbatte freneticamente le ali imprigionato nella mia cassa toracica. Non c'è possibilità di fraintendere quel simbolo. «Bambina.»

«Bambina?» Hajime allarga la pergamena per studiarla meglio. «Sei lune e saremo benedetti, *bambina*?» Corruga la fronte.

Apro la bocca per parlare, ma lascio indugiare il silenzio tra noi. Allungo la mano per prendere la sua e la poso sul mio ventre.

Un breve respiro, come se boccheggiasse.

«Mi stai dicendo che *aspetti* una bambina?» Il suo sguardo si posa sulle nostre mani unite sopra il gonfiore quasi impercettibile intorno al punto vita.

«Forse. Non ne ho la certezza.»

I suoi occhi cercano i miei. «Ma pensi di sì?»

Annuisco.

Hajime rimane sbalordito. Sapevo che la notizia, inaspettata e sconcertante, lo avrebbe colpito come un fulmine a ciel sereno, ma non mi sembra che gli faccia piacere. Avverto una stretta al cuore. Raddrizzo le spalle. «Non sei felice.»

«No, non è questo.» Si protende verso di me e mi prende il viso tra le mani a coppa. Con i pollici mi asciuga le guance umide. «Perché non me l'hai detto prima?»

«Ti ricordi quello che ti ho raccontato quando mi hai trovato qui? Di Okaasan e dell'uccellino? Che la scelta era nelle mie mani?»

Lui mi fa cenno di sì con la testa.

«Questo uccellino...» Indico il mio ventre. «E tu, che eri la mia scelta. Non volevo forzare la tua. Non volevo accalappiare un marito. Per questo ho atteso che fossimo sposati, ma...» Scruto i suoi occhi attraverso i miei, che sono pieni di lacrime.

«Vieni qui.» Hajime mi chiude in un abbraccio, mi accarezza i capelli e sussurra: «Anch'io ho fatto la mia scelta e ho scelto te. E sono felice, stordito, tutto qui. Non era esattamente un figlio quello cui pensavo ora».

«Buon per te» dico. «Io non ho pensato ad altro.»

La Baia di Tokyo un tempo era famosa per la pesca e i cantieri navali. Ora l'attività industriale rende ricca la costa avvelenando il pesce e inquinando il litorale. L'odore che aleggia sul porto è un misto di aria salmastra e fumi di scarico, e mi fa rivoltare lo stomaco già in preda alla nausea.

Riparandomi il viso con il ventaglio, faccio del mio meglio per sorridere ed essere di buona compagnia. Le celebrazioni del Community Day sono aperte a tutti, così abbiamo deciso di portare con noi la bambina di Maiko, Yoshiko, e la sua amichetta Kimi. L'abbiamo fatto per ringraziare Maiko, ma anche per avere un po' di compagnia quando rientrerò nella mia nuova casa.

La nave congestionata ospita equipaggio, famiglie e bambini della scuola elementare. Sono sparpagliati ovunque e i fotografi ufficiali sono pronti a catturare ogni dettaglio. Hajime ne chiama uno agitando la mano e si inginocchia tra le due bambine, poi mi esorta a mettermi accanto a lui. Le piccole rispondono volentieri al suo invito, ma io vorrei evitare tutta quell'attenzione, così mi avvicino soltanto di un passo. Ci siamo proposti di convincere il comandante di Hajime a firmare i documenti del matrimonio e sono già abbastanza agitata.

«Hanno dimenticato la divisa scolastica?» chiede il fotografo notando che gli altri bambini la indossano e sventolano le bandierine per mostrare lo spirito di appartenenza alla propria scuola.

La figlia di Maiko e la sua amichetta hanno parecchio spirito, ma non hanno una scuola. Per evitare la discriminazione, le madri fanno a turno per insegnare all'interno del villaggio. Oggi la maestra sono io e Hajime è la nostra guida. E per evitare altre domande, sarà il nostro unico fotografo.

Dopo lo scatto del flash, Yoshiko e Kimi riprendono a saltellare allegramente, inconsapevoli della mia irritazione. Hajime invece è fin troppo consapevole e mi mette un braccio intorno alla vita. Io cerco la manina di Yoshiko, che a sua volta prende quella di Kimi mentre torniamo alla nostra passeggiata sul ponte.

«Perché la nave è femminile?» chiede Kimi.

Traduco le loro incessanti domande mentre proseguiamo senza fretta.

«Una nave è come una bella donna» spiega Hajime guardandoci tutte. «Viene ammirata per la vita sottile e i fianchi generosi che si allargano in una struttura armoniosa.» Mi lancia un'occhiata allusiva.

Le bimbe gli dedicano la massima attenzione, bevendo ogni sua singola parola che suona così insolita alle loro orecchie. Yoshiko mi tira il vestito. «Che cosa ha detto? Perché la nave è femminile?»

Oh. Sorrido, non sapendo come tradurre la risposta di Hajime. «Dice che le navi sono tutte carine.»

Le bambine si fermano e lo guardano incredule. Le loro dita si posano incerte su fianchi magri.

Lui ride. «E se vi prendete cura di lei, se la trattate bene, molto bene...» Si avvicina a me, mi dà una leggera gomitata e sorride. «Allora vi porterà in viaggio, un meraviglioso viaggio che non avreste mai immaginato fosse possibile.» I suoi occhi si posano sulla mia mano appoggiata sul ventre, poi torna a rivolgersi alle ragazzine. «Forse diventerò papà. Bambino, *akachan*.»

Le piccole sgranano gli occhi e fanno guizzare lo sguardo da me a lui. Io annuisco sorridendo, felice della novità, ma ancora più felice per la sua reazione. Se la nave è una donna, allora l'uomo è il mare. Viene rispettato per la sua profondità, l'ampia portata e l'immensa potenza. È una cosa in superficie e un milione di altre cose sotto. Mi piace quello che c'è sotto. La felicità. Hajime prova la parola "padre" come se fosse una giacca nuova ed è orgoglioso di come gli sta.

Yoshiko e Kimi imitano il suo saluto rivolgendosi a un ufficiale di passaggio. È diventato il loro gioco. Lui finge di rincorrerle e loro ridono simulando innocenza. Anche se non lo capiscono, catturano la sua costante attenzione finché qualcuno non gliela ruba.

«Torno subito» dice Hajime, e sparisce tra la folla.

Si avvicina a un tipo corpulento con i capelli brizzolati che spuntano da sotto il berretto. Ha l'aspetto di una rana toro, con un collo cascante e le labbra che si stirano in una vaga espressione arcigna. Un minuto dopo i due uomini si dirigono verso di noi.

È il suo comandante? Gli occhi a fessura mi sezionano, freddandomi. Gli rivolgo comunque un inchino ossequioso, sperando che lui rispetti il nostro matrimonio celebrato secondo la tradizione shintoista e acconsenta a firmare. Non registra né ricambia il mio saluto.

Osservo il suo volto e quello di Hajime per ricavare qualche indizio e cerco di immaginare quello che si stanno dicendo. Hajime gli sta spiegando che vivremo *qui*? Che non voglio un biglietto per l'America? Le bambine ridono, così mi volto. Un gruppo di ragazzini si diverte a stuzzicare dei gabbiani pigri con pezzettini di pane di sesamo.

«Possiamo?» chiedono all'unisono Yoshiko e Kimi.

Annuisco e torno a rivolgermi verso Hajime.

È impegnato a parlare. Il suo comandante, invece, è impegnato a guardare altrove, con il peso spostato in avanti come se fosse pronto a fare uno scatto. Hajime gli ha confessato che probabilmente gli darò una figlia? Avrà importanza se sarà così? Perché dev'essere tutto così difficile?

Le bambine strillano attirando di nuovo la mia attenzione. Alcuni gabbiani audaci si tuffano per strappare qualche boccone dai loro palmi aperti. Sbattendo le ali, si calano stridendo e suscitano le risate delle piccole. Quando guardo alle mie spalle, Hajime si sta dirigendo verso di me e il comandante è già schizzato via.

«Che cosa ha detto?» chiedo mentre lui si appoggia al parapetto di fianco a me. «Firmerà?» Sollevo le sopracciglia, speranzosa.

«No, ma continuerò a lavorarmelo.» Hajime si toglie il berretto, si passa una mano tra i capelli e se lo rimette. «Quando pensi che arriverà esattamente?» La sua fronte è solcata da rughe di preoccupazione. È come se ora, assorbita la notizia del lieto evento, emergessero tutti i timori e le ansie.

Alzo le spalle. «Il nostro Uccellino dovrebbe nascere a febbraio, ma devo ancora avere la conferma del medico.»

«C'è un ospedale della Marina vicino alla base. Ti fisserò un appuntamento quando torno.» Si risistema il berretto e riprendiamo a camminare.

«Bambine!» Faccio loro cenno di seguirci, poi mi affianco a Hajime.

Parla più con se stesso che a me. «Ma se dovessi assentarmi per settimane? Come facciamo se succede qualcosa? Oppure se…» Volta di scatto la testa verso di me. «Devo assicurarmi che tornare indietro non sia un problema.»

«Che cosa vuoi dire?» Corrugo la fronte. «Perché dovrebbe essere un problema tornare?»

«Cricket, tra un paio di mesi sarò congedato. Il mio periodo di servizio finisce in ottobre e dovrò tornare negli Stati Uniti per il congedo definitivo, ricordi? E sapevamo che se il comandante non avesse firmato i documenti non avrei potuto far domanda per ottenere un visto matrimoniale.»

«Sì, ma puoi chiedere un visto lavorativo.»

«Giusto. Ma questo richiede tempo e dovrei trovare un'azienda disposta a garantire per me. Prima avevamo tutto il tempo davanti a noi, ma ora?» Il suo sguardo preoccupato si posa sul mio punto vita.

Mi fermo. «Ma ora siamo *sposati*. Il tuo comandante deve firmare.»

Le bambine corrono davanti a noi. Stavolta sono loro a farci segno di seguirle.

«Continuerò a insistere.» Hajime mi dà una strizzatina alla mano e riprende a camminare. «E se non lo farà, studierò qualche altra soluzione, d'accordo?»

Ho un moto di scoraggiamento. Avevamo parlato delle difficoltà connesse al suo ritorno in patria, sapevo che ci sarebbe voluto tempo, ma non pensavo a quanto un figlio in arrivo avrebbe cambiato le priorità.

Raggiungiamo il punto in cui siamo saliti a bordo. Le bambine continuano a fare domande che io traduco, ma non è più divertente come prima.

È anche ora di congedarci.

Yoshiko e Kimi salutano con un inchino, poi mi aspettano al molo, poco distante dalla passerella. Io e Hajime siamo fermi contro il corrimano della sponda della nave. Poiché le manifestazioni d'affetto in pubblico sono tabù, soltanto le nostre spalle si toccano. Io, con le mani aggrappate alla ringhiera di metallo. Hajime, appoggiato sugli avambracci, si sporge torcendosi le mani.

I gabbiani scendono in picchiata, curiosi di vedere se abbiamo qualcosa da offrire. Delle piccole onde lambiscono dolcemente la fiancata della nave. Gli scolari ridono e ci sfrecciano intorno, ma noi restiamo in silenzio. Siamo pesci che vedono tre lati di una rete tirata in barca. Anche se spingiamo il nostro sguardo verso il mare aperto, ci sentiamo in trappola, stretti dalle fibre intrecciate.

«Due settimane sono troppo lunghe» dico alla fine.

«Lo so.» Hajime si sposta per guardarmi dritto negli occhi. «Ti ho lasciato del denaro nella valigia, ma se hai bisogno di qualcosa, chiedi a Maiko e Eiji. Li ho pregati di occuparsi di te. E al mio ritorno sistemeremo tutto quanto, compresi gli appuntamenti con il dottore, okay?» Le sue parole sono cariche di preoccupazione.

Lo rassicuro dicendo che cosa farò durante il periodo in cui lui sarà via: approfondirò la conoscenza dei nostri vicini, renderò la nostra casetta più accogliente e conterò i giorni che mi separano dal suo ritorno nelle mie braccia.

Davanti agli altri ci comportiamo come i burattini di legno in uno spettacolo di *bunraku*, mentre le nostre vere identità stanno nell'ombra, nascoste in tristi abiti neri con il cappuccio. Vorrei dire molto di più – *Ti amo, mi mancherai, ho paura* – ma un dono personale e la sua storia dovranno bastare.

Mi slaccio il foulard di seta che porto intorno al collo. «Quando mio padre partiva per un viaggio d'affari, ci portava sempre dei piccoli doni da terre lontane.» Faccio scivolare tra le dita la striscia di seta bianca e rossa. «Quando mi regalò questa sciarpina dipinta a mano, sapevo che aveva fatto un errore. Era troppo da adulta, troppo raffinata, per una bambina ancora così piccola. Forse l'aveva pensata per Okaasan. "No" disse. "È per te. Per la donna meritevole che diventerai." La porto sempre, sperando di onorare le sue aspettative.» La raccolgo in mano e la offro a Hajime. «Amandoti come tua moglie, credo di poterlo fare.»

Hajime raddrizza le spalle e scuote il capo. «No, non posso accettarla. È troppo importante. È un dono di tuo padre.»

Gliela poso sul palmo aperto e gli chiudo le dita, indugiando con la mia mano sulla sua. «Consapevole del suo valore, ti garantisco che tornerà intatta.» Attraverso le sue palpebre socchiuse, cerco il suo sguardo. «Insieme a te.»

Gli occhi di Hajime brillano perdendosi nei miei. Un lampo che rivaleggia con lo scintillio delle pietre incastonate nella famosa Blue Street di Yokosuka, dove ci siamo incontrati per la prima volta. E in questo modo è come se fossimo soli. Non ci sono passeggeri vocianti, né voli in picchiata di gabbiani, né sciabordio di onde contro lo scafo. Ignorando regole e protocollo, mi attira a sé. Mi posa un bacio sulla testa. Un altro sulla tempia. Una promessa sussurrata all'orecchio. «Ti amo, ora e per sempre, Cricket.»

Mi aggrappo forte a lui e alle sue parole, sperando che risponda al richiamo verso casa esercitato dalla forza gravitazionale della luna del nostro Uccellino.

17

America, oggi

Parcheggiai la Caddy di papà nel vialetto di casa, raccolsi le borse della spesa e aprii la porta del suo appartamento. «Sono tornata.»

Le parole echeggiarono nell'ambiente semivuoto. Indugiai per un istante sulla soglia, sorpresa dal fatto che mi fosse sfuggito quel saluto abituale.

Emisi un sospiro esausto ed entrai. Al posto di mio padre che guardava la partita di baseball davanti al televisore con il volume troppo alto, c'erano degli scatoloni e un silenzio assordante. Le sue cose erano state in gran parte imballate e smistate. Quanto alla sua vita, a parte i dati relativi al suo arruolamento in Marina, non avevo molti altri spunti da approfondire se non le sue storie, che erano il motivo per cui, tornando a casa, mi ero fermata in cartoleria e avevo speso una piccola fortuna. Avevo fatto scorta di puntine da disegno, promemoria adesivi, pennarelli cancellabili e tre cartine. Una del mondo e due del Giappone: la prima indicava le strade, la rete ferroviaria e le città in dettaglio, e l'altra era una mappa di grandi dimensioni come quelle usate in classe dall'insegnante di geografia. Era larga quasi due metri, con i rilievi perfettamente illustrati e una speciale rifinitura plastificata che permetteva di scriverci sopra.

Usando una sedia della cucina come sgabello, appesi per prima la grande mappa del Giappone sulla parete nuda del soggiorno. Accanto vi posizionai la cartina stradale dettagliata e, sopra, il planisfero. Fissai con le puntine la lettera di mio padre, le foto dei suoi compagni di bordo e, nascosta sotto, quella della donna con il kimono bianco, poi feci un passo indietro per avere una visione d'insieme. Una parete investigativa era uno strumento abituale del mio lavoro di giornalista. Contrassegnare i vari luoghi e attaccare i risultati delle mie ricerche con le puntine – in questo caso, il passato di mio padre – mi avrebbe aiutato ad avere un quadro generale della situazione e a focalizzarmi sulle possibili connessioni.

Avrei iniziato con ciò che sapevo per certo.

Papà era stato in servizio attivo dal 1954 al 1957. Si era imbarcato sulla *USS Taussig* e, con questa, aveva attraversato lo Spartiacque continentale. Indicai sulla mappa la Linea internazionale del cambio di data nell'oceano Pacifico, poi individuai la base navale statunitense sulla penisola a Yokosuka e segnai anche quella.

Ma quali informazioni potevo trarre dai racconti romanzati di mio padre? Guardai la puntina che contrassegnava la base navale. Papà diceva che al cancello d'ingresso, dove era solito incontrarsi con la sua ragazza, c'era un'enorme ancora che pesava oltre 20 tonnellate. Trascinai il tavolo della cucina in mezzo al soggiorno per usarlo come scrivania improvvisata, poi presi il portatile e cercai il sito della Marina.

Da ragazzina avevo insistito per capire. «Ma se l'ancora era così grande e pesante, come ha fatto a finire sulla terraferma?»

«Un terremoto» mi aveva prontamente risposto mio padre. «Un terremoto così potente che ridestò un gigantesco mostro marino da un sonno che durava da mille anni. Quando si svegliò, inghiottì il porto e le sue navi con uno sbadiglio.»

Papà sosteneva che l'ancora era l'unica cosa rimasta. Forse avrebbe dovuto diventare scrittore. Ridevo da sola mentre scorrevo la galleria di foto della Marina militare sul sito: una portaerei impiegata di recente, uno sportello per il cambio valuta, un'insegna che indicava un complesso residenziale e – mi sentii gelare – una massiccia ancora nera. Eccola lì. E anche se non raggiungeva l'altezza di un grattacielo come mi ero immaginata da ragazzina, seppur inclinata, era comunque più alta del cancello.

Solo che non si trovava più all'entrata del porto. Secondo quanto riportato nella didascalia, era stata trasferita all'ingresso del Womble Gate nel 1972. Aggiunsi una puntina sulla mappa. Papà avrebbe inventato una storia fantastica su come l'avevano spostata.

Il mio sguardo si posò sulla foto della donna con il kimono bianco. Dovevo avere la conferma che il kimono era, in effetti, un abito da sposa, altrimenti non sarebbe stato compatibile con il racconto di mio padre di un "matrimonio sotto un albero secolare". Mi rimisi al portatile e cercai «kimono da sposa tradizionale giapponese», e nel giro di pochi secondi trovai parecchi riscontri.

Lo stesso tessuto bianco e il copricapo a mezzaluna riempirono lo schermo. Contrariamente alla foto di papà, queste erano perfettamente nitide e rivelavano intricati motivi, intessuti nell'abito con un minuzioso ricamo lungo gli orli imbottiti. Le didascalie specificavano che quel tipo di kimono, chiamato *shiromuku*, veniva utilizzato spesso nelle cerimonie celebrate secondo il tradizionale rito shintoista dei famosi templi vicini a Tokyo.

Era qui che mio padre aveva assistito a un matrimonio? Alcune di quelle foto erano state scattate nella capitale.

Eccitata da questa scoperta, cercai «luoghi di culto a Tokyo» e ne scoprii decine: alcuni erano dotati di giardini elaborati, altri di musei e monumenti commemorativi per i caduti in guerra, e quasi tutti vantavano un albero secolare.

Tokyo si conquistò una puntina, anche se non avevo individuato nessun tempio in particolare.

Cos'altro?

E la Blue Street dove papà si era avventurato, aveva visto quella ragazza e si era innamorato di lei all'istante? Le mie dita danzarono sulla tastiera, e con una semplice ricerca delle parole chiave «Blue Street di Yokosuka», la storia di mio padre prese vita.

Sorrisi perché trovai la risposta davanti agli occhi, proprio come l'aveva descritta lui. Una scura strada asfaltata con pietre bianche e blu incastonate, che scintillavano disegnando un fiume di luce. Era naturale che mio padre si fosse chinato a toccarle: anche in foto quello scintillio dava l'illusione del movimento.

Nel racconto completo dell'incontro nella Blue Street di mio padre, tutto partiva dalla passerella di sbarco e si dipanava attraverso la città come il sentiero del *Mago di Oz*, ma la strada che trovai io era dritta e stretta e non risultava collegata con il molo. Una piccola esagerazione, dunque, ma esisteva *davvero*. Proprio come lo Spartiacque continentale, l'àncora gigantesca e la sposa.

Segnai il luogo sulla carta, poi indietreggiai leggermente e rimasi a fissarla incantata perché, come Dorothy, ero stata sbalzata in un altro mondo. Un mondo familiare. Un mondo cui mio padre apparteneva. Per la prima volta da quando avevo letto quella lettera, provai di nuovo un senso di armonia. Attraverso le sue storie, papà, l'uomo che conoscevo, era tornato, e osservando quella mappa, lo vedevo ovunque.

Se soltanto avessi potuto dimenticare la lettera e tutto ciò che implicava. Lo volevo. Avevo il disperato bisogno di parlare con lui. Di capire. Continuavo ad arrovellarmi intorno alle stesse due domande. La lettera di mio padre era un tentativo di lavarsi la coscienza o il rimpianto per una vita condizionata da circostanze sfortunate?

Desideravo ardentemente che si trattasse della seconda possibilità, che tutto ciò che sapevo di lui si confermasse vero, ma il suo segreto mi scuoteva fin nel profondo e per ricostruire le mie certezze avevo bisogno di prove. Le mie ricerche però non stavano portando a nulla, e sebbene le storie di mio padre conservassero un fondo di verità, non mi davano le risposte che stavo cercando.

E se non le avessi mai trovate?

Il mio sguardo cadde sulla busta fissata sotto la mappa. Avevo già controllato l'indirizzo più volte solo per scoprire che il numero civico non esisteva, ma mi sembrava ragionevole supporre che la città dell'indirizzo fosse quella corretta.

Localizzai Zushi sulla costa opposta alla base e misi una puntina sulla mappa. Si trovava a non più di dieci minuti di treno. Ma negli anni Cinquanta? Poco dopo ebbi la risposta. La stazione di Zushi era stata inaugurata nel 1889, e anche se i tempi di percorrenza erano piuttosto lunghi, i collegamenti esistevano. Piazzai un'altra puntina e, con uno spesso pennarello rosso, tracciai una linea che univa Zushi alla costa opposta.

Era una cittadina di mare piuttosto piccola, il che mi sorprese. Secondo la storia che mio padre aveva intitolato *Un tè con il re dei mercanti dell'impero*, c'era una vecchia casa tradizionale dimenticata dal tempo. In un'area così ristretta quante case tradizionali potevano essere rimaste? Tornata al mio portatile, digitai «case tradizionali a Zushi, Giappone», e mentre scorrevo i risultati, ricordai le parole di papà.

La sua casa era in cima a una collinetta e mi aveva detto che l'avrei riconosciuta dal tetto con le tegole curve di terracotta.

Quando gli avevo chiesto perché le tegole erano curve, lui mi aveva risposto che era per tenere lontani gli spiriti maligni, perché i demoni si spostavano soltanto lungo linee rette. Dopo aver sentito quella storia, girai in tondo per giorni, prendendo la sua spiegazione alla lettera. Risi dentro di me. Eccomi qua, pensai, una donna adulta alla ricerca di una casa che rispondesse alla precisa descrizione fatta in un racconto.

Ma ne valse la pena. Le foto mostravano degli edifici di Zushi con il tetto a coppi, ma nessuno di questi era una casa isolata e non tutti erano vecchi. Due erano stati convertiti in *ryokan*, o locande tradizionali, e tre erano stati rimessi a nuovo come ristoranti. Poiché tutti gli edifici avevano il tetto a tegole curve, stampai tutte e cinque le immagini e le fissai alla parete sotto la mappa, ma doveva esserci un modo più facile. Mi serviva qualcuno che conoscesse la zona, qualcuno in Giappone che avrei potuto chiamare per porgli delle domande, ma chi?

Yoshio Itō del "Tokyo Times".

Mi rianimai immediatamente. Avevo collaborato con lui per un pezzo sulla sicurezza dei reattori nucleari giapponesi e un'altra volta quando il leader del Partito Democratico era caduto con l'accusa di aver incassato tangenti. Anche se non viveva vicino a Zushi, Yoshio parlava la lingua, e in qualità di cittadino giapponese e giornalista accreditato poteva avere accesso ad archivi che a me erano preclusi.

Scannerizzai la busta dopo aver coperto il numero di casella postale di mio padre con un nastro, poi mandai una mail a Yoshio chiedendogli un aiuto in via confidenziale per localizzare la proprietà. Non aggiunsi altro. A parte qualche scambio in chat, le risorse condivise e una corrispondenza via mail per motivi di lavoro, io e Yoshio eravamo due estranei, e questa era una questione personale.

Udii un tuono.

Avevo perso la nozione del tempo e il pomeriggio aveva attenuato la sua luce. Sbirciai fuori della finestra. Un gocciolone di pioggia, e subito dopo un altro, schizzarono sul selciato. *La Caddy!* L'avevo lasciata fuori con la capote abbassata. Rovistai tra le chiavi di papà e mi precipitai fuori.

Proprio mentre entravo in garage si aprirono le cateratte del cielo. Gocce pesanti presero a battere violentemente sul cemento e a tempestare le grondaie come centinaia di pugni rabbiosi. Con il cuore gonfio di nostalgia, scesi dall'auto e, con le mani affondate in tasca, restai a guardare l'acquazzone.

Un'estate io e mio padre eravamo fuori in cortile quando eravamo stati sorpresi da un temporale improvviso come questo. Lui aveva ritirato le sedie da giardino nel garage in attesa che il tempo si sfogasse e aveva imbastito una storia sui miei disegni a gessetto, che si scioglievano formando fiumi color pastello che scorrevano lungo il vialetto di casa.

I lampi rischiaravano il cielo. Aprii una delle sedie pieghevoli che mio padre usava in giardino e presi posto in prima fila per contemplare lo spettacolo. Si stava perdendo un temporale con i fiocchi, e io avevo perso lui.

Dopo un po' mi alzai, premetti il pulsante di chiusura del garage e rientrai in casa lanciando il mazzo di chiavi sul bancone dell'ingresso. Un gesto che avevo fatto almeno una decina di volte nell'ultima settimana, eppure rimasi gelata, gli occhi fissi sulle chiavi. Erano quattro. Quella dell'appartamento, la coppia originale per la Caddy e una per un lucchetto.

Il magazzino.

Circa un anno dopo la morte di mia madre, papà aveva deciso di ritirarsi in una casa più piccola e si era trasferito in una residenza per anziani.

Ci eravamo sbarazzati di gran parte dei mobili, degli attrezzi da giardino e degli oggetti di uso quotidiano che non gli servivano più, ma aveva traslocato il contenuto della soffitta in un magazzino.

Era accaduto anni prima, e me ne ero completamente dimenticata.

Pochi minuti dopo, con la borsa in mano, ero sulla porta, pronta a uscire di nuovo.

18

Giappone, 1957

Il sole veleggia alto e fiero sopra le nuvole simili a merletti, un oceano bianco e vaporoso con lievi onde drappeggiate a cascata. È un pomeriggio perfetto nel piccolo villaggio, eppure avverto la tempesta imminente. Mi torco le mani, l'una dentro l'altra, e guardo il cielo socchiudendo gli occhi. È stata una lunga settimana e me ne aspetta un'altra senza Hajime.

Oggi, ovunque posi lo sguardo, vedo i presagi della nonna. Sono soltanto sciocchezze, prodotto della vecchia saggezza popolare, ma ieri sera non sono riuscita a catturare un ragno dentro casa e così non ho potuto liberarmi dalla sfortuna che la sua presenza portava con sé. E stamattina si è rotto un cinturino dei sandali *zōri*, il che annuncia influssi malefici incombenti.

Mi sforzo di ignorare questi segnali e mi concentro sui bambini che si radunano intorno alla sgangherata scaletta esterna di casa mia. Ogni giorno ne arrivano sempre di più per seguire le mie lezioni di inglese improvvisate. Compresi i figli di Maiko, Tatsu e Yoshiko.

L'inglese viene insegnato a scuola, ma nel villaggio nessuno ci va, proprio come aveva sottolineato Kiko. Questo mi addolora, ma rafforza la mia determinazione a cambiare le cose. Poiché Hajime mi insegna l'inglese colloquiale invece delle frasi da imparare a memoria che vengono proposte in classe, i bambini avranno il vantaggio di imparare entrambi i registri.

Quando incontrai Hajime per la prima volta, ci parlammo

in inglese, ma non riuscimmo a comunicare veramente. Era sabato, giorno della Terra, ed ero andata con Kiko a Yokosuka. Lo avevo visto accovacciato e sembrava intento a cavare le pietre dal selciato. Certo che quell'americano era proprio strambo! Io e Kiko ci avvicinammo, divertite. Ma quando lui alzò lo sguardo, rimasi rapita da quegli occhi blu come le pietre che davano il nome alla strada.

«*Arigatōgo*» disse.

Grazie? Kiko mi diede un colpetto eloquente con il gomito e non trattenne una risatina.

«Prego?» dissi in giapponese.

«Ah...» Un ampio sorriso si aprì lentamente sul viso di Hajime scavando delle fossette sulle guance abbronzate. «Inglese?» Si strofinò la mascella spigolosa. «*Watashi wa hanasenai*... Inglese?»

Non sa parlare inglese? Che cosa? Io e Kiko ci scambiammo un'altra occhiata. «Lei non sa parlare nemmeno il giapponese» gli dissi nella mia lingua.

Stavolta rise anche lui, ma era ovvio che non aveva capito la battuta. «Caspita, sei proprio una bambolina.»

«No» replicai in inglese mostrandogli i capelli. «Sono una ragazza. Naoko.»

Tatsu, il bambino di Maiko, mi strattona la gamba distogliendomi dai miei ricordi.

Stiamo insistendo su questo punto da più di un'ora. «*Really*... ri-li» compito lentamente, articolando bene per mostrare come si forma la parola con la bocca. In giapponese non esiste la lettera "L", e questo è fonte di grande confusione. «Ri-l-l-lli.»

«Ra-li» dice Tatsu con un sorriso trionfante.

«Sì, bene.» Mi arrendo dandogli un colpetto sulla testa.

Sebbene sia molto più piccolo, con i suoi occhietti svegli e le ciglia lunghe, mi ricorda Kenji. Ha un ciuffo ribelle di capelli che si rizza sulla fronte e non sta fermo un secondo. Il paragone mi riempie di nostalgia per la mia famiglia. Sono sicura che anche il mio fratellino muore dalla voglia di vedermi.

Ho chiesto a Hajime come ha fatto a portare qui Okaasan senza che la nonna e le sue volpi spione se ne accorgessero.

Un gran sorriso gli ha illuminato il volto. «Ho trovato anch'io un volpacchiotto» mi ha risposto. «Uno cui piacciono le figurine di baseball e che sente molto la mancanza della sua sorella maggiore.»

In questo momento mi mancano entrambi.

Forse potrei fare una scappata a casa in segreto? Guardare Kenji che torna da scuola? L'avevo già fatto una volta. Se parto adesso... Mi blocco.

«Arigatō, gozaimasu, Sensei.» I bambini mi salutano a turno con un inchino.

Ricambio il gesto, commossa dalla gratitudine che esprimono per il tempo che ho dedicato loro. Ma sono io a essere riconoscente. Il tempo è una creatura inflessibile che si diverte a provocarti. Quando sei felice, spiega le ali e vola. Quando sei in attesa, si trascina nel fango con passo lento e pesante. I bambini mi aiutano a superare questo tratto faticoso.

«Sei una brava maestra, Naoko!» mi urla Maiko mentre raccoglie i panni stesi.

Tatsu le corre incontro ripetendo «Ra-li-Ra-li-Ra-li!» come un allegro ritornello.

La ringrazio chinando la testa. *Sono una maestra?* Il pensiero è un seme, piantato per dopo. In questo momento ho un disperato bisogno di avvertire l'intimità della mia famiglia, anche se soltanto da lontano.

Il treno sferraglia sotto il mio sedile mentre contemplo il paesaggio che mi sfreccia accanto sottoforma di chiazze di verde. Fra indice e pollice faccio rotolare rametti di lavanda che ho raccolto lungo il tragitto per la stazione. Sono le foglie che trattengono la fragranza, e le strofino sulla mia pelle per poi portarmele alle narici e goderne il dolce profumo.

Che giornata. Mi lascio sfuggire un sospiro, raccolgo le mani in grembo e osservo i miei sandali. Ho dovuto di nuovo sistemare il cinturino prima di partire. Un altro cattivo auspicio. Non bisognerebbe rammendare i vestiti prima di uscire di casa. Ma tutte queste premonizioni di fortuna o sfortuna sono sciocche superstizioni.

Mi alzo e aspetto che il treno si fermi completamente prima di scendere, quasi inciampando per l'emozione di rivedere la mia famiglia e la mia casa.

Gli alberi che fiancheggiano la strada mi danno il benvenuto con i loro alti rami che stormiscono nella brezza. Il sole gioca malizioso tra le foglie, ancora caldo. Ancora felice. Il gracchiare di un corvo mi ferisce le orecchie, e alzando lo sguardo colgo il brillio del suo occhio. Mi volto dall'altra parte. Un altro cattivo segno.

Questi presagi mi perseguitano.

Cammino con gli occhi a terra fissandomi i piedi e cercando di concentrarmi intensamente su pensieri piacevoli. Penso al matrimonio e alla notte d'amore che l'ha seguito. A questa bambina, quella che spero di portare in grembo. Alla nave di Hajime e al fatto che mancano solo sette giorni prima che lo riporti a casa.

I sassolini di ghiaia schizzano lungo la strada sotto il peso di un'auto. *Un'auto?* Anche se l'economia giapponese è in crescita, le automobili sono rare, perfino tra le persone abbienti. Papà non ha ancora preso in considerazione l'eventualità di acquistarne una. Mi sposto di lato per lasciarla passare, poi mi fermo di colpo.

È un carro funebre.

Non l'elaborato *miya* con il tempietto rosso e oro sul retro, ma il modesto furgone usato per trasportare un corpo nella camera mortuaria. Stringo il pollice nel pugno per precauzione. La parola "pollice" in giapponese si traduce come "dito dei genitori", e nasconderlo significa volerli proteggere. Una superstizione, certo, ma non oso sfidare nemmeno questa. La minacciosa sensazione che fin da stamattina si è insinuata dentro di me come un rivolo d'acqua ora si è trasformata in un'onda travolgente.

Guardo il furgone procedere lungo il tratto che ho appena percorso provenendo dalla stazione. Poi mi volto, terrorizzata. Da dove viene? In cima alla collinetta ci sono soltanto tre case.

Una di queste è la mia.

Mi sento venir meno.

Forse non significa nulla. Forse è la suocera vedova della nostra cara vicina di casa. Ma forse è…

Una vampa mi sale alle orecchie, il battito cardiaco accelerato dal panico. I miei piedi cominciano a rimettersi in moto. Un passo, poi un altro e un altro ancora. Mi spingono avanti sempre più velocemente fino a trasformarsi in una corsa affannosa. Il cinturino riparato alla meglio si slaccia. Mi tolgo il sandalo e continuo a correre.

Arrivata in cima alla collina, mi fermo, senza fiato, con un piede nudo. Il cuore martella contro le costole. Ecco la mia casa, calma e silenziosa. I miei occhi sezionano ogni dettaglio. L'esterno… ben curato. La porta… appena socchiusa per far entrare l'aria fresca. L'atmosfera tranquilla… sono sicura che la nonna sta sorseggiando il suo tè in giardino.

Sì, forse in fondo è tutto a posto. Ci sono tracce di pneumatici per terra. Mi chino e raccolgo la ghiaia smossa tra le dita. Non ci sono dubbi sulla loro direzione. Li seguo e mi portano fino a casa.

I passi che ho fatto tra la cima della collina e la porta d'ingresso di casa mia non sono registrati nella mia memoria. Nella mia mente vedo soltanto dei guizzi, uno sfarfallio di immagini che mi tormenteranno per il resto della vita. Sbatto le palpebre e fluttuo attraverso il tempo. Sono sotto il portico. C'è una lanterna bianca appesa, simbolo di morte. Ora sono sulla soglia. Un lamento. Singhiozzi. *Chi?*

Mi copro le orecchie con le mani. Voglio farlo smettere, cacciar via tutto questo. Due ombre si muovono all'interno. Nonna e mamma sarebbero le uniche a casa. *Taro? Papà? Oh, non Kenji. Per favore, non…* Le dita tremanti si infilano nella fessura della porta socchiusa. La apro.

Mio padre si volta.

Ha gli occhi rossi sotto la fronte aggrottata. Gonfi di commozione. Quando si posano su di me, le labbra si contraggono in un moto di sorpresa, poi si stringono per soffocarlo. Il pianto è quello della nonna. È ingobbita e si tiene la testa tra le mani, il fragile corpo scosso dai singhiozzi.

Mi chino per togliermi l'altro sandalo, poi corro ad abbracciarli. Altri flash si imprimono nella mia memoria. La cucina vuota. La camera da letto vuota. L'altra stanza. *Il giardino?*

I piedi nudi sul pavimento freddo. La nonna grida il mio nome, ma io sono già fuori. Corro trafelata lungo il sentiero ma è come se mi muovessi al rallentatore. La ghiaia mi si conficca nei piedi scalzi. Volto la testa freneticamente in ogni direzione.

«*Okaasan?*» Il suo nome esce dalle labbra e si strozza in gola. Urlo il nomignolo di quand'ero bambina: «*Haha!*» È un grido acuto. Lacerante. Disperato. *Dov'è?* È sola e sta piangendo? Taro ha avuto un incidente? *Ti prego, Kenji no.*

Attraverso il giardino correndo come una pazza, accecata dalle lacrime, cercando. L'angolo del tè dove ho presentato Hajime è vuoto. Il giardino zen a est, dove io e Okaasan ci confidavamo i segreti. Il tempietto a ovest. *Oh!* La mia mano sale a tappare la bocca spalancata. È già coperto con la carta bianca per allontanare gli spiriti impuri della morte.

Taro. Lo scorgo mentre scende dalla collina con Kenji. Rimango paralizzata nel vederli. Sono insieme. Nonna e papà sono in casa.

Sento il sangue affluirmi alla testa. Sto per svenire. Non c'è abbastanza aria. «*Haha!*» Il suo nome mi squarcia i polmoni.

Non ricordo di essere rientrata in casa. Ma eccomi qui. La cucina vuota. Il tè di Obaachan è intatto, i piatti sono sul tavolo. La stanza da letto vuota. Quella dei miei genitori odora di patchouli e legno di sandalo. È una fragranza terrosa e umida, come il giardino dopo la pioggia. Un tavolino pieno di fiori. *Li ho già visti prima?* Mio padre è uscito e sta andando incontro ai ragazzi. Tutto procede al rallentatore, come se fossi sott'acqua.

Mia nonna è in piedi in mezzo alla stanza principale. Piange disperata, con le mani sul volto e le spalle che tremano. Ha i capelli in disordine. La crocchia sulla nuca è spostata da una parte e alcune ciocche qua e là si sono sfilate prendendo strane direzioni.

Mentre mi avvicino, lei abbassa le mani e lascia indugiare le dita sul mento. Gli occhi sono gonfi di dolore. Mi tremano le labbra mentre cerco di formulare la domanda per ottenere la risposta che le mie orecchie non sono in grado di sopportare. La nonna annuisce prima ancora che io chieda.

Non è vero. Scuoto la testa. *No. No. No.*

«Il cuore...»

«No!» Agito le braccia in aria per respingere le sue parole.

Mi allontano da lei e le urlo contro: «No! *Non* è morta!» *Non può essere morta.* Mi afferro i capelli con le mani e tiro. Tiro forte, li strappo alla radice per trasferire il dolore altrove, perché ho bisogno di sentire qualcos'altro. Qualsiasi altra cosa. *Non sta accadendo davvero.*

La nonna dice qualcosa, ma io sono troppo distante, troppo chiusa in me stessa per sentire. Mi dondolo sui talloni, avanti e indietro, la testa affondata tra le braccia, il cuore che sanguina. *Com'è possibile che sia morta?* Piango, in preda alla disperazione, annaspando e inghiottendo aria tra un singhiozzo e l'altro. Mi sento soffocare e cado in ginocchio, straziata.

Spingo la lingua contro il palato e serro la gola per impedire che le urla escano dai polmoni gonfi. Mia nonna si avvicina. Le afferro le gambe e urlo inginocchiata ai suoi piedi versando fiumi di lacrime. Lei mi accarezza piano i capelli, ma sono inconsolabile.

Mia madre è morta.

19

Giappone, 1957

Il tempo non fa discriminazioni. Non gli importa se siamo felici o tristi. Non rallenta né si affretta. È una creatura lineare che viaggia in una sola direzione, costante anche nel dolore.

Oggi è il giorno del funerale di Okaasan.

Ne ho seguito soltanto uno in vita mia ed ero ancora una bambina. Ricordo le parole di mia madre: «La morte è soltanto un passaggio. Siamo qui oggi per onorare la vita del defunto e aiutarlo a superare la soglia e andare oltre». È quello che ho detto a Kenji ieri sera quando è sgattaiolato nella mia stanza. La sua espressione addolorata rispecchiava i miei pensieri. *Non voglio che lei passi oltre. Voglio che resti qui con me.*

Una distesa di crisantemi estivi bianchi copre la zona più ampia del tempio e altri incorniciano l'altare. Il loro profumo delicato fluttua nell'aria come un velo polveroso, si confonde con l'incenso al legno di agar e diventa sempre più penetrante di minuto in minuto. Normalmente il profumo del durame resinoso è piacevole. Ma qui, al chiuso, è un odore nauseabondo che si incolla alla pelle, agli abiti, alla memoria.

La nonna è seduta accanto a me e indossa un kimono da lutto completamente nero. I capelli sono raccolti accuratamente in una crocchia rotonda e i suoi occhi sono vuoti. Come i famosi draghi cinesi dipinti di Andong, sono privi di luce e il loro spirito è spento. La ascolto mentre fa scorrere avanti e indietro i grani del *nenju*, il rosario buddista. Le sue labbra tremano di parole silenziose.

Papà e Taro sono rigidi e composti, con un'espressione rassegnata. Mi hanno permesso di partecipare alle esequie di Okaasan perché si aspettano che io rimanga a casa. Loro due devono occuparsi degli affari, la nonna è avanti con gli anni, e poiché la mia famiglia non riconosce il mio matrimonio, Kenji ora è affidato a me. È rannicchiato sotto il mio braccio e fissa nel nulla. Con quel vestito scuro, ha più l'aria di un adulto che quella di un bambino di nove anni. La mia colpa è imperdonabile. Non sono degna di prendere il posto di Okaasan.

Avverto dei passi ovattati lungo la navata centrale. I partecipanti alla cerimonia sfilano davanti a noi uno dopo l'altro, inchinandosi e offrendo incenso all'altare. Un rituale che sembra durare all'infinito. La famiglia di Kiko presenta i suoi rispetti, ma la mia amica si rifiuta di guardarmi.

Serro la mascella. Il senso di colpa mi rode le viscere. Il sonno è fratello della morte e io ho bisogno della sua compagnia. Vorrei essere da qualsiasi altra parte. So che le mie lacrime non troveranno conforto, quindi tanto vale non versarle.

Alzando lo sguardo, vedo la famiglia Tanaka allontanarsi dall'altare e venire verso di noi.

Satoshi.

I capelli tirati indietro evidenziano i lineamenti spigolosi e gli occhi espressivi, e l'abito formale gli dona. Ha l'aria di un moderno uomo d'affari. Fisso i suoi piedi quando passa per andarsi a sedere dietro di noi.

La sua famiglia probabilmente sa che ho scelto un americano e quale divisione ha creato la mia decisione. Per provare una pena diversa dalla vergogna, conficco l'unghia di un pollice nel polpastrello dell'altro con così tanta forza da farmi uscire il sangue.

Mi sento bruciare la nuca per il timore del giudizio di Satoshi. Una mente consapevole del peccato commesso è la prima accusatrice di se stessa, e l'assenza di Hajime non fa che peggiorare le cose. *Si staranno chiedendo dov'è in questo momento?*

Kenji si asciuga il viso quando il sacerdote buddista inizia a salmodiare massime dal sutra. Tutto si confonde. Il monotono *clic clic clic* dei grani del *nenju* della nonna, il borbottio sommesso dei presenti assorti nelle loro preghiere e le parole dell'officiante che descrive l'immensa beatitudine destinata a coloro che dimorano lassù. Tutti questi suoni vanno e vengono in un alternarsi confuso.

Sono irrigidita in uno spaventoso senso di vuoto.

Poiché non ero presente negli istanti che hanno preceduto l'estremo congedo da Okaasan, non ho osato chiedere a mio padre o a Obaachan quali oggetti personali le sono stati messi accanto nella bara. Avevano aggiunto le tradizionali sei monete per facilitare il traghettamento sul fiume Sanzu?

Il Sanzu è il fiume che i morti devono attraversare per arrivare nell'aldilà. Le virtù dimostrate durante la vita terrena determinano le modalità di passaggio alla vita celeste, e ci sono soltanto tre possibilità.

Un ponte, un guado poco profondo e una rapida infestata di serpenti.

Grazie alla sua condotta esemplare sulla terra e a un cuore senza macchia, Okaasan si sarebbe di certo servita del ponte.

Le lacrime di Kenji mi bagnano la spalla. Lo stringo più forte a me e gli sussurro parole di conforto mentre annunciano il nuovo nome di Okaasan per concludere la cerimonia. È la lunghezza a determinare il prezzo, e papà ha pagato una piccola fortuna per renderle onore degnamente. Dobbiamo chiamarla con la versione abbreviata di questo nome per essere certi di non risvegliare il suo spirito dal luogo di beatitudine in cui si trova ora.

Io vorrei riportarla indietro in questo stesso istante.

Kenji e io ci facciamo da parte mentre i partecipanti al rito funebre escono sfilandoci davanti. È un mare di colore nero. Abiti neri, kimono neri e stati d'animo altrettanto cupi. Il signor Tanaka scambia qualche parola con papà e Taro. La moglie si inchina davanti alla nonna e le sfiora la mano con un lieve tocco. Nessuno mi degna di uno sguardo, tranne Satoshi.

Io abbasso la testa e poso gli occhi sul suo abito, concentrandomi sul tessuto.

Lui si china verso Kenji, ancora aggrappato al mio braccio. «Se hai bisogno di qualcosa, qualsiasi cosa, rivolgiti a me, d'accordo? E la prossima settimana riprendiamo a giocare a pallone, intesi? Non scordartelo.»

Kenji si limita ad annuire, ma poi alza il mento assumendo un'espressione coraggiosa davanti al suo nuovo amico.

«Un grammo di tempo non si può comprare con un grammo d'oro, Naoko. Non puoi riportarlo indietro, né farlo scorrere veloce, devi essere forte...» Satoshi sospira. «Mi dispiace tanto, davvero.»

Lacrime silenziose continuano a rigarmi le guance. *Come faccio ad averne così tante?* Le tampono cercando di trattenerle.

«Desidero parlarti in privato» mi sussurra Satoshi in inglese.

Alzo il mento di scatto, sorpresa.

Lui capisce senza che io dica una parola.

Annuisce. «Quando te la senti, Naoko.»

Sono passati due giorni da quando sono tornata a casa e ho scoperto che Okaasan era morta. Un giorno dal suo funerale, dal rinfresco serale e dalla rituale separazione delle ossa e delle ceneri. Soltanto poche ore dalla sepoltura.

Kenji piange mentre scappa via per la seconda volta, con i suoi piedini che cercano di superare in velocità la verità che lo insegue. Darei qualsiasi cosa per dimenticare questa scena. Mi strazia l'anima, la fa a brandelli. Taro e papà, sotto il portico, aspettano che torni, con lo sguardo vuoto fisso sul filare di alberi. Riordino la cucina, dove la nonna sta cercando conforto in una tazza di tè. Mi osserva al di là del tavolo. Vuole parlare. O meglio, vuole che io la ascolti.

Io ascolto l'acqua che scorre, invece. I piatti sono abbastanza puliti, ma li risciacquo di nuovo per tenere a bada i miei pensieri ossessivi. C'è una sorta di intimità nell'acqua. Si modella su ciò che la circonda, eppure muta la forma di ogni cosa nel corso del tempo. Piego le dita sotto il getto e guardo verso il tavolo.

La nonna inarca le sopracciglia. Pallida. Il kimono di seta

nero contrasta con il pallore della sua carnagione, trasformando il suo viso in una tetra maschera di cera. «Ci sono persone che pescano e altre che si limitano ad agitare le acque» sentenzia, poi si schiarisce la gola con un colpo di tosse.

Le sue allusioni mi agitano. «Vuoi dell'altro tè, Obaachan?»

«No, va bene così.» Si porta la tazza alle labbra sottili e mi scruta da dietro il bordo. Le sue pupille, piccole e fisse, sembrano quelle di una volpe appostata per catturare la sua preda.

So bene che ha molte cose da dire. La rispetto e le voglio bene, ma la mia pazienza è al minimo. Con un sospiro di frustrazione, inclino la testa di lato, come a segnalarle che può iniziare.

«Satoshi è ancora interessato a te, Naoko.» Ha la voce roca per i pianti e i gemiti di dolore. «Sì, l'abbiamo visto mentre ti consolava, come dovrebbe fare un buon marito con sua moglie.»

Il cuore mi martella nel petto. Obaachan non si fermerà qui.

Posa la tazza e picchietta il bordo con un dito. «Dov'è il tuo *gaijin* adesso che hai bisogno di lui?»

Mi si chiude lo stomaco. «Satoshi si è comportato da amico perché mio *marito*, che mi ama e che sarà affranto quando scoprirà quello che è accaduto, non è raggiungibile. Questo è tutto.»

«Sa almeno del *bambino*… mmh?» Gli occhi della nonna si stringono come per esprimere partecipazione, ma il tono è duro.

Quindi sono tutti al corrente? Certo. Okaasan aveva detto che papà aveva dei sospetti e scommetto che la nonna è in parte coinvolta. Le sue volpi mi hanno di nuovo messo nel sacco. «Sì. Gli ho parlato di questa possibilità dopo che ci siamo sposati.» Faccio un passo verso di lei, con una ciotola in una mano e lo strofinaccio nell'altra. «Dovevi vederlo, era così felice!» Mi volto indispettita e torno ai piatti, poi chiudo il rubinetto e mi metto ad asciugarli. Li strofino con così tanta energia che riesco quasi a specchiarmici.

«Quindi lui ritiene accettabile lasciarti in quel *posto*, nelle tue condizioni? Bah…» Agita una mano per scacciare il pensiero.

«Quel *posto* è la mia nuova casa. L'amore può vivere in una modesta casetta con il tetto di paglia così come in un palazzo, Obaachan.»

«Oh, quell'amore ha avvelenato tua madre. L'ha fatta a pezzi.»

«No!» Un impeto di rabbia mi esplode dentro e mi attraversa la spina dorsale. Punto la ciotola nella sua direzione, non posso più tenermi tutto dentro. «Tu non sai tutto ciò che credi di sapere, Obaachan.»

«E tu cosa sai, bambina?» ribatte mia nonna con aria sprezzante.

«So che Okaasan sosteneva me e la mia scelta di sposare Hajime. È venuta a trovarmi il giorno del matrimonio. Mi ha perfino portato il suo *shiromuku* perché lo indossassi!» Mi avvicino con aria battagliera. «Lo sapevi questo?»

La nonna alza il mento. Tiene lo sguardo fisso davanti a sé e inspira dal naso, visibilmente irritata. Poi, con le narici dilatate, sbotta: «Che sciocca. Lo sappiamo tutti». Le sue parole suonano sferzanti come un colpo di frusta. «Quando tuo padre l'ha saputo, è stata proprio la sua furia a far fermare il cuore debole di tua madre.»

«Che cosa?» Mi sento torcere le viscere, i crampi mi attanagliano lo stomaco.

«Sì, per colpa tua» conferma mia nonna come se mi avesse letto nel pensiero.

«Per colpa del tuo egoismo, Naoko.» Mio padre, appena entrato, è in piedi sulla soglia. Sobbalziamo entrambe.

Il mio sguardo guizza immediatamente verso di lui.

«Ora mi ascolti» ringhia, la voce bassa e l'aria risoluta. Trattiene a stento la potenza della sua sfuriata. Si avvicina. «Tu sei come la cuoca sbadata. Prendi tutto quello che ti pare dal giardino della vita e lo tagli frettolosamente per farne una zuppa. Ma proprio come quella cuoca, nella fretta, catturi un serpente e metti dentro alla pentola anche quello. Poi costringi tutti a bere il tuo miscuglio velenoso. La testa mozzata del serpente fluttuava nella scodella di tua madre, Naoko. Era troppo per lei da mandare giù.»

Sta parlando di questa bambina e di Hajime. Sta parlando

del mio matrimonio. Sta parlando di me. Sono responsabile di un conflitto così grave da aver causato la morte di mia madre. Sono uno tsunami di emozioni. Mi sento mancare la terra sotto i piedi. Sta per arrivare un'altra grande onda. Vorrei accartocciarmi sul pavimento e prepararmi all'impatto.

«Naoko?» La vocina di Kenji è così esile. «Naoko!» Si precipita da me passando davanti a mio padre, e io mi sento sopraffatta. La mareggiata mi travolge.

I miei occhi si incatenano a quelli di mio padre. Kenji affonda il viso nel mio petto e io lo avvolgo tra le braccia per stringerlo a me, ma non piango. Inghiotto il mio dolore per lenire il suo.

Un'altra contrazione mi attraversa le viscere. Mi piego e mi poso una mano sul ventre. «Oh!» *Oh, no...* Un altro forte crampo. Sento qualcosa di caldo tra le gambe.

«Obaachan?»

La nonna mi ha fatto stendere e mi ha raccomandato di non muovermi finché non fosse venuta una levatrice a occuparsi di me. L'ho sentita dire a mio padre che sarebbe andata a chiamare una donna che le doveva un favore. Molti sono debitori a Obaachan.

Sono passate ore e prendo respiri profondi e controllati per trattenermi dal piangere, ma dopo quello che è successo, è impossibile. Anche se le lacrime sembrano essere interminabili, il sanguinamento è cessato. Ho cercato di dirlo a mia nonna prima che uscisse, ma lei teme che, nel caso fossi incinta e dovessi avere un aborto spontaneo, possa sopravvenire un'emorragia. La sua preoccupazione è rivolta a me, non alla bambina. Dopo le dure parole di accusa di mio padre, mi ritengo fortunata se qualcuno si preoccupa per me. Chiunque sia.

Per Kenji sono stata forte. Verso mio padre e Taro ho mostrato rimorso e rispetto. Nei confronti della nonna sono stata premurosa. Con me stessa sono stata crudele. Mi immergo nel biasimo negandomi ogni slancio di pietà. Quando toccherà a me attraversare il fiume Sanzu, non sarò fortunata come Okaasan. La sua morte ora macchia di sangue le mie mani e inzuppa i miei vestiti rendendoli più pesanti sulle mie spalle. Sto già combattendo una dura battaglia contro un'implacabile corrente di serpenti vendicativi.

Il dolore allenta la presa a strappi.

Questo è il disegno del cielo. Se non offrisse momenti di sollievo, moriremmo accanto a coloro di cui piangiamo la scomparsa. Come un interruttore, accende e spegne l'angoscia. Quando è accesa, veniamo strangolati dalla morte finché non la sfioriamo a nostra volta. Quando siamo vicini al soffocamento, si spegne. Questo è il vuoto, la vacuità del nulla.

È qui che mi trovo ora, nella mia cameretta di un tempo, completamente anestetizzata e in attesa di essere travolta dalla prossima onda. *Ti prego, fa' che la mia bambina stia bene.* Ho già perso Okaasan e ora anche la bambina? Sarebbe un dolore troppo grande da sopportare.

Le mie orecchie colgono delle voci ovattate e uno scalpiccio, poi la porta scorre lasciando entrare la luce. Mi asciugo le guance ancora bagnate di lacrime e mi volto verso mia nonna e la sua ospite.

«Questa è Eyako. Sarà lei a prendersi cura di te.» Prima di uscire dalla stanza, Obaachan sussurra qualcos'altro alla levatrice.

Eyako chiude la porta. La lanterna che ha con sé getta delle ombre cupe sul suo viso. Non è vecchia come la nonna, ma deve avere una certa età. La sua fronte è solcata da rughe profonde che non si spianano nemmeno quando sorride. Posa la lanterna sul pavimento e congiunge le mani. «Dunque, di quanto sei?»

Mi schiarisco la gola. «Ho saltato tre…»

Scosta con cura il copriletto leggero e mi sbottona la camicia. Per scaldarsi le dita le strofina un po' insieme, poi le posa sul lieve rigonfiamento del mio ventre. Preme delicatamente con mano esperta, prima in alto, poi in basso, e poi ripete l'operazione. Mi solleva la gonna e mi esamina sotto.

Io guardo il soffitto e serro le palpebre.

«Ci sono tutti i segni di una gravidanza di quattro mesi lunari» dichiara coprendomi di nuovo.

Le mie dita stringono la coperta mentre studio il viso della donna in cerca di risposte. I nostri occhi si incontrano, e lei mi dà un colpetto sul braccio.

«Comunque sembra tutto a posto. C'è stata solo una piccola perdita e qualche contrazione. Senti dolore?»

«No.» Emetto un lungo sospiro di sollievo. *Questa bambina ha voglia di lottare.*

«Ma per sicurezza preferisco che ti visiti un'altra levatrice che può sottoporti a esami appropriati. Domattina presto ti trasferiremo nella clinica ostetrica, e lì potrai riposare, d'accordo?»

Spalanco gli occhi, già pieni di lacrime.

Eyako mi dà un altro colpetto sul braccio per rassicurarmi. «Dormi. Stai tranquilla.» Se ne va com'è venuta, portando il lume con sé. Altre voci sommesse, passi felpati, e poi silenzio.

Nella mente passo in rassegna tutti gli scenari possibili, ogni opzione praticabile per la mia vita. Una vita che non è più la mia. Ora appartiene a questa bambina, all'uomo cui ho affidato il mio cuore e a Kenji, il fratellino che devo trattare come un figlio. *Come un figlio.*

«Come posso anche solo sperare di prendere il tuo posto, Haha?» sussurro tra le lacrime. Nuove prospettive e vecchie tradizioni mi tengono legata per sempre. Mio padre non accetterà mai Hajime nella nostra famiglia, e non posso strappare Kenji dall'unica fonte di affetto che lui abbia mai conosciuto. E che ne sarà della creatura che porto in grembo?

Ti prego, fa' che stia bene.

20

America, oggi

Nel Midwest gli improvvisi sbalzi di temperatura possono rapidamente esplodere in una tempesta. Avrei fatto meglio a evitare di affrontarne una mentre ero al volante, ma quando mi ero ricordata del magazzino di mio padre, nemmeno un tornado di categoria cinque avrebbe potuto distogliermi dal mio intento.

I tergicristalli della Cadillac combattevano una battaglia persa in partenza contro quel rovescio torrenziale. A rendere tutto ancora più difficile, le gomme slittavano su un sottile strato d'acqua e i lampi creavano immagini persistenti che non abbandonavano il campo visivo. Avrei dovuto accostare, ma ero determinata ad andare sino in fondo.

Quando raggiunsi il magazzino, l'acquazzone si era placato trasformandosi in una pioggerella fitta e insistente. Mi sporsi dal finestrino per digitare il codice di apertura del cancello, poi accesi gli abbaglianti alla ricerca della fila H e dell'unità 101, ma era difficile mettere a fuoco le indicazioni. Percorsi lentamente una corsia dopo l'altra finché non trovai quella che mi interessava.

Dopo aver parcheggiato, individuai la chiave giusta nel mazzo e affondando in un fiume di acqua piovana mi avvicinai alla porta chiusa con un lucchetto. Vi infilai la chiave e bastò un giro per udire lo scatto. Mi chinai e sollevai la saracinesca facendomi sgocciolare sulla testa l'acqua che si era accumulata in fondo. Quando la luce si accese tremolando, entrai, mi scostai i capelli bagnati dal viso e mi guardai intorno.

Da dove iniziare?

Papà aveva un sistema preciso per catalogare le cose che intendeva conservare. Non sembrava passato poi così tanto tempo da quando avevamo trasferito qui gli scatoloni dalla soffitta, eppure i teli protettivi erano coperti da uno strato di polvere. Ne tirai via uno, e in un secondo l'aria stagnante assunse il carattere degli anni lontani e dimenticati.

Mentre mi muovevo tra due pareti di contenitori, le mie scarpe lasciavano le impronte bagnate sul pavimento di cemento impolverato. Se non altro, il locale non si era allagato.

Il primo scatolone conteneva le trapunte fatte a mano dalla mia bisnonna, preziosi cimeli di famiglia frutto di un paziente lavoro e consumati dall'uso. Tirai fuori quella che era rimasta a lungo ai piedi del mio letto. Era una semplice coperta patchwork fatta di riquadri bianchi e rosa, ma in ogni blocco di otto per otto i colori erano mescolati secondo uno schema diverso. Quella coperta mi aveva tenuta nascosta dai mostri quand'ero piccolina e confortato per le mie pene d'amore adolescenziali. Ora mi avrebbe riparato dal freddo. Me la avvolsi intorno alle spalle e curiosai in un altro scatolone.

Il servizio di porcellana di mia madre. Un set di otto pezzi con il bordo argentato che era appartenuto a mia nonna e poi era passato a me, anche se non l'avevo mai usato. Richiusi la scatola, sapendo che con ogni probabilità non l'avrei mai fatto.

C'erano poi parecchi contenitori di plastica pieni di decorazioni natalizie. Feci scattare la chiusura e frugai in quella degli addobbi grigi, rosa e bianchi. Mamma era fissata con i decori in stile francese e preferiva le tonalità più delicate rispetto ai verdi e ai rossi sgargianti. Devo ammettere che quei colori non convenzionali erano bellissimi. Prima della morte di mia madre avevano rallegrato ogni Natale e ormai facevano parte della nostra tradizione di famiglia, ma da quando eravamo rimasti soli, papà non l'aveva più rispettata. Spostai il contenitore vicino alla porta del magazzino per portarli via decisa a usarli.

Rovistai tra altre decorazioni natalizie, riviste d'epoca, un altro servizio di piatti e un set di valigie. Feci scattare i ganci di metallo dorato di ciascuna valigia, ma le trovai tutte vuote.

Dietro c'era una scatola chiusa con un nastro da imballaggio su entrambi i lati. Era pesante, ma la trascinai al centro della stanza per metterla sotto la luce. Pizzicai gli angoli del nastro per staccarlo, poi lo strappai via con un colpo deciso.

Quando sollevai i lembi, trovai un giornale a coprire il contenuto, ma non era stato appallottolato per aggiungere imbottitura o protezione. Al contrario, era ben piegato e conservato con intenzione.

L'articolo in evidenza, intitolato *La bambina dalle scarpe rosse*, era accompagnato da una foto che mostrava la statua di bronzo di una bambina con le trecce. Teneva in mano un fiore con lo stelo e guardava l'oceano come se stesse aspettando qualcuno. Diedi una rapida scorsa al testo.

> San Diego e Yokohama, città gemellate situate sulle rive opposte dell'oceano Pacifico, hanno rafforzato il loro legame grazie al dono di amicizia di Yokohama. "La bambina dalle scarpe rosse", situata sull'estrema punta di Shelter Island, vicino alla base navale di San Diego, ritrae un'orfana giapponese che è stata adottata da un'amorevole coppia americana. La sua storia toccante ha ispirato prima una poesia e poi una famosa canzone in Giappone.

Il resto dell'articolo parlava soprattutto di come la statua fosse un simbolo di alleanza fra Paesi, ma quando tirai fuori il cellulare e cercai informazioni sulla bambina dalle scarpe rosse, trovai una storia diversa. Quella vera.

La celebre poesia e la canzone *Scarpe rosse* erano ispirate alle vicende della piccola, ma presentavano delle licenze creative. I versi descrivevano la madre sul molo di Yokohama, intenta a guardare di nascosto la sua bambina – che ha delle scarpette rosse ai piedi – mentre saliva a bordo della nave con dei forestieri dagli occhi azzurri. Nella canzone la madre esprime a gran voce che ripenserà al dolore del distacco ogni volta che vedrà delle scarpette rosse e si chiede se un giorno la figlia, guardando al di là dell'oceano, desidererà colmare quella distanza.

In realtà la bambina era nata in un piccolo villaggio della vecchia Prefettura di Shizuoka. La madre, nubile, trovandosi in difficoltà con una figlia illegittima, si era trasferita e, quando ne aveva avuto l'occasione, si era sposata.

Per assicurare una vita migliore alla bambina, il nuovo suocero della donna aveva trattato l'adozione della piccola con dei mercenari che l'avrebbero portata con sé in America. Purtroppo però la bimba si era ammalata di tubercolosi – all'epoca incurabile – prima di imbarcarsi, e così era stata dirottata in un vicino orfanotrofio, dove era rimasta fino alla morte precoce all'età di nove anni.

La madre della bimba e il marito non seppero mai nulla.

Alcune teorie sostengono che il suocero avesse fabbricato la storia dei mercenari per tacitare la madre e che avesse consegnato di persona la bambina in orfanotrofio.

Mi rimisi in tasca il cellulare, confusa, e tornai a osservare la foto della statua sul giornale. Perché la madre avrebbe rinunciato alla figlioletta? Ero consapevole che la vita di una ragazza-madre doveva essere difficile all'epoca, ma dopo il matrimonio, la piccola non sarebbe più stata considerata illegittima. Avrebbero potuto cambiare città e nessuno avrebbe saputo nulla.

Ma poi capii. Forse la bambina era di sangue misto, proprio come la figlia di papà. Era questo il motivo per cui aveva conservato l'articolo, perché in quella vicenda trovava delle analogie con la sua esperienza personale? Ripiegai il giornale con cura, lo misi da parte e guardai nella scatola.

Una sacca porta abiti piegata occupava lo spazio rimanente. La tirai fuori e la distesi sugli altri scatoloni. La scritta in grandi lettere bianche diceva US NAVY. Feci scorrere la cerniera e aprii la sacca. La divisa bianca da marinaio di mio padre. Separando gli appendini, tirai fuori soltanto la giacca. Papà era davvero tanto esile? Sorrisi dentro di me, cercando di immaginarlo così giovane. *Diciassettenne.*

Non era un ufficiale, ma lo stile dell'uniforme si avvicinava a quello di un graduato. Bottoni argentati con il simbolo dell'aquila, un sottile bavero a punta e tre righe bianche su fondo nero sulla parte superiore della manica. Benché fosse stata riposta senza particolare cura, la divisa si presentava bene. Spianai le pieghe profonde sul davanti, ma sentii un rigonfiamento all'interno.

Feci scorrere la mano lungo la fodera, poi infilai un dito a uncino nella tasca interna e frugai intorno. Un fazzoletto appallottolato? Lo tirai fuori. No, non era un fazzoletto. Un sacchettino di seta bianca ricamato con un filo color argento. Di quelli che si chiudono con un nastrino infilato nell'orlo. Mi tornarono in mente, fluttuanti, le parole di mio padre.

E dentro, un unico seme di quell'albero maestoso con un foglietto arrotolato.

Avevo il cuore in gola, e trattenendo il respiro, feci pressione sul sacchetto. Sentii frusciare il contenuto.

Non poteva essere. Con le mani tremanti, allargai la parte arricciata e quindi capovolsi il sacchetto. Ne uscì un foglietto arrotolato. Lo srotolai con estrema cautela. Stupefatta, rimasi a fissare le parole. Le *mie* parole magiche.

PER CAPIRE QUALE DIREZIONE PRENDERE,
DEVI CONOSCERE SIA LE TUE RADICI SIA LE TUE POTENZIALITÀ.

Anche questo era reale. Il che significava che la donna con il kimono bianco ritratta nella foto poteva essere la sposa della storia che mi aveva sempre raccontato papà. Doveva essere così. Ma lui aveva specificato che il sacchettino di seta era stato scambiato *invece* degli anelli. È questo che aveva detto, giusto? Perché quel sacchettino ce l'aveva *lui*?

Lo osservai, rigirandolo tra le mani. Era uno di quei doni che venivano distribuiti agli invitati come ricordo dell'evento? La storia dell'albero magico che conoscevo a memoria. Papà aveva aggiunto la parte del matrimonio quando era già in ospedale. Ora mettevo in dubbio quello che avevo sentito. Era assurdo.

Controllai le tasche dei pantaloni ancora appesi nella sacca. Niente. Ma scorsi qualcosa in fondo allo scatolone.

C'era una busta. Non era sgualcita come la lettera di mio padre, né altrettanto spiegazzata, ma vedendo quei simboli asiatici in inchiostro rosso ormai familiari, ebbi subito l'impressione che fosse importante.

Presi un respiro profondo, sollevai il lembo e sfilai il contenuto. Era un modulo scritto interamente in giapponese, tranne la firma di mio padre e l'intestazione.

AFFIDAVIT DI MATRIMONIO

Osservai il sacchettino di seta, quello che, secondo il racconto di papà, sostituiva lo scambio degli anelli, poi guardai il suo nome in calce al documento. Il suo nome su un certificato di *matrimonio*.

Scossi la testa, rifiutandomi di credere a quello che vedevo. Gli occhi si riempirono di lacrime. Aveva detto di aver *partecipato* a un matrimonio sotto un albero maestoso. Era presente alla celebrazione. E in quell'occasione aveva ricevuto le parole magiche.

Non aveva detto che si trattava del *suo* matrimonio.

Aveva sposato un'altra donna prima di mamma? Ne era al corrente anche lei? Le lacrime ora scendevano copiose sulle mie guance. La scoperta di una figlia segreta nel suo passato, unita alla presenza di una moglie e al dolore che provavo era... davvero troppo. Continuavo a ripetermi le sue parole.

Prima di quella vita, ne ho vissuto un'altra.

Sarebbe più semplice se tu leggessi la mia lettera.

Non era più semplice. Perché la lettera non diceva se si era sposato, né dov'era sua figlia, né cos'era accaduto. Non spiegava nulla. Non c'era nulla di semplice in tutto questo.

Pensai alla foto della donna con il kimono bianco, a come fossi sempre riuscita a trovare degli elementi di verità in tutti i racconti di mio padre, poi tornai a fissare la sua firma sul documento di matrimonio e quella sotto. Il cognome era un po' sbavato e restavano solo pochi simboli a formare il nome.

Un momento. I giapponesi non si firmavano prima con il cognome? Yoshio faceva così. Mi asciugai gli occhi e guardai di nuovo i simboli. Ce n'erano tre, poi uno spazio prima di quelli illeggibili. *Oh, Dio mio.* Quello era il cognome della sposa? L'avevo appena scoperto? Presi il cellulare, scattai una foto e la allegai a una mail indirizzata a Yoshio con la richiesta di tradurre. Tenevo il documento in mano e fissavo quei caratteri per me misteriosi.

«Abracadabra» sussurrai, perché, come per magia, avevo finalmente trovato la chiave che poteva aprire la porta sull'*altra vita* di mio padre.

Il nome di quella donna.

中村

21

Giappone, 1957

È scesa una nebbia fitta che copre il terreno come un manto. Mio padre ha impegni di lavoro e io devo andare a fare le analisi, così stiamo andando a piedi alla stazione insieme. Una volta arrivati ci separeremo, perché l'ufficio di papà a Yokohama e la clinica ostetrica a Hiratsuka sono in direzioni opposte. La foschia dipinge il panorama di colori smorzati che a tratti virano sul nero e non fanno che intensificare il duro silenzio sospeso tra noi.

Questa strada sembra non finire mai.

Siccome sono incinta, è mio padre a portare la piccola valigia che la nonna ha insistito per prepararmi. Ha detto: «Meglio avere un maglione e soffrirne il peso piuttosto che avere la pelle d'oca e soffrire il freddo». Io soffro in ogni caso.

Se mio padre era la roccia, Okaasan era l'acqua tranquilla che, scorrendo, con il tempo riesce a levigarla e modellarla. Ora lui si trova nel letto vuoto di un fiume prosciugato sotto un sole cocente. Ha delle occhiaie evidenti e gli occhi divorati dal dolore.

Siamo entrambi responsabili.

Si schiarisce la voce, ma non dice nulla. Soltanto le intriganti volpi della nonna chiacchierano. Giurerei che, vedendoci passare, bisbigliano: «Chi dirà a Hajime dove sei? Che cosa penserà quando verrà a sapere che ora devi occuparti di Kenji? E se perdi il suo bambino?»

Ho acconsentito ad andare in ospedale per accertarmi che

la creatura che porto in grembo stia bene, ma l'ansia mi divora. *Calmati, Naoko.* La bambina sta bene. Hajime mi ama. Mostrerà compassione per Kenji. Insieme potremo discutere con mio padre cosa fare.

«Naoko.» Papà rallenta e trascina il passo via via che ci avviciniamo alla stazione, infine si ferma tirando un faticoso sospiro. «Fa' qualsiasi cosa ti dicano per salvaguardare la tua salute. Non essere testarda. Siamo intesi?»

I nostri sguardi si incontrano. Il mio, colpevole; il suo, pieno di compassione. Si preoccupa per me, ma la mia bambina? Chiederlo ora mi provocherebbe una vergogna momentanea. Ma non chiedere sarebbe una vergogna per tutta la vita.

«Papà, io...» Da dove iniziare? Ho troppe cose da dire.

La mia esitazione mi brucia l'occasione. Mio padre distoglie lo sguardo da me e torna a irrigidirsi. Mi volto per vedere che cos'ha catturato la sua attenzione. Il mio cuore perde un battito.

Satoshi?

Mi giro di scatto. «Che significa?»

Papà alza la mano per placare la mia protesta. «Satoshi crede che tu ti sia ammalata e che il medico di famiglia non possa venire a casa a visitarti. Ti accompagnerà a destinazione.»

«Ma papà, io...»

«Basta così.» La sua mano taglia l'aria. «*Non* si discute.» Il suo tono torna ad assumere un risvolto severo quando pronuncia "la parola della gru", la sentenza finale emessa da chi ha l'autorità di dirimere una questione complicata.

Esprimo la mia contrarietà con lo sguardo, restando in silenzio. Qualsiasi cosa dicessi, sarebbe soltanto uno spruzzo d'acqua su una pietra infuocata, uno sforzo inutile.

«Pensa a tuo fratello, a questa famiglia, e accetta.» Papà posa a terra la mia borsa e parla sottovoce, esasperato. «*Accetta*, Naoko.»

Accetta.

E lui, quando accetterà Hajime e la nostra bambina? Quando accetterà me?

Il treno corre lungo la costa scenografica della Baia di Sagami fino alla ricostruita Prefettura di Kanagawa, dove si trova Hiratsuka, una cittadina quasi distrutta dodici anni fa dai raid aerei alla fine della guerra. La sua posizione strategica e le sue vaste spiagge la rendevano il terreno adatto per una massiccia invasione, ma la guerra era finita e ai residenti sopravvissuti era stata risparmiata questa ulteriore umiliazione.

Dopo trenta minuti io e Satoshi scendiamo dal treno insieme a una piccola folla di passeggeri. Non gli ho rivolto la parola finora. «Perché hai accettato di accompagnarmi?» gli domando piantando i piedi sulla banchina.

«Non dovresti viaggiare da sola.» Satoshi si passa la mia valigia da una mano all'altra, poi mi fa cenno di seguirlo fuori dalla stazione.

Quando ci apprestiamo a percorrere la via diretta che ci porterà alla *Take Josan-shō*, la Clinica Ostetrica Bambù, l'aria è ancora offuscata da un leggero velo di nebbia. Si appiccica alle semplici strutture che fiancheggiano la strada principale della città colorandole di un grigio screziato.

«Ma cosa c'entri tu con quello che devo fare?» gli chiedo adeguandomi al suo passo. Non ho idea di quello che spero di ottenere. Forse di farlo arrabbiare, in modo che giri i tacchi, torni sul treno e se ne vada. Forse solo perché ce l'ho con mio padre per avermi costretto a partire. «Lo sai che sono sposata?»

«Sì, questo lo so.» Satoshi si ferma e lascia passare un uomo in bicicletta a piedi nudi prima di attraversare la strada sconnessa.

«E assecondi comunque la richiesta di mio padre?»

«Ho pensato che fosse inopportuno creargli imbarazzo» risponde lui stringendosi nelle spalle.

Sono io quella in imbarazzo. Mi sento avvampare e poi ribollire di rabbia. Alzo il mento con aria di sfida. «Sai anche che sono *incinta*?»

Satoshi si blocca. Continua a guardare davanti a sé.

Gli giro intorno per poterlo guardare dritto in faccia. «Non sto andando dal medico di famiglia come ti ha detto mio padre.

Devo farmi visitare da un'ostetrica.» Detto questo, con aria compiaciuta, riprendo a camminare. Ora Satoshi può andarsene. Mi volto per recuperare la mia valigia, ma rimango allibita. Lui è ancora alle mie calcagna.

«Ragione in più per avere un accompagnatore, non ti pare?» Inarca le sopracciglia e mi guarda. «Soprattutto se il marito è assente.» Con la valigia in mano, mi supera.

Ma chi si crede di essere? «Mio marito è in missione a Taiwan, ma tornerà presto. È questione di giorni.» Satoshi non è meglio di Obaachan o di mio padre. Cerco di tenergli dietro scansando una donna con un bambino e un anziano con un cappotto sdrucito.

Lui mi guarda di sottecchi. «Quindi non sai nulla?» Sbuffa e si mette la mano libera in tasca. Rallenta il passo. «Mi chiedevo se tuo padre ti avesse informato. È questo di cui volevo parlarti. Ricordi, durante il funerale di tua madre?»

Quel giorno per me è una macchia confusa e mio padre non mi ha detto nulla. Il mio sguardo vuoto è una risposta eloquente.

«Non conosco i dettagli della vicenda, ma le tensioni riguardo Taiwan si sono riacutizzate e una nave della Marina statunitense di pattuglia è stata coinvolta in un accidentale fuoco incrociato.»

«Quale nave?» La domanda mi esce di bocca senza neanche riflettere. «Quale nave, Satoshi?» Gli afferro l'avambraccio, con il cuore in tumulto, immaginando il peggio.

Scuote la testa. «Non ne sono sicuro. Ma non preoccuparti, può semplicemente comportare un possibile ritardo.» Posa una mano sulla mia e la stringe.

Io la tiro via come se bruciasse, imbarazzata per averla posata lì per prima.

«Ti prego.» Satoshi dà un'occhiata al mio ventre e sospira. «Per il bene del bambino, accetta la mia amicizia e lascia che ti accompagni fino a destinazione.» Indica un punto più avanti. «Vedi? La recinzione della clinica è laggiù.»

Alte stecche dorate di bambù intrecciate insieme formano

una barriera che si estende a perdita d'occhio. Guardo Satoshi in tralice e serro la bocca pensando all'imposizione di mio padre. *Accetta.*

«Per il bene del bambino» dico, e riprendo a camminare, preoccupata, attorcigliando una ciocca di capelli tra pollice e indice. Naturalmente mio padre non ha fatto alcun cenno alle notizie sul conflitto che arrivano dallo Stretto. Perché avrebbe dovuto farlo? In fondo, lui preferirebbe che Hajime non facesse mai più ritorno. Mi si accappona la pelle. E se davvero non tornasse?

L'accesso alla clinica è segnalato da una tettoia a travi sostenuta da staffe arrugginite. C'è anche una piccola campana *Bonshō* tipica dei templi buddisti, con delle canne di bambù disegnate in rilievo, che i visitatori devono suonare per entrare, ma il cancello è socchiuso. Satoshi lo spalanca, poi si scosta di lato per farmi passare. Per scrupolo, afferro l'asticella di legno e batto una volta prima di entrare. Come avviene con le grandi campane usate nei templi, il suono grave e nitido riecheggia distante annunciando il nostro arrivo.

Il sentiero ghiaioso e accidentato si insinua come un serpente nella fitta vegetazione. È curato, le sterpaglie invadenti del sottobosco sono sfoltite per mantenere in ordine il tracciato, ma l'abbondante manto di erba che copre il terreno indica che non c'è molto passaggio. Procedo con estrema cautela, quasi inciampando in una pietra sollevata. Satoshi mi afferra il braccio per sostenermi, ma io ho già ripreso l'equilibrio e ostento di non aver bisogno del suo aiuto.

Attraverso gli alberi scorgo le tegole di bronzo di un tetto. Strizzando gli occhi cerco di mettere a fuoco altri dettagli. «Pensavo che fosse una clinica. Sembra piuttosto una normale abitazione.»

Satoshi si stringe nelle spalle. Non sa molto di queste cose, non più di quanto ne sappia io, almeno. Il sentiero a un certo punto scende bruscamente, inghiottendo sia la struttura davanti a noi sia la strada alle nostre spalle. Sotto un pesante tetto di fogliame, entriamo in un mondo nascosto e immerso nel silenzio, rotto soltanto dal trillare degli uccelli e delle cavallette verdi. E da qualcos'altro: una specie di sussurro continuo. Piego leggermente il capo per ascoltare. *Acqua.*

Appena dopo una curva appare un ruscello in mezzo al verde. Saliamo sul ponticello di legno rosso e sostiamo per guardarci intorno oltre il parapetto. La luce penetra dall'alto illuminando il tranquillo flusso dell'acqua poco profonda e i suoi numerosi abitanti. Le carpe koi, grassocce e sicure, scivolano tranquille, con le loro pinne simili ad ali dorate, bianche e nere. C'è molta pace qui. Le osservo, ma lancio una rapida occhiata a Satoshi.

Non soltanto ha capito il mio debole per Hajime, ma ha mantenuto la sua parola tacendolo a suo padre per salvare i rapporti d'affari delle nostre rispettive famiglie e risparmiarmi l'umiliazione. Poi viene a sapere che mi sono sposata e che sono già incinta. Eppure mi accompagna. Arrossisco di vergogna: il senso di colpa intacca la mia insolenza. «Mi dispiace» gli dico.

Anche se sono restia ad ammetterlo, apprezzo la sua compagnia e la sua amicizia. Lo guardo dritto negli occhi. «Ti sono grata per tutto, Satoshi. Anche per essere qui ora. E ti chiedo scusa.»

Il suo sguardo rimane fisso sull'acqua, lasciando che le mie parole continuino ad aleggiare tra noi. Mi concentro sui pesci colorati, incerta su cos'altro dire.

Lui appoggia gli avambracci sul parapetto scheggiato e intreccia le mani. «Non servono le scuse, Naoko.»

Non vuole le mie scuse? Irritata, mi metto le mani sui fianchi e ribatto: «Tu mi spiazzi con le tue opinioni. Ti sono grata, però...»

«Però continui a chiederti *perché* sono qui?» Satoshi si gira per guardarmi negli occhi. «Sì, capisco che tu possa essere confusa dal mio comportamento. Ma non è lo stesso per me nei tuoi riguardi.» Maschera un sorriso. «Conosco la tua vera natura fin da quando eri una bambina.»

La mia vera natura è egoistica. Abbasso gli occhi per evitare di affrontare la sua critica.

«Ogni tanto ti vedevo alle feste aziendali con la tua famiglia. Eri bellissima, come tua madre.»

Continuando a tenere la testa bassa, alzo lo sguardo di colpo nel sentir menzionare Okaasan, animata da un'improvvisa curiosità.

«E una volta ti ho sorpresa mentre rubavi i *mochi*.» Ride. «Te lo ricordi?»

Mi raddrizzo e lo guardo apertamente; il suo sorriso è contagioso. «Stavo rubando le tortine di riso?»

«Ne avevi una in ciascun pugno.» Si picchietta le labbra. «E una cornice di zucchero appiccicoso intorno alla bocca perché ne avevi mangiato altre prima. Quando ti ho rimproverato, mi hai ficcato una tortina in mano e sei corsa via, poi ti sei voltata e mi hai sorriso.»

Rido, ma non ricordo quell'episodio.

«Quando ti incontrai la seconda volta non eri più così piccola. E ora...» Lo sguardo di Satoshi indugia sul mio viso.

Io guardo altrove. Sono sicura di avere le guance in fiamme.

«La vedi?» mi chiede chinandosi sul parapetto e indicando l'acqua.

Una carpa koi gialla, grassa e più grande delle altre, con dei segni neri sulla testa, ruota in tondo in mezzo al ruscello. Annuisco.

«Vedi come ignora le altre? Saltella e si mantiene al centro anche se non le diamo da mangiare. Mi ricorda il pesce di Rosetsu.» Satoshi riprende a camminare.

«Era perseverante» commento seguendolo lungo il sentiero serpeggiante che ora è tornato a salire. Penso alla storia di Rosetsu, che era venuto a trovarsi vicino a un laghetto popolato di carpe koi. Ne vide una saltare sul ghiaccio per prendere un bocconcino che era caduto. Sbatté la testa, si tagliò le pinne e perse molte squame nel tentativo di recuperarlo, ma non si diede mai per vinta. «Rosetsu rimase ammirato da tanta determinazione.»

Satoshi mi guarda con la coda dell'occhio e annuisce. «Già, io sono Rosetsu e tu sei...»

«Il *pesce*?» Arriccio le labbra in una smorfia che esprime la mia delusione.

Satoshi ride e poi abbassa la testa. «Perseverante. Intendo dire che sei tenace. E come Rosetsu, io ammiro i tuoi sforzi. Continui a fare di testa tua, proprio come quando da bambina rubavi le tortine di riso.»

Le mie guance si imporporano di nuovo, ma l'imbarazzo dura poco, sostituito dalla curiosità. Davanti a noi gli alberi si aprono in una radura in fondo alla quale c'è una costruzione a un piano, con un portico di legno che corre lungo tutta la facciata. Il giardino che la circonda, pur essendo ben curato, è privo di qualsiasi ornamento.

Stiamo per raggiungere l'ingresso quando una donna di mezza età ci viene incontro a passetti veloci, come se ci stesse aspettando. Ha i capelli tirati indietro in una crocchia stretta e il collo incassato nelle spalle. Fa saettare lo sguardo da me a Satoshi dietro degli occhiali dalla montatura tonda. «Sono Sato, la direttrice. Lei è Nakamura Naoko?»

Mi inchino. «*Ohayou*, sì, sono Naoko.» Apro la bocca per aggiungere qualcosa su Eyako, la levatrice che mi ha indirizzato qui, o sulla nonna, ma non riesco a dire nulla. Perché la donna sta fissando Satoshi con tanta insistenza?

«I documenti? Ce li ha?» La donna mi porge il palmo aperto per farseli consegnare e intanto continua a studiarci osservando prima me, poi Satoshi e viceversa.

«Oh, sì. Certo.» Prendo la busta di tasca e gliela mostro.

Lei quasi me la strappa di mano e la apre per contare i soldi. «Ah... bene, allora può entrare. Ma lui no.» Lancia un altro sguardo perplesso a Satoshi, poi si affretta a tornare nella clinica, e a noi non resta altro da fare che congedarci.

«Posso aspettarti al cancello per riaccompagnarti a casa, se vuoi» mi propone Satoshi passandomi la valigia.

Sono tentata, ma rifiuto l'offerta. «Hai già fatto molto per me, e potrebbero volerci delle ore» dico ostentando un'aria coraggiosa: Poi, con un leggero inchino, aggiungo: «Grazie per la tua gentilezza, Satoshi. Non la dimenticherò».

Lui ricambia il gesto. «Ricordati sempre che sei il pesciolino perseverante, Naoko. E sappi che io ammiro la tua tenacia.»

La mia tenacia.

Incinta e sola, e ora con l'ansia di un possibile prolungamento della missione di Hajime, temo di averne proprio bisogno.

22

America, oggi

Gira il mondo per cercare, ma torna a casa per trovare.

Mi venne in mente questa massima perché avevo esplorato il mondo digitale per trovare il significato dei caratteri kanji dal salotto di casa. Ammesso che il mio appartamento si potesse chiamare casa. Per assistere mio padre, avevo trascorso gran parte del mio tempo a casa sua anziché da me. E ora che era morto, non ero sicura di voler rimanere in quella zona. Uno dei vantaggi del mestiere del giornalista è che puoi scrivere da qualsiasi posto ti trovi.

Neanche a farlo apposta, proprio in quel momento mi arrivò il suono inconfondibile di una melodia italiana dal corso d'acqua che scorreva sotto casa. Anche se vivevo nel Midwest, la città vantava un canale artificiale che aveva la pretesa di ricreare l'atmosfera e il fascino di Venezia. L'amministrazione comunale aveva perfino assunto un gondoliere del Vecchio Mondo per intrattenere i passeggeri durante il weekend. Lo salutai con la mano mentre passava sotto il mio balcone. Lui mi rispose toccandosi il cappello senza perdere una nota. Cantava sempre la solita canzone, *O sole mio*, una storia che evocava amore, sole e giorni felici. Per capire il testo non serviva traduzione.

A differenza dei simboli giapponesi che avevo tentato di decriptare. Se i caratteri kanji non formavano suoni, erano descrizioni vivide? Uno era costituito da una linea con un rettangolo sovrapposto che ricordava una vela quadra, e gli altri due segni somigliavano a delle spade.

Mi trattenni dall'istinto di contattare Yoshio durante il weekend per avere un aggiornamento, ma non riuscivo a smettere di controllare le mail alla ricerca di una sua risposta. Ero come ossessionata, frustrata all'idea di dover aspettare. Se i caratteri kanji fossero stati digitali, avrei potuto fare copia e incolla nel browser e ottenere una traduzione immediata.

Provai varie applicazioni per ricavare una traduzione, ma non riconoscevano i simboli. Allora cercai delle tabelle online, salvo poi scoprire che nel vocabolario giapponese c'erano 80.000 kanji. Perfino il grafico riassuntivo che mostrava quelli più comuni ne contava oltre 2000. Io ne avevo tre e nemmeno una corrispondenza probabile.

Mi fregai gli occhi stanchi per essere rimasti fissi troppo a lungo sul monitor, poi controllai di nuovo se Yoshio mi aveva risposto. Niente.

Sorseggiando un caffè davanti alla finestra, osservai la gente che passeggiava lungo il canale. Attraversavano la passerella pedonale di cemento a frotte, come banchi di pesci colorati che nuotano tutti nella stessa direzione.

Io non sono mai stata capace di seguire la massa. Anzi, andavo controcorrente e seguivo la mia strada. Una testarda indipendenza che spesso mi ha messo nei guai. Bevvi un altro sorso di caffè e soffocai una risata. *Tale padre, tale figlia.* Scegliendo di sposare una donna giapponese negli anni Cinquanta, papà era l'esempio perfetto di chi prendeva "la strada meno battuta".

Un paradosso derivante da un fraintendimento della poesia di Frost. Secondo un'interpretazione dell'ultima strofa, il viaggiatore riflette su come, nella vita, tendiamo a crearci delle fantasie attribuendo un significato a qualcosa che in realtà non è nient'altro che una serie di elementi casuali. Mio padre confezionava delle storie, ma le sue scelte erano tutt'altro che arbitrarie. Aveva scelto di sposare la ragazza giapponese, e aveva scelto di non condividere quella parte della sua vita finché non aveva capito che stava arrivando la fine. Erano state decisioni consapevoli. E io dovevo iniziare ad accettare questa realtà.

In base alle mie ricerche, l'affidavit di matrimonio serviva come prova legale di idoneità, quasi come una licenza. Richiedeva la firma di entrambe le parti, di un testimone e del notaio, nonché il consenso scritto della famiglia se uno dei richiedenti era minorenne.

Il modulo recava la firma di mio padre, quella della sposa, un timbro in rilievo e un'altra serie di simboli accanto a esso. Era il nome di un testimone o di un genitore. Ma perché i genitori della ragazza le avrebbero dato il permesso di sposarsi quando, secondo la storia, non avevano nemmeno concesso a mio padre di rimanere per il tè? Papà aveva firmato la lettera come *Hajime*. Forse la famiglia non sapeva che era americano. Che pasticcio doveva essere stato!

Aprii il browser e cercai «Hajime traduci in inglese». Scoprii che significava "iniziare". Poi cliccai sull'icona dell'altoparlante per sentire la pronuncia. «*Ha-je-mit.*» Digitai «James» e ripetei gli stessi passaggi. «*Jam-a-se.*» Poi feci altrettanto con «Jimmy», il nomignolo di papà quand'era giovane. «*Ji-me.*»

Ji-me. Hajime. Conteneva il suo nome, ma mi serviva quello della ragazza. Aprii la posta elettronica e controllai per l'ennesima volta se c'erano novità da Yoshio. Non trovando la sua mail, riaprii il grafico riassuntivo dei caratteri kanji e mi rimisi al lavoro.

La luce che filtrava dalle tende tirate del soggiorno di mio padre mi ricordava che dovevo affrettarmi prima che arrivasse il furgone per ritirare quanto avevo stabilito di dare in beneficenza. Ero nel suo appartamento da ore per caricare in macchina gli oggetti da cui non volevo separarmi e trasferire in garage gli scatoloni rimanenti perché si potessero prelevare più facilmente. Dovevo ancora smontare i pezzi della mia parete investigativa. Dopodiché avrei finito. Avrei spento le luci e mi sarei chiusa alle spalle la porta dell'appartamento di papà per l'ultimissima volta. Ma non ero pronta a chiudere fuori la sua vita.

Mio padre era morto, ma ero io a essere diventata un fantasma. Era il mio lo spirito inquieto che vagava e non riusciva a lasciar andare le cose. Come avrei potuto farlo? Come per una casa, costruiamo le nostre fondamenta sulla famiglia, e con l'esperienza costruiamo le nostre mura. Ma quando ci manca il terreno sotto i piedi com'era successo a me? Il padre che credevo di conoscere in realtà era un'altra persona. La famiglia in cui ero cresciuta si era allargata per includere un altro componente. Non importa l'età, una cosa del genere ti cambia la vita.

E di certo aveva cambiato me.

Sapere quello che sapevo di mio padre doveva aver cambiato anche lui.

Diedi un'ultima occhiata alla grande mappa del Giappone. Poi, con cura, staccai gli articoli di interesse storico che avevo stampato, le foto di mio padre in Marina con alcuni compagni di equipaggio, e quella della sua sposina giapponese. Le infilai tutte in una busta per metterle al sicuro.

Il passo successivo fu togliere le puntine che segnalavano i luoghi in cui si erano svolte le vicende. Mentre lo facevo, ripercorsi le tappe della vita di mio padre. Dalla cresta di un'onda gigantesca nel punto in cui aveva tagliato lo Spartiacque continentale, all'enorme àncora posta all'ingresso della base, fino alla Blue Street dove aveva incontrato lei per la prima volta, delineato il suo futuro e trovato l'amore.

Rimaneva una puntina. La città costiera di Zushi, dove, appena oltre il porticciolo animato, abbarbicata su una collinetta, si trovava la casa tradizionale dimenticata dal tempo.

Yoshio aveva ignorato la mia richiesta? Avevo pazientato per tutto il weekend, e se qui era lunedì mattina presto, in Giappone era sera inoltrata. Tirai fuori il telefono e aprii le mail, pronta a posare il dito su "Scrivi", vidi la sua risposta. *Finalmente.*

Cara Tori Kovač,

ti auguro giornate piene di sole, ora che quelle piovose sembrano volgere al termine.

Mi scuso per aver tardato a risponderti, ma sono felice di poterti fornire alcune informazioni che spero ti siano utili.

Anzitutto, per quanto riguarda la traduzione che mi hai chiesto, posso dirti che 中村 sta per Nakamura, che significa "villaggio medio" ed è uno dei cognomi più diffusi in Giappone, più o meno come Jones o Smith in America.

Quanto alla casa, sappi che in Giappone gli indirizzi vengono assegnati in ordine cronologico in base alla data di costruzione, e a causa della rapida e costante crescita di Zushi, i codici postali sono cambiati diverse volte. Come hai scoperto tu stessa, l'indirizzo in tuo possesso non esiste più, ma secondo il mio contatto presso il dipartimento del Ministero del Territorio, la casa sì. Conto di avere presto una copia della registrazione ufficiale con l'indirizzo aggiornato.

Tieni presente però che questo documento non rivela il nome del proprietario se la proprietà non è passata di mano, poiché in Giappone la divulgazione dei dati relativi ai terreni e agli immobili non è un obbligo giuridico. Tuttavia ho fatto qualche ricerca e ho scoperto che si potrebbe risalire al nome del proprietario controllando il pagamento della tassa sugli immobili, che in Giappone è obbligatoria, o contattando direttamente gli attuali proprietari. Sarei lieto di informarmi per conto tuo qualora desiderassi avere un colloquio con loro o visitare la casa.

In attesa di un tuo riscontro, ti auguro di rimanere sempre in salute.

Cordialmente,
Itō Yoshio
伊藤良夫

Presi a camminare su e giù per la stanza, con la mente già tre passi avanti. Il cognome della donna era Nakamura e Yoshio aveva trovato la sua casa. Magari era ancora di proprietà della famiglia. O forse no, ma se fosse riuscito a mettersi in contatto con gli attuali proprietari, avrebbe potuto ottenere informazioni fondamentali. Sorrisi tra me, inebriata dall'idea, ma poi fui fermata da un pensiero: un colloquio. Mi passai la mano tra i capelli e ve la lasciai.

Avrei dovuto presentarmi fingendo di essere interessata alla proprietà e alla sua storia, e usare lo pseudonimo con cui scrivevo i miei articoli. Non era necessario svelare il passato di mio padre, a meno che non mi venisse richiesto. Se si fosse trattato della stessa famiglia, sarebbero stati disposti a parlarmi? Che cosa avrei detto a quella donna? Come avrei iniziato a spiegare? Aveva parlato di papà a sua figlia?

Abbassai la mano e provai a ragionare.

Stavo scavando nella vita di mio padre alla ricerca della verità, ma non mi sarei mai aspettata di doverla affrontare, né avevo considerato ciò che avrebbe significato per me.

Avrei potuto trovare mia sorella.

Chissà se somigliava a papà. Io avevo i suoi stessi capelli scuri e folti che si arricciavano con l'umidità, e benché i miei occhi non fossero altrettanto chiari, erano pur sempre azzurri. Lo erano anche quelli di mia sorella? Probabilmente no, ma avrebbe potuto avere la stessa fossetta sul mento e la mascella spigolosa. Magari mi somigliava addirittura.

Ripresi a camminare avanti e indietro in preda all'agitazione, immaginando mille scenari e possibilità. Mentre giocavo a palla con papà in cortile o correvo tra gli spruzzi dell'irrigatore per poi atterrare su uno scivolo ad acqua, lei cosa faceva? C'erano feste di compleanno per lei e gite in macchina con la famiglia? Aveva avuto una vita serena?

A me non era mai mancato nulla perché mio padre, da piccolo, non se la passava bene. Insisteva sempre affinché mia madre non badasse ai soldi quando faceva la spesa. Ricordo che la dispensa, il frigorifero e un congelatore extra in cantina erano sempre straripanti perché *sua* figlia non avrebbe mai dovuto soffrire la fame. Anche la bambina che aveva lasciato in Giappone era sua figlia, quindi aveva goduto dello stesso trattamento? Forse ce l'avevano con lui e sarebbero stati ostili nei miei confronti. Contrassi la mascella. Avrebbero avuto delle buone ragioni, del resto.

Pazienza. Staccai l'ultimo indizio dalla parete: la lettera di mio padre. Contrariamente a lui, che, alzando lo sguardo dal selciato della Blue Street, aveva visto il suo futuro negli occhi della ragazza, io l'avrei guardata e le avrei consegnato la busta che conteneva il passato di mio padre. Così, leggendo le sue parole, avrebbe scoperto il rimpianto che lui portava nel cuore. Forse era questo che papà voleva da me.

Mi rigirai la lettera tra le mani. Se avessi saputo quali segreti conteneva, come avrebbero rimodellato e colorato la mia visione del mondo, di mio *padre*, l'avrei aperta comunque? Rilessi ancora una volta le sue parole. «Non ho mai avuto rimpianti per averti amato. Ma per averti perduto? Per il come e il perché? Oh, quelli sì. Tanti, tanti.»

Ero ancora in attesa dei certificati militari di mio padre, ma quelli mi avrebbero potuto dare soltanto una conferma dell'avvenuto matrimonio. Avevo già l'affidavit, la lettera, un nome e, presto, anche l'indirizzo, perciò cos'altro mi serviva?

Il come e il perché.

E per scoprire quelli occorreva un biglietto aereo. Dovevo andare là di persona, una telefonata non avrebbe mai funzionato. E se la famiglia della donna aveva ceduto la proprietà della casa, i nuovi residenti avrebbero potuto darmi delle informazioni per aiutarmi a rintracciare i Nakamura. Dovevo sapere. Dovevo farlo per mio padre e per me, ma come? Per occuparmi di papà avevo attinto ai miei risparmi e lavorato saltuariamente. Mi sentivo un nodo in gola quando pensavo alle mie condizioni finanziarie, alla montagna di bollette da pagare e a quanto si fosse assottigliato il gruzzolo che avevo messo da parte. Non potevo permettermi quel viaggio.

Guardai la lettera di mio padre, la rilessi per l'ennesima volta, poi mi concentrai sull'unica parola che contava: *figlia*.

Non potevo permettermi di non farlo.

23

Giappone, 1957

La clinica è grande, pulita e pervasa da un profumo piacevole. Legno di sandalo e chiodi di garofano, forse. Una costante nuvola di vapore si alza dal brucia incenso di ceramica bianco. Pur essendo un aroma gradevole, non mi piace. Non mi piace nulla di questo posto. Sono quasi tentata di fare dietrofront e rincorrere Satoshi. Perché l'ho respinto quando si è offerto di aspettarmi?

Arriva una ragazza non abbastanza grande per essere sposata, ma in evidente stato di gravidanza. Ha un'aria dimessa e un taglio di capelli da bambina, corti con una frangia netta e pesante. Il suo kimono ordinario le fa difetto sul pancione per poi cadere in modo goffo sotto la protuberanza. Nessuno la aiuta a vestirsi? Non dice una parola, si limita a fissarmi con occhi grandi e incuriositi.

Un urlo acuto proveniente dal retro lacera l'aria. Mi volto di scatto in quella direzione e mi trovo davanti la direttrice Sato. Cammina con passi affrettati asciugandosi vigorosamente le mani in un *tenugui*, un asciugamano senza orlo.

«Oggi arriverà un bambino» dice in tono spiccio. «Jin, accompagna Naoko nella stanza libera.» Poi si rivolge a me: «Tu devi restare lì, hai capito?» Si volta senza attendere la mia risposta, ma mentre si allontana blatera: «E il padre del bambino non può tornare a farti visita. Qui sono ammesse soltanto le ragazze».

Quindi pensa che Satoshi sia il padre?

La ragazza di nome Jin mi fa cenno di seguirla mentre le urla passano le pareti. Un'altra ragazza, anche lei incinta, attraversa l'atrio con le braccia cariche di asciugamani. Ne incrociamo altre due. Mi guardano con occhi pieni di curiosità. Una, più o meno della mia età, ha un pancino appena visibile. L'altra, come Jin, sembra vicina al parto, ma deve avére qualche anno in più.

Le urla mi si riverberano nelle ossa. Non ho mai assistito a un parto. Poiché aveva avuto una gravidanza difficile, Okaasan aveva partorito Kenji in ospedale. Avverto una stretta allo stomaco. Vorrei che lei fosse qui ora. Vorrei che mi facessero subito gli esami e mi mandassero a casa presto.

Jin apre l'ultima porta del corridoio e si scosta per farmi entrare. Poi la chiude e sparisce senza aprir bocca.

La stanza angusta è delimitata da un *shoji*, una parete divisoria in carta di riso. C'è un futon. Un tavolo. Un dipinto *sumi-e* che raffigura un semplice stelo dalle foglie dentellate con ombreggiature uniformi. La luce tende al buio, evocando un sommesso dialogo fra i due estremi.

Le grida, nemmeno troppo attutite, continuano ad arrivare dalla stanza vicina.

Vado verso il sottile futon, mi siedo e mi strofino la fronte per liberarmi dalla tensione. Poiché la direttrice Sato è impegnata con il parto, non mi resta che aspettare.

Le urla si fanno più forti. Mi distendo e resto in ascolto con gli occhi spalancati, fissando il soffitto. Le canne di bambù intrecciate sopra di me. Le conto una ventina di volte, pensando alla mia bambina, a Okaasan, a Hajime. Sta bene? Cosa è successo alla sua nave? Andrà incontro a ulteriori ritardi? Prima ancora che io arrivi a contare l'ultima fila di canne, gli strilli sono diventati sempre più frequenti.

Serro gli occhi con forza e mi tappo le orecchie con le mani per non sentire quei lamenti strazianti che mi riecheggiano nel profondo delle viscere. Mi copro la faccia per frenare le lacrime. Ho soltanto bisogno di sapere che la mia piccola sta bene e di andarmene a casa. Sono esasperata dall'attesa.

La porta si apre. «Ragazza. *Ragazza.*»

Alzando lo sguardo vedo Jin, porta un vassoio con del cibo. Dietro di lei c'è un'altra ospite che fa capolino dalla sua spalla. È lei a parlare. Non è altrettanto giovane e attraente, ma è tutt'altro che scialba. Con quei capelli di media lunghezza acconciati in grandi onde e le labbra dipinte di un rosso acceso, non passa di certo inosservata.

Imbarazzata, mi tiro su e mi asciugo gli occhi. Sono qui soltanto da poche ore e piango come i bambini che quelle donne stanno dando alla luce.

«Prego...» dico facendo cenno di entrare, poi mi passo una mano sulla camicetta per ricompormi.

Jin tiene il vassoio al di sopra del ventre ingombrante. Senza dire una parola, si inchina e me lo piazza davanti.

«Grazie» dico, ma lei mi ignora, gira sui tacchi e se ne va.

«Non farci caso. Non parla quasi mai» dice l'altra ragazza. «È prossima al parto e presto se ne andrà, perciò che importa?» Senza attendere il mio invito, si lascia cadere vicino a me e indica il cibo. «Tè *bancha* al limone per farti stare meglio, e la direttrice Sato mi ha detto di prepararti uno spuntino speciale. Vedi?»

Il mio pasto è costituito da *udon* freddi e un brodino ristretto. «*Arigatō gozaimasu.* In effetti ho un certo appetito.» Abbozzo un sorriso.

«Presto avrai fame continuamente. Perciò approfittane prima che la direttrice inizi a contarti ogni boccone.» Mentre parla, la ragazza si controlla le unghie staccando lo smalto rosso sbeccato. «Non puoi prendere troppi chili o verrai a costare troppo.»

La guardo con aria sorpresa, perché io non resterò qui.

«Non preoccuparti, io rubacchio sempre qualche extra e possiamo spartircelo. Oh, io sono Chiyo. Chiyoko, non sono più una bambina, no?» Mi fa un gran sorriso scoprendo una dentatura irregolare, mentre si picchietta il ventre arrotondato.

È una discreta pancetta, e se dovessi fare una stima, direi che è al quinto o sesto mese, ma non ne sono certa.

«Naoko, giusto? Sì, ho letto la tua documentazione. Originaria di Zushi, famiglia benestante, e...» Il sorriso scivola via dal suo volto, sostituito da una smorfia sprezzante. «Pare che tu abbia un bellissimo marito» sbuffa arricciando il naso.

Non mi sorprende che la nonna abbia informato la levatrice del mio matrimonio. È per proteggere la mia reputazione, oltre al buon nome della nostra famiglia. E sono sicura che ha chiesto a Satoshi di accompagnarmi per far credere a tutti che mio marito è giapponese. Mi appiccico un sorriso sulla faccia e cambio argomento. «Allora, chi c'è qui dentro?»

«Oh...» Chiyo alza gli occhi al soffitto e si mette a contare sulle dita le ospiti della clinica. «Jin, la ragazza sempliciotta che hai già conosciuto. Aiko, che è come me, alla moda e moderna in tutto. Poi c'è Yoko, quella che sta urlando, quindi non dovrebbe contare, e Hatsu.» Fa roteare gli occhi. «Hatsu è una rompiscatole, pensa di essere più furba di tutte e perciò la ignoriamo.»

La bocca è l'ingresso principale di ogni sventura, così mi limito ad annuire e a riempirla di cibo prima di parlare e peggiorare la situazione.

Chiyo si accosta. «Io e te saremo le ultime ad andarcene perché non siamo molto avanti nella gravidanza. Perciò diventeremo grandi amiche, giusto?»

«Oh...» Deglutisco in fretta. *Le ultime ad andarcene?* «No, io resto qui solo per oggi, al massimo fino a domani, se non mi può visitare subito. La levatrice, Eyako, mi ha mandato qui per fare degli esami e accertarmi che la bambina stia bene. Lei è qui?»

Le labbra rosso fuoco di Chiyo si arricciano in una smorfia. «Chi è Eyako? L'unica ostetrica è la direttrice Sato. Forse hai capito male.»

«Oh, sì, può darsi.» Sorseggio il tè cercando di nascondere il mio turbamento. Non importa, purché gli esami confermino che la mia bambina è sana. Poi potrò andarmene. *Presto.*

Un altro urlo scuote la clinica.

Chiyo continua a parlare. Mi racconta che la sua famiglia è all'antica e noiosa (tutti sono noiosi per Chiyo), e che non le dispiace di aver dovuto abbandonare la scuola perché ha intenzione di andare a Parigi, o magari in America. Sorrido, grata per la sua compagnia, ma stordita dalle sue chiacchiere.

Non accenna mai al suo bambino.

Nessuna ostetrica viene a visitarmi. Né Eyako, che Chiyo dice di non conoscere, né la direttrice Sato, che è ancora impegnata. La ragazza che urla, Yoko, non ha ancora partorito. È in travaglio da quando sono arrivata, e siamo a sera inoltrata ormai, poveretta. Le altre ospiti della clinica sono state le mie uniche visitatrici. Entrano nella mia stanza a una a una per parlare e tenermi d'occhio.

Siamo sedute sul *tatami*, tutte e cinque pigiate l'una all'altra, tutte incinte. Dobbiamo essere un gruppetto curioso, viste da fuori. Io sono la nuova arrivata, al centro dell'attenzione per il tempo che ciascuna di loro impiega per inquadrarmi. Anch'io cerco di farmi un'idea di loro. Chi è la più gentile? Chi è la più simile a me? Di chi devo diffidare? Anche se, visto che presto me ne andrò, che cosa mi importa?

I lamenti che provengono dall'altra stanza continuano ancora e ancora. Fendono l'aria con una forza gutturale tale da farmi rabbrividire.

Attraverso i muri si sente esplodere anche l'impazienza della direttrice Sato. «Spingi!» grida sovrastando i gemiti della partoriente. «Devi spingere più forte!»

Mi copro le orecchie. «Non credo di voler partorire.»

Le ragazze scoppiano a ridere. Chiyo è quella che ride più forte. Trova che tutto quello che dico sia intelligente. Ma non tutti quelli che ridono con te sono tuoi amici, perciò tengo gli occhi aperti, non si sa mai.

Chiyo si avvicina a Jin, che siede davanti a me. «La prossima sarai tu, Jin. Sentiremo finalmente la tua voce? Emetterai almeno un piccolissimo suono?»

Jin non risponde. Le sue guance sono rosse per il costante imbarazzo. Avrà almeno quattordici anni? Forse è ancora più giovane. Non oso chiedere come si sia cacciata in questa situazione.

«Oh, sì, urlerà eccome. Magari più forte di tutte noi.» Aiko è seduta in mezzo. Con i suoi ventitré anni, è la più grande ed è incinta di sei mesi e mezzo. È un tipo alla moda, con i capelli impastati di brillantina e acconciati all'occidentale, come quelli delle ragazze che vedo gironzolare intorno alla base americana. Non mi meraviglia che sia l'idolo di Chiyo. Capisco che possa esercitare un certo fascino. Quella ragazza è seducente anche da incinta. Se quello stile accentua i lineamenti delicati di Aiko, però, mette in luce l'assoluta mancanza di attrattive in Chiyo. Che pure fa ogni sforzo per imitarla.

Hatsu, quella che Chiyo giudica di una noia mortale, ha diciotto anni e sta entrando nel settimo mese. Con i suoi zigomi alti e le ciglia lunghe, è molto graziosa anche senza trucco, il che potrebbe spiegare la gelosia di Chiyo e il conseguente disprezzo nei suoi confronti. È avvolta da un alone di tristezza.

Hatsu dà un colpetto sulla gamba di Jin. «Non preoccuparti. Scommetto che il tuo parto sarà il più facile.» Jin annuisce in silenzio, poi si tira i capelli dritti e fini dietro le orecchie, prima una e poi l'altra.

«Allora, Naoko.» Aiko guarda le altre ragazze, poi mi pugnala con i suoi occhi truccati.

Mi irrigidisco per un istante, intimidita dal suo tono e consapevole che la sua bellezza è soltanto esteriore.

«Corre voce che tu sia già sposata, e secondo Jin lui è un tipo molto *attraente*» dice con un sorrisetto affettato. Trascina la parola finale perché abbia maggiore impatto su Jin.

«Io non ho detto questo!» protesta Jin con le guance in fiamme, e prende un grosso respiro.

«Che cosa? Cosa, Jin?» la incalza Aiko invadendo il suo spazio con la mano a coppa sull'orecchio. Il suo atteggiamento scherzoso ha un che di provocatorio. «Stai dicendo che sto *mentendo*? Sono una bugiarda? Scommetto che hai mentito anche sul fatto che è sposata.»

Jin, frustrata, abbassa lo sguardo e scuote la testa serrando le labbra.

«Grazie, Jin» dico con un sorriso per cercare di allentare la presa di Aiko su di lei e distrarre le altre. «Anch'io penso che sia attraente. E sì, Jin ha detto la verità. Sono sposata.»

Funziona, tutti gli occhi sono puntati nella mia direzione. Jin alza lo sguardo, ma lo distoglie immediatamente.

«Io non credo nemmeno a lei» dice Aiko a Chiyo, come se le due avessero premeditato di mettermi in discussione. «Non è diversa da tutte noi.»

«Io *sono* sposata.» Scuoto la testa, confusa dalla piega che ha preso il discorso.

Le grida di Yoko continuano a riverberare attraverso le pareti, seguite dalle brusche esortazioni della direttrice.

«E allora perché sei qui?» mi chiede Aiko, poi si rivolge alle altre per cercare sostegno. «Ho ragione?»

Vorrei mettermi a urlare. Ho le guance in fiamme. Sono sicura che fanno a gara con quelle di Jin. «Sono qui per fare dei controlli. Ho perso sangue, delle piccole perdite in realtà, ma Eyako, la levatrice, ha pensato che...»

«No» sbotta Chiyo, facendo saettare gli occhi da Aiko a me. «Lei intende perché sei *qui*?»

«Ah, forse lei lo ha incastrato. Forse il bambino non è il suo» suggerisce Aiko con aria maligna.

Prima che io possa protestare, un altro urlo, più forte e prolungato, squarcia la notte. Ci guardiamo tutte con gli occhi spalancati. Segue una lunga pausa.

Poi sentiamo dei vagiti.

Rido. È come un campanellino. Se gli dai un colpetto leggero, senti un tintinnio lieve. Se colpisci più forte, ottieni un vivace scampanellio. E questo bambino è pieno di energia. *Sono qui.* Richiede l'attenzione di tutti.

Mi copro la bocca con le mani nascondendo un sorriso. Per il momento dimentico le accuse e avrei voglia di entrare in quella stanza e dare il benvenuto a questa piccola nuova vita. Potremo prenderla tutte tra le braccia? Sarebbe un diversivo piacevole e una buona occasione per fare pratica. Immagino il giorno in cui arriverà la mia bambina e quanto sarà emozionato Hajime. Già me lo vedo con un sorriso raggiante sulle labbra.

«Gli stessi polmoni di sua madre» dico, ma stavolta nessuno ride, nemmeno Chiyo. Il mio sorriso si spegne mentre colgo le espressioni cupe delle ragazze. Tutte evitano di guardarmi tranne Hatsu, che non nasconde più la sua tristezza. Ha gli occhi pieni di lacrime. Mi sento accapponare la pelle.

«Che succede?» le chiedo protendendomi verso di lei. Mi risponde soltanto il silenzio.

E c'è silenzio tutt'intorno.

Inclino la testa per ascoltare meglio.

Perché il bambino non piange?

Sono tutte raggelate e trattengono il fiato. Hatsu sospira. Il bambino sta poppando? Si sa, i piccoli entrano nel mondo affamati. Un brivido agghiacciante mi percorre la spina dorsale. Il pavimento scricchiola. Lo scalpiccio di passi rapidi si avvicina, e poi il suono si smorza via via che si allontanano. Un altro scricchiolio e poi un pianto sommesso. Non è quello del bambino.

È il pianto della madre.

«Perché Yoko sta piangendo?» chiedo con un fil di voce, ma le mie viscere urlano. *Cos'è successo al bambino? Cos'è successo al bambino?*

Voci soffocate che rimbalzano contro le pareti, poi passi pesanti. Scruto il volto di ogni ragazza cercando risposte. Jin studia il pavimento. Hatsu fissa il vuoto. Aiko e Chiyo si guardano e poi, senza parlare, si alzano tutte in piedi e si avviano alla porta.

«*Aspetta.* Chiyo?»

Lei si volta mentre le altre escono. Le sue labbra rosse assumono una piega beffarda. «Che cosa pensi, Naoko? Che abbiamo tutte un bel marito da incastrare in un matrimonio?» Tira un gran sospiro e si chiude la porta alle spalle.

Sento il cuore martellarmi nel petto. Mi tremano le mani e le lacrime mi pizzicano l'angolo degli occhi. Chiyo non può voler dire che… Devo aver frainteso. *Sì, certo, dev'essere così.* Ma tutto dentro di me teme il peggio.

Striscio carponi fino alla parete divisoria, accosto l'orecchio e presto ascolto. Voglio sentire il bambino. Ho bisogno di sentire questo bambino.

Aspetto di udire il suo pianto sopra quello della madre.

Sopra il mio.

24

Giappone, oggi

Meno di una settimana dopo essere stata informata da Yoshio riguardo la proprietà e il cognome della famiglia, mi ero imbarcata su un Boeing 777 diretto in Oriente. L'aereo rullò, prese l'abbrivio per decollare e pochi minuti dopo si insinuò tra le nuvole del mattino. Mi disposi ad affrontare le sedici ore di volo, ma non riuscii a rilassarmi sino in fondo.

Al contrario, guardai film, seguii la rotta dell'aereo tramite la app di bordo e mi accostai al finestrino per sbirciare il cielo. Mio padre era là che mi osservava? Il mio viaggio in Giappone l'avrebbe reso felice? Sapevo che il modo in cui l'avevo finanziato non gli sarebbe piaciuto.

Quando papà aveva portato a casa la Caddy, mia madre si era mostrata poco convinta di quella vistosa stravaganza, che giudicava troppo grande e costosa. «Abbiamo già una macchina affidabile» aveva obiettato, ma lui aveva definito quel gioiellino acquistato per 7500 dollari – reclamizzato come fiore all'occhiello della General Motors – un investimento azzeccato. A conti fatti, aveva ragione.

Una Cadillac Eldorado Biarritz decappottabile del 1958 in ottime condizioni poteva fruttare dai 70.000 ai 200.000 dollari, se offerta a collezionisti seri. Io ero riuscita a spuntare una cifra intermedia. Era più che sufficiente per il viaggio e le spese, ma il senso di colpa era quasi insostenibile.

Quando avevano caricato la preziosa Caddy di papà sul

camion e l'avevano portata via, ero scoppiata a piangere sul vialetto di casa. Avevo venduto l'unica cosa di valore che avevo ereditato.

Ma alla fine la possibilità di ricostruire la personalità di mio padre, i ricordi che avevo di lui, la mia fiducia in tutto ciò che avevo conosciuto, e la prospettiva di capire quanto era accaduto, be', tutto questo valeva molto di più.

Avrei soltanto voluto sapere cosa aspettarmi.

Yoshio sperava ancora che le ricevute di pagamento della tassa sugli immobili rivelassero il nome del proprietario attuale, ma nel frattempo era riuscito a procurarsi il nuovo indirizzo assegnato alla casa e contava di recarsi a Zushi per tentare di organizzare una visita e un colloquio. Pur essendogli grata per l'aiuto, avevo notato che non mi aveva comunicato il numero civico della casa, e quella piccola svista aveva messo in allerta la giornalista che c'è in me. Yoshio – un reporter accreditato a pieno titolo – aveva capito perfettamente che, nel momento in cui io fossi venuta in possesso dell'informazione, lui sarebbe stato tagliato fuori dalla vicenda. E poiché non scrivevo pezzi di costume o lifestyle, era molto probabile che avesse fiutato una potenziale storia.

Non sarebbe stata la prima volta che io e lui inseguivamo lo stesso filone. Entrambi eravamo andati a caccia di un'intervista con l'allora direttore generale dell'AIEA, ma ero stata io a spuntarla. Quando il mio pezzo era stato ripreso e divulgato a livello internazionale, Yoshio aveva cambiato posizione e aveva scritto un articolo di segno opposto per screditare il mio ottenendo altrettanta popolarità.

Non che lo biasimassi: non l'avevo fatto allora e non l'avrei fatto adesso. Il giornalismo era una partita basata sulle informazioni, una partita che entrambi giocavamo per guadagnarci da vivere. Inoltre mi ero limitata a dire al mio collega che la ricerca aveva carattere ufficioso e non avevo specificato per quale motivo. Gli avrei spiegato come stavano le cose quando ci saremmo visti per pranzo a Tokyo. Dovevo soltanto essere accorta nel rapportarmi con lui e stabilire in che misura condividere questa storia strettamente personale.

Alle mie spalle un bambino si mise a piangere, e con l'annuncio del capitano si accese la spia che invitava i passeggeri ad allacciare le cinture in vista dell'atterraggio. Via via che scendevamo di quota mi si stappavano le orecchie. Riposizionai il tavolinetto davanti a me, raccolsi le mie cose e alzai la tendina del finestrino.

L'aeroporto internazionale di Narita si trovava a un'ora di strada da Tokyo, perciò non fui accolta da esaltanti vedute della megalopoli e, dato il cielo velato, non intravidi nemmeno il monte Fuji all'orizzonte. Solo corsi d'acqua serpeggianti, edifici addossati l'uno all'altro e la tipica coperta patchwork di terreni agricoli. Ma invece delle scacchiere di coltivazioni del Midwest, il paesaggio ricordava un immenso campo da golf, fatto di bunker e laghetti, che si estendeva in ogni direzione. Mi avvicinai al doppio vetro, stringendo gli occhi per mettere a fuoco. I campi erano sommersi. La stagione delle piogge non era finita? Scendendo di quota, le distese d'acqua con il fondo fangoso diventarono sempre più nitide: erano risaie. Sballottata dalla turbolenza, afferrai il bracciolo del sedile e mi preparai all'atterraggio.

Dopo un volo così lungo e con quattordici ore di differenza, arrivai in Giappone esausta. Presentai il visto di ingresso, il modulo sanitario e la dichiarazione doganale, poi attesi in coda per sottopormi alla trafila dell'ufficio immigrazione, dove mi scattarono una foto, mi prelevarono le impronte digitali, eseguirono una scansione oculare e mi misurarono la temperatura. Per fortuna la mia rete telefonica era supportata, ma rimasi molto delusa dal navigatore, che mi indirizzò verso la stazione quando invece il mio hotel, che avevo scelto nelle vicinanze dell'aeroporto per comodità, era raggiungibile con una semplice navetta.

Un'ora dopo facevo finalmente il check-in. Ingoiai un sonnifero e, non appena la mia testa toccò il cuscino, pregai per la più dolce delle benedizioni… qualche ora di sonno.

La mattina dopo mi ritrovai a bordo dell'affollato Narita Express che, con i suoi sedili spaziosi, gli interni immacolati e le splendide vedute che offriva, mi fece dimenticare le frustrazioni dell'interminabile viaggio aereo. Dal posto accanto al finestrino, ammirai il rigoglioso paesaggio rurale della Prefettura di Chiba mentre ero diretta verso una delle metropoli più popolose al mondo: Tokyo.

La linea ferroviaria ad alta velocità tagliava in mezzo a risaie paludose ed estese zone verdeggianti, sfiorando i margini di villaggi sonnolenti che, secondo quanto suggeriva la mia app di viaggi, erano impregnati di Storia. In uno di questi c'era un mulino a vento olandese circondato da acri e acri di fiori di stagione: un dono di buon auspicio proveniente dai Paesi Bassi per celebrare quattrocento anni di scambi proficui. Un altro di questi luoghi era la città nascosta dei samurai. Mio padre si era fermato per vedere le rovine del castello? Aveva percorso quei sentieri segreti e visitato le poche case rimanenti di coloro che avevano giurato di proteggerlo?

Una volta superata la baia, lo scenario cambiò passando da un florido paesaggio rurale a un panorama cittadino di grigi edifici alti e sottili che si contendevano lo stesso spazio. Attraverso la distorsione del vetro curvo del finestrino, quei grattacieli mi accolsero con un mezzo inchino. Mi consideravo una persona che aveva viaggiato abbastanza, ma non avevo mai visto una città paragonabile a Tokyo: né Chicago per le dimensioni, né New York per la congestione.

Lo skyline era spettacolare.

Controllai la mia fermata sul display in quattro lingue, diedi un'occhiata al mio bagaglio e mi preparai per scendere. Fuori, fui subito colpita dall'umidità, poi da un pensiero improvviso: *Mio padre è stato qui*. Stavo per entrare nelle sue storie e dentro una mappa. Solo che, invece dei luoghi contrassegnati da una puntina da disegno, per ricostruire la sua *altra vita* avrei seguito i suoi passi, ripercorso la sua strada. Avevo la pelle d'oca sulle braccia.

Il ristorante che Yoshio aveva scelto per il nostro incontro distava pochi minuti a piedi dalla stazione, ma io arrivai in anticipo per prendere confidenza con l'ambiente circostante. Come una vera e propria turista, scattai diverse foto dell'esterno in mattoni rossi della stazione con la sua cupola dorata. Poi feci qualche passo indietro e ne scattai altre. L'architettura, seppure bellissima con la facciata in pietra e le decorazioni in rilievo, richiamava lo stile europeo. Qualcosa di italiano o inglese che non avrei mai immaginato di trovare nella capitale del Giappone.

Gli edifici occupavano ogni centimetro di terra e la gente affollava tutto lo spazio rimasto. C'erano più distributori automatici che alberi, e se la città era scintillante e priva di rifiuti che ne intaccassero la sobrietà, il cielo era invaso di insegne pubblicitarie al neon. Mi piegai leggermente indietro, cercando di immaginarle accese di sera.

C'erano stimoli ovunque. Un cicalino elettronico cinguettò quando attraversai la strada. Mi fermai cercando di localizzare la fonte di quel suono. Alcuni adolescenti in abiti arcobaleno mi indicarono l'aggeggio che sovrastava lo schermo dell'attraversamento pedonale e mi sorrisero. Ricambiai il sorriso. Non c'era bisogno di traduzione.

I menù elettronici proponevano qualsiasi cosa, dalle crocchette di pesce al tofu, e a furia di passare davanti ai chioschi del cibo da strada, ormai avevo imparato a non indugiare con lo sguardo troppo a lungo per non correre il rischio di dover fare un assaggio.

Mi aspettavo che, in qualche modo, il vecchio convivesse con il nuovo, come in Europa, dove il Colosseo e la Fontana di Trevi sono circondati da boutique hotel e negozi di paccottiglia kitsch per i turisti. Là, ovunque ti girassi, il mondo moderno andava a braccetto con il passato. Si avvertiva la Storia. La percepivi sulla pelle. La respiravi nell'aria.

Ma non a Tokyo.

Tokyo scintillava di nuovo, di fresco, come se fosse appena uscita da un *sentō*, il tradizionale bagno pubblico che l'aveva rimessa in sesto rivificando la sua Storia.

Speravo che la mia visita potesse fare lo stesso per mio padre.

«Tori? Tori Kovač?»

Mi voltai e vidi Yoshio che mi faceva cenno proprio davanti

alla porta del ristorante. Era naturale che mi avesse riconosciuto. Non era difficile individuarmi. Prima di tutto, avevo il bagaglio appresso; in più Tokyo, come tutto il Giappone, era quasi esclusivamente giapponese. Anche se non mi sentivo a disagio, per la prima volta ero acutamente consapevole della mia origine occidentale. Mi spianai i pantaloni grigi e raddrizzai la camicetta con le maniche corte. Faceva abbastanza caldo da indossare una canottiera, ma in Giappone le spalle dovevano restare coperte. «Salve. Yoshio?»

Era uguale a come appariva nella sua foto profilo. Poco più che quarantenne, con la mascella squadrata e un ampio sorriso che emanava sicurezza. Gli porsi la mano, incerta se fosse la cosa giusta da fare, ma lui me la strinse, poi vi posò sopra l'altra e mi diede un'altra stretta.

«Prego… ho prenotato un tavolo.» Aprì la porta del ristorante e mi seguì all'interno. «Ti è piaciuto il viaggio in treno attraverso la campagna?»

«Davvero bellissimo.» Allargai gli occhi cercando di abituarmi alla luce tenue della sala. «E non affollato come immaginavo» aggiunsi indugiando, in modo che fosse lui a farmi strada.

«Oh, sì, perché hai viaggiato sull'Express. Se avessi preso il treno dei pendolari nell'ora di punta, sarebbe stata tutt'altra storia. Sono così stipati che esistono delle figure apposite, con i guanti bianchi, gli *Oshiya*, che spingono i passeggeri sul treno.» Mi indicò un tavolo di legno basso con dei cuscini rossi rotondi sul pavimento, situato lungo la parete all'estremità della sala. «Lontano dal sole e dai rumori della strada, così possiamo conversare tranquillamente.»

Mi sentivo già a disagio. Troppe cose dipendevano da questa conversazione. Infilai il mio bagaglio accanto a me contro il muro mentre Yoshio parlava in giapponese con la cameriera.

«Mi permetti di ordinare per te?» mi chiese. «Prometto che non rimarrai delusa. È una cucina famosa in tutto il mondo.»

Mi venne in mente l'assaggio del cibo di strada e la strana consistenza di quel boccone che ero riuscita a inghiottire a stento, ma feci un cenno di assenso e sorrisi comunque, rifiutando di trasformarmi nella caricatura stereotipata dell'americano schizzinoso. L'avevo imparato in occasione di altri viaggi all'estero. In Italia, quando avevo tentato di esprimere le mie preferenze, mi ero sentita rispondere in modo sbrigativo dal basso cameriere che mi serviva: «Mangi quello che c'è». Ed era finita lì.

Dopo aver preso gli ordini, ci servirono il tè e sorseggiandolo io e Yoshio chiacchierammo del più e del meno. Lui mi chiese se l'albergo era stato di mio gradimento, e io, a mia volta, gli feci delle domande sulla sua straordinaria città.

«Hai visto i semafori dell'incrocio di Shibuya?» mi chiese Yoshio. «Scattano tutti sul rosso contemporaneamente. In un istante la gente si riversa in strada da ogni direzione, come biglie di vetro che rotolano fuori da un sacchetto.»

Per affrontare l'argomento della casa di Zushi e dei suoi proprietari avrei dovuto aspettare, lo sapevo. Avevo letto da qualche parte che in Giappone una cortese conversazione è il prezzo da pagare per ottenere informazioni, così attesi il momento opportuno fingendo di stare al gioco.

«La famosa carne di Kobe con verdurine condite» annunciò la cameriera arrivando con le nostre ordinazioni. «Prego, assaggi.»

Sia Yoshio sia la ragazza attendevano la mia reazione. Mi bastò un boccone per capire perché quella specialità veniva tanto decantata. Allargai gli occhi mentre la carne si scioglieva sulla lingua e annuii dando alla cameriera l'approvazione incondizionata che si aspettava prima di allontanarsi.

Yoshio rise e poi, sussurrando come se dovesse rivelarmi un segreto, spiegò: «Il sapore delicato è dovuto alle cure particolari riservate al manzo, che ha il privilegio di bere birra e ricevere un massaggio quotidiano».

Scoppiai a ridere anch'io, ma iniziavo a spazientirmi. «Yoshio, non ti ringrazierò mai abbastanza per la tua ospitalità. Sono così felice di essere qui e ansiosa di andare a fondo nella mia ricerca. Hai detto che avevi novità al riguardo?»

«Sì, è così. Anche se ciascuna municipalità tiene registri catastali separati per scopi fiscali, sono riuscito ad avere conferma riguardo la proprietà dello stabile che ti interessa.»

Mi protesi verso di lui. «Sono loro? La famiglia Nakamura?»

Il sorriso di Yoshio si allargò. «Sì. Dalle carte risulta che i Nakamura pagano le tasse sia sulla casa sia sulla proprietà da diverse generazioni.»

«È fantastico, grazie.» Doveva trattarsi della famiglia della donna. *Li ho trovati, papà.*

«Ho una foto, se vuoi darci un'occhiata.» Aprì la sua borsa a tracolla e mi mostrò un'immagine.

La esaminai con estremo interesse. La grande casa quadrangolare a un piano aveva un aspetto semplice e sofisticato al tempo stesso, con travi di bambù a vista, muri rivestiti di pannelli bianchi e un tetto di tegole a due falde. Era situata in cima a una collina verdeggiante e si fondeva alla perfezione con il paesaggio che la circondava. Era esattamente quello che mi aspettavo di trovare in Giappone: il fascino ricercato del Vecchio Mondo unito a un'eleganza senza tempo. «Wow.» Fu il massimo che riuscii a dire.

Davanti alla mia reazione semplificata, Yoshio espresse la sua soddisfazione con un cenno del capo. Poi, notando la mia tazza quasi vuota, mi versò dell'altro tè e continuò a parlare. «È costruita nel tipico stile *Sukiya*, che si distingue per l'estetica naturale e senza pretese. La mancanza di abbellimenti superficiali favorisce l'automiglioramento interiore, mentre l'ampia grondaia crea oasi di ombra ideali per riflettere. Le sale da tè un tempo erano costruite con questi criteri. Vedi questo tetto con le tegole curve?» Me lo indicò sulla foto. «È per disorientare gli spiriti maligni.»

«Perché non viaggiano mai in linea retta.» Scoppiai a ridere anche se sentivo salire le lacrime agli occhi. «È bellissima.» E combaciava perfettamente con la descrizione che ne faceva mio padre quando raccontava la storia del tè.

«Mi dici dell'articolo che hai intenzione di scrivere? Mi accennavi che sarà sulla storia della casa, ma hai scoperto qualcosa di interessante sulla famiglia Nakamura?» Yoshio mi fece un sorrisetto con le labbra serrate e lo trattenne troppo a lungo.

Mi sentii formicolare la pelle. «Hanno accettato di farmi visitare la casa e concedermi un'intervista?»

«Non vuoi mettermi a parte del tuo progetto?»

«Non vuoi dirmi se sono disponibili per un'intervista?» ribattei in modo diretto.

Il sorrisetto forzato non sparì dal viso di Yoshio. «Anche se hai fatto tanta strada per venire fin qui, mi dispiace, Tori, ma penso che un'intervista non sia possibile.»

Per un attimo il mio cuore si fermò, poi accelerò il battito. «Non capisco. Temono che io abbia in mente di scrivere qualche articolo di denuncia su di loro? Perché non è così.»

«È quello che fai di solito.»

«Io scrivo articoli su grandi società, basati su fatti documentati.»

«Che denunciano le persone di potere e le loro attività controverse.»

«Che aprono gli occhi al pubblico, che ha il diritto di sapere. E come del resto fai tu, Yoshio.» Gettai indietro le spalle, irritata. «Perciò, perdonami, ma non capisco davvero. Pensavo che volessi bruciarmi la notizia e invece li stai proteggendo?»

Yoshio alzò le spalle con aria indifferente. «Sono semplicemente curioso di conoscere le tue intenzioni.»

«Lo sapevo» sbuffai, esasperata. «Mi stai sottoponendo a un *esame* perché sei curioso di sapere se c'è una storia.»

«Naturalmente.» Posò le bacchette sul loro supporto e si asciugò la bocca con un tovagliolo caldo. «E ce n'è una?» chiese inarcando un sopracciglio.

Cambiai la posizione delle gambe e diedi un'altra occhiata alla foto della casa. Volevo l'indirizzo, perciò avrei dovuto dirgli qualcosa sulle vicende di mio padre, ma era impossibile prevedere la sua reazione a un argomento così controverso. «E se ti dicessi che scrivere un articolo sulla casa o sulla famiglia non rientrava assolutamente nei miei piani?»

«Mi renderesti ancora più curioso.»

«Posso farti una domanda piuttosto delicata prima?» Dopo il suo cenno di assenso, presi un respiro profondo e indugiai qualche istante per capire da dove cominciare. Ora avevo la sua completa attenzione. Non volevo sprecarla. «L'occupazione americana è terminata quando?»

«Nel 1952.»

«Già, nel 1952.» Mio padre aveva prestato servizio dal 1954 al 1957. Soltanto due anni dopo, quindi. «Da quanto ho letto, nacquero molti bambini dalle relazioni tra militari americani e donne giapponesi, e ci furono anche parecchi matrimoni. È corretto?»

«Ci furono dei matrimoni, sì, ma non erano molto comuni, e gran parte dei bambini non sopravvissero.»

«Non sopravvissero?» Un senso di scoraggiamento. «A causa di...?»

«Malattie, tanto per cominciare, e mancanza di cure adeguate.» Yoshio abbassò la voce e si protese sopra il tavolo. «Tori, le donne in quella situazione si ritrovavano sole al mondo e incapaci di occuparsi dei loro bambini. La società emarginava sia le madri sia i figli. Tieni presente che il Giappone è un Paese radicato nelle sue tradizioni antiche; la guerra era finita da poco.»

«Guerra o no, era deplorevole emarginarli, non sei d'accordo?»

«Certo. Ma devi riconoscere che nemmeno l'America accolse bene le spose giapponesi che i militari portarono con sé al ritorno in patria, dopo la guerra e lo smantellamento dei campi di prigionia giapponesi. Era passato troppo poco tempo.»

Tornai con la mente a quel periodo della Storia americana, agli articoli e alle foto delle spose giapponesi accusate di aver incastrato i soldati, e a quelle persone che gli americani costringevano ad abbandonare la casa e il lavoro e imprigionavano come criminali. Sospesi il mio giudizio, rendendomi conto che il mio Paese, proprio come quello di Yoshio, non aveva il diritto di emettere sentenze.

Yoshio annuì. «Quindi, vedi? Non è un Paese, né una cultura, a essere responsabile, ma un'intera razza. La razza umana. E per rimarginare ferite di guerra così profonde non basta l'arco di una vita. Ci vuole più tempo. Ancora oggi, in un'epoca così moderna, la vita per queste coppie sarebbe difficile qui in Giappone.»

«Eppure sono nati molti bambini» dissi accennando un sorriso per stemperare l'atmosfera.

«Sì, certo, perché, come ti dicevo, in fondo siamo umani, no? Nonostante la guerra, *quello* c'è sempre» concluse lui con una risatina.

Ci scambiammo uno sguardo rilassato, avendo ritrovato un terreno comune su cui confrontarci.

«Allora, ho superato il *tuo* esame?» mi chiese Yoshio. «Intendi rendermi partecipe di questa storia? Che cosa hai scoperto su questa famiglia?»

Le sue parole si dilatarono e indugiarono tra noi per qualche istante.

«Yoshio, non esiste nessuna storia. Almeno, non una storia che intendo pubblicare.» Girai la mia tazza, poi la girai di nuovo riportandola nella posizione di prima. «Volevo quell'intervista per motivi personali. Questioni che riguardano la *mia* famiglia.» Rischiai un po' tenendomi sul vago. «Capisci?»

Yoshio si accigliò, poi abbassò gli occhi come se fosse assorto in un pensiero. Qualche istante dopo li rialzò, li fissò nei miei e annuì. «Sì. Penso di sì. Grazie per avermelo confidato.»

Sorrisi, felice di non dover aggiungere altro. «E chissà, magari vedere la casa e incontrare un membro della famiglia potrebbe essere sufficiente per rispondere alle mie domande, senza doverne fare di potenzialmente imbarazzanti. Ecco perché il colloquio è così importante per me.»

Yoshio fece una smorfia che esprimeva disagio. «Sono felice di poterti fornire questa foto e l'indirizzo della casa, ma purtroppo, come ti ho già detto, un colloquio potrebbe non essere possibile.»

Il mio cuore si fermò. «Hanno rifiutato?»

«No. Non c'è nessuno cui chiedere perché la casa è disabitata.»

Mi appoggiai al muro. «Come? È vuota?» balbettai, attonita.

«Sì, secondo i vicini, la casa è disabitata da qualche tempo, ma come puoi vedere dalla foto, è ben tenuta, giardino compreso.»

Osservai l'immagine. «Quindi chi se ne prende cura?»

«Me lo sono chiesto anch'io. Perdona la mia curiosità, ma ho fatto qualche ricerca per conto mio. Ho trovato parecchie famiglie Nakamura nella Prefettura di Kanagawa, ma solo una ha radici così profonde a Zushi. Una famiglia titolare di una grande azienda con sede a Yokohama che si chiama SCN. Anche se negli anni hanno investito in altri settori, hanno fatto fortuna commerciando tè e affini.»

Bevvi un sorso del mio, poi chiesi: «Per cosa sta SCN?»

«Società di Commercio Nakamura.»

Sbarrai gli occhi e soffocai una risata. *Il re dei mercanti dell'impero.*

Sorrisi a Yoshio, sopraffatta dall'improvvisa ondata di emozioni, perché quella rivelazione era più che appropriata, era perfetta. Era lì che era iniziata la storia di mio padre. «Non è mai venuto niente di buono dal tè» soleva ripetere, ma in quel momento, qualcosa di buono era venuto eccome.

25

Giappone, 1957

Mi sveglio di soprassalto, disturbata dalla luce invadente del mattino. Mi scosto i capelli dalla fronte madida di sudore, cercando di capire dove mi trovo. Un tavolino, un dipinto a inchiostro *sumi-e* appeso vicino alla finestra e la mia valigia sotto. Sbatto le palpebre ritrovando l'orientamento. Sono nella Clinica Ostetrica Bambù, dove, la notte scorsa, è venuto alla luce un bambino.

Dove forse è *morto* un bambino.

Tutti i ricordi mi si riversano addosso per svegliare la mia mente ancora intontita dal sonno. Le ragazze. La giovanissima Jin, quella silenziosa. Aiko, maliziosa ed elegante. Hatsu, la ragazza dagli occhi tristi. E Chiyo, così audace ed estroversa. Le sue parole mi travolgono. *Che cosa pensi? Che abbiamo tutte un bel marito da incastrare in un matrimonio?* Mi poso le mani sul ventre, quella lieve protuberanza che ha cominciato a prendere forma.

Guardo la parete, desiderando di vedere cosa c'è dall'altra parte. Yoko è ancora qui? Sta riposando? Finora il mio soggiorno è stato tutt'altro che rilassante. Tendo l'orecchio nella speranza di cogliere dei movimenti, ma mi arriva soltanto l'affaccendarsi confuso della clinica.

Non è venuto nessuno a svegliarmi.

Mi affretto a prepararmi indossando una gonna e una camicetta. Non avendo intenzione di restare, rimetto tutto nella valigia e la piazzo accanto al letto. Devo ancora parlare dei miei esami con la direttrice Sato. Mi si contrae lo stomaco al pensiero, perché non sono sicura di volerlo fare.

Apro la porta e faccio capolino in corridoio. Sento delle voci provenire dall'ingresso. Ogni mio passo è silenzioso, ma determinato. Sono qui per avere delle conferme. Nient'altro. Dopodiché me ne andrò a casa e aspetterò il ritorno di Hajime.

Hatsu sta lavando i piatti in cucina, mentre Aiko sta discutendo con la direttrice. Soltanto Jin è ancora intenta a mangiare. Mi guarda e io le rivolgo un debole sorriso.

«*Ohayou*» dico a tutte.

La direttrice Sato si volta, gli occhiali dalla montatura sottile abbassati sul naso grosso e piatto. «Ah, ti sei persa la colazione. Il pesce è finito, ma puoi prendere un po' di *miso*. Sei fortunata che sia rimasto ancora qualcosa.»

«Quindi io non mangio, ma lei sì?» dice Aiko indignata, quasi sputando le parole. «Se non si collabora, non si consuma. È la regola.» Appoggia una mano curata sul bancone e si protende verso la direttrice con aria di sfida. Ha una pancia grossa e bassa che dà alla sua schiena una leggera inclinazione.

La direttrice Sato agita un dito tozzo e ammonitore in aria. «Lei mangia perché è nuova e non conosce ancora le regole. Coraggio, Naoko. Prendi pure la ciotola.»

Ne prendo una lanciando un'occhiata ad Aiko. Lei si mette a braccia conserte e sta a guardarmi mentre mi verso la zuppa di semi di soia. È annacquata e insipida, ma l'odore dei legumi fermentati stuzzica le papille gustative affamate. Mi siedo davanti a Jin, sforzandomi di ignorare l'espressione imbronciata di Aiko.

«E quando arriva la retta, Aiko?» chiede la direttrice posando le mani sui fianchi abbondanti e spostando il peso del corpo sulla gamba che tiene leggermente più indietro rispetto all'altra. «Sei fortunata a non essere in mezzo a una strada, lo sai?» Si volta verso Hatsu, che sta riponendo i piatti asciugati. «Vai a chiamare Chiyo, poi venite ad aiutarmi a pulire la camera di Yoko.»

Mi irrigidisco. Yoko è andata via?

«Chiyo!» Hatsu corre fuori a cercarla.

«Direttrice Sato?» Mi trema la voce. Vorrei chiederle della ragazza, del suo bambino, invece mi concentro sul motivo per cui sono qui. «Gli esami?»

La donna si volta asciugandosi le mani nel grembiule e mi guarda con indifferenza. «Quali esami?»

La fisso, incredula. «Dobbiamo fare degli esami oggi, così posso tornare a casa, ricorda?»

Le sue narici vibrano. «Domani.»

«Domani? Ma mio marito mi aspetta stasera.» Sento accelerare i battiti, consapevole che, se è trattenuto a bordo, non sarà affatto a casa ad aspettarmi. Ma non posso trattenermi qui fino a domani.

Lei scuote la testa e mi zittisce agitando le mani. «Devo parlare di questo marito con tua nonna, e tu hai bisogno di riposo.» Abbassa il mento. «Domani. Ora mangia.» Mi volta le spalle ed esce dalla stanza.

Vedrà la nonna? E cosa significa "questo marito"? Che cosa c'è da decidere? Aiko mi porta via la ciotola di *miso.* Alzo lo sguardo. I suoi occhi truccati sono ridotti a due fessure.

«La regola dice che se non aiuti a preparare il pasto non puoi mangiare.» Alza la scodella e ne beve rumorosamente il contenuto.

«Nemmeno tu l'hai preparato, però.» Le parole di Jin sono appena sussurrate, leggere come una piuma.

Sia io sia Aiko restiamo a bocca aperta per la sorpresa. Jin fissa il suo piatto di riso, preparandosi alla risposta di Aiko.

«Vedi? Lo sapevo che avevi la voce. Peccato che non sai quando usarla.» Aiko si ficca dell'altro cibo in bocca e si avvicina all'orecchio di Jin. «Allora? Non hai nient'altro da dire? Hai di nuovo dimenticato le parole?»

Aiko mi rivolge un sorriso sprezzante e butta il resto del contenuto della ciotola nel lavandino. Io resto in silenzio, ma non distolgo lo sguardo. Ci lancia un'ultima occhiata astiosa, poi ci lascia sole davanti al tavolo. Jin alza lo sguardo e fa scivolare la sua ciotola nella mia direzione.

«No, Jin, va bene così. Posso aspettare» protesto agitando la mano.

Lei scuote la testa e me lo spinge più vicino. «No, ne ho abbastanza.»

«Io ne ho abbastanza di Aiko» ribatto prontamente strappandole un sorriso.

«È gelosa perché hai un marito e invece il suo ragazzo è sposato.» Mi indica la scodella. «Prego…»

Accetto, grata per l'offerta. Lo stomaco gorgoglia man mano che lo riempio. Rifletto sulle parole di Jin e sono combattuta se farle la domanda che mi brucia sulle labbra. Devo sapere del bambino. Devo sentir dire ad alta voce ciò che temo. «Yoko è in un'altra stanza?»

«È andata via.»

Smetto di mangiare e mi avvicino a Jin, abbassando la voce a un bisbiglio. Un lieve colpetto su una campana produce comunque una risposta. «E il bambino?»

Jin si inumidisce le labbra e abbassa il mento. «Andato.»

«Andato?» La parola suona vuota. Do un altro colpetto. «Vuoi dire che…?»

«Anch'io voglio che questo bambino se ne vada.»

Le parole di Okaasan mi inondano la mente. *C'è una levatrice, la nonna la conosce, che si occupa di queste cose.* Mi sento contrarre le viscere. Questa *non* è una clinica ostetrica. È un posto per nascondere le madri e sbarazzarsi dei figli indesiderati.

Che cosa ha fatto mia nonna? Che cosa ha detto a mio padre? Lui lo sa? È d'accordo? E Satoshi? No, lui non ne sapeva più di me.

Rabbrividisco e mi lascio sfuggire un lungo sospiro. Tutte qui sono giovanissime e non sposate. In base alle storie di Aiko e Chiyo, devo concludere che anche loro aspettano un figlio di sangue misto? Queste creature sono considerate inferiori perché nelle loro vene non scorre puro sangue giapponese. Questo fa ribollire e correre più veloce il mio.

Povera Yoko. Quel povero bambino.

La mia attenzione cade sul pancione di Jin. Se l'ignoranza è la madre del sospetto, che cos'è la verità quando lo conferma? «Quanti anni hai, Jin?»

I suoi occhi timidi incrociano i miei. «Ne ho compiuti tredici il mese scorso.»

Mi sento mancare. È poco più grande di Kenji. Io ne ho quasi diciotto, solo cinque in più, ma cinque anni fanno la differenza tra un'adolescente e una donna. Cinque anni possono essere una vita.

Prendo un bel respiro e le rivolgo la domanda a fatica. «Che ne è del padre?»

Le sue labbra si muovono, ma non fanno uscire parole. Le manda giù e scuote la testa. I suoi occhi vagano senza vedere nulla.

Scivolo più vicino e mi chino verso di lei. «Puoi fidarti di me, Jin.»

«Ho detto di no» dice con un fil di voce. Le sue dita si aprono e si chiudono in un pugno. «I miei genitori mi disprezzano anche se ho confessato.» Si stringe nelle spalle. «Per questo ho scelto il silenzio. A cosa serve parlare se nessuno ti ascolta?»

«Io ti ascolto.» Detesto la pietà che trapela dalla mia voce. Cova dentro di me e minaccia di salire a fiotti.

Jin si guarda la pancia come se mi avesse letto nel pensiero. La sua bocca si torce in una smorfia. «Mia madre dice che questo bambino è la mia punizione. Nascerà, così sarò costretta a guardare il suo viso smunto e beffardo e i suoi occhi da diavolo almeno una volta.»

Raddrizzo le spalle e assumo un tono autorevole. «Il diavolo è stato lui, Jin, ma per quello che ti ha fatto, non perché era uno straniero. E il tuo bambino è innocente.»

Le si inumidiscono gli occhi, ma non cade nemmeno una lacrima. «Tu sei fortunata, Naoko. Tu hai un marito adatto, perciò avrai un bambino adatto.» Aggrotta la fronte. «Allora perché sei *qui*?»

Non le rispondo perché non resterò ancora per molto.

La direttrice Sato è uscita e tutte approfittano della sua assenza. Aiko acconcia i capelli a Chiyo nella loro stanza, e le due chiacchierano di musica e di cinema, mentre Jin legge seduta in disparte. Hatsu è l'unica che si dedica alle sue faccende.

Io pianifico la mia fuga.

Passando davanti a Hatsu, le faccio un cenno e spalanco la porta d'ingresso dicendo che ho bisogno di prendere un po' d'aria fresca. Mi metto le scarpe, mi volto a sbirciare Hatsu e mi spingo fino al portico che corre lungo la facciata. L'accecante sorriso del sole mi fa strizzare gli occhi e stirare le labbra in una smorfia. Una bella giornata dopo una notte e una mattinata così terribili.

Per non destare sospetti, strappo un ramoscello da un arbusto sempreverde, poi gironzolo un po' lì intorno fingendo di essere incuriosita dal giardino.

Calpestando l'erba mi dirigo verso il sentiero che mi ha condotto qui. L'aria mi pizzica il naso, ma trattengo lo starnuto. Un'occhiata alle mie spalle mi conferma che la mia sceneggiata non ha pubblico, perciò metto in atto la mia fuga.

Sto tornando a casa.

Insieme, io e Hajime penseremo a una strategia per parlare con papà e occuparci di Kenji. La nonna è un'altra storia. Ho qualche parolina saggia anch'io da comunicarle.

La mia valigia è rimasta nella stanza, ma non mi serve. Tutto è sostituibile. Questa bambina invece no. Affretto il passo mentre la mia mente in subbuglio ripercorre gli ultimi avvenimenti. Su tutti domina la domanda di Jin, simile a una freccia che va dritta al centro. «Perché sei qui?» Questo spiega la reazione sconcertata della direttrice Sato nel vedere Satoshi. E spiega anche perché deve discutere con la nonna. Ma che cosa cambia?

Non intendo restare per scoprirlo.

Posando male il piede sul sentiero stretto, vacillo rischiando di slogarmi la caviglia, perciò rallento il passo e cerco di essere più prudente. I rami degli alberi sopra la mia testa si prendono per mano formando una cupola verde. Nascosta nella sua ombra e lontano da quella casa, per la prima volta respiro a pieni polmoni. Il ponticello dovrebbe essere più avanti, poco distante dal cancello.

Scendendo lungo l'argine, mi scivola il piede e salto un gradino per poi aggrapparmi a un ramo e riprendere l'equilibrio. Il suono dell'acqua che scorre riempie l'aria e finalmente riesco a scorgere il ponticello.

Mentre lo attraverso, mi fermo a osservare la carpa koi e ne approfitto per prendere fiato. Nella testa mi frullano mille pensieri. Non sono una ragazza chiusa in una scatola. Il mondo reale è tutto intorno a me: so come funziona, so che ci sono delle ingiustizie. Perfino all'interno della mia famiglia. C'è mio padre, un ex militare con una mentalità intransigente; Obaachan, cocciuta e fatta a modo suo; e Taro, accecato dal nazionalismo.

Ma io? Io mi innamoro, mi sposo e aspetto una figlia da un americano, nonostante tutto.

Posso avere le mie idee, come mio padre, ma il cuore l'ho preso da Okaasan. Altrimenti come avrei potuto donarlo a Hajime? Mi esce un lento, triste sospiro dal petto.

Devo assolutamente uscire di qui.

Più avanti vedo l'alta recinzione di bambù con i legacci neri. Alzo il chiavistello di legno e, con il palmo aperto, spingo il cancello, ma non si muove. Provo di nuovo. Niente da fare. Ondeggia quel tanto per assorbire il mio peso.

Il mio battito accelera. *Perché non si apre?* Usando il fianco, spingo con tutta la forza che ho, ma è bloccato e non cede nemmeno di un centimetro. Mi sento prendere dal panico. Valuto l'altezza della recinzione, poi la lunghezza. È meglio seguirla? Scavalcarla? Mi aggrappo con entrambe le mani alla trave portante della costruzione e scuoto il cancello per far sì che si apra e mi lasci libera.

«Non funzionerà.»

Mi volto di scatto. È Hatsu. «Mi hai seguito?»

Si fa avanti mettendosi in piena luce. «La direttrice assicura il chiavistello dall'altra parte quando esce.» Si avvicina a passo lento. «Di solito il lucchetto è all'interno.»

Indietreggio di un passo, la bocca semiaperta per la sorpresa.

«Dice che è per tener fuori i barboni, ma tutti sanno che è per tenerci rinchiuse qui dentro finché non ha ricevuto il saldo del pagamento.»

Senza pensare, le passo davanti e costeggio la recinzione di bambù spostando i rami per aprirmi un varco.

«Aspetta! Naoko, dove stai andando?»

Io non starò qui. «Questa recinzione non può circondare tutta la struttura, no?» Il terreno scricchiola sotto i miei sandali e i cespugli pungenti mi mordono i polpacci.

Hatsu mi segue. I graffi mi prudono, e mentre mi fermo a grattarmi, lei mi raggiunge. Proseguo decisa, lei sempre dietro di me con un braccio alzato per ripararsi dai rami che le sbattono sulla faccia. La boscaglia si fa più fitta a ogni passo.

Dall'altra parte dello steccato ci arrivano delle voci. C'è qualcuno che cammina per strada. Il mio cuore fa un tuffo. Ci blocchiamo entrambe. Chiudo un occhio e appoggio l'altro alla recinzione, provando a sbirciare nella fessura tra una canna e l'altra. Due monaci. Attempati. E uno con una lunga tunica bianca.

«Ehi!» Cerco di assumere un tono calmo. «Ehi! Scusate?»

I due smettono di parlare. Mormorano qualcosa e infine dicono: «Sì, prego?»

«Salve.» Hatsu si avvicina e accosta il viso al mio. «Sapete dirci se la recinzione prosegue ancora per molto? Stiamo cercando di uscire.»

«Uscire dove?» chiede il monaco.

«Uscire di qui» dico, sperando di essere più vicine di quanto pensiamo. «Stiamo cercando di passare dall'altra parte.»

Una pausa, e poi la risposta pronunciata con tono serio. «Figliole, ma voi *siete* dall'altra parte.»

Io e Hatsu ci scambiamo un'occhiata. Che cosa significa? Si stanno allontanando?

Sbatto la mano sulla recinzione. «Aspettate! Per favore! Scusate?»

«Lascia stare, Naoko. A meno che non sia Fratello Daigan, quei monaci non ci aiuteranno. E neppure le monache che vivono e lavorano nella comunità non lontano da qui. Sanno che posto è questo, ma finché siamo *dentro* non possono interferire. Le regole sono queste.»

Mi raddrizzo e la affronto con coraggio. «Che cos'è questo posto, Hatsu? Dimmelo. Voglio sentirlo dire ad alta voce.»

Lei mi studia per qualche istante. «La direttrice fornisce un servizio a tutte le donne che sono troppo avanti nella gravidanza per abortire.» Si stringe nelle spalle. «È un sistema per fare soldi, ecco tutto.» Detto ciò, si inoltra nuovamente in mezzo ai cespugli ripercorrendo la strada da cui siamo venute.

Questa volta la seguo. «Io voglio la mia bambina, Hatsu.»

Si volta di scatto, sbuffando. «Anche Yoko voleva il suo bambino. Aveva in mente di raggiungere quella casa prima di partorire e di lasciarlo sui gradini. Ma è entrata in travaglio prima del previsto.»

«Quale casa?»

Hatsu si scosta una ciocca di capelli ribelli dalla fronte e alza gli occhi al cielo. Si volta, evidentemente stanca delle mie domande.

Io insisto prendendola per le spalle. «Hatsu, quale casa?»

«Quella per i bambini di sangue misto.» Riprende a camminare spingendo i rami da una parte. «Si trova a Oiso. C'è una signora che li accoglie, ma non so di preciso. Ho sentito dire che è sovraffollata e infestata di malattie, quindi non è poi tanto meglio.»

Cammino alzando bene i piedi per evitare i rovi, mentre cerco di dipanare le sue parole e di tradurle in qualcosa di comprensibile. I rami mi sfregano le guance. Li scosto con rabbia, imperterrita. «Il bambino di Yoko era un mezzosangue?»

«Sì. Ho saputo che era un maschietto. Aveva dei bei polmoni, vero? Strillava così forte.»

E poi era diventato silenzioso. Mi blocco. «Hatsu.»

Leggo il dolore nella sua espressione tirata. Sa che sto per farle la domanda. Sa che sto per chiederle quello che devo sapere. Quello che devo sentire.

I battiti impazziti del mio cuore sovrastano il suono delle mie parole. «Che cosa *ha fatto* la direttrice al figlio di Yoko?»

La bocca di Hatsu si stira in una linea diritta.

Mi avvicino inchiodando i miei occhi nei suoi. «Dimmelo.»

Lei distoglie lo sguardo, respirando a fatica. «Gli ha stretto il naso.»

La fisso allibita, attanagliata dall'orrore di questa verità.

«Lo fa non appena vengono alla luce, di solito prima che emettano il primo vagito, ma il bimbo di Yoko aveva voglia di combattere.»

Mi copro la bocca con la mano. Altre lacrime si accumulano sulle mie ciglia. Lo spirito entra nel corpo di un essere umano con il primo strillo vitale. Quel bambino ha strillato. *L'ho sentito.* Ha annunciato a gran voce il suo arrivo nel mondo. Nella mia mente scorre l'immagine del corpicino che si dibatte invano davanti agli occhi della madre che lo vede soffocare.

Quella donna è un mostro. *Un mostro.* E questo cosa fa di Obaachan? E di mio padre? Ho un conato di vomito e mi sorreggo allo steccato, incapace di respirare. Ogni mio pensiero urla di rabbia mista a tristezza. Nessuno toccherà la mia bambina! Da questo momento in poi, la mia famiglia non esiste più. Solo Hajime. Solo Kenji. Solo questa bambina che griderà a pieni polmoni.

Hatsu si avvicina, la sua voce è ferma ma distaccata. «È una donna d'affari, Naoko. Approfitta di quelle come noi fornendoci un posto dove nasconderci per evitare la vergogna e il disonore della famiglia. E per chi non può permettersi di pagare le sue rette, fa un unico addebito. Per il parto e lo smaltimento.»

Smaltimento.

Quella parola è come un pugnale che fa afflosciare la mia bolla di determinazione. Le lacrime scendono irrefrenabili. Le asciugo e tiro su con il naso. «Perché non porta i bambini in quella casa di cui parlavi? Le sarà pur venuta in mente come opzione migliore.»

Hatsu aggrotta le sopracciglia. «Quanti bambini malati credi che possa ospitare quella casa? E poi, perché?» Riprende a camminare. «Nessuno li vuole. Dove vivranno quando diventeranno grandi? *Se* diventeranno grandi. Con un tal numero di figli indesiderati destinati a morire di fame o a finire per strada, la direttrice Sato pensa che la sua sia una soluzione più umana per la madre e per il figlio.» Esce dal boschetto, torna sul sentiero e si volta verso di me. «E forse lo è.»

«Non è affatto più umana» ribatto scuotendo la testa. Non aggiungo altro. Il mio istinto è quello di spingermi nella direzione opposta, incurante della bardana che mi punge i polpacci. Questa recinzione dovrà pur finire da qualche parte.

«Io sono sposata, Hatsu.» Mi trema la voce. Liscio la stoffa sul mio pancino, staccando i ramoscelli che vi sono rimasti impigliati. «E mio marito mi sostiene. Abbiamo la nostra casa e desideriamo questa bambina.»

«Quindi non vivi con la sua famiglia?» Hatsu resta a bocca aperta davanti alla rivelazione che mi sono lasciata sfuggire.

La sua osservazione mi fa mancare il respiro. Di solito, una volta sposata, la moglie va ad abitare presso la famiglia del marito. Naturalmente, con Hajime, questo non è possibile.

Le labbra di Hatsu si curvano accennando un sorriso. «Quello che ti ha accompagnato non era tuo marito, vero?»

Mi limito a fissarla.

«Andiamo» dice facendomi cenno di proseguire. «Devo farti vedere una cosa.»

26

Giappone, 1957

Arranco dietro Hatsu in silenzio verso la clinica, ma lei mi invita ad aggirare l'edificio. Percorriamo uno stretto sentiero invaso dalle erbacce che si snoda attraverso la boscaglia nell'altra direzione. Questa proprietà sembra non finire mai.

Nella vita il saggio realizza il proprio paradiso mentre lo stolto si lagna dell'inferno, ma io penso che entrambi siano inevitabili e temporanei. Il paradiso non è il luogo dove il tuo futuro spirito può riposare. Consiste nel trovare la felicità nel tuo stato attuale. E analogamente, non ci sono lucchetti sulle porte dell'inferno; c'è soltanto sofferenza, e soltanto per un determinato periodo.

Ma c'è un lucchetto sul cancello che mi trattiene qui.

Il bosco si infittisce a ogni passo. I rami degli alberi non si tengono più per mano giocosamente. Uno imprigiona l'altro soffocando la luce. Piccole goccioline di sudore vanno a raccogliersi nei miei capelli anche senza il contatto diretto del sole. Sono stanca e voglio andare a casa. O meglio, voglio andare a casa mia con Hajime.

«Hatsu...» Mi fermo e mi asciugo la fronte con il polso. «Hatsu, aspetta.»

Lei ruota su se stessa. Con una mano si sorregge la pancia di sette mesi, nell'altra tiene il bastone di fortuna appena trovato. Sento un ramo spezzarsi dietro di me. Entrambe ci voltiamo per guardare lungo il sentiero.

Nulla.

Un altro fruscio disturba un bulbul guancebrune che ci rimprovera con uno stridio.

Hatsu alza gli occhi al cielo e sospira. «Jin, so che ci stai seguendo. Ti ho visto uscire di casa. Dai, vieni fuori, la direttrice non starà via ancora a lungo» dice riprendendo a camminare.

Resto in attesa. E come previsto, dopo qualche istante, Jin spunta dalla boscaglia. I nostri occhi si incontrano e lei si stringe nelle spalle senza parlare.

«Coraggio!» ci grida Hatsu, avvantaggiata di qualche metro.

Riprendiamo il cammino. Un brivido mi attraversa la schiena. Ai piedi di un grande albero c'è una piccola statua di *Jizō*, il monaco buddista che, in vita, era noto per la sua dedizione ad aiutare i bambini e che ora, nello spirito, aiuta le loro anime. Si dice che i *mizuko*, i bambini d'acqua – nati morti, oppure morti per aborto spontaneo o procurato –, non possono passare nell'aldilà da soli. Di solito uno *Jizō* è vestito come un bambino, con un bavaglino e una cuffietta rossa. Questo non ha nulla.

Più avanti, lungo un terrapieno in lieve pendenza, Hatsu si ferma. C'è luce davanti a lei e le ombre lunghe e strette scendono a cascata dalle sue spalle, come se quel chiarore le volesse respingere. Io e Jin la raggiungiamo. Una lieve brezza ci rinfresca la pelle mentre osserviamo più sotto un vasto campo. Grandi fiori selvatici rossi punteggiano terreni incolti che si estendono a perdita d'occhio. È una vista bellissima, ma ingannevole.

Il mio cuore perde un battito.

Mi riparo gli occhi con la mano e li strizzo per mettere a fuoco.

Quelli che avevo scambiato per boccioli rossi non lo sono affatto, in realtà. Sono statuette come quella che si trova ai piedi del grande albero. Sono statue di *Jizō* con vestiti da bambino.

E sono *centinaia*.

Le statue di cemento, con bavaglini e cuffiette rosse di stoffa, sono posizionate ovunque senza alcun ordine predefinito. Alcune sono allineate in file perfette, altre si inseguono lungo il pendio dell'argine, altre ancora sono disposte l'una di fronte all'altra in silenzioso confronto. Dallo sbocco della radura la terra è rossa di sangue, e io sbircio nel ventre gonfio e gravido della morte.

Gli occhi addolorati di Hatsu si posano su Jin, poi trovano i miei. «Questa è la loro ultima dimora. I loro corpi riposano qui.»

Quanti!

Restiamo in silenzio a fissare quelle minuscole statuette. Aspettiamo dei bambini tutte e tre; Hatsu è di sette mesi, Jin sta entrando nel nono, e io, di circa quattro.

Piango lacrime cocenti di rabbia, le narici dilatate da un respiro pieno di determinazione. «La mia bambina non finirà qui da sola in attesa di raggiungere l'altra sponda.»

«No. I bambini di sangue misto non finiscono così. Almeno non *qui.*» Hatsu indica un'ampia zona di strani alberelli. Scende lungo l'argine e si avvia in quella direzione, stando attenta ad aggirare gli *Jizō*.

Io e Jin la seguiamo. Mentre vi passiamo davanti non posso fare a meno di osservare quelle facce di pietra. Sono tutte diverse. Questo monaco ha le guance paffute e gli occhi chiusi in meditazione. Quello ha l'aria accigliata. Quell'altro ancora ha un'espressione triste e la fronte aggrottata. Il suo bavaglino è volato da una parte con una folata di vento. Alcuni hanno solo il viso, ricavato da comuni massi tondeggianti. Non hanno berrettini che li tengano al caldo, né bavaglini annodati intorno al collo.

Il folto di alberi conserva i suoi segreti. Attraversandolo osservo delle piante strane, diverse da quelle che ho visto prima. Cortecce grigio scuro che si sfaldano e foglie simili a dita affusolate che sembrano tendersi verso di noi. Alcuni rami si alzano verso il cielo e torreggiano dall'alto. La maggior parte mi sfiora la testa.

«Sono alberi non autoctoni provenienti dall'Occidente, come i bambini che riposano in mezzo a loro. È qui che giacciono. Questo è il loro paradiso.» Hatsu si ferma e indica un mucchietto di terra fresca poco più avanti. «Il bambino di Yoko...»

I miei occhi si allargano via via che acquisto consapevolezza di ciò che è davanti ai miei occhi. Mi volto a osservare quello scenario sinistro. Piccoli cumuli di terra sono sparsi ovunque. Sono tantissimi. Non ci sono statue di *Jizō* che aiutino i bambini ad attraversare. Quelle povere creature innocenti non sono rispettate nemmeno nella morte.

Vengono lasciate prive di un segno di riconoscimento e sole, dimenticate.

Mi accarezzo il ventre come per rassicurare la piccola anima che sta crescendo lì dentro. Non passerà nemmeno un minuto da sola nell'oscurità. La direttrice Sato non condannerà lo spirito di mia figlia in un'eternità infernale dove non troverebbe mai pace.

Mi torna in mente il pianto del bimbo di Yoko. Il suono del suo improvviso silenzio mi spezza il cuore. Il suo piccolo spirito intrappolato chiama disperatamente. Calde lacrime scendono una dopo l'altra da occhi che hanno visto troppo.

Non posso sopportare oltre. Mi butto in mezzo all'erba alta e comincio a raccogliere freneticamente i fiori di campo strappandoli vicino alla radice. Ne farò degli omaggi per le tombe di quei poveri bambini.

«Che cosa stai facendo?» mi grida Hatsu.

«Non ho dimenticato» urlo agli alberi, alle anime perdute che piangono in mezzo a loro. «Riuscirete ad attraversare. Tutti voi troverete pace!» Le api disturbate mi ronzano nelle orecchie, ma le scaccio con la mano e continuo a strappare fiori, incurante del rischio di essere punta.

«Naoko.» È Jin, o forse Hatsu, a chiamarmi.

Cado in ginocchio, le dita che stringono manciate di fiori, foglie ed erbacce. Viene via tutto, tutto strappato, tutto disperso. Perché Okaasan è morta? Perché? *«Perché?»* Le mie grida disperate traboccano da labbra tremanti. *Questo è troppo.*

Accovacciandomi sui piedi, mi tiro indietro per estirpare con tutte le mie forze una radice particolarmente resistente. Stringo le mani intorno allo stelo robusto e mi dondolo all'indietro, poi gli do uno strattone gridando frasi spezzate dalle lacrime. «No, non lo accetto. È davvero troppo.» Stringo la presa e tiro ancora più forte. «Io desidero soltanto Hajime. Perché, Haha?» Un altro strattone. «Perché?» La radice finalmente cede e io cado all'indietro per il rimbalzo. Prima sbatto la schiena, poi la testa, e rimango lì distesa a singhiozzare.

Sbatto il pugno a terra più e più volte, poi affondo le unghie. Non posso fare altro che piangere. Haha, il bambino di Yoko, tutti questi piccolini. Come ha potuto la nonna mandarmi qui? E papà, come ha potuto permetterglielo? Perché Hajime non è venuto?

Qualcuno si siede vicino a me e mi accarezza i capelli. Alzo la testa, e Hatsu mi avvolge nelle sue braccia. Premo il viso contro il suo ventre mentre le sue mani continuano ad accarezzarmi, e torno a sciogliermi in lacrime.

Piango per questi bambini. Per la mia. Per me.

Ma questa sarà l'ultima volta.

Non piangerò più.

Hatsu e Jin mi aiutano a raccogliere un mazzolino di fiori selvatici per il bambino di Yoko. Troviamo una pietra e creiamo una ghirlanda colorata da sistemare alla base. Se prima avevo sentito il bambino piangere, ora sento il suo spirito. Con la nostra statua di *Jizō* improvvisata, finalmente quella creatura potrà attraversare. Arriverà dall'altra parte e troverà pace.

«Spero che tu non debba mai arrabbiarti con me.» Jin fa frusciare una lunga canna di poligono del Giappone. Il suo tono è colorato da un sorriso nascosto.

Smetto di raccogliere fiori e soffoco una risata. Hatsu sorride e scuote la testa. Ci sediamo tutte e tre sotto un enorme albero inconsueto. Il più grande del campo.

Mi confido con Hatsu e Jin raccontando della recente perdita di mia madre e del prezioso *shiromuku* che mi ha donato affinché lo indossassi il giorno delle nozze. Benché Hatsu già sospetti che Satoshi non è mio marito, non mi sento pronta per confermarlo, ma non lo smentisco neppure. Le lascio credere che mio marito sia giapponese. Un'improvvisa fiducia porta con sé un improvviso rimpianto, perciò sono prudente, anche con nuove e care amiche.

«Da dove vengono tutte queste statue di *Jizō*?» chiedo a Hatsu.

Lei si posa in grembo la piccola ghirlanda che sta intrecciando e riflette. «Le mandano direttamente le famiglie, oppure la direttrice gliele addebita.»

«Ma non per loro. Questi bambini sono dimenticati perfino da morti.» Sposto lo sguardo su quei tumuli senza nome.

«No, per loro no.» Hatsu continua a intrecciare fiori. «Anche se le famiglie mandano il denaro, la direttrice non lo usa per loro, perciò questi spiriti rimangono prigionieri.»

«Quella non è una levatrice, è un demonio.» È la rabbia a dettare le mie parole. «Jin, so che non vuoi tenere il bambino, ma quella...» Indico la sua pancia. «Quella è una creatura viva. E nonostante il dolore che ti evoca il suo concepimento, il bambino è innocente. Forse riusciamo a trovare l'orfanotrofio?» Raddrizzo la schiena pur restando in ginocchio e faccio un respiro profondo per prendere slancio e coraggio. «Propongo di fare un patto.»

«Un patto?» Hatsu stringe gli occhi. «Di che tipo?»

Dopo aver preso un altro respiro, guardo bene in faccia ciascuna di loro. «Per prima cosa dobbiamo unire le forze per diventare protettrici di questi bambini dimenticati. Ogni tumulo dovrà avere una statua di *Jizō* – anche se improvvisata – in modo che ogni piccolo spirito possa attraversare. Nessuno deve essere intrappolato o dimenticato. E secondo...»

Afferro la mano di entrambe e le tengo tra le mie. «Impegniamoci a istituire una guardia a difesa dei piccoli che portiamo in grembo. Ci assumiamo la responsabilità di aver cura di loro, sia in vita sia nella morte. Giuriamo qui e ora che le ossute dita della direttrice Sato non fermeranno *mai* il loro respiro né terranno il loro spirito in attesa del passaggio. Che se non riusciremo a tenere i nostri piccoli o a metterli al sicuro, cercheremo Fratello Daigan, il monaco custode dei bambini, e gli permetteremo di condurli con onore e rispetto verso una sistemazione migliore.»

Hatsu e Jin si scambiano uno sguardo dubbioso, ma alla fine si prendono per mano in modo da formare un cerchio tutte e tre insieme.

Hatsu stringe la mia mano. «Lo prometto.»

«Anch'io» dice Jin.

«Bene, allora siamo legate da un patto solenne. Ora dobbiamo escogitare un piano di fuga.»

Per la prima volta da quando ho perso Okaasan, mi sento forte e animata da una rinnovata determinazione. Non posso cambiare il mondo in cui viviamo, ma attraverso l'esempio del cuore coraggioso di mia madre, posso cambiare la vita di qualcuno.

27

Giappone, oggi

Prima di salutarci all'uscita del ristorante, Yoshio mi aveva consegnato la foto della casa di Zushi insieme al nuovo indirizzo. Avevo provato a offrirgli il pranzo per esprimergli la mia gratitudine, ma lui non me l'aveva permesso.

Più tardi, mentre aspettavo di salire a bordo della Yokosuka Line, mi sentivo piuttosto ottimista. Finalmente vedevo qualche progresso. La casa risultava registrata a nome Nakamura, lo stesso riportato sull'affidavit di matrimonio di mio padre, e benché fosse disabitata, se non altro l'avevamo trovata e c'era un'alta probabilità che appartenesse alla Società di Commercio Nakamura di Yokohama, i cui soci fondatori erano originari di Zushi.

Dovevano essere loro. Una società commerciale si inseriva bene nella storia di papà.

Convalidai il mio biglietto ferroviario, poi mi guardai intorno alla ricerca di indicazioni per controllare se ero nella coda giusta. L'eccitazione della giornata e i persistenti effetti del jet lag rendevano ancora più difficile muoversi nelle stazioni congestionate senza sentirsi disorientati.

L'addetto con i guanti bianchi incaricato di indicare se i treni erano in arrivo o in partenza sul binario non aiutava di certo. Non era uno degli "spingitori" descritti da Yoshio prima, e anche se papà una volta mi aveva raccontato di aver visto degli impiegati che facevano ginnastica sulla banchina, l'uomo in questione non si stava allenando. Nessuno lo degnava di uno sguardo tranne me.

Studiai le strane luci blu a LED attaccate alla tettoia sopra di lui. Erano telecamere collegate a un centro di smistamento del traffico?

«Luci anti-suicidio.»

Mi voltai e mi trovai davanti un giovanotto biondo e lentigginoso, forse sulla ventina, con l'inconfondibile taglio di capelli a spazzola da militare. «Quelle luci, signora, dovrebbero avere un effetto calmante e impedire che qualcuno si butti sui binari» mi spiegò indicando il punto dove stavo guardando.

«Davvero?» Indietreggiai di un passo dalla linea tracciata sul marciapiede, l'unica barriera che mi separava dai binari sottostanti. Avevo appena letto un articolo di denuncia riguardo i lampioni LED, responsabili del raddoppiamento del rischio di cancro alla pelle. Perché in Giappone credevano che queste luci avessero un'azione calmante? Mi sfuggì un sorriso incredulo. «Ne è sicuro?»

«A essere sincero, non lo so esattamente.» Il giovanotto si strinse nelle spalle, imbarazzato. «Sono arrivato dal North Carolina questa settimana e il mio commilitone laggiù…» Indicò il suo amico che flirtava con un gruppetto di ragazze giapponesi. «Be', magari me l'ha detto soltanto per prendermi in giro.» L'amico gli fece cenno di avvicinarsi. «Benvenuta in Giappone, allora. Giusto?» Scoppiò in una risata e si affrettò a raggiungere gli altri.

Non era molto diverso da come immaginavo dovesse essere stato mio padre alla stessa età. Giovane, forse lontano da casa per la prima volta e desideroso di vivere nuove avventure. Guardando quei ragazzi così spensierati – come si muovevano, le loro risate – mi figurai quello stesso ragazzo, più maturo e ormai sposato, che raccontava ai suoi figli storie sul Giappone e sulle ragazze che aveva conosciuto laggiù. Sorrisi. Speravo che la sua storia avesse un lieto fine.

E speravo che lo avesse anche la mia.

Diedi un'altra occhiata al mio biglietto, poi mi rivolsi all'addetto all'assistenza passeggeri mentre mi avvicinavo alla mia coda. «Mi scusi. È questo il binario per la Yokosuka Line?»

«Yo-kas-ka?» mi chiese senza smettere di gesticolare indicazioni.

Avevo pronunciato male il nome della città. La "O" era breve, e la "U" muta. «Sì, è quello il binario del treno per Yo-kas-ka?»

«*Hai*, Yokosuka.» Sorrise, poi mi indicò la banchina con un cenno del capo.

Scoprii che gran parte dei giapponesi capiva l'inglese di base, ma pochi si arrischiavano a parlarlo. Spesso mi ritrovavo davanti a sorrisi, gesti e cenni di assenso. Tornai alla mia coda più fiduciosa, e mentre aspettavo il treno cercai il sito della Società di Commercio Nakamura.

Una pagina denominata "Storia della società" spiegava che la famiglia vantava una lunga esperienza nelle importazioni di manufatti e nelle esportazioni di materie prime, ma si era recentemente espansa nel settore. Il centro di distribuzione si trovava nei pressi del porto e il quartier generale era situato nel distretto industriale Minato Mirai 21, a breve distanza dalla stazione di Yokohama. Presi in considerazione l'idea di chiamarli per fissare un appuntamento, ma in quel momento arrivò il treno.

Le porte si aprirono, e mentre una massa di passeggeri si riversava fuori della carrozza, noi ci insinuammo fra l'uno e l'altro per salire. Contrariamente al treno espresso senza fermate intermedie che avevo preso dall'aeroporto Narita, con i suoi spaziosi sedili imbottiti, quello della Yokosuka Line era un comune treno pendolari. Abbassai uno dei sedili di plastica ribaltabili, ma lo offrii a un uomo un po' avanti con l'età che era salito dopo di me. Numerosi avvisi corredati di immagini indicavano le regole da seguire a bordo: era vietato fumare, mangiare o parlare al telefono, e anziani, disabili e donne in gravidanza avevano la priorità.

Mentre mi sorreggevo alla maniglia sopra la mia testa, sbirciando sotto il mio braccio mi capitò di cogliere lo sguardo incuriosito della donna accanto a me, dell'uomo stipato dietro di lei e di parecchi altri passeggeri. Mi guardai intorno e mi accorsi che tutti tranne me erano rivolti verso le pareti esterne, perciò mi adeguai prontamente. Non c'erano indicazioni al riguardo.

La Yokosuka Line, costruita oltre un secolo prima, correva lungo il lato sud-occidentale della penisola di Miura costeggiando la Baia di Tokyo. Non che riuscissi a scorgere la minima traccia di paesaggio. Dalla corsia interna, dove mi trovavo, non vedevo altro che persone, e poiché tenevo gli occhi bassi, una distesa di scarpe. Scoprii che solo io portavo i sandali.

La mia intenzione era quella di arrivare in albergo a Zushi, farmi una bella dormita e formulare un piano, ma quando ci avvicinammo a Yokohama, dove aveva sede la Società di Commercio Nakamura, afferrai la maniglia del mio bagaglio a mano e mi ritrovai diretta verso la porta per scendere.

Yokohama era la seconda metropoli più popolosa del Giappone e la sua stazione ferroviaria era una città di per sé. Sia l'entrata est sia quella ovest erano collegate a un centro commerciale sotterraneo che si estendeva su parecchi livelli e comunicava con i grattacieli circostanti.

Una volta uscita dalla stazione, digitai l'indirizzo della Società di Commercio Nakamura sul navigatore e mi misi in cammino. Non avevo ancora un piano. Se avessi concordato un'intervista in anticipo, mi sarei preparata le domande, ma questa era una visita improvvisata per raccogliere informazioni. Avevo un obiettivo, però. Capire se la famiglia Nakamura che aveva fondato la Società di Commercio Nakamura era la stessa che deteneva la proprietà della casa. E, in caso affermativo, chiedere se erano disponibili a un incontro. Qualora fossero già stati contattati da Yoshio, avrei spiegato che collaboravamo allo stesso progetto.

Le rotelline del mio trolley facevano un gran baccano sul marciapiede mentre mi dirigevo verso la Baia di Tokyo. Era la più grande area industriale giapponese, e via via che mi avvicinavo, il suo tipico odore – diossido di zolfo e smog – saturava l'aria. Eppure, ovunque posassi lo sguardo, vedevo cartelli che pubblicizzavano battute di pesca per turisti.

Mi ero occupata del tema in un articolo sul disastro nucleare di Fukushima, evidenziando come, dopo il terremoto e il conseguente tsunami nel 2011, i reattori danneggiati avessero continuato a emettere cesio radioattivo nell'oceano portando al collasso l'industria ittica della zona. E per questa ragione, la Baia di Tokyo – un tempo ritenuta troppo inquinata per la pesca – aveva conosciuto una prodigiosa rinascita.

Imboccai un'altra strada trafficata asciugandomi la fronte imperlata di sudore. Il breve tragitto a piedi fino al distretto industriale si trasformò in una tirata di trenta minuti sotto un sole implacabile, ma non appena svoltai l'ultimo angolo, il sole si eclissò dietro la Yokohama Landmark Tower. Il quarto grattacielo più alto del Giappone ospitava un hotel a cinque stelle, ristoranti, negozi e varie società, tra cui appunto la Società di Commercio Nakamura.

Accelerai il passo.

Mentre attraversavo l'ampio giardino diretta verso l'imponente porta a specchio, mi tornò alla mente il tratto che avevo percorso accanto a mio padre per entrare in ospedale nell'Ohio. La nostra camminata fianco a fianco e le nostre immagini riflesse che ci venivano incontro per salutarci. Anche ora, avvicinandomi alla porta, il riflesso si rimpicciolì, il passo rallentò e mi trovai di fronte alla versione di me stessa che ero in quel momento.

Soltanto che, questa volta, ero sola.

L'atrio con il soffitto a volta si apriva su un grandioso centro commerciale a cinque piani, con colonne in stile romanico e due grandi scalinate ai lati. Pur essendoci molto movimento, il rumore era contenuto, tanto da indurmi ad abbassare la maniglia del mio trolley e portarlo a mano per evitare il fastidioso ticchettio delle rotelline sulle piastrelle del pavimento. Secondo la mappa della Landmark Tower, la sede della Società di Commercio Nakamura si trovava al trentasettesimo piano.

Entrai nell'ascensore, premetti il 3 e il 7 sullo schermo digitale e cercai di darmi una calmata via via che salivo. C'era la possibilità di incontrare la famiglia Nakamura, e io non ero realmente pronta.

Grazie alle ricerche che avevo fatto, avevo scoperto che dopo la guerra la cultura occidentale era penetrata nelle tradizioni orientali e aveva mescolato le acque. Che gli americani dopo l'occupazione erano oggetto di curiosità per i giovani e un abominio per i vecchi. E che i bambini nati da relazioni tra donne giapponesi e militari americani venivano abbandonati, proprio come aveva detto Yoshio.

Ma *mio* padre che abbandonava un figlio?

Papà?

Era un pensiero orribile. Un'idea che mi faceva star male. *Non* potevo credere che fosse vero, ma se i Nakamura fossero stati di altro avviso, cosa sarebbe successo? Che cosa avrei detto? Che mi dispiaceva? Avevo la lettera di mio padre in cui esprimeva il suo rammarico per ciò che aveva fatto, avevo il denaro ricavato dalla vendita della sua Caddy, ed ero lì per chiedere risposte senza averne nessuna da dare.

Ero agitatissima quando l'ascensore rallentò e infine si aprì.

Mi trovai di fronte una parete di vetro satinato su cui era inciso il logo della Società di Commercio Nakamura. Attraversai l'atrio con il cuore in gola. Sono qui, sto andando. *Augurami buona fortuna, papà.* Aprii la porta.

Pareti bianche immacolate, poltroncine rosse imbottite e una scrivania curva con un vaso di fiori bianchi insolitamente grandi.

La receptionist, una donna con un'elegante camicetta color avorio e degli occhiali dalla montatura spessa, mi accolse con un sorriso. «Buongiorno. Posso aiutarla?»

Inglese. Le indirizzai un sorriso sollevato. «Salve. Non ho un appuntamento, ma speravo di poter parlare con qualcuno della famiglia Nakamura.»

La donna lanciò un'occhiata al mio bagaglio. «Desidera diventare nostra cliente? Abbiamo diversi consulenti disponibili.» Appoggiò un dito sulle sue cuffie come per chiamarne uno.

«No, grazie. In realtà volevo parlare con un membro della famiglia riguardo una casa di loro proprietà. Be', almeno credo che lo sia. È registrata sotto il loro nome e speravo di avere delle informazioni.»

«Lei lavora nel settore immobiliare?»

Il mio cuore fece un balzo; lei non batté ciglio. «Per la verità sono una giornalista. C'è qualcuno della famiglia Nakamura con cui posso parlare? O con cui fissare un appuntamento?» Mi ritrovai a sbirciare alle spalle della donna alla ricerca di qualcuno negli uffici.

«Mi dispiace, ma il signor Nakamura è fuori sede per un viaggio d'affari piuttosto lungo, e lui è l'unico membro fondatore» mi riferì l'impiegata tirandosi su gli occhiali con un colpetto.

L'unico? «Sa dirmi quando sarà disponibile? Gli ruberei soltanto pochi minuti» insistetti continuando a sorridere.

«Sarà mia premura informare il signor Nakamura non appena ritornerà.»

«Certo.» Non aveva intenzione di dirmelo. Cercai in tasca il mio bigliettino da visita e glielo consegnai. «Posso prendere un opuscolo della società?»

«Prego...» disse indicando l'espositore.

Ne presi uno e gli diedi una scorsa mentre mi avviavo verso l'uscita. Ripeteva alcune delle informazioni che avevo già trovato sul sito, ma riportava anche le foto dei componenti della famiglia che avevano rivestito il ruolo di amministratore delegato nel corso degli anni, compreso un fondatore, un uomo di nome Nakamura Kenji, che al momento era ancora in carica. Poteva essere sulla sessantina, con quella leggera spruzzata di grigio intorno all'attaccatura a V dei capelli. Nakamura Taro, suo fratello, veniva citato come ex amministratore delegato. Proprio mentre stavo per chiedere se almeno lui era disponibile per un colloquio, notai le date che apparivano sotto il suo nome. Era morto alcuni anni prima.

Mi voltai verso la receptionist e, alzando l'opuscolo in aria, dissi: «Grazie ancora».

Dopo essermi sistemata in albergo, mi diressi verso la spiaggia di Zushi per godermi un momento di pausa e riflettere. La penisola di Miura, nota per la sua ampia costa frastagliata, era bellissima e Zushi non faceva eccezione. Poiché era tardo pomeriggio, la folla di bagnanti si era diradata lasciando una fioritura di ombrelloni rossi a punteggiare la sabbia ancora infuocata. Parlai al telefono con Yoshio mentre camminavo a piedi nudi tra la schiuma delle onde che lambiva il bagnasciuga.

La mia visita improvvisata alla Società di Commercio Nakamura lo aveva divertito. «Ecco perché amo gli americani, siete sempre così intraprendenti» commentò.

«Vorrai dire impazienti» scherzai, sapendo bene che stava solo cercando di essere gentile.

«*Hai.*» Un'altra risata.

«Che ne pensi di scrivere un pezzo sulla SCN per il "Tokyo Times"?» Mi fermai e giocherellai con le dita dei piedi nella sabbia grigia e umida. Benché tecnicamente fosse di origine vulcanica, la spiaggia di Zushi non aveva il caratteristico colore nero. «Credi che sia fattibile?»

«Pensavo che non si trattasse di un'inchiesta giornalistica. Non avevi detto che era una faccenda personale?»

«Be', sì, questo è vero.» Passai il telefono all'altro orecchio e continuai a passeggiare, una camminata lenta e rilassata, di quelle che si fanno con le mani in tasca. «C'è un risvolto personale, ma ho letto il profilo della società e ho trovato la sua storia molto interessante. Sono sopravvissuti al grande terremoto del Kantō e in qualche modo sono riusciti a superare la grande depressione del dopoguerra. E il primogenito, Taro, ha rilevato l'attività del padre e l'ha portata avanti fino alla sua morte prematura, quando l'azienda è passata nelle mani del fratello minore.»

«L'attuale signor Nakamura?»

«Sì, e anche se adesso è intorno ai sessant'anni, quando assunse il controllo della società era l'amministratore delegato più giovane nella storia della SCN, e si è rivelato anche il più innovativo. Allora, che ne pensi? È una storia che merita di apparire sulla stampa?»

«Io penso che tu ti senta in colpa per i tuoi bizzarri atteggiamenti da cowboy.»

«*Grata.* Mi sento grata che i miei bizzarri atteggiamenti abbiano confermato che i Nakamura sono la famiglia che cercavo. E poi, in questo modo avranno un motivo reale per richiamarci. Quindi che ne dici di usare il tuo fascino giapponese per mettere insieme un bell'articolo sulla loro fortuna?»

«Ho sempre saputo che mi trovavi affascinante.»

Scoppiai a ridere e mi fermai, lasciando che l'acqua fresca mi scivolasse sui piedi. Sbattei le palpebre contro il sole ormai al tramonto, basso e assonnato, constatai che avevo sonno anch'io e mi voltai per tornare sui miei passi. «Oh, wow.»

«Che c'è?»

Tra le colline che abbracciavano la costa della penisola e le isole incontaminate che punteggiavano l'orizzonte, nella foschia striata di rosa della sera imminente, fluttuava maestosa una massa bruna. «Il monte Fuji.»

«Ah, sì, il Fuji» disse Yoshio. «Saggio scalarlo una volta, ma una pazzia scalarlo una seconda.»

«Ecco perché amo i giapponesi, siete sempre così introspettivi» osservai riprendendo ironicamente la sua battuta.

Lui scoppiò a ridere. «A dire il vero, l'ho letto sull'etichetta della bustina del tè.»

«Lo immaginavo.» Avevo intenzione di rientrare in albergo, ma dopo aver chiuso la conversazione con Yoshio, mi ritrovai seduta sulla spiaggia a osservare il sole che dipingeva il cielo con lievi pennellate di rosa e di rosso sopra un oceano agitato. Io lo ero altrettanto. Mio padre era stato qui? Anche lui aveva ammirato questo spettacolo? Non avevo trovato una foto del monte Fuji tra i suoi ricordi, ma suppongo di sì.

Scavando intorno a me, liberai un pezzettino di legno trasportato dalla corrente e lo usai per disegnare sulla sabbia i caratteri kanji che componevano il nome Nakamura. Erano i proprietari della casa. E anche se non ero riuscita a concordare una visita della proprietà, non avrei lasciato il Giappone senza averla vista.

Avevo l'indirizzo, perciò l'indomani mattina ci sarei andata.

28

Giappone, 1957

Hatsu, Jin e io siamo sedute sui gradini del portico per goderci la fresca brezza della sera. L'estate prepara i suoi bagagli straripanti di fiori e foglie nelle varie tonalità del verde muschio in vista della partenza imminente.

Anche noi.

Lontano da orecchie indiscrete, non parliamo d'altro. Ma io sto diventando impaziente.

Sono passati due giorni da quando abbiamo stretto il nostro patto, con l'intento di aiutare gli spiriti perduti a compiere la loro traversata confezionando delle statue di *Jizō*. Due giorni da quando ci siamo riproposte di ricorrere a Fratello Daigan se non dovessimo riuscire a tenere con noi i nostri bambini o a metterli al sicuro. Due giorni passati a controllare il lucchetto del cancello e a esplorare il parco alla ricerca di possibili vie di fuga.

Due giorni troppo lunghi.

Finora non abbiamo trovato nulla. Mi lascio sfuggire un sonoro sospiro. Non posso farne a meno. Ho il cuore pesante.

«Che c'è che non va?» chiede Hatsu dandomi una leggera gomitata.

Mi volto per accertarmi che Aiko e Chiyo non siano nei paraggi, poi mi avvicino alla mia nuova amica e le sussurro: «Il fatto è che continuiamo a cercare qui intorno e ogni volta ci imbattiamo in nuovi ostacoli. Sappiamo che c'è un sentiero principale tra il cancello chiuso e la clinica, e un sentiero secondario che porta al luogo in cui riposano gli spiriti dei bambini. Ma il resto della proprietà è un bosco immenso circondato da una recinzione invalicabile».

«È per questo che continuiamo a cercare» dice Hatsu abbassando il mento.

«Ma il terreno da esplorare è troppo esteso e abbiamo troppo poco tempo. La direttrice esce soltanto per brevi commissioni e quindi ci ritroviamo a coprire sempre più o meno la stessa area.» Raccolgo i pensieri. «Siamo come i tre monaci ciechi cui viene chiesto di descrivere un elefante. Percepiscono soltanto una parte del tutto.»

Jin e Hatsu si scambiano un'occhiata.

«Ma cos'altro possiamo fare?» chiede Hatsu mettendosi a braccia conserte. «Non possiamo prendere e uscire da un cancello chiuso con un lucchetto.»

I miei occhi si spalancano. Il cuore martella. *Perché no?*

È come se mi fossi arrampicata sul dorso dell'elefante e riuscissi a vedere ciò che è ovvio. «E se potessimo, invece?» chiedo, facendo correre lo sguardo dall'una all'altra. «Il modo più sicuro per uscire è seguire lo stesso percorso che abbiamo fatto per entrare, no?» Prendo un respiro profondo, eccitata da questa rivelazione. «Non c'è bisogno di trovare un'altra uscita, dobbiamo soltanto trovare la chiave! Sappiamo che la tiene nella sua stanza, giusto?»

Gli occhi di Hatsu si fanno tondi, poi si velano di preoccupazione. «Ma come? Se c'è la chiave, significa che c'è pure la direttrice, ed è sempre nei paraggi. Quando avremmo l'occasione di introdurci nella sua stanza?»

«Ne *creiamo* una.» La prospettiva mi rende euforica. «Quando sono dentro, le attiriamo fuori nello spiazzo. Tu e Jin dovete creare un po' di trambusto.»

«Ad esempio?» chiede Jin con uno sguardo nervoso che guizza da me a Hatsu.

«Che so, fingete di esservi fatte male o di litigare, qualcosa del genere. Qualsiasi cosa. Che importa? Ciò che conta è creare una bella distrazione. Poi io entrerò in casa urlando come una pazza per chiedere aiuto.» Mi viene quasi da ridere. Potrebbe funzionare. «Quando loro usciranno, io rimarrò dentro e troverò la chiave. È semplice.»

«È rischioso» ribatte Hatsu scuotendo la testa.

«È ancora più rischioso non tentare.» Rimango ferma, risoluta, con la schiena dritta, sperando che la mia spina dorsale sia abbastanza forte da sopportare i dubbi delle mie due compagne. «Sono *certa* di poterla trovare. Poi ce ne andremo. Io non posso stare qui.»

«Stare qui? Cos'è tutto questo bisbigliare, eh?»

Spaventate, ci voltiamo di scatto. La direttrice Sato è sulla porta e ci osserva con sguardo sospettoso dietro gli occhiali dalla montatura sottile. Dalla sua bocca pende una sigaretta spenta.

Mi stampo un sorriso sulle labbra. «Oh, stavamo parlando di amici e famiglia, giusto?» Mi rivolgo a Hatsu e Jin come se continuassi una conversazione precedente. «Come vi dicevo, magari Kiko non sa nemmeno che *sto qui.*» Alzo le sopracciglia e ammicco per incoraggiarle a partecipare.

Hatsu mi asseconda nella sceneggiata. «Kiko è tua sorella?»

«Come una sorella. È la mia amica d'infanzia.»

Soddisfatta, la direttrice preme la levetta dell'accendino di ottone con il pollice e inala profondamente.

«O almeno lo era.» Abbasso la testa e smetto di fingere. «Al funerale di mia madre era ancora risentita con me e non mi ha degnato di uno sguardo. Mia nonna direbbe che la prosperità fa fiorire gli amici, l'avversità li mette alla prova.»

Hatsu, seduta in mezzo, batte sulla mia spalla, poi su quella di Jin. «Allora noi saremo le *migliori* amiche. Le tre scimmiette.»

Ci scambiamo un sorriso. È così che ci definiamo ora. Hatsu è quella che si copre gli occhi tristi perché ha visto troppo. Io sono quella che si copre le orecchie, ossessionata dal pianto dei bambini diventati anime senza pace. E Jin è quella che si tappa la bocca, parla a voce bassa ed è di poche parole.

«Voi siete tre scimmiette *pazze* che si aggrappano al riflesso della luna per credere tali sciocchezze. Siete arrivate sole e ve ne andrete sole» ci apostrofa la direttrice dalla soglia. Soffoca una risata insieme a una boccata di fumo.

Mi copro le orecchie. «Ha detto qualcosa? Mi spiace, non sento.»

Hatsu si copre gli occhi. «Chi ha parlato?»

Jin si copre la bocca e ridacchia.

La direttrice alza gli occhi al cielo e soffia un'altra nuvoletta di fumo nell'aria.

In attesa che se ne vada, continuiamo a parlare del più e del meno. «Vi manca la scuola?» chiedo.

«Di certo non le lezioni di matematica» risponde Hatsu ridendo. «Perché devono essere i nostri genitori a scegliere i corsi? Così siamo condizionate per tutta la carriera scolastica.» Poi aggiunge a bassa voce: «Se mia figlia avrà voglia di cambiare indirizzo, affronterò gli insegnanti per ottenerlo».

«Cosa avresti scelto?» interviene Jin.

«Mmm...» Hatsu arriccia il naso. «Calligrafia... anzi no, danza. E tu?»

Jin non risponde; si limita a stringersi nelle spalle fissando il filo d'erba che stringe fra il pollice macchiato e l'indice. Non si sente bene. Sono sicura che la nube di fumo tossico della direttrice non le è di aiuto.

«Io ho una passione per la danza» dico sventolando la mano in aria, poi aggiungo piano: «Magari anche il mio Uccellino diventerà una ballerina».

Hatsu drizza le antenne, improvvisamente interessata all'argomento. «Hai studiato il *Nihon Buyō*?»

«Abbiamo studiato diversi stili tradizionali, ma il mio preferito è il *Nō Mai*. Lo conosci? Le maschere *Nō* sono magiche. Il legno di *hinoki* intagliato permette alla luce e alle ombre di alterare l'espressione.»

Dalla clinica arrivano le grida di Aiko e Chiyo che si stanno accapigliando.

«Calmatevi!» urla la direttrice, poi fa schioccare la lingua ed emette una lunga spirale di fumo.

Io continuo a parlare. «*Mai* significa danzare, ma solo dopo aver studiato sodo ci si inizia a muovere.»

«Vi chiudo a chiave nelle vostre stanze, se non la piantate» gracchia la direttrice sentendo uno schianto dentro la casa. «Magari tre giorni di punizione per tutte, eh?» Gira i tacchi e rientra per dare una lavata di capo alle ragazze.

Il cuore mi balza in petto. «Dobbiamo passare all'azione prima che metta in atto la sua minaccia. *Per favore.* Noi siamo le tre scimmiette sagge, giusto? Non comportiamoci come i tre monaci ciechi.»

Ora il cuore batte all'impazzata. Annuisco. Annuiscono anche loro.

«Bene! Andate, prima che ci sfugga l'occasione» dico dando una spinta a Hatsu. Lei afferra Jin per il braccio e insieme corrono verso lo spiazzo.

Ci scambiamo un'occhiata.

«Come? Jin è caduta?!» urlo sperando di pungolarle a proseguire nella messinscena.

«Sì, Jin è caduta. Si è fatta male!» urla Hatsu di rimando tenendo le mani a coppa intorno alla bocca. Scuote dolcemente il braccio di Jin, ma lei rimane ferma, attonita. Vedendo che non reagisce, Hatsu la sollecita di nuovo.

Entrambe le facciamo cenno di cadere. Quando finalmente esegue gli ordini, Hatsu quasi scoppia a ridere, poi Jin caccia un urlo da perforare i timpani. Io e Hatsu la guardiamo esterrefatte. Jin sorride.

«Vado a cercare aiuto!» grido, non volendo perdere l'abbrivio, ma sforzandomi di restare seria. Faccio loro cenno di proseguire. Hatsu vaneggia di sangue e di ossa fratturate mentre Jin, accartocciata a terra, simula di essersi ferita con lamenti e grida. Quelle due insieme creano un discreto scompiglio.

«Direttrice, faccia presto!» urlo correndo in casa. Trovo tutte in cucina. «Jin si è fatta male!»

«Ci mancava anche questa» esclama la donna, esasperata.

Aiko fa una risatina sprezzante mentre asciuga i piatti che è stata costretta a lavare. Chiyo gliene passa uno alla volta con lo stesso sorrisetto sdegnoso sulle labbra.

Indico la porta. «È ferita e...»

Arriva un altro grido straziante da Jin. Questo è ancora più potente. È un'attrice davvero formidabile! Forse la sua materia scolastica preferita era teatro?

«Bisogna fare presto, Hatsu ha parlato di sangue e di fratture! Jin sta soffrendo tantissimo, è fuori di sé dal dolore!» aggiungo per non essere da meno con la mia recita.

Un altro grido, ma stavolta proviene da Hatsu, e induce Aiko, Chiyo e la direttrice a precipitarsi verso la porta.

Io indugio.

Il cuore mi batte così forte che il suo rumore quasi sovrasta il trambusto creato da Jin e Hatsu. Non appena tutte e tre spariscono dalla vista, mi fiondo nella stanza della direttrice alla ricerca della chiave. Ci sono due futon accostati l'uno all'altro contro la parete di fondo. Due tavolini bassi ai lati danno equilibrio all'insieme. Un unico dipinto *sumi-e* appeso alla parete di fronte.

Apro l'armadio e sbircio dentro. Lenzuola, vestiti, scatole di oggetti personali. Tutto pulito e ordinato. Rovistando tra queste cose non trovo nessuna chiave.

Con il cuore in tumulto, do un'occhiata fuori della stanza e tendo le orecchie. Le urla di Jin mi gelano il sangue. La voce della direttrice ha un volume altrettanto alto, ma non è altrettanto acuta.

Ora le sento avvicinarsi!

Mi guardo intorno, poi i miei occhi cadono su un cofanetto decorato appoggiato sul tavolino. Lo apro e smuovo il contenuto con l'indice. Nessuna chiave.

Un altro urlo, e poi la direttrice che ordina bruscamente a Chiyo di aiutarla mi spinge a muovermi più rapidamente. Mi inginocchio per tastare tra il futon e il *tatami*. Niente. Le loro voci si fanno sempre più alte. Il cuore pulsa contro le costole. Dove, dove, *dove*?

Mi volto e abbraccio la stanza con uno sguardo d'insieme.

Noto qualcosa che brilla sotto il cofanetto che ho appena aperto, nello spazio creato dai piedini. Sollevo il portagioie ed eccola là. Una sola chiave.

«Naoko!» È la voce di Jin.

Balzo in piedi e mi precipito fuori della stanza della direttrice proprio nel momento in cui rientrano.

La scena che mi si presenta davanti mi lascia sgomenta. Jin ha un braccio abbandonato sulla spalla di Chiyo, l'altro sopra quella di Hatsu. Aiko e la direttrice la spingono da dietro.

«Che cosa succede?»

Si è fatta male davvero?

Jin è piegata su se stessa, in lacrime e…

Bagnata.

«Che cosa è successo?» Mi trema la voce mentre mi avvicino per prestarle aiuto. La direttrice ha scoperto il nostro piano? Ha aggredito la povera Jin?

«Chiyo, aiuta Jin a distendersi. Aiko, tu tieni a bada queste due così non si impicciano» sbraita la direttrice. Afferra Hatsu per il braccio e la strattona facendole perdere l'equilibrio.

Aiko tenta di immobilizzarmi, ma io mi divincolo e grido per avere una risposta. «Che cos'è successo? Ditemelo!»

Aiko mi artiglia il polso e mi trascina via. Riesco a sottrarmi, ma mi scontro con Hatsu mentre entrambe veniamo spinte nella mia stanza. Poi la porta viene chiusa a chiave anche se noi ci ribelliamo tempestandola di pugni.

«Direttrice!» continuo a urlare sbattendo contro la porta e tirando la maniglia. Poi poso gli occhi su Hatsu.

Lei si accascia a terra, le mani intorno al grembo.

«Hatsu?»

Sento dei passi che si allontanano nel corridoio e si affrettano disperdendosi per tutta la casa. La direttrice impartisce ordini. Mi sembra di tornare alla mia prima notte qui. Mi si stringe il petto. Jin piange nell'altra stanza. Un altro urlo.

«*Hatsu*, ti prego, dimmi cos'è successo!» dico accovacciandomi accanto a lei.

Solleva il mento. Le lacrime scendono copiose sul suo viso. «Stavamo recitando la scena come concordato, ma a un certo punto Jin ha smesso di fingere.» Gli occhi tristi di Hatsu incontrano i miei. «Le si sono rotte le acque, Naoko.»

E io sento il mio cuore andare in frantumi.

«Abbiamo aspettato troppo.» Hatsu accartoccia il viso e se lo nasconde con le mani.

Appoggio la guancia sulla sua spalla mentre lei è scossa da singhiozzi pieni di frustrazione. Mi copro la bocca per fermare i miei. *Che facciamo ora? Che cosa possiamo fare?*

Barcollando, mi avvicino alla parete e urlo: «Jin, siamo qui con te! Tu sei coraggiosa, andrà tutto bene, vedrai».

Hatsu si associa. «Sei bravissima, Jin!»

«Lasciateci aiutare!» Imploriamo tra le lacrime. «Per favore, lasciateci...»

«Tappatevi la bocca, là dentro!» sbraita la direttrice, poi ordina ad Aiko di andare a prendere altri asciugamani.

Le grida di Jin vibrano attraverso la parete, seguite da quelle della direttrice che le ordina di *non* spingere. Qualcosa non va. Jin continua a piangere mentre la direttrice spiega che il bambino si presenta podalico. Tratteniamo il fiato in silenzio. Aspettiamo.

Le urla si fanno sempre più forti. Ascolto con gli occhi spalancati e ancora una volta mi ritrovo a fissare il soffitto. Le travi di bambù si intrecciano avanti e indietro sopra la mia testa. Le conto decine di volte. Ventidue, ventitré... Le urla sono sempre più ravvicinate e io non sono ancora arrivata a contare l'ultima fila.

Mentre cala la notte, restiamo sedute al buio e guardiamo le ombre che si muovono freneticamente al di là dello *shoji*, la parete divisoria in carta di riso. Uno spettacolo inquietante, più spaventoso dei demoni delle rappresentazioni *Nō*. Anche con gli occhi chiusi, quelle sagome vi rimangono stampate.

Quando sentiamo la levatrice ordinare di spingere, ringraziamo il cielo e riprendiamo a incoraggiare la nostra compagna.

«Puoi farcela, Jin!» urliamo. «Va tutto bene!»

Dopo qualche minuto, vicino alla spinta finale, le nostre rassicurazioni tornano a essere suppliche. «*La prego*, direttrice! Lasci vivere quel bambino! Per favore, abbia pietà. Possiamo portarlo all'orfanotrofio!»

Jin urla. L'ultima spinta.

Il pavimento scricchiola. Dei passi affrettati si avvicinano per poi svanire. Un altro scricchiolio seguito da un pianto sommesso. Non è del neonato, né della madre.

È il nostro.

Piangiamo perché il piccolo di Jin non ha mai pianto.

Mentre la luna attraversa il cielo in punta di piedi, il silenzio inghiotte le nostre lacrime. I passi concitati cessano del tutto lasciando spazio alla sinfonia notturna degli insetti con il loro ronzio.

La casa si dispone al sonno.

Questo incubo non mi abbandonerà mai.

«Jin, mi senti?» sussurro, ancora accostata alla parete divisoria.

Lei non risponde. *«Jin!» Tornerà mai a parlare?* Appoggio il palmo della mano contro il tramezzo. «Jin, il tuo bambino passerà dall'altra parte, al sicuro e amato. Hatsu e io faremo del nostro meglio per vestire la statua di *Jizō* del tuo piccolino.»

«È una promessa. Non lo dimenticheremo» aggiunge Hatsu, accanto a me.

Le lacrime scorrono sulle mie guance. «E non dimenticheremo mai nemmeno te. Amiche per sempre. Noi siamo le tre scimmiette, ricordi?»

La mano esile di Jin, dall'altra parte della parete, si accosta alla mia. Restiamo così, in contatto, con un milione di cose inespresse che ci legano. Poi, dopo un istante, le sue dita e le loro lunghe ombre scivolano via nella luce. Un'altra immagine marchiata a fuoco nella memoria.

Le lacrime continuano a cadere, ma come Jin, rifiuto di dar loro voce. Piuttosto, assumo un'espressione enigmatica, come quella delle ammalianti maschere *Nō*. La nostra recita non ha avuto un lieto fine, soltanto una fine. Mi guardo intorno nella stanza, soffocata da un'emozione insostenibile. Un tavolino. Il dipinto a inchiostro *sumi-e*. Il mio bagaglio nell'angolo. Sono *ancora* alla Clinica Ostetrica Bambù. Dov'è nato un altro bambino.

Dov'è morto un altro bambino.

Il cerchio si è chiuso e gira vorticosamente sino a farmi girare la testa. Con un respiro profondo e rinnovata determinazione, guardo Hatsu dritto negli occhi, mi frugo in tasca e tiro fuori la chiave.

I nostri sguardi si incatenano.

Usciremo di qui.

29

Giappone, 1957

Il sole si muove lentamente nel cielo del tardo pomeriggio e la luna impaziente invade il suo spazio. Entrambi mi strizzano l'occhio in un cenno d'intesa attraverso la fitta tettoia verde degli alberi mentre percorro vacillando il sentiero accidentato.

Hatsu deve finire di sbrigare le sue faccende, e io ne approfitto per fare una passeggiata e raccogliere i miei pensieri, calmare i nervi e rimettere insieme i pezzi di ciò che è accaduto a Jin. Com'era successo con Yoko, il mattino dopo non l'avevo più trovata. I suoi genitori erano venuti a prenderla? Aiko e Chiyo avevano aiutato la direttrice a trasferirla da un'altra parte? Non lo so, e loro non vogliono dircelo. Vorrei essere rimasta sveglia. Invece ero scivolata nell'abisso, e al risveglio avevo trovato Hatsu accanto a me sul pavimento e la porta della stanza aperta.

Poiché ormai siamo in possesso della chiave, abbiamo intenzione di andarcene il prima possibile, ma l'occhio sospettoso della direttrice non ci molla un secondo quando siamo insieme. E quando non lo siamo, entrano in azione le sue spie. Anche adesso Chiyo mi segue passo passo.

Salgo sul ponticello consumato dalle intemperie con una mano allargata per mantenermi in equilibrio. «Ciao, *Ganko*, pesciolino testardo, ti ricordi di me?» Lascio cadere un pezzettino di pane spalmato di pasta di fagioli rossi. Una macchia guizzante gialla e nera agita l'acqua. Il pesciolino lotta con gli altri per assicurarsi la sua parte e non cede finché non riesce a spuntarla. Mi piace. Satoshi aveva ragione. Quella carpa grassottella e io siamo uguali. *Perseveranti.*

A proposito, Satoshi si sarà domandato perché non sono ancora tornata? Avrà chiesto di me e la nonna lo avrà di nuovo ingannato? Hajime sarà rientrato dallo Stretto di Taiwan andando incontro allo stesso destino? O la sorte continua a trattenerlo laggiù?

La mia mano fornisce rassicurazioni alla protuberanza appena accennata del mio ventre. La direttrice sostiene che dovrebbe essere più pronunciata, ma senza un'adeguata assistenza medica e con pasti così poveri, sono già fortunata che questa creatura stia crescendo. La mia bambina lotta. E io con lei.

Di solito, quando una donna è pronta a partorire, lascia la casa del marito e torna dai suoi genitori. La mia famiglia mi ha mandato qui. Immagino che la nonna abbia detto a mio padre che sarei stata meglio in una clinica ostetrica. Ma immagino anche che abbia evitato di specificare di quale tipo. Lui avrà creduto che lei, in quanto donna, sapesse cos'era meglio per me. Invece mia nonna ha creato una bugia che non solo si reggeva sulle gambe, ma che anzi, ha sviluppato delle ali scandalose ed è volata via oltre ogni mia possibilità di perdono. Ipotizzare che mio padre sappia come stanno realmente le cose è come pensare a un faro spento. *Buio.*

Hatsu non può tornare a casa; ed è rischioso andare nella mia casa in quel villaggio di emarginati. Con Hajime trattenuto in servizio, la mia famiglia, sapendo della mia fuga, potrebbe venirmi a cercare lì e trascinarci indietro entrambe. Poso le mani sul ventre e penso a parole di conforto: *Va tutto bene, Uccellino, ti terrò al sicuro. Il monastero non ci caccerà via.*

Sospiro, consapevole che le mie preoccupazioni sono lacrime di passerotto, una piccola cosa, un dettaglio nel quadro generale. Questa bambina. Il bambino di Hatsu. Il patto che abbiamo fatto. Quello cui intendiamo tener fede.

Abbiamo dato al figlio di Jin il nome Minori, che significa verità. Una delle tante con cui combatto. Dato che ce ne andremo stasera, io e Hatsu non possiamo mantenere la promessa che abbiamo fatto a Jin. Non subito, almeno. Giuro su Dio che ritornerò per onorare la mia parola e per rendere giustizia allo spirito di quel bambino. Non dovrà aspettare a lungo.

«Oh, ne vuoi ancora?» Sbriciolo gli ultimi pezzetti di pane e li lascio cadere nel piccolo vortice creato dalla corrente, poi continuo la mia passeggiata, accompagnata dal fastidioso rumore dei passi di Chiyo che mi segue ovunque.

Per molti versi, io devo diventare come queste carpe koi, devo essere in grado di adeguarmi all'ambiente circostante. Non devo forzare la mia direzione, ma piuttosto entrare nel mulinello e uscire dall'acqua seguendone l'andamento avvolgente. È così che gestiremo la nostra fuga.

Davanti a me incombe il cancello, alto e scoraggiante, lo stesso che controlliamo ogni giorno. Il lucchetto arrugginito pende di traverso. Ne verifico la tenuta con un energico strattone. È chiuso. Sorrido. Non lo resterà ancora per molto.

È Hatsu a custodire la chiave. Una delle due deve farlo. Per sicurezza continuiamo a scambiarcela.

Se l'avessi con me in questo momento, nonostante la tentazione di liberarmi, non la userei mai. Non a spese di Hatsu e del suo bambino. Come potrei? Abbiamo un'unica occasione per andarcene e la coglieremo insieme.

Ascolto i passi dei monaci e delle monache impegnati nella loro passeggiata quotidiana. Gli stessi che non interverranno finché restiamo da questa parte della staccionata, ma che saranno obbligati ad aiutarci una volta che l'avremo superata.

Chiudo un occhio e con l'altro sbircio attraverso le alte canne di bambù. Macchie indistinte di marrone e ruggine. Mi immagino Fratello Daigan in mezzo a loro con la sua tonaca bianca, il viso affabile con le guance tonde spinte in alto da un sorriso e gli occhi che si curvano come due falci di luna. Immagino possa sentire i miei pensieri segreti. *Non ancora, Fratello Daigan. Non sono pronta a cedere la mia bambina. Ho ancora una possibilità di tenerla. Fuggiremo stanotte!*

Abbiamo soltanto un altro ostacolo da superare. I ratti-spia della direttrice. Ma non sono spietati come le volpi della nonna. E, se non altro, sappiamo chi sono e dove sono.

Prevedendo nuovi arrivi in clinica la settimana prossima, la direttrice Sato ha permesso a Hatsu di condividere la stanza con me. Non deve preoccuparsi, perché dopo che saremo fuggite stanotte, di posto ce ne sarà in abbondanza. La notte abbassa la sua tenda, ma noi restiamo distese l'una accanto all'altra, sveglie, ascoltando il canto tritonale dei grilli nascosti nel cespuglio.

«Conosco le storie di tutte» dico con una voce che è poco più di un sussurro. «Che Aiko ha scoperto che il suo ragazzo aveva già una famiglia e l'ha lasciata, che Chiyo si è fatta mettere incinta per poi sentirsi dire dal padre che il bambino non era il suo e che Jin ha subito un terribile dramma.» Inclino la testa e guardo in faccia Hatsu. «Ma non conosco la tua.»

Lei fissa le travi di bambù del soffitto tenendo la sottile coperta tirata fin sotto il mento appuntito. I suoi capelli si allargano a ventaglio sul guanciale. Sbatte le palpebre e resta in silenzio.

Inquieta, mi muovo per coprirmi i piedi nudi. «Satoshi, il ragazzo che mi ha accompagnato qui, non è mio marito. Avevi ragione ad avere dei dubbi al riguardo.» Arriccio le dita dei piedi perché mi sento a disagio a toccare l'argomento, ma ho deciso di confidarmi con Hatsu nella speranza che lei faccia altrettanto con me. «Ma non ho mai voluto ingannare nessuno. Semplicemente, è stato più facile assecondare la confusione.»

«Quindi non sei sposata?» mi chiede Hatsu guardandomi negli occhi, poi sospira. «Speravo quasi che fosse vero.»

«No, lo sono.» Mi giro sul fianco e mi puntello su un gomito. «Satoshi, il ragazzo che avete visto tutte, è quello che la mia famiglia aveva scelto come mio promesso sposo. È un ragazzo perbene, ma io avevo già donato il mio cuore a un altro.» Un sorriso tenero mi illumina il viso. «Io lo chiamo Hajime, ma il suo vero nome è Jimmy. Jimmy Kovač. È un marinaio americano. In questo momento è impegnato in un'operazione nello

Stretto di Taiwan. Non sa dove mi trovo, né quello che è successo. Ci siamo sposati appena prima che partisse.» Le racconto che mia madre mi ha dato la possibilità di scegliere, che la mia scelta ha diviso la mia famiglia e come sono finita qui.

Anche Hatsu si sposta sul fianco, in modo che i nostri sussurri debbano percorrere una distanza più breve. «Ma tua madre è venuta al tuo matrimonio? Era davvero presente?»

«Sì, è stata una cerimonia magica, Hatsu.» Le racconto tutto nei dettagli e a ogni parola rivivo ogni istante. Le racconto delle lanterne appese agli alberi che brillavano come migliaia di lucciole palpitanti. Di quanto fosse attraente Hajime nella sua impeccabile divisa bianca. Della sua promessa d'amore espressa così tante volte che continua a sostenermi anche ora. Le racconto della mattina dopo, quando gli avevo parlato della possibilità che ci fosse una bambina in arrivo.

«E lui era contento?» mi chiede Hatsu esitante, quasi incredula.

Mi illumino. «Sì, sì. Anche se...» Scuoto la testa da una parte e dall'altra. «Be', in un primo momento era sorpreso.»

Scoppiamo a ridere.

Hatsu torna a stendersi sulla schiena e si lascia sfuggire un lungo sospiro con aria sognante. «La tua bambina è fortunata: quando ti chiederà com'è venuta al mondo, avrai una bellissima storia da raccontare. Una storia fatta di desiderio, d'amore e di un matrimonio da favola.» Sospira di nuovo. «Quanto vorrei che anche il mio potesse averne una simile.»

Mi inumidisco le labbra, incerta se ripeterle la domanda o meno, poi decido di osare. «Qual è la storia del tuo bambino, Hatsu?»

Lei si morde le labbra, poi le lascia andare. «Hai notato come si somigliano i racconti di Chiyo e Aiko? Perfino quello di Yoko. Quasi tutte le storie sono uguali.»

«Tranne quella di Jin.»

«Già, tranne quella di Jin.» La sua espressione diventa piatta e si rabbuia. «E la mia.»

Mi copro la bocca con la mano.

«Jin, in un certo senso, è fortunata. Almeno ha lottato contro un solo demonio.»

Mi sento mancare e scoppio a piangere. Le lacrime mi bagnano i polpastrelli e filtrano sotto la pelle. Ecco perché Hatsu aveva preso Jin sotto la sua ala. Stava sempre dalla sua parte. La proteggeva con spirito materno. Non lo sapevo. Non lo immaginavo. *Non avevo chiesto.*

«Perciò, vedi?» Stira le labbra in una smorfia da cui le parole tremanti stentano a passare. «Quando mio figlio chiederà "Perché mi hanno abbandonato? Da dove vengo?", i suoi nuovi genitori non avranno una bella storia da raccontare, un matrimonio dall'atmosfera magica e un amore proibito da condividere. Non avranno nulla da offrirgli, perché con una storia orribile come la mia, io non ho nulla da lasciare.»

«Ma tu lasci una *vita*, Hatsu.» Scivolo accanto a lei, la avvolgo nelle braccia e le sussurro tra le lacrime: «Tu lasci una vita».

Hatsu è finalmente riuscita ad abbandonarsi al sonno. Un lieve russare accompagna ogni suo respiro. L'ho ascoltata a lungo e ho ripensato alle sue parole. Quelle dette e quelle taciute.

Una verità così cruda.

La parola "stupro" ha un brutto suono, è un raggrinzirsi di labbra seguito da un duro schiocco. Ma, brutta o no, quasi sempre è collegata a una storia più grande, di violenza e brutalità.

Hatsu ha ragione quando dice che sono fortunata ad averne una così bella. Una storia che lei ora farà sua per lasciarla al suo bambino.

Mi sposto sull'altro fianco e fisso la parete pensando a mio marito. *Marito.* Picchiettandomi il ventre con le dita avverto un frullio, lo svolazzare di una piuma, così leggero da risultare quasi impercettibile, se non fossi qui, immobile. Hajime si sta perdendo questo istante. Mi manca terribilmente. È sempre nei miei pensieri, mi consuma. *È sano e salvo? Mi starà pensando? Sta facendo di tutto per tornare?*

Mi stiro sbadigliando pigramente e sforzandomi di tenere

gli occhi aperti nonostante la stanchezza, poi mi volto e scopro che anche Hatsu è sveglia e mi sta fissando. La sua espressione mi chiede se è ora di muoverci. Sbatto le palpebre, alzo lo sguardo e ascolto la risposta.

Il battito irregolare del mio cuore.

Si sente soltanto il ronzio del riscaldamento e un lieve ticchettio irregolare, come se minuscoli sassolini cadessero sul tetto di tegole color ruggine. *Sta piovendo?* Inspiro profondamente per saggiare l'aria. È fredda e umida. Il cherosene la rende più pesante, il che significa che la direttrice Sato ha di nuovo lasciato la stufa al massimo della potenza. I miei occhi tornano a Hatsu e accenno di sì con la testa. La casa dorme.

Noi no.

Ci siamo vestite a strati per contrastare l'aria fresca della notte e per mantenere leggeri e maneggevoli i nostri borsoni. Hatsu ha con sé la chiave.

«Andiamo» sussurro.

Lei solleva la sua borsa e fa qualche passo esitante. Le assi del pavimento si lamentano per essere state disturbate. Ci fermiamo per permettere al normale ritmo della notte di ristabilirsi prima di provare ancora. Poi, muovendoci in simbiosi, alziamo un piede e lo posiamo a terra in contemporanea. È un'operazione lenta e noiosa, ma ci assicura di non essere scoperte. *La porta è sempre stata così distante?* Vicino all'ingresso il pavimento scricchiola sotto il nostro peso, minacciando di svelare la nostra presenza alla direttrice e alle sue spie.

Ci blocchiamo con gli occhi sbarrati e restiamo in ascolto.

Nessuno si muove.

Forse è una fortuna che piova. Il lieve ticchettio aiuta a camuffare le nostre manovre. Apro con cautela la porta principale. Il cuore mi martella nel petto. *Siamo così vicine.* Una volta arrivata sotto il portico, aspetto che esca anche Hatsu, poi chiudo la porta con estrema cura. Resisto alla tentazione di mettermi a correre.

Le nuvole scure nascondono la luna e gran parte della sua

utile luce. Non ho pensato a come sarebbe stato il tempo e non abbiamo portato una lanterna. Un uomo colto di sorpresa è già mezzo sconfitto. Faccio attenzione a ogni passo, consapevole che è in gioco la vita dei nostri bambini.

«Vieni» sussurro a Hatsu prendendole una mano. Il terreno è scivoloso, e con il pancione che la appesantisce fatica a mantenersi in equilibrio. Dalle nuvole basse cade una pioggia insistente che va a impregnare l'erba. L'orlo dei nostri vestiti è già zuppo mentre attraversiamo in un lampo lo spiazzo dirette verso lo stretto sentiero.

La volta di rami intrecciati sulla nostra testa ci fa da ombrello e offre un riparo. Allungo un piede bagnato per verificare la solidità del terreno davanti a noi prima di procedere, ma le buche della strada leggermente in discesa raccolgono l'acqua trasformandosi in pozzanghere. Non riesco a vederle e mi accorgo della loro presenza soltanto dopo esserci finita dentro. «Fai attenzione» raccomando a Hatsu. L'aria morde facendomi rabbrividire nonostante i numerosi strati che ho addosso.

Con questa pioggia impieghiamo il doppio del tempo per percorrere quel tratto.

È il terrapieno in lieve pendenza a preoccuparmi di più. La pioggia lo rende scivoloso. Poso a terra i borsoni per prendere la mano di Hatsu. «Vai avanti tu. Reggiti a me, ti tengo io.»

Lei ruota su se stessa, si posiziona di schiena e scende di un passo. Poi, facendo oscillare la gamba, cerca un punto d'appoggio stabile. La pioggia picchia con insistenza sulla mia schiena. Si insinua a rivoli giù lungo il collo rendendo il freddo ancora più pungente. Sposto tutto il mio peso indietro per assicurare la presa. Hatsu fa un altro passo, affonda il piede un po' più avanti e si allontana quasi fuori dalla mia portata.

«Oh!» All'improvviso avverto uno strattone alla testa.

Hatsu grida perché mi è sfuggita la presa ed è caduta.

«Voi due cercate di svignarvela, eh?» urla la direttrice Sato. Mi prende di nuovo per i capelli facendomi sbattere contro di lei. «Sapevo che stavate tramando qualcosa!»

Agito le mani cercando di liberarmi dalle sue.

«Senza pagare, poi? Toglietevelo dalla testa.»

Mi scuote, e io urlo: «Scappa, Hatsu! *Scappa!*».

«Naoko!»

«Scappa!» urlo di nuovo, e colpisco la direttrice con uno schiaffo. Lei indietreggia mentre io, barcollando, le conficco le unghie nelle braccia per liberarmi.

Mi trascina. A ogni faticoso passo, la distanza tra me e l'uscita aumenta. Continuo a dibattermi e a lottare anche se mi sento strappare i capelli alla radice. Sono felice che Hatsu abbia la chiave e mi auguro che possa raggiungere il cancello.

Scalcio. Strepito. *Mordo*.

«Ahhh!» La direttrice mi lascia andare e indietreggia vacillando e imprecando per il dolore.

Giro su me stessa e mi metto a correre, con il gusto del sangue in bocca. Il sapore della libertà scivola via. Lei è alle mie calcagna e mi urla minacce in preda alla rabbia.

Ho il cuore che batte come quello di un coniglio e mi muovo con gli stessi passetti rapidi. Ho soltanto un desiderio. Uscire. Non sono veloce, ma forse posso sfuggire a questa donna surclassandola in astuzia e nascondermi. Abbandono il sentiero che conosco e viro tra la vegetazione fitta e selvaggia.

Sento i ramoscelli caduti frantumarsi sotto il mio peso. L'erba alta e bagnata mi schiaffeggia i polpacci. Mi inoltro tra i rovi e continuo a camminare, avanti e avanti, sempre più lontano, per mettere una distanza fra me e la direttrice, finché le sue imprecazioni mi arrivano sempre più deboli e io sono stremata.

Mi fermo, senza fiato, piegata su me stessa.

Un gocciolio discontinuo filtra attraverso i rami sul tappeto verde del sottobosco. È quasi musicale sentire le gocce che cadono su una foglia dopo l'altra, una lieve sequenza armonica di *tap tap tap* seguita da una pausa per poi cambiare ritmo e chiave.

Ma è tutto ciò che sento.

Nessun urlo in lontananza. Nessun rumore di passi vicino. Nessuno mi ha seguito fin qui.

Ma dov'è *qui*? Dov'è Hatsu? Prego che sia lontana, sana e salva.

Sbatto le palpebre nell'oscurità e mi volto a guardare la strada da cui sono venuta. Ho corso alla cieca, come una lepre che, braccata dal suo inseguitore, scappa puntando a sinistra, a destra, girando in tondo.

Mi lascio scivolare a terra e mi afferro le ginocchia, scoraggiata per aver perso il senso dell'orientamento e anche la speranza. L'ortica mi ha graffiato le gambe. Delle sottili linee in rilievo mi serpeggiano sui polpacci e si gonfiano in ponfi. Mi prudono, ma non ci faccio caso.

Affondo le unghie nella terra strizzando fango e ramoscelli tra le dita e mi dondolo piano. Me ne starò ferma, aspettando la fine delle loro ricerche – ammesso che stiano ancora cercando –, poi alle prime luci dell'alba, mi muoverò.

Siamo partite così tardi che il giorno non può essere tanto lontano, ma con questo tempo è difficile dirlo. La pioggia sgocciola dai capelli fradici e mi copre le guance di perline tremolanti. Si raccoglie sulle ciglia, offusca gli occhi pieni di lacrime. Li apro, li chiudo... li apro, li chiudo. Stringo le palpebre sforzandomi di rimanere concentrata.

Quando sono con altri è quasi tollerabile, ma qui, da sola, nella notte più cupa? Il dolore e la preoccupazione sono insopportabili. La mia mente si arrovella sul passato, ricordando le mie scelte, le scelte fatte per me... *Se avessi scelto diversamente, Okaasan sarebbe qui? E io? Ma allora che ne sarebbe della mia bambina?*

Ho la testa che scoppia di ricordi. Mi fanno male i muscoli del torace e non riesco a tirare il fiato sino in fondo. Mi concentro sulle mie mani. Sul ramoscello che stringo fra le dita e da cui ho staccato la corteccia. Dopo averlo scorticato del tutto, lo lascio cadere e ne prendo un altro per iniziare a strappare i vari strati. Mi immagino Hatsu nel monastero, al caldo, rifocillata e ben accudita. Questo pensiero mi scalda il cuore e mi sostiene mentre aspetto...

Minuti. Ore. E poi… le nubi del mattino si colorano di rosso con lo sbadiglio di luce a lungo atteso.

La mia mente confusa lotta per abituarsi a ciò che mi sta intorno. Che cosa ho detto a Jin e Hatsu? «Sappiamo che c'è un sentiero principale tra il cancello chiuso e la clinica, e un sentiero secondario che porta al luogo in cui riposano gli spiriti dei bambini. Ma il resto della proprietà è un bosco immenso circondato da una recinzione invalicabile.»

Alzo il mento. *Tutto chiaro.*

Devo soltanto rimontare sul dorso dell'elefante e guidarlo su una linea dritta. Alla fine mi ritroverò o su un sentiero o bloccata dallo steccato. In ogni caso, una delle due vie mi condurrà al cancello.

Premendo le mani sporche di fango sulle cosce bagnate, mi tiro su. Mi giro a sinistra, poi a destra, poi torno a voltarmi verso la strada che avevo già percorso. Un viaggio di mille miglia inizia con un singolo passo, perciò che cosa importa? Da questa parte andrà bene. Un rigido passo avanti. Poi un altro. Poi un altro ancora.

Avanzo con le braccia spalancate. Inciampo su una radice scoperta, barcollo nel fango e sul muschio, ma riesco a restare in piedi. Proseguo in questo modo. Sotto la volta verde, zuppa e con i vestiti fradici, mi sembra di stare in un altro mondo. L'odore di terra bagnata mi riempie il naso. Il freddo umido mi fa battere i denti. Sono avvolta dal silenzio, rotto soltanto dai battibecchi degli uccellini e da qualcos'altro, *qualcosa di familiare*. Inclino la testa per ascoltare meglio.

Acqua.

Il ruscello! Sono così vicina? Il cuore esorta le gambe rigide ad affrettare il passo. A muoversi più velocemente. A uscire! Procedo ad ampie falcate sull'erba alta, scosto i rami con le foglie ancora bagnate, corro verso il punto in cui la boscaglia si dirada e trovo il ruscello. Lo costeggio ricordando la sua direzione. Cerco il mulinello che si forma nel cuore vorticoso della corrente. Ed eccolo.

Il ponte rosso. La stradina. E ciò cui conduce… il cancello.

Corro.

Corro lungo il sentiero di pietre sconnesse che si addentra nel fitto sottobosco. Corro finché non scorgo le alte assicelle dorate di bambù. Corro e sbatto i palmi aperti contro le fiancate portanti del cancello.

Ondeggia per l'impatto, ma mi fa rimbalzare indietro.

Spingo di nuovo.

E di nuovo.

Mi accosto e sbircio tra le assicelle. Mi sento morire. C'è un nuovo lucchetto che pende di sghimbescio dall'altra parte. La direttrice non c'è. È andata a cercare Hatsu? Me? Forse crede che io sia scappata.

Un miscuglio feroce di emozioni mi assale. Dapprima sono calma, in un'incredulità sospesa. Com'è potuto accadere? Come ha fatto la direttrice a sapere cosa avevo in mente? Poi la rabbia mi attraversa con un urlo silenzioso. Scuoto il cancello, più e più volte, e quando mi giro, mi trovo davanti agli occhi il sorrisetto beffardo di Chiyo.

«Ciao, Naoko.»

Ora capisco come ha fatto la direttrice a scoprire il nostro piano. Come ha fatto a trovarci così presto. Siamo state sciocche a sottovalutarla.

Le spie e le volpi non possono competere con un ratto simile.

30

Giappone, 1957-1958

Nel giro di un mese il bosco ha cambiato il suo vestito spogliandosi degli ultimi scampoli d'estate per prepararsi all'autunno. I *momiji*, gli aceri, sono di un rosso acceso e indossano un mantello di colori che va dal giallo intenso all'arancione bruciato. Mi infilo un vecchio maglione grigio per scaldarmi. Poiché il sole non si fa vedere, l'aria fresca filtra attraverso i muri troppo sottili. Il mio ventre di sei lune, anche se ancora piccolo, mi impedisce di chiudere quel maglione consumato. Tanto più che mancano due bottoni d'argento.

Tirandomi su a sedere, mi massaggio la fronte nel punto tra le sopracciglia. La stanza sembra oscillare, perciò torno a distendermi e chiudo gli occhi. Le cose non sono andate bene per me dopo la fuga di Hatsu e la mia cattura. Le dita umide della pioggia mi avevano infradiciato la pelle e si erano impadronite del mio spirito. Battevo i denti. Il guaio di quella notte ha compromesso la mia salute. Mi sto consumando fino a ridurmi pelle e ossa.

Un faticoso sospiro si fa strada attraverso i miei polmoni stanchi.

Senza Jin e Hatsu, mi sento completamente sola qui.

Forse ovunque.

Coricata sul fianco, mi raggomitolo a palla con le mani intrecciate sulla pancia, come per cullarla. Non ho preso abbastanza peso e mi fanno male le articolazioni per la prolungata inattività. La direttrice Sato mi tiene costretta a letto e mi prepara un tè speciale per favorire il ritorno in buona salute. La sua preoccupazione è che io possa abortire, perché in quel caso perderebbe mesi di retta.

La mia è esclusivamente il benessere della mia bambina.

Non ho più saputo nulla di Hajime. Né della mia famiglia. E neppure delle condizioni di Hatsu. È sempre nelle mie preghiere. Spesso sogno Okaasan e la chiamo. *«Haha»,* le urlo. Ma lei non risponde mai e io mi risveglio in preda a un sudore freddo e bruciante di febbre.

Le chiacchiere di Chiyo e una grassa risata irrompono nella mia stanza. «Quella è Naoko, ma lasciala perdere.» Sputa fuori quelle parole, fingendo di sussurrarle, a una ragazza che non ho mai visto. «Sostiene di essere *sposata* ed è convinta che suo marito verrà a liberarla.» Aggiunge qualcos'altro, ma la voce è nascosta dal suo chiocciare.

La nuova arrivata, incuriosita, guarda nella mia direzione. Ha un viso spigoloso, gli zigomi alti e il mento appuntito. I lunghi capelli sono tirati dietro le orecchie a sventola, e la riga da una parte mette in risalto i suoi occhi distanziati e indagatori, di un marrone intenso. Ha il ventre arrotondato, ma non è ancora matura per il parto. Accenna un sorriso a labbra chiuse.

Io no. È come se, con un battito di ciglia, fossero cambiate tutte le facce familiari eccetto quella di Chiyo.

«Vieni.» Chiyo la prende per il braccio e sparisce anche lei.

Sono passati mesi e il clima uggioso e il fogliame autunnale ora sono immersi nel dormiveglia sotto il freddo occhio vigile di gennaio. La temperatura è scesa abbastanza da far gelare il mio poco sangue con il suo brusco, frizzante respiro, e da intirizzire il mio in uno sbuffo solitario. Qui, nella Prefettura di Kanagawa, nevica raramente, ma l'inverno è sonnolento. Io ho *ancora* sonno. Sono a letto, appena sveglia dopo un riposino pomeridiano, con l'unico desiderio di indugiare sotto le coperte ancora un po'. È stato così per tutta la stagione.

Mi passo la mano sul viso, poi tra i capelli. Li liscio indietro per darmi conforto da sola. Sento arrivare le lacrime e mi nascondo il viso tra le mani. Okaasan. Hajime. *Qualcuno.*

Morire sarebbe facile. La difficoltà sta nel vivere.

La ragazza nuova viene spesso a trovarmi. Si chiama Sora. Talvolta, quando mi sveglio, la trovo seduta vicino a me, e benché io sia diventata come Jin, silenziosa e poco incline alla conversazione, lei chiacchiera comunque. La ascolto attraverso il mio torpore, grata per la compagnia e rattristata dalla sua storia che ormai conosco bene. Il suo soldato americano ha negato la paternità del bambino e l'ha accusata di aver dormito con altri. Soltanto in seguito Sora ha appreso che aveva già un figlio e una moglie. Un'altra ragazza avventata.

La crudele Aiko ha partorito e se n'è andata. Piango la scomparsa del suo bambino, ma non mi dispiace non averla più davanti agli occhi. Altre due poverette sono andate e venute. Sora mi racconta le loro storie, storie tutte uguali. Una è stata così sconsiderata da immaginare di poter accalappiare un marito, e quell'altra è stata attenta, ma non abbastanza. Nessuna delle due voleva tenere il bambino. Ed essendo io così debole, non ho potuto offrire nessun'altra opzione. Questo è un grave peso sulla mia coscienza.

Che ne sarà della mia bambina? Ricordo il nostro patto, quello che io, Jin e Hatsu abbiamo fatto insieme. Penso a Hatsu, a suo figlio, che sarà al sicuro da qualche parte, e a Jin, all'anima del suo piccolo ancora in attesa di trovare la sua dimora.

«Naoko? Naoko, svegliati.» È la direttrice Sato.

Tengo gli occhi chiusi nella speranza che se ne vada. Le ossute dita della morte scuotono la mia spalla, le stesse dita che stringono i nasini dei neonati e scavano tombe poco profonde.

Le stesse dita che si poseranno su mia figlia.

Che hanno preso il figlio di Jin.

«Naoko, svegliati, ti ho preparato dell'altro tè. Puoi prenderlo al *kotatsu.*»

La sua voce mi stride nelle orecchie. Tagliente come vetro, ma trasparente. Finge premura. Io fingo di dormire.

Mi scrolla di nuovo, questa volta più forte, scuotendo i miei sensi. «Coraggio. È bello caldo, l'ho fatto apposta per te. Non ti attira?»

Scaldarmi le gambe sotto l'ampia coperta che copre la tavola riscaldata, quello sì che mi attira. Mi giro, arrendendomi.

«Ah, eccoti qua.» I suoi occhi sono globi senz'anima incorniciati dalla montatura metallica. Si stringono quando mi rivolge un sorriso affettato.

La seguo con lo sguardo mentre si allontana, il kimono di lana che striscia sul pavimento a ogni passo. Mi metto seduta, aspetto che la stanza smetta di girare e raccolgo le forze necessarie per reggermi in piedi barcollando. Ho la mente lacunosa e annebbiata, gli arti deboli e indolenziti.

Con movimenti lenti, arranco fino al *kotatsu* nella stanza comune. Sora, con gli zigomi alti e arrossati, è già seduta. Mi affretto ad avvicinarmi, tanto che il pancione urta il bordo del tavolo, e mi tiro la coperta intorno alla pancia per scaldare me e la mia bambina. È piacevole e confortante stare sotto la stufetta. Allungo le gambe rigide e agito le dita dei piedi intorpidite per riattivare la circolazione.

«Sei così pallida, Naoko» sussurra Sora. «Sembri un *yūrei*, un fantasma.»

È vero, solo che io sono ancora qui a fluttuare tra due mondi senza trovare conforto da nessuna parte. È uno stato di turbamento che mi porta a oscillare tra l'eccesso e la totale assenza di emozioni.

La direttrice Sato dispone le tazze e versa il tè tenendo fermo il coperchio con una mano e inclinando la teiera con l'altra. Il vapore si alza a spirale riempiendomi il naso di un profumo dolce e aromatico. Mi porto la tazza alle labbra e vi soffio sopra per raffreddarla un po'.

«Bevilo fino all'ultima goccia, d'accordo?» La direttrice aspetta il mio cenno d'assenso, poi sparisce per andare a controllare Chiyo, che è entrata in travaglio.

«Aspetta.» Sora alza una mano per bloccarmi mentre sto per

bere. «Devo chiederti una cosa.» Gira velocemente intorno al tavolo per venire a sedersi accanto a me. Le nostre gambe ora si contendono lo stesso spazio ristretto.

Poso la tazza, ma tengo le mani allacciate intorno a essa per assorbirne il calore.

Sora si volta a guardare la stanza sul retro, dove la direttrice Sato si sta occupando di Chiyo. Inclina la testa per ascoltare, poi mi si avvicina un altro po'. «È vero che hai aiutato una ragazza a scappare? Che vuoi tenere il bambino?»

Ha catturato la mia attenzione. Ho sentito bene? Ho risposto?

«Naoko...» Con gli occhi imploranti, Sora ricomincia, solo più lentamente. «Vuoi ancora salvare il tuo bambino?»

Il mio cuore letargico acquista un ritmo leggermente più veloce. Mi passo una mano tra i capelli scarmigliati. Capelli che non pettino da settimane, o forse di più. Sbatto le palpebre.

Le dita di Sora mi stringono il polso emaciato. «Naoko, ti fidi di me? Non sono stata una buona amica per te, un'amica fedele?»

Annuisco. Sì, in effetti lo è stata. Chi altri è venuto al mio capezzale? Chi mi ha portato delle coperte in più o una pezzuola bagnata per dare sollievo alla mia fronte febbricitante?

«Bene.» Gli occhi di Sora si illuminano e danzano come inchiostro liquido. «Allora ce ne andiamo stanotte.»

Le sue parole mi fanno sobbalzare. *«Che cosa?»* Il respiro mi si blocca in gola, come se non parlassi da tempo. È così? Non ricordo.

Sora si avvicina ancora di più. «Sì. È perfetto. Chiyo è appena entrata in travaglio, quando si farà buio la direttrice sarà totalmente concentrata su di lei e noi ce la fileremo.»

Il cancello. Fisso le mie dita ossute e le unghie sottili come carta, provando a concentrarmi. «La chiave l'ha presa Hatsu.»

«E io ho preso quella nuova» Sora sorride.

Mi incupisco al ricordo di quella notte. «Pioveva ed era buio, e mi sono persa. Sono troppo debole.»

«Naoko, tu sei come il cieco che viaggiava di notte portando una lanterna con sé. Non gli serviva per vedere, ma per essere visto dagli altri. Tu porti ancora la lanterna per tutte noi. Tu non ne hai mai avuto bisogno per conoscere la *tua* direzione.»

Scuoto la testa. *Storie, sempre storie.* «La sua lanterna si è spenta, Sora.» Proprio come la mia. Proprio come me.

«Sì, hai ragione.» Allunga l'altra mano e la posa sulla mia. «E non siamo fortunate che sia andata così? Altrimenti come avrei fatto a incontrarti?»

Un accenno di sorriso. È tutto ciò che sono in grado di offrire. Io e Sora siamo davvero amiche.

«Ti prego» insiste lei. «Ho paura a provarci da sola. Dimmi che stanotte ce ne andremo e salveremo il tuo bambino da quel demonio di levatrice.»

Quel demonio di levatrice. La mia promessa al mio Uccellino. Il patto con Hatsu e Jin. Lo spirito della mia bambina freme dentro di me risvegliando il mio. Alzo gli occhi per incontrare quelli di Sora.

«Sì?» mi sollecita.

Annuisco.

Abbassa le sopracciglia. «Allora... *non* bere quel tè.»

31

Giappone, oggi

Le mie prime ricerche sulle case tradizionali a Zushi mi avevano portato a scoprire che alcune di esse erano state trasformate in *ryokan*, ossia tipiche locande giapponesi. Tutte sembravano deliziose. Una includeva una tinozza di legno di *hinkoyi*, il cipresso giapponese, dove ci si poteva immergere nell'acqua fumante con oli essenziali lenitivi. Due avevano giardini elaborati con tranquilli specchi d'acqua per favorire la preghiera e la meditazione, e tutte offrivano semplici futon sopra i *tatami* e dei *yukata* personali. È lì che avrei voluto alloggiare, ma non potevo. Il senso di colpa me l'aveva impedito.

Avevo venduto la Cadillac di mio padre per coprire le spese di viaggio, non per crogiolarmi nel lusso come se fossi in vacanza. Così, invece di una suggestiva locanda tradizionale, optai per l'economico Seijaku Capsule Hotel. *Seijaku* significa "silenzioso", ma l'hotel non lo era affatto. Era tutto uno scattare di serrature mentre gli ospiti andavano avanti e indietro tra lo spazio comune, il bagno condiviso e la stanza adibita a deposito bagagli.

Le mini-capsule avevano le dimensioni adatte per contenere un letto a una piazza. Erano lunghe e strette, alte al massimo un metro e venti e accatastate l'una sopra l'altra in doppie file. Quelle della fila in alto erano accessibili tramite una scaletta. All'interno erano dotate di un televisore montato sul soffitto con cuffie auricolari, uno specchio, un solo appendiabiti, una presa elettrica e una luce sopra il letto. Nient'altro.

Non era il luogo adatto per chi soffriva di claustrofobia, per chi aveva una corporatura o una statura anche solo leggermente fuori della media, o per coloro che esigevano un po' di privacy. Le capsule erano tutte singole e separate per genere in blocchi da venti. Ma, per quanto mi riguardava, quella sistemazione era comunque preferibile rispetto a un letto a castello in un ostello. Avevo uno spazio tutto per me e potevo chiudere il pannello di bambù che schermava la porta trasparente.

Era tardi ma non riuscivo a dormire, così, mentre i miei pensieri si rincorrevano freneticamente, mi misi comoda e diedi una rapida scorsa alle centinaia di mail accumulate. Ero elettrizzata dal fatto che Yoshio avesse trovato la casa e che i dati catastali riportassero lo stesso nome che appariva sull'affidavit di matrimonio, ma se non fossero stati associati alla famiglia? Che cosa sarebbe successo?

Sistemai il cuscino dietro le spalle e mi tirai su, poi selezionai alcune mail da cancellare, ma ne aprii una proveniente dall'archivio militare. Pur sapendo che il dossier relativo al servizio di mio padre sarebbe arrivato per posta, presa dall'impazienza, avevo richiesto un aggiornamento di stato.

> La ringraziamo per aver sottoposto una richiesta al Centro di archiviazione nazionale. Riceviamo circa 20.000 richieste ogni settimana, e benché il tempo medio di risposta si aggiri tra le sei e le otto settimane, l'attesa potrebbe rivelarsi più lunga a causa di un incendio verificatosi nel 1973 presso il nostro centro che distrusse circa 16 milioni di fascicoli militari di cui, sfortunatamente, non esistono duplicati.
>
> Al momento non possiamo confermare che i dati da Lei richiesti siano tra quelli andati distrutti, ma con la presente intendiamo avvisarLa di un possibile ritardo nel portare a termine la nostra ricerca.
>
> Grazie.

Strinsi l'attaccatura del naso tra due dita e chiusi gli occhi. Se la società di Yokohama non aveva alcun legame con la famiglia Nakamura, e i dati relativi a papà erano andati perduti, cos'altro avevo in mano per proseguire la mia ricerca? La preoccupazione si insinuò come un verme dentro di me, scavando una galleria fino al nucleo. E se avessi venduto la Caddy di papà e fossi venuta sin qui in Giappone per poi trovare una casa vuota?

Scorrendo il resto della posta, mi soffermai su un'email che aveva come oggetto «*USS Taussig*», poi, abbassando lo sguardo, mi accorsi che erano arrivate parecchie altre risposte dai forum militari. D'un tratto il sangue mi affluì alla testa e mi misi a sedere più dritta. Mi ero dimenticata di aver lasciato il mio contatto sul sito dedicato ai veterani della Marina statunitense.

La prima mail era di un commilitone che ricopriva il ruolo di elettricista, ma non ricordava mio padre. Condivideva l'idea di una rimpatriata, ma faceva notare che la maggior parte dei componenti dell'equipaggio erano deceduti o erano troppo vecchi per viaggiare.

Il messaggio successivo era di una donna il cui marito aveva lavorato in sala macchine a bordo della *USS Taussig* nello stesso periodo di mio padre. Era morto, ma anche il cognato della signora era arruolato all'epoca, e si sarebbe messa in contatto con lui per avere qualche informazione.

Un'altra persona diceva che il padre era stato in servizio a bordo della *Taussig*, ma ora soffriva del morbo di Alzheimer, e quando il figlio gli aveva mostrato le foto che avevo pubblicato, non aveva avuto alcuna reazione.

C'erano altre mail, ma avevano tutti storie simili da raccontare. E poi…

Gentile Tori Kovač,

ho trovato il suo post con la richiesta di informazioni sulla *Taussig* e su qualche membro dell'equipaggio, compreso suo padre. Io ho prestato servizio a bordo della *Taussig* dal 1954 al 1957 e ho effettuato tre operazioni di ricognizione nell'Estremo Oriente. Non ricordo di aver visto suo padre, né riconosco gli altri nomi elencati, ma con oltre trecento anime imbarcate ed essendo passati oltre cinquant'anni, temo che la mia memoria mi tradisca. A ogni modo, ho ripescato le mie copie dei registri di bordo e ho trovato una foto di suo padre nell'albo. La allego nella speranza che le sia utile per la sua ricerca.

Distinti saluti,
Sal Dia

Non appena aprii l'allegato, avvertii un tuffo al cuore.

Ecco papà, in uniforme, ritratto in piedi e al centro con un sorriso appena accennato, il petto in fuori e le spalle tirate indietro: un giovane marinaio coraggioso pronto a sfidare il mondo. Gli occhi mi si riempirono di lacrime.

Era una semplice foto di gruppo della prima divisione tratta dal loro annuario, ma non l'avevo mai vista prima. In un certo senso, era come riavere indietro un pezzo di mio padre. Un pezzo che non sapevo fosse perduto. In quel preciso istante mi colpì la consapevolezza di quanto mi mancasse.

Con la luce sopra il letto alla massima intensità, mi risistemai contro i cuscini nella mia stanzetta in miniatura e mi apprestai a inviare mail di ringraziamento, commossa dalla gentilezza di perfetti sconosciuti che, pur non ricordando mio padre, si erano presi la briga di rispondere al mio appello. E qualcuno era addirittura andato a rovistare tra i propri ricordi personali e aveva allegato una foto dell'equipaggio impegnato sul cacciatorpediniere. Un gesto semplice, eppure di enorme impatto.

Era proprio la spinta di cui avevo bisogno per proseguire con fiducia nelle mie ricerche. Osservai la foto di mio padre. Non sarei venuta meno alle sue aspettative, e nemmeno alle mie. Volevo delle risposte. L'indomani avrei cercato la casa, interrogato i vicini e, se necessario, avrei prolungato la mia visita aspettando la persona che si occupava del giardino.

La casa poteva anche essere disabitata, ma non avevo intenzione di lasciare il Giappone a mani vuote.

Mi ero svegliata con il sole e avevo gustato la colazione gratuita, presentata come "ben bilanciata, ideale per il benessere del corpo", ma che, in pratica, era *no omoi,* pesante. Comprendeva sottaceti, tofu e persino formaggio fritto e bocconcini di pollo. Assaggiai un po' di tutto, ma mi rimpinzai di riso. Poi infilai i miei effetti personali nell'armadietto e raccolsi poche cose in una borsa da portare con me, compresa la lettera di mio padre. Speravo che il vecchio indirizzo della casa riportato sulla busta sarebbe servito ad abbattere la barriera linguistica qualora mi fossi imbattuta nei vicini. Almeno avrebbero avuto un'idea del motivo per cui mi trovavo lì.

Il tragitto a piedi fino alla stazione di Zushi durò circa quindici minuti, ma soltanto perché mi affrettai. Passai davanti a teenager che raccattavano tavole da surf mentre erano diretti in spiaggia, mi destreggiai tra gli abitanti del posto che facevano acquisti al mercato e allontanai con un cenno della mano i commercianti che invitavano a entrare nel loro negozio tutti quelli che, come me, avevano palesemente l'aria da turista. Il treno della Yokosuka Line passava ogni trenta minuti e io volevo prendere il successivo. Accelerai un po' negli ultimi cento metri e arrivai proprio mentre il convoglio entrava in stazione.

Una volta salita a bordo, trovai un posto libero e mi misi a curiosare tra le mete imperdibili segnalate dalla mia app di viaggi. A Zushi c'era il Tempio Enmeiji, con un gigantesco acero rosso più che millenario. Inarcai le sopracciglia. Prima pensavo che papà avesse fotografato una sposa tradizionale in un santuario nei pressi di Tokyo, ma ora, sospettando che quella foto ritraesse la *sua* sposa, dovevo prendere in considerazione i luoghi di culto più vicini alla base navale e all'abitazione della ragazza.

Taura si trovava fra questi due punti, e ne vantava uno, il Yokosuka-shi Taura, noto anche come il santuario dimenticato, poiché il bosco aveva ricoperto i cancelli rossi che adornavano il vialetto d'accesso. Un'enorme volpe di pietra aspettava in fondo al sentiero per ricompensare coloro che avevano coraggiosamente affrontato l'impresa. La app parlava di centinaia di statue di volpi disseminate nel bosco, ma non diceva il perché.

Mi appuntai entrambi i luoghi, poi alzai lo sguardo mentre il treno affrontava un'ampia curva. Yacht maestosi ed eleganti erano allineati lungo il molo e piccole barche a vela colorate beccheggiavano davanti al porticciolo. Alla mia destra, le chiome degli alberi ondeggiavano nella brezza, e d'un tratto fra i rami cominciarono a intravedersi dei tetti. Qualche minuto dopo entrammo nella stazione di Higashi-Zushi, nel distretto di Numama.

Se il tragitto attraverso Zushi era stato veloce, la camminata dalla stazione alla casa che cercavo avrebbe richiesto più tempo. Non mi dispiaceva, poiché la vegetazione circostante trasmetteva un senso di pace e l'arietta che agitava le foglie come se fossero di carta era calda e piacevole.

Una volta mio padre aveva percorso questa stessa strada, ed ero convinta che fosse con me nello spirito anche in quel momento. Mentre mi dirigevo verso la casa dimenticata dal tempo, la mia mente si affollava di ricordi...

«Per due volte ebbi la tentazione di tornare sui miei passi» mi aveva confessato papà. Indossava l'uniforme e stropicciava nervosamente il berretto, agitato alla prospettiva di conoscere il padre della sua ragazza, un potente uomo d'affari. Io ero agitata soltanto all'idea di vedere la sua casa.

Mentre mi avvicinavo alla sommità dell'altura, mi fermai, come immaginavo avesse fatto papà, guardai su e socchiusi gli occhi contro il sole della tarda mattinata. *Lei mi disse che l'avrei riconosciuta dal tetto di tegole.*

E come mio padre, la riconobbi anch'io.

Una foschia bianca si alzava dalle tegole di terracotta mentre il sole scaldava la rugiada mattutina e si piegava come i petali di un fiore di ciliegio che ricadono languidi su un pettinino decorato per i capelli. Vista così, in controluce, quella grande struttura dai muri bianchi sembrava quasi accesa di uno strano bagliore. C'era una tranquilla, schiva eleganza nel modo in cui stava abbarbicata in cima alla collina. E benché nella foto scattata da Yoshio fosse già bellissima, vederla dal vivo era un'esperienza surreale. Il tempo si era davvero fermato. Sembrava uscita direttamente dai racconti di mio padre.

Incuriosita dalle osservazioni di Yoshio riguardo l'architettura, avevo fatto delle ricerche sullo stile delle case da tè giapponesi e l'avevo trovato affascinante. Non riuscivo a capire come facessero le pareti interne di carta a sopportare l'usura quotidiana. Non si strappavano? Ma quella carta dalla trama ruvida veniva ricavata dai gelsi, gli stessi alberi sorprendentemente resistenti dove erano stati trovati i bachi da seta. E ciò che la rendeva durevole era la struttura a graticcio che le dava rigidità. Se soltanto avessi potuto dare un'occhiata all'interno… Alcuni movimenti nel cortile laterale attirarono la mia attenzione.

Schiusi le labbra.

Una donna anziana stava tagliando dei fiori bianchi dal fogliame basso e fitto. Traboccavano dal cestino di bambù che pendeva dal suo braccio. Strizzai gli occhi contro il sole, poi li riparai con la mano, ma non riuscivo a vederla bene in viso poiché portava un cappello di paglia. Ma la casa non era disabitata?

Era *lei*?

C'era soltanto un modo per scoprirlo. Mi lisciai i capelli, mi sistemai la giacca e, prendendo un respiro profondo per calmarmi, mi avviai verso la casa.

32

Giappone, 1958

Sono tornata a letto e provo a riposare con la pancia piena. Mi sono sforzata di mangiare un po' di *udon* che Sora mi ha procurato di nascosto. Devo essere in forze se vogliamo scappare stanotte. Accoccolata sul fianco, mi muovo in continuazione per trovare una posizione comoda, ma non ci riesco. La prospettiva della fuga provoca troppa eccitazione, e sento la bambina agitarsi dentro di me.

I miei pensieri balzano da Hajime, a nostra figlia, a Sora, come una scimmia che passa da un albero all'altro. *Le tre scimmiette.* Hatsu, Jin e io. Mi si stringe il cuore. Sora potrebbe essere la quarta. Ce ne sono quattro nelle antiche leggende. La quarta si chiama *Shizaru* e incrocia le braccia per rifiutare il male. Funziona. Sora mi ha sorpreso con la sua offerta di aiuto e il desiderio di tenere suo figlio. Lei mi incita all'azione e il cielo rafforza la mia determinazione. Deve esserci un disegno più grande dietro tutto questo.

A meno che io non sia cieca. *Non era stata la nonna a dirlo?* No, no… era stata Kiko. L'aveva urlato quando le avevo parlato della mia scelta, quando le avevo confessato l'idea che stavo prendendo in considerazione. «Tu sei accecata dall'amore e non riesci a vedere la verità» aveva sentenziato.

Le mie palpebre pesanti si aprono e si chiudono. Si aprono e si chiudono. Il muro è là, e poi non c'è più. Mi raggomitolo e penso agli occhi azzurri di Hajime e alle sue parole di congedo. «Lo prometto» aveva detto. «Ora e per sempre.»

«Per sempre.» *Erano vere?* Poco dopo sono persa nei ricordi. Persa nell'amore. Persa in un sonno senza sogni.

Meglio cieca che senza speranza.

«Aaahhh!» Le urla di Chiyo scuotono la casa e disturbano il mio torpore.

Sbatto le palpebre, non ancora sveglia ma non più assopita. Altre grida. Poi dei passi pesanti e un nuovo urlo.

Solo che questo è della direttrice. «Non spingere, Chiyo! Aspetta. Devi aspettare.»

Sora si presenta sulla soglia di camera mia. «Naoko, dobbiamo andarcene *adesso*.» Afferra il mio borsone e vi getta degli indumenti alla rinfusa. Sembra in preda alla frenesia. Ha gli occhi sbarrati e il respiro accelerato.

«Adesso?» Mi tiro su, trasalendo. Avevo appena chiuso gli occhi.

«Ahhhh!» Un altro urlo fende la notte e mi fa balzare giù dal letto. Sì, dobbiamo andarcene subito. *Povera Chiyo.* No. *Povero piccolo.* Cerco di reggermi in piedi, ma barcollo. L'adrenalina pompa nelle vene intorpidite, spingendo i miei muscoli apatici ad agire. Mi tiro indietro i capelli arruffati e impastati di sudore e mi sforzo di trovare l'equilibrio. Avverto delle punture di spillo nel piede sinistro, rimasto troppo a lungo nella posizione sbagliata.

Sora si avvicina alla porta e fa capolino fuori per sentire se c'è movimento. «Vestiti. Torno subito.»

Scuoto il piede per riattivare la sensibilità, poi mi strofino gli occhi per focalizzare meglio. *Sta accadendo davvero?* Devo pensare. *Le calze…* Ne metto un secondo paio, ricordando quanto si erano bagnati i piedi durante il tentativo di fuga con Hatsu. Ne infilo un terzo paio in tasca casomai mi servissero. *Cos'altro?*

Ruoto su me stessa e mi guardo in giro. Mi metto un'altra sottoveste di cotone per aggiungere uno strato sotto un gonnellone all'occidentale, una maglia che ormai non mi va più bene e si rialza sui fianchi, poi il mio maglione grigio sformato per tenermi calde le braccia. Non mi servirà nemmeno il borsone se continuo a mettermi una cosa sull'altra. Mi copro perfino la testa per non correre rischi. Non si sa mai cosa può succedere, e questa volta il freddo è pungente.

Le urla di Chiyo si sono trasformate in singhiozzi. «Faccia qualcosa, la prego, faccia qualcosa» implora, rivolta alla direttrice Sato.

Si sente un altro strillo, poi un lungo andirivieni della levatrice e delle altre ragazze. Resto immobile in mezzo alla stanza, esausta, con gli occhi che guizzano in ogni direzione. *Oh, la lanterna.* Arraffo una scatola di fiammiferi dal tavolo e la infilo in tasca.

Sora torna di corsa in camera mia. «Ho detto alla direttrice che non ti senti bene, che penserò io al tuo tè e ti assisterò tutta la notte.» Spalanca gli occhi quando vede come mi sono vestita. «Ma cosa ti sei messa addosso?»

«Tutto» rispondo.

«Già, bene. Andiamo.»

Sora sbircia di nuovo fuori della porta, poi mi fa cenno di seguirla. Infilo il braccio nella manica del cappotto, impugno la lanterna e mi avvio dietro di lei, barcollando e pendendo da una parte. Sentendo dei passi pesanti che si avvicinano, ci blocchiamo subito. Un secondo, due... ma non si vede nessuno. Le grida di Chiyo mascherano i passi che ci restano per arrivare alla porta.

«Vai» sussurra Sora aprendola.

Non mi volto indietro.

Con il mio borsone in mano, Sora mi raggiunge e poi prende il comando. La luna alta nel cielo getta a terra lunghe ombre argentee. Le rasentiamo mentre attraversiamo la radura con la massima velocità consentita dalle mie gambe inattive da molto tempo. C'è stata una gelata, e la sottile lastra di ghiaccio che copre il terreno scricchiola a ogni passo.

«Coraggio, sbrigati» mi dice Sora voltandosi non appena

ci avviciniamo al piccolo sentiero. Accompagna le sue parole con una nuvola di aria gelida, come un drago sputafuoco. «Stai attenta.»

Cerco di spingere più veloce le mie gambe stanche. La sciarpa cade lasciandomi il viso scoperto, e anch'io, come il drago, soffio per lo sforzo. La fitta volta di rami spogli sopra le nostre teste cattura la luce della luna e la spreme, lasciando filtrare sotto solo qualche debole barlume.

Sollevo la lanterna mentre Sora cerca i fiammiferi nella mia tasca.

Si leva uno sbuffo di scintille e appare una fiammella. Si stabilizza e si attacca allo stoppino con facilità, poi, con un rapido movimento, Sora spegne il fiammifero.

Con la lanterna in una mano e il mio borsone semivuoto nell'altra, è Sora a fare strada. La luce rimbalza sul sentiero rischiarando il nostro cammino. Io procedo con cautela sulla superficie irregolare, facendo passi lenti e misurati. L'aria fredda della notte morde con i suoi denti aguzzi, ma io sono ben imbottita e, per il momento, riscaldata dalla speranza.

Sto lasciando questo posto.

Senza la pioggia, il ripido pendio del terrapieno è più facile da gestire. Lanciamo il mio borsone in fondo, e mentre Sora comincia a scendere, io tengo il lume che, ondeggiando dall'impugnatura, fa tremare la fiammella gialla e rischiara il terreno a sprazzi.

«Pronta?» Nel momento in cui Sora mi tende le braccia per prendermi, la mia mente torna allo strattone della direttrice. A Hatsu. Alla sua caduta.

Scendo di spalle, facendo dondolare una gamba alla ricerca di un punto di appoggio più in basso. Passo la lanterna alla mia compagna e mi preparo ad affrontare quel passaggio difficile. *Posso farcela.* Il mio corpo è stanco, ma il mio spirito è vivo e alimentato dal sapore della libertà. È lì, proprio davanti a me. Un altro passo in giù, ancora uno, e cado tra le braccia di Sora.

«Andiamo.» Solleva il mio borsone e, tenendo in alto la lanterna, punta verso il ponticello.

Il mio cuore martella facendo da propulsore per la marcia. Un passo, poi un altro. Avverto una stretta allo stomaco. Mi fermo e metto le mani intorno al ventre per sostenerlo.

«Naoko?» La luce della lanterna si posa sulle mie guance.

Raddrizzo le spalle e prendo un respiro profondo. «Sto arrivando.» Siamo così vicine alla meta. Salgo sul ponte e guardo giù mentre lo percorro di corsa. L'acqua scorre tumultuosa sotto un sottile strato di ghiaccio che intrappola le carpe koi. Addio, *Ganko*, mia vecchia amica, pesciolino perseverante. Questa volta non tornerò.

«Naoko?» Il richiamo di Sora è un grido sussurrato. È arrivata al cancello. La lanterna è appoggiata a terra, vicino ai suoi piedi, con accanto il mio borsone rovesciato. Sora armeggia con la chiave nel lucchetto, ma d'un tratto si volta verso di me con l'aria sconvolta.

«Sora? Che succede?»

Scuote la testa emettendo grosse nuvolette di vapore. «Non funziona. Non è...»

«Che cosa?!» Il mio sguardo cade sulla chiave che tiene in mano, poi si sposta sul lucchetto. «Fammi provare.» Prendo la chiave e faccio un tentativo. Forse il lucchetto è semplicemente ghiacciato. Il mio cuore si ferma. I denti della chiave non combaciano. Provo ancora e ancora. Mi porto la chiave davanti agli occhi, la studio, poi guardo il lucchetto. *Oh, no.* «Questa non è la chiave giusta.»

I nostri occhi si agganciano. Siamo sconvolte.

«E adesso? Io indietro non ci torno. Non posso.» Mi piego su me stessa. Sono tornati i crampi.

«Per favore, Naoko. Devi stare calma. Non sei stata bene negli ultimi giorni.» Mi posa un braccio sulla spalla.

Resto piegata a metà, cercando di controllarmi, respirando piano per aspettare che svanisca quella strana sensazione. «È passato. Prova di nuovo.»

Sora prova ancora una volta, poi si mette a spingere il cancello, ma questo si limita a cigolare per effetto dell'impeto con cui è stato scrollato. Guardandosi intorno, Sora trova una pietra. Si accanisce sul lucchetto un colpo dopo l'altro, ma non fa che ritrovarsi con le dita massacrate. Resto a guardarla, paralizzata dalla paura. Le mie viscere si torcono in un'altra spiacevole contrazione.

E adesso che si fa? E se non riusciamo a uscire? Mentre Sora continua a battere disperatamente sul lucchetto, io mi concentro sulla recinzione. Il bambù è noto per essere cedevole e trionfante. Bene, io desidero che ceda, in modo da poter trionfare.

Voglio uscire.

Fisso il mio sguardo sulle assicelle legate insieme con della *shuro nawa*, la corda di fibre di palma nera. «Sora, prova la corda. Colpisci la corda.» Avremmo dovuto portarci dietro un coltello. Perché non ci ho pensato? *Perché quella strega mi ha drogato.* «Ah...» Un'altra fitta mi fa piegare di dolore. Cerco di restare calma per non distrarre Sora. Ti prego, fa' che funzioni. *Ti prego.*

Sora prova a tagliarla con una pietra appuntita, ma nonostante il ripetuto sfregamento si limita a sfilacciarsi. Lei geme di frustrazione. «Non funziona.» Un altro colpo alla cieca, poi un altro ancora.

«Aspetta.» Poso gli occhi sulla lanterna e li spalanco, colta da un'idea improvvisa. Un lampo di eccitazione mi attraversa la mente. «Magari non si spezza, ma potrebbe bruciare.»

Sora si illumina, cancellando di colpo la sua espressione abbattuta. Lascia cadere la pietra, si fruga in tasca e tira fuori la preziosa scatoletta. Dentro sono rimasti soltanto sei fiammiferi. Dà un'occhiata lungo la recinzione nelle due direzioni e si avvicina al montante del cancello.

Dopo essersi scaldata le mani sfregandole insieme, soffia il fiato caldo sullo spago saldamente allacciato. Con uno sfregamento il fiammifero si accende. Ci rannicchiamo l'una accanto all'altra, avviciniamo la fiammella alla corda e aspettiamo. Si alza un filo di fumo sottile, quasi trasparente, poi il fiammifero, consumato fino a sfiorarle i polpastrelli, si spegne. Proviamo e riproviamo, spinte dalla forza della disperazione.

Non funziona. «Aspetta!» Rimuovo la protezione di vetro della lanterna e la inclino in modo che la fiamma lambisca la corda. Sì, fa fumo. Piccolissimi fili che si affusolano nell'aria. La corda si gonfia in tante bolle e poi si ritrae, esponendo la canna.

«Sta funzionando!» Io e Sora ci scambiamo uno sguardo e un gran sorriso.

Le passo la lanterna priva di protezione, e lei la avvicina al laccio successivo per bruciarlo e aspetta pazientemente che si ammorbidisca. Anche questa volta si scopre la canna nuda. Procede così su ogni nodo, poi passa al legaccio successivo e all'altro ancora.

Io seguo il suo lavoro con apprensione, sostenendomi la pancia e pregando che la mia piccolina tenga duro. Deve resistere ancora un po'. Qualche minuto di pazienza può farci guadagnare una vita di pace.

Dopo aver completato tutte le file, Sora sfila la corda che lega una canna all'altra. Poi due... ora ce ne sono cinque giù. Ce ne serve qualcuna in più. Lavora velocemente per farci uscire. Io rimango ferma per tenere tranquilla la mia bambina.

Sora prende il mio borsone, lo lancia al di là del varco e mi fa segno di passare. Mi volto di lato e mi insinuo nello stretto passaggio, sfregando la pancia e il sedere contro le stecche, ma riesco ad arrivare dall'altra parte.

La libertà mi riempie i polmoni.

Sora mi segue, e non appena approda vicino a me, guarda a sinistra e a destra. «Da che parte?»

La stazione ferroviaria è a destra, e nella mia mente ho ripercorso quei passi migliaia di volte, ma so che non posso tornare a casa mia. Così guardo a sinistra e procedo lungo l'interminabile recinzione di bambù con le braccia intorno al ventre. Continua a contrarsi, ma resisto, nascondendo la smorfia di dolore dietro la sciarpa. *Resisti ancora un po'.*

«Dove?» Sora si affianca a me con passi rapidi. «Dove andiamo, Naoko? E se nel frattempo arriva la bambina?»

«Va tutto bene. La bambina si calmerà non appena potrò riposarmi un po'. E poi i monaci vengono a passeggiare da queste parti tutti i giorni, perciò il monastero non può essere tanto lontano.»

L'interminabile recinzione della Clinica Ostetrica Bambù fa una svolta. Noi invece proseguiamo dritte finché non troviamo il luogo che ospita la piccola comunità monastica. La proprietà è circondata da uno steccato simile, ma alto soltanto la metà. Il giardino, anche se ben curato, è povero di ornamenti. Un altro cancello chiuso. Stavolta però, invece di uscire, vogliamo entrare.

Sono esausta.

Io e Sora abbiamo indossato qualsiasi indumento avevamo a disposizione e ora siamo accovacciate sul borsone, avvolte al caldo in vari strati. Continuo ad avvertire delle fitte, ma faccio del mio meglio per nasconderlo. Temo che lo sforzo compiuto abbia scatenato un travaglio anticipato, perciò mi impongo di restare calma e di fare soltanto pensieri positivi.

«Sono felice che tu sia qui, Sora» le dico rannicchiandomi sulla sua spalla. Sento le palpebre pesanti, l'impeto di energia di poco prima si è esaurito lasciandomi apatica e prosciugata.

Sonnecchio, entrando e uscendo da una specie di dormiveglia meditativo disturbato soltanto dai crampi che mi attraversano il ventre. Penso alla storia dell'insegnante e dello studente che mi raccontava la nonna, quella con il ragno, e ne immagino uno che scende dal cielo per posarsi sulla mia pancia. È una creatura orribile e mi fissa con i suoi numerosi occhietti tondi e luccicanti. Voglio che se ne vada, così sbatto le palpebre per scacciarla, ma quella visione ritorna imperterrita.

Nella storia l'allievo riferisce quella terribile presenza al suo maestro esprimendo l'intenzione di tenere un coltello in grembo in modo da poter uccidere il ragno qualora si ripresentasse. Il maestro gli consiglia di portare con sé un gessetto. «Quando il ragno si presenterà la prossima volta, segna una X sulla sua pancia, poi vieni a riferirmi» gli dice.

Quando il ragno riappare, l'allievo segue il suggerimento del suo maestro. Più tardi l'insegnante gli chiede di sollevare la camicia. C'è una X sul petto. Il significato della storia? Spesso desideriamo distruggere ciò che ci spaventa, ma così facendo, distruggiamo noi stessi.

Sì, sono spaventata, ma ho abbracciato la mia paura. Chiyo l'ha rifiutata, proprio come Aiko e moltissime altre. Come si sentono, sapendo quello che hanno fatto? La consapevolezza non distrugge il loro cuore?

«Sono grata che tu abbia visto il ragno sulla tua pancia, Sora.» La mia voce suona distante. Non so se ho effettivamente pronunciato quelle parole e non so nemmeno se sono sveglia. «Ahhhhh!» Una contrazione mi fa piegare su me stessa e aspetto che si attenui, ma questa volta è molto intensa. Qualcosa di caldo e bagnato mi scende tra le gambe. «Sora… *Sora!*» Un'altra contrazione.

No. Non ancora.

33

Giappone, oggi

Mi avviai lentamente verso la casa tradizionale e la donna che si stava occupando del giardino adiacente. Il cuore mi pulsava nelle orecchie mentre passavo dalla strada al prato, poi mi spostai sul sentiero di ghiaia che percorsi sollevando sassolini a ogni passo.

La donna si voltò sgranando gli occhi.

Mi fermai, altrettanto sorpresa, ma riacquistai subito il controllo. «Mi scusi, non intendevo spaventarla.» Feci qualche passo avanti e presi un respiro profondo, ma la tensione crescente che mi premeva sul petto non si allentò. «Lei per caso è un membro della famiglia Nakamura?»

La donna si tolse il berrettino con la visiera, lo piegò e si risistemò i capelli che erano sfuggiti allo chignon. Rimase immobile, fissando prima il mio foulard di seta, poi la mia giacca e infine il mio viso. Mentre mi studiava, la osservai con attenzione. Era elegante, con la pelle raggrinzita e i capelli color onice striati di grigio. Essendo raccolti, mettevano in evidenza un collo e una struttura ossea delicata. Era più o meno dell'età giusta, ma era lei?

Sorrisi e mi diedi una sistemata alla giacca. «Sono Selby Porter.» Mi presentai usando lo pseudonimo con cui firmavo i miei articoli. Abbassai la voce mentre mi avvicinavo, temendo di spaventarla. «Sono una collega di Yoshio Itō del "Tokyo Times" e insieme vorremmo scrivere un articolo sulla vostra famiglia e sulla società di import-export di Yokohama, e anche sulla casa di famiglia» dissi indicando la costruzione.

La donna si voltò a guardarla.

«A proposito, è bellissima.» Avanzai di qualche altro passo fino a trovarmi proprio davanti a lei. «I fiori sono decisamente spettacolari.» Il loro profumo riempiva l'aria. Si trattava dello stesso tipo di fiori che avevo visto in bella mostra sul bancone della reception della Società di Commercio Nakamura. Una varietà di crisantemo bianco diversa da quella che si può trovare comunemente negli Stati Uniti e almeno tre volte più grande.

La donna si limitava a fissarmi.

Feci un altro tentativo con il cuore che batteva all'impazzata. «Lei è della famiglia Nakamura? La famiglia che possiede questa casa da generazioni?» Mi caddero le braccia. Forse non era lei. La donna cui aveva scritto papà sapeva parlare inglese. Frugai nella mia borsa per prendere la lettera e mostrarle l'indirizzo.

«Sì, questa è la casa della mia famiglia.»

Alzai lo sguardo lentamente, sorpresa dalle sue parole e dal tono delicato della sua voce.

«Io sono Naoko Nakamura.»

Era lei.

L'ho trovata, papà. L'avevo trovata davvero. «È un piacere conoscerla.» Quasi bisbigliai quelle parole. «Le spiace se le rivolgo qualche domanda? Sulla casa?»

Seguì una pausa di silenzio piuttosto lunga, ma poi la donna accennò un inchino. «Stavo giusto per farmi un tè. Le va di unirsi a me?» Indicò il sentiero ghiaioso che proseguiva intorno alla casa.

La seguii oltre un cancelletto fino a un patio coperto di muschio dove, su un tavolino basso, era tutto pronto per il tè. Era questo il luogo che aveva visto mio padre?

Se l'esterno della casa era spettacolare, il parco circostante era mozzafiato. Era tutto un gioco di prospettive. Il laghetto rifletteva le rocce facendole somigliare a montagne lontane, e le grosse pietre ricoperte di muschio piazzate nell'acqua sembravano isole. La sabbia bianca ricreava la spiaggia e i sentierini acciottolati conducevano in varie direzioni per poi perdersi nella distesa di alberi ornamentali e sottobosco.

«Si sieda, prego» disse la donna indicando un cuscino posizionato su un *tatami*, poi con grande cura versò un tè scuro e dal sapore corposo. «È forte, come le verità amare.» Mi offrì un'alta tazza di ceramica.

Le mie dita scivolarono nelle scanalature mentre bevevo educatamente un primo sorso di quella bevanda, dall'aroma pungente e terroso.

La donna sorrise, creando un ventaglio di increspature intorno agli occhi. Era una donnina esile, eppure il suo portamento – signorile, concentrato, composto – riempiva lo spazio, e me, di un senso di inadeguatezza. Non sapevo come iniziare e temevo la sua reazione.

«Mi diceva che sta scrivendo un articolo sulla casa della mia famiglia?»

«Sì, mi piacerebbe» dissi sentendo il gusto rancido delle bugie che rotolavano fuori dalla mia bocca. Bevvi un altro sorso e mi guardai intorno per superare l'imbarazzo. «Sia la casa sia il giardino sono bellissimi.» Notai la stessa pianta bassa e folta dai grandi fiori bianchi che avevo visto nel cortile laterale.

«Mai belli quanto il suo foulard» ribatté la donna tenendo gli occhi fissi sulla seta dipinta a mano in diverse sfumature di rosso. «Posso chiederle dove ha trovato un tesoro simile? I dettagli sono davvero splendidi.» Si avvicinò per esaminarlo meglio.

«Oh...» Accennai un sorriso. «Grazie. È un regalo.» Stavo per aggiungere che era di mio padre, ma mi trattenni poiché non mi sentivo pronta per rivelare il vero intento della mia visita. Arrotolai il foulard consunto, poi lo capovolsi rivelando l'orlo riparato alla meglio. «È un po' malandato, purtroppo.»

«Ah, *kintsugi*.» Raddrizzò le spalle. «Capisco. In Giappone gli oggetti riparati sono considerati ancora più preziosi perché conservano in sé una parte della loro storia. Come la ciotola del servizio estivo della mia famiglia.» Con un cenno del capo indicò il contenitore di porcellana accanto a lei. «Vede questa crepa dentellata riempita con oro liquido? Interrompe il disegno, ma aggiunge valore al pezzo.»

«Infatti è bellissimo.» Il disegno riproduceva la flora del giardino.

Lei seguì il mio sguardo. «Era il fiore preferito della mia adorata mamma. La ciotola si ruppe perché una volta le servii una zuppa che piaceva soltanto a me. Passarono parecchi anni prima che scoprissi che l'aveva riparata.» Sorrise. «Aveva fuso i suoi gioielli migliori riducendoli in una polvere d'oro dalla grana sottile. Poi l'aveva mescolata con la lacca e aveva rimesso insieme i pezzi. Ora, sapendo il suo sacrificio e il suo perdono, amo questa ciotola ancora di più. Quindi, vede? La vera vita di questo oggetto è iniziata nel momento stesso in cui l'ho fatta cadere.» Inarcò le sopracciglia. «Non è la stessa cosa per il suo foulard rammendato?»

Mi strinsi nelle spalle. «Nel mio caso è stata semplice trascuratezza, in realtà.»

«Ma deve esserle stato molto caro, perché non solo l'ha rammendato, ma lo indossa ancora oggi.» Sorrise. «Allora, signorina Selby Porter, che cosa vorrebbe sapere di questa casa?»

Il senso di colpa mi fece avvampare il viso e il collo. «Be'...» Manipolare una fonte per ottenere informazioni sensibili era consentito nell'ambito del giornalismo investigativo, ma le bugie che avevo detto superavano i limiti della decenza. E dato il modo in cui quella donna studiava e catalogava ogni mio movimento, temevo che le mie bugie, e qualsiasi limite avessero superato, si allungassero fino a diventare trasparenti. Dovevo dirle la verità. Papà avrebbe voluto che lo facessi.

Posai la tazza. «Devo confessarle che quando ho detto di essere venuta qui per scrivere un articolo sulla sua casa, non sono stata del tutto sincera. È vero che sono una giornalista, ma Selby Porter è lo pseudonimo con cui firmo i miei pezzi, non il mio vero nome.»

«Io so chi è lei.»

Mi appoggiai allo schienale. *Lo sapeva?* Il mio petto traboccava di emozione, rendendomi quasi impossibile respirare.

Naoko sorrise davanti alla mia reazione sorpresa. «Ha gli stessi occhi di suo padre. Catturano la stessa luce, come l'acqua più blu che assorbe il sole. Non ci si può sbagliare, data la somiglianza. L'ho capito dal primo momento in cui l'ho vista avvicinarsi.»

Arrossii di nuovo ed ebbi la sensazione che la mia giacca fosse troppo pesante, come se fosse di lana e non di cotone.

«E, naturalmente, ho subito notato che porta il mio foulard.»

«Scusi?» chiesi, certa di aver sentito male.

«Il suo splendido foulard» ripeté indicando la sciarpina di seta che portavo intorno al collo. «Era un dono di mio padre e io, a mia volta, l'ho donato a suo padre.» Piegò la testa per dargli un'occhiata più ravvicinata. «Pensavo che non l'avrei mai più rivisto.»

«Apparteneva a mia madre» dissi d'istinto, e lo coprii con la mano.

Lei si raddrizzò e mi rivolse un breve sorriso. «Mi perdoni, allora. È chiaro che mi sono sbagliata.» I suoi occhi si posarono di nuovo sulla sciarpina di seta, che ancora stringevo tra le mani. «Il foulard di sua madre è molto bello. Quella fantasia rossa e bianca le sta davvero bene.»

Il ricordo delle parole di mio padre si insinuò tra due mondi per andare a depositarsi su quelle della donna. *In realtà ho sempre desiderato che l'avessi tu. È importante.* Allentai la stretta della mia mano, ma la nuova consapevolezza che mi attanagliava non mi lasciò andare. Il prezioso foulard della mamma un tempo apparteneva a Naoko. Non sapevo cosa dire.

«Dal momento che conosce il mio nome e ci siamo presentate ufficialmente, posso conoscere il suo?»

Non l'avevo ancora detto. «Mi chiamo Tori. Tori Kovač.»

«Tori?» Le sue labbra si schiusero, ma l'ultima sillaba rimase bloccata. La mano che teneva la tazza di tè tremò.

Mi protesi verso di lei. «Si sente bene?»

«Sì. Sì.» Riprese il controllo, distolse lo sguardo e sbatté le palpebre davanti al nulla.

Bevvi un lungo sorso di tè. Avevo finalmente detto la verità, ma la sua reazione mi sconcertava. «Mi scusi, ma se sapeva chi ero, perché mi ha assecondato?»

Il suo sguardo si fece più acuto e si incatenò al mio. Inarcò un sopracciglio. «È davvero questa la domanda per cui è venuta fin qui, Tori Kovač?»

No, non lo era.

Misi la mano nella borsa e tirai fuori la lettera di papà, quella indirizzata a lei, quella rispedita al mittente.

I vecchi occhi della donna si strinsero per mettere a fuoco, poi si illuminarono rendendosi conto di ciò che stava vedendo. «Una lettera di Hajime?» Si coprì le labbra tremanti con la mano fragile, lo sguardo fisso sulla busta, ma non ero pronta a consegnargliela, non ancora.

Invece spianai le pieghe, cercando di connettere le linee del tempo, scegliendo le parole con cura, in modo da non inciampare. «Questa lettera mi ha lasciato con più domande che risposte. Non soltanto su mio padre, ma su tutto quanto. Leggendola, ho scoperto di avere una sorella.» Avevo il cuore in gola. Cercai di ingoiare l'emozione. «Speravo che lei potesse dirmi dov'è e come sono andate realmente le cose. Mi piacerebbe conoscere la storia di lei e mio padre, per capire.» Serrai la mascella, ansiosa di sapere come avrebbe reagito.

Lei si allacciò le mani esili in grembo e si soffermò a lungo sulla lettera che tenevo tra le mani, poi incontrò il mio sguardo. «E io, in cambio, vorrei conoscere la sua.»

«La mia?» Scossi la testa. «Temo di non averne una.»

«Ah, sì, invece. Quella che l'ha portata ad attraversare mezzo mondo per sentire la mia.» I suoi occhi brillavano come diamanti neri.

Voleva avere notizie di papà. Lo capivo. Era sensato e naturale. Annuii e le risposi con la massima sincerità. «Posso dirle soltanto ciò che so.»

«Affare fatto, allora.» Riempì la mia tazza, poi la sua, prese un sorso moderato e mi scrutò da sopra il bordo. «Il mio nome da nubile è Naoko Nakamura. Quello da sposata è Naoko Tanaka. E una volta, per un breve periodo di tempo, il suo sguardo sostenne il mio, è stato Naoko Kovač.»

Naoko bevve un altro sorso, poi lasciò andare un lungo sospiro. «Mia nonna ripeteva spesso: "La preoccupazione copre una cosa piccola di ombre grandi". Sì. Credo che quell'ombra sia il punto da cui ha inizio questa storia».

34

Giappone, 1958

Sora, presa dal panico, urla tanto da svegliare l'intero monastero. «Vi prego, la mia amica sta per partorire! Qualcuno può aiutarci?»

Io sono piegata in due vicino al cancello, con gli occhi sbarrati. Le contrazioni sono diventate più forti e arrivano a ondate sempre più frequenti. *Questa bambina non vuole più aspettare!*

Sora ripete le sue implorazioni, la voce strozzata in gola. Le parole si rovesciano fuori dalla sua bocca rotolando verso chiunque possa udirle. «Per favore, aiutateci! Sta per partorire! Dite a qualcuno che siamo qui!»

I piccoli edifici si destano immediatamente. Passi affrettati, luci tremolanti di lanterne e voci stanche si precipitano nella mia direzione per aprire il cancello. Le monache emergono da un lato del complesso, i monaci dall'altro. Le donne istruiscono gli uomini su come sollevarmi, quanto rapidamente muoversi e dove andare.

«Ahhhh!» Un'altra contrazione mi attraversa la spina dorsale come la fiamma lungo la miccia. È un bruciore che minaccia di diventare un incendio. Sono straziata dal dolore. I volti e le voci si confondono.

Quando mi ritrovo all'interno di una piccola stanza, tutti vengono invitati a uscire tranne Sora e due donne. Una, vecchia e stoica, l'altra, tranquilla e sicura di sé. Mi tolgono gli strati di vestiti e intanto subissano Sora di domande.

«Quanti anni ha questa ragazza? Di quanti mesi è? Dov'è la sua famiglia? Dov'è il padre?»

Le mie urla soffocano le risposte della mia amica.

Le vesti delle monache, di un intenso color zafferano e curcuma, ondeggiano frusciando intorno a me. L'aria profuma di agar, e il suo aroma inizialmente dolce e alla fine amaro, continuando a bruciare, arriva a inglobare quello dell'alga marina essiccata.

Sora mi accarezza i capelli cercando di rassicurarmi. La monaca più anziana, con il suo viso raggrinzito, tiene il *neuju* tra le mani e intona un canto che parte dal profondo delle sue viscere e le fa vibrare la gola in una serie di parole e respiri prolungati. È una melodia bellissima, ma io rovino tutto con le mie grida.

«Non urlare. Resta in silenzio» mi dice la monaca con gli occhiali di metallo e lo sguardo fermo.

Durante il travaglio siamo tenute a non dar voce alla nostra sofferenza. Ce l'hanno insegnato in clinica, anche se nessuno ha mai ascoltato questa raccomandazione. Pensavo che la direttrice mentisse solo per farci tacere, ma qui dicono la stessa cosa.

Piegata in due, io urlo comunque.

Sono stanca di stare in silenzio.

La parte bassa della schiena è martoriata e bruciante. Non so e non mi importa chi mi sta aiutando, voglio soltanto che questa bambina venga al mondo in fretta. «Ohahh!» Alzo la testa e mi afferro le ginocchia, rannicchiandomi così stretta che non riesco a respirare. Ogni muscolo si contrae in un abbraccio violento. Contrastarlo non fa che peggiorare le cose.

«Va tutto bene, Naoko. Va tutto bene. Stai calma. Stai calma.» Sora continua a recitare una cantilena di parole di conforto tanto a mio quanto a suo beneficio. I suoi occhi sbarrati esprimono preoccupazione, forse paura. Presto tutto questo toccherà anche a lei.

Chi mal comincia, peggio finisce. All'inizio ero debole, ma ora sono davvero esausta. Ho usato ogni grammo di energia per fuggire dalla clinica, e se avevo delle riserve, ormai sono esaurite. Le ondate di dolore arrivano una dietro l'altra, e sono di nuovo contratta, la testa sollevata, il viso paonazzo per lo sforzo, trattenendo il respiro per resistere.

«Respira. Devi respirare, figliola» mi esorta la monaca con gli occhiali agitando la mano per convincermi. Le sue guance rossastre si gonfiano e si sgonfiano per darmi una dimostrazione.

La monaca anziana canta più forte, le sue lunghe note tagliate a metà. La sua veste ondeggia lasciando una scia di dolci sfumature autunnali. È come se fluttuasse nell'aria.

Mi sforzo di respirare, inalando profondamente attraverso il naso ed espirando attraverso le labbra asciutte. Di nuovo, inspiro ed espiro. *Hatsu è venuta qui? Voglio Okaasan. Okaasan! E Hajime.* I miei pensieri girano vorticosamente. Un'altra contrazione mi fa piegare in due. «Ahhhh!»

«Spingi ora, piccola. Spingi.»

Il canto sale ancora più in alto.

«Spingi!»

«No, non posso. Un secondo. Devo fermarmi.» Le mie parole rimangono bloccate in gola, soffocate dagli ansimi, e non hanno più alcun significato. «Ahhh!» Il dolore penetrante ha raggiunto la soglia di sopportazione, e per giunta le contrazioni si fanno sempre più lunghe e frequenti. Le mie ossa vogliono liberarsi e separarsi da quella forza costante.

La monaca più autorevole ora si china. Non vedo altro che la sua testa rasata e la lieve peluria che la ricopre. L'altra monaca si sposta dietro di lei e intona un canto di pacifico benvenuto.

«Sì! Eccolo. Vedo la testa.» Occhi eccitati vedono quello che io non posso vedere. «Ancora una spinta. Pronta? *Spingi!*»

Sora mi afferra il braccio. Stringo le ginocchia con le mani e mi dondolo in avanti, squassata dal dolore.

«Di nuovo. Ancora una. Adesso!» C'è un tono autoritario in quell'esortazione, e mi arrendo a esso.

Affondo le unghie nella carne e serro con forza gli occhi, lo stomaco, tutto il mio essere. Dai denti stretti mi sfugge una sorta di ringhio. Le labbra digrignate li rivelano.

«Ah, la testa è fuori, bene. Bene.» Mi dà un colpetto sul ginocchio. «Ora aspetta. Stai ferma.»

Ricado indietro e mi affloscio come fossi un mucchietto di ossa. Sora mi accoglie tra le sue braccia. Per un istante provo sollievo. Il dolore mi ha ottenebrato, ma ora sento una nuova pressione tra le cosce, quella forma sconosciuta che è ferma lì. Non oso muovermi. Il cuore martella contro le costole. La monaca sussurra, ma con tono concitato. Sento il suono delle parole, ma non riesco a decifrarle. Vedo dei puntini danzarmi davanti agli occhi.

«Ci siamo. Pronta? Aiutala a tirarsi su. Aiutala, figliola.»

«No… no…» Mi serve un altro istante. Un altro istante. Sono così stanca. Ma nessuno mi dà retta.

Sora mi afferra sotto le ascelle. Le mie viscere bruciano e si contorcono. La pressione acquista forza da dentro. Le parole che sento suonano ingarbugliate e senza senso. Il sangue mi pulsa nelle orecchie. Le mani strette come una morsa intorno alle ginocchia mi fanno gonfiare le vene. Il canto della monaca riempie la stanza. *Ce ne sono altre fuori?* Una voce diventa molte voci. Il mio urlo le sovrasta tutte.

«Ahhhhh!» Digrigno i denti.

Spingo.

Spingo.

Spingo.

E poi tutto il mio corpo è scosso da un tremito di liberazione. Il petto cede con un respiro. Sora mi aiuta ad adagiarmi dolcemente contro i cuscini.

La canzone è terminata.

«È una bambina. È una bambina!»

Una bambina. Resto immobile, respirando, osservando. *Lo sapevo che era una bambina.* Le voci rimbalzano avanti e indietro. Non so cosa stanno dicendo. «Piccola», capisco, poi qualcosa sul peso.

Sora mi accarezza la testa e sorride. Le monache si danno da fare intorno alla nuova arrivata. Di lei colgo soltanto qualche sprazzo. Capelli scuri, ha i capelli scuri. Tendo l'orecchio, nella disperata attesa di sentirla piangere. Ho bisogno di sentirla piangere.

Spio le loro mani temendo di vedere delle dita stringersi intorno al nasino.

«Non toccatela in faccia!» urlo con gli occhi fuori dalla testa, cercando di vedere qualcosa. «Non toccate la mia bambina!» *Perché non piange?*

Ti prego, fa' che pianga. Urlo io per lei, in preda al panico.

Poi un gorgoglio e un ansito, seguiti da una solitaria nota rabbiosa che riempie l'aria.

È il suono più dolce che io abbia mai sentito, una prepotente dichiarazione del suo arrivo nel mondo attenuata dalla portata dei polmoni troppo piccoli. Sono soffocata dai singulti, e quando espiro le lacrime mi rigano le guance.

Piange.

È viva.

Ce l'abbiamo fatta.

«Per favore» dico tendendo le braccia, anelando di sentire il contatto della sua pelle. «Per favore, la mia bambina...»

La monaca con gli occhiali la avvolge in un panno color albicocca e parla con un tono di voce basso e carezzevole. «Una volta chiesero a Buddha: "Sei un guaritore?"

«"No" rispose lui.

«"Sei un maestro, allora?"

«"No" rispose ancora.

«"Allora, Buddha, cosa sei?" chiese lo studente, esasperato.»

La monaca si avvicina e mi mostra mia figlia. «Buddha rispose: "Io... sono sveglio".»

Gli occhi della donna incontrano i miei mentre posa tra le braccia la mia bambina. «È gracile, ma anche lei è sveglia.»

«Oh...» Me la avvicino al petto; non pesa nulla. Sono in apprensione, ma rimango incantata dai suoi suoni, dal suo odore, dal suo tutto in miniatura. Dal modo in cui si adatta perfettamente al palmo della mia mano.

Una figlia. Hajime, abbiamo una figlia.

Un ciuffo di capelli neri le spunta dalla testolina, simile al pennacchietto di una carota. La osservo con aria preoccupata, poi guardo la monaca con gli occhiali.

Sorride. «I capelli cresceranno.» Scambia un'occhiata con le altre monache che ridacchiano. Un segreto condiviso che nasce dall'esperienza.

Assorbo ogni dettaglio per rispondere al bisogno di scoprire ogni centimetro della mia piccolina. È così minuta. Le accarezzo la guancia e seguo con il dito la piccolissima rientranza nel suo mento. *Proprio come Hajime.* Sorrido a Sora e alle monache indicando la fossetta. «È come quella di suo padre. Proprio come la sua.»

Loro si avvicinano e la contemplano.

Le labbra increspate della mia bambina tremano. Ogni respiro è un lieve gorgoglio.

«I polmoni non si sono formati completamente, ma è una fortuna che sia una femmina» dice la monaca. «Nei maschi i polmoni si sviluppano più tardi. Almeno lei ha una possibilità.» La sorella scosta il panno per vedere meglio il visetto. «È piccolina, ma possiamo sperare.»

La manina della piccola spunta da sotto la coperta e si agita in aria. La avvicino per osservarla meglio. Cinque minuscole dita con le unghiette delicate si stringono intorno alle mie per istinto. È prematura, in condizioni di salute precarie e perfetta.

«Benvenuta, *akachan* mia.»

I suoi grandi occhi liquidi si sforzano di mettere a fuoco.

«Guarda, ti conosce già» dice la monaca più anziana.

La stringo a me per guardarla negli occhi umidi. Sono come pozze d'acqua profonde, scuri e con riflessi trasparenti, e mi ci perdo. Sì, la mia bambina conosce sua madre. In quel momento scambiamo una conversazione privata che sembra dire *Ti aspettavo* e *Eccomi, eccomi qua*.

Sì, eccoti qua, Uccellino, eccoti qua.

Sveglia.

Un canticchiare… un leggerissimo canticchiare mi strappa al sonno. Sbatto le palpebre. La luce del pomeriggio inonda la piccola stanza e cade sul viso della monaca che ha accompagnato il mio parto cantando. Sorride a bocca chiusa. Il naso si arriccia come una fisarmonica e rughe lunghe e profonde incorniciano un paio di occhi gioiosi. Non posso fare a meno di ricambiare il suo sorriso. La mia piccola dorme tra le mie braccia.

Siamo insieme, al caldo e al sicuro.

È prematura e fatica a respirare, ma è viva e il mio cuore trabocca di gioia.

Quando le monache si sono offerte di portarla via per farmi riposare, mi sono rifiutata di lasciarla andare. Non posso perderla di vista. Quindi qualcuno rimane sempre accanto a me per assicurare la sua incolumità mentre dormiamo.

La sua testolina spunta dalla coperta in cui è avvolta e le piccole braccia ripiegate puntano verso l'alto. Ora che non è più paonazza per il pianto, osservo la sua pelle. È leggermente più chiara della mia, ma noto uno strano pallore malaticcio, compensato dai capelli corvini, dalle ciglia scure e dalle labbra rosa e arricciate che dovrebbero succhiare qualcosa in più dell'aria. Mi vengono le lacrime agli occhi perché è debole ma bellissima.

«Siete state così gentili con me» dico alla monaca che mi veglia. «Siamo fortunate a essere qui, grazie di averci accolto.» La stanza è spoglia, ci sono soltanto i futon affiancati e una sedia, ma è piena di pace. Una pace che non conoscevo da tempo.

«Molti hanno la fortuna, ma pochi hanno il destino.» La voce della monaca è rauca ma dolce. «Puoi lanciare in aria la moneta, mia cara, ma il fato copre entrambe le facce. È qui che sei destinata a essere. La fortuna non c'entra.» Sorride tirando in dentro le labbra, come se fosse senza denti.

Forse non li ha? Le sorrido a mia volta e torno a concentrarmi sulle dita della mia piccolina. Tremano vicino alla boccuccia aperta quando sbadiglia. Rido. Ogni suo movimento è stupefacente.

Poi la porta scorrevole si apre per far entrare la monaca con gli occhiali, Sora e un'altra donna. Non è una religiosa. Indossa un kimono invernale di lana scura con un motivo di pini innevati. Ha i capelli raccolti in uno chignon sulla parte bassa di un collo troppo corto. Il suo sguardo si posa sulla mia bambina.

«Oh, ciao… ciaooo» la vezzeggia con un tono dolce e melodioso. I suoi occhi a mandorla comunicano calore, anche se sono neri come l'inchiostro.

Stringo più forte la piccola al petto.

«Naoko, ti ricordi il mio nome?» mi chiede la monaca con gli occhiali. «Sono Sorella Sakura.» Poi indica la suora che cantava e che è rimasta sempre al mio fianco. «Lei è Sorella Momo e questa è Hisa. Sarà la balia della tua bambina.»

La balia?

Sorella Sakura soffoca una risata e gli occhiali le scendono un po' sul naso. «Sei pelle e ossa e dubito che tu abbia abbastanza latte, sempre ammesso che ne abbia. Perciò dovremo mettere all'ingrasso entrambe, eh?» Apre le mani e agita le dita invitandomi a passarle la bambina che dorme tranquilla.

Prima guardo Hisa. Il suo viso tondo e pienotto nasconde ogni ruga che potrebbe rivelare la sua età. Poi il mio sguardo si posa sulla mia piccolina, sulla guance smunte e raggrinzite come carta spiegazzata. Ha bisogno di essere nutrita adeguatamente.

Allento la presa con riluttanza. «La allatterà qui, però, d'accordo? Soltanto qui.» Voglio averla sempre sott'occhio.

Hisa si inchina con un sorriso gentile, e io mi rilasso un po'.

«Naturalmente.» Sorella Sakura consegna la bambina a Hisa, lasciando le mie braccia troppo vuote.

«Naoko…»

Tengo gli occhi fissi su Hisa e sul mio tesoro, ogni muscolo teso, in allerta, pronta a riprendermela. È affamata, ma non riesce ad attaccarsi al seno. Mi fa male il cuore perché lei sta lottando per sopravvivere e io non sono in grado di nutrirla.

«Naoko, Sora ci ha detto che eravate ospiti di una clinica gestita da una certa Sato, giusto?» chiede Sorella Sakura.

Solo a sentir menzionare quel luogo e quell'orrenda figura

mi sento rabbrividire. Distolgo lo sguardo e annuisco. Lei e Sorella Momo si scambiano un'occhiata incerta.

Sorella Sakura spinge più su gli occhiali sul naso. «E non potevate andarvene, è così? Siete sicure di quello che dite?»

Questa volta siamo io e Sora a scambiarci un'occhiata. Confusa. C'è qualcosa di strano nel tono della monaca.

Mi stringo nelle spalle. «Sì, perché? La direttrice vi ha contattato? È qui?» Ho il cuore in gola.

«Sorella Momo ti porterà qualcosa da mangiare, poi ti aiuterà a fare una spugnatura alla radice di zenzero essiccata per agevolare la guarigione» aggiunge Sakura con un sorriso sulle labbra.

Perché non risponde alla mia domanda? «Sorella, e per la direttrice?»

I suoi occhi si spostano verso Sorella Momo, poi di nuovo verso di me. Serra le labbra. «Fratello Yuudai, il nostro abate, desidera incontrarvi entrambe non appena ve la sentirete. Discuterete della direttrice Sato con lui.»

Annuisce come per chiudere l'argomento e lancia un'occhiata alla balia Hisa e alla piccola, che non si è ancora attaccata. Abbassa le sopracciglia facendo di nuovo scivolare gli occhiali sul naso.

Avverto una strana sensazione allo stomaco. «Non sta poppando.»

Sorella Momo sospira. «È nata prematura, figliola... non respira bene, è fragile. Continueremo a provare. Ma ora dobbiamo pensare a dare da mangiare anche a te, d'accordo?» Con un altro cenno di assenso nella mia direzione sguscia via, seguita da Sorella Sakura.

Incrocio lo sguardo di Sora, preoccupata per la mia bambina e per noi. *Perché l'abate vuole parlarci della direttrice Sato? E se si sono messi in contatto con lei?*

Non appena Hisa se ne andrà, avremo molte cose di cui discutere.

Anch'io, come il mio Uccellino, sono *sveglia*.

35

Giappone, 1958

È passato qualche giorno dall'arrivo del mio Uccellino e finora ho fatto soltanto delle spugnature con radice di zenzero essiccata. Anche adesso, dopo un'abluzione completa, quel profumo intenso è ancora attaccato alla mia pelle e mi brucia il naso, proprio come l'odore di cherosene che emana dalla stufetta alla paraffina che ci ha portato Sorella Sakura. Se non altro, tiene lontano la morsa dell'inverno e rende accogliente la nostra stanza.

Hisa, la balia, culla la bambina cantandole una ninna nanna mentre io cerco di districare i nodi dei miei capelli umidi e le incertezze della mia mente.

È gennaio.

Hajime si è imbarcato per Taiwan a settembre. Secondo i programmi, la sua ferma doveva scadere poco dopo, perciò sarebbe già dovuto essere rientrato in patria per il congedo definitivo. Era tornato alla nostra casetta nel villaggio senza trovarmi? Era andato a cercarmi a Zushi? Temo che mia nonna e mio padre lo abbiano mandato via raccontandogli qualche bugia, perciò ho chiesto a Sora di cercare notizie e di riferire come stanno realmente le cose alla mia vicina di casa Maiko.

La bambina ha perso peso e lotta per conquistarsi ogni respiro, ma è ancora viva, quindi continuiamo a cercare di nutrirla ricorrendo alla balia. Sorella Momo mi porta pasti caldi a base di zuppa e *mochi*, tortini di riso tritato e pestato, per farmi riprendere le forze. La testa e il corpo risentono della mancanza del tè avvelenato della direttrice Sato. Anche la bambina ha problemi di astinenza? La osservo mentre se ne sta tranquilla fra le braccia di Hisa. È avvolta in fasce, accudita e amata, ma soffre?

«Che canzoncina è, Hisa?»

«Oh, una vecchia ninna nanna. Mi pare che le piaccia, però. Ti piace, vero?» Solleva la piccola e le fa delle smorfie buffe avvicinandosela al viso. «Oh, sì, certo che ti piace.»

Rido. «Piace anche a me.»

Di solito, dopo il parto, una donna resta a casa di sua madre per circa un mese. A Okaasan sarebbe piaciuto tantissimo cantare la ninna nanna alla sua nipotina. Perfino la nonna avrebbe perso la testa per lei, se le cose fossero andate diversamente.

Se la nonna fosse diversa, potrebbe ancora farlo.

Non mi aspetto di rimanere qui per quattro settimane intere, ma dove potrei andare? E poi c'è il problema irrisolto delle poppate. Come pagherò Hisa? Sento cadere il cuore stanco nel profondo della mia anima e sospiro, poi torno a concentrarmi sul presente. Dal modo in cui Hisa tiene il mio Uccellino, vedo spuntare soltanto un ciuffetto di capelli scurissimi. Poso la spazzola in grembo e sorrido. «Quel ciuffetto le incorona la testolina come il peduncolo di una fragola.»

Hisa prova ad appiattirlo con due dita, ma il ciuffo torna subito dritto. Ride. «Hai pensato a un nome per questa fragolina?»

Normalmente l'intera famiglia si riunirebbe per il *meimei*, il rituale con cui si sceglie che nome dare al neonato. Mia figlia non avrà una cerimonia, ma sì, avrà un nome.

«Pensavo di chiamarla come mia madre» dico attorcigliandomi i capelli in una treccia. «Ma sarebbe un nome tipicamente giapponese e...» Guardo Hisa e le confesso quello che già appare ovvio. «Lei non è una vera giapponese. Quindi, invece di un nome che tenta di incasellarla nella cultura del nostro Paese, pensavo a un nome che la distingua. Ma non ho ancora deciso.»

Hisa si limita ad annuire. Cos'altro potrebbe aggiungere? Con la pelle chiara e gli occhi rotondi, il mio Uccellino si distinguerebbe comunque.

«Naoko, Hisa, buongiorno.» Appena entrata, Sorella Sakura si dirige direttamente verso la bambina. La veste color senape le cade addosso rigida e impeccabile, come se si fosse appena asciugata al sole e non fosse ancora ammorbidita dai suoi movimenti. Il color ocra bruciato è sbiadito nei punti in cui la stoffa è logora, ma il resto è luminoso come il sorriso che le fa piegare gli angoli delle labbra all'insù. «E buongiorno a questo delizioso ovetto con gli occhi.»

Soffoco una risata al ricordo di Hajime che riteneva che "uovo con gli occhi" fosse uno strano modo per dire "bellissimo". Io gli avevo spiegato che in Giappone sentirsi dire di avere un viso con un ovale perfetto e degli occhi grandi è un gran complimento. Gli occhi della nostra bambina appaiono enormi su quel visetto così minuto.

Sorella Sakura scambia qualche parola sottovoce con Hisa e il suo sorriso si spegne. Ha portato un contagocce per allattare la bambina. Temono che sia disidratata e che non cresca abbastanza; il suo pianto è sempre più debole. La preoccupazione non genera altro che dolore e svuota il giorno di ogni briciolo di forza.

Il mio Uccellino ha bisogno della mia forza.

Prepararono la bambina. Mi alzo e vado a sedermi accanto a lei.

«Tienila su dritta, altrimenti rischia di soffocare.» Sorella Sakura mette il contagocce nella bocca della mia bambina e spreme piano. «Basta soltanto un piccolo schizzo sulla lingua, in modo che possa deglutirlo facilmente.»

Accarezzo la testolina di mia figlia mormorandole parole di incoraggiamento. «Ecco qua.» Sorrido quando le sue labbra si chiudono per deglutire. «Puoi farcela.»

«Funziona!» esclama Hisa. «Guardatela.»

Sorella Sakura si tira su gli occhiali. «E potrai darle da mangiare tu stessa, Naoko. Tieni, prova.» Mi passa il contagocce. «Attenta. Soltanto una goccia. E dopo che l'ha mandata giù, gliene dai un'altra.»

Sorrido, incoraggiata. «A questo ritmo, mangerà in continuazione.»

«Sì, ma abbiamo qualche speranza, vero?» Sorella Sakura mi posa la mano sul braccio. «Sei pronta a incontrare l'abate?»

Il mio sorriso si spegne all'istante e il cuore perde un battito.

«Perché questa faccia?» La monaca aggrotta le sopracciglia, e la ruga che si forma all'attaccatura del naso le fa scivolare gli occhiali. «Desidera semplicemente parlare con te e Sora. Non c'è motivo di preoccuparsi, figliola.»

Annuisco con un sorriso forzato, poi torno a concentrarmi per nutrire la mia bambina, ma la mia mente passa in rassegna diversi scenari. La direttrice Sato ha perso non soltanto la mia retta, ma anche quella di Sora e di Hatsu. Immagino che ci stia cercando.

A meno che non sia più necessario.

Sora entra nella stanza sfuggendo il mio sguardo. Mi sento mancare. *Qualcosa non va.*

«Ciao, cara.» Sorella Sakura la guarda al di sopra degli occhiali, poi sposta l'attenzione su di me.

«Possiamo restare sole un momento?» chiedo rivolgendomi a lei e alla balia.

Hisa si alza, ma non voglio che porti con sé la mia bambina. «No, la tengo io. Non c'è problema. Riprenderò a darle il latte non appena si sveglia.» Ho già le braccia spalancate per accoglierla. La direttrice potrebbe essere vicina.

Hisa me la consegna con delicatezza, poi guarda Sora con un'espressione curiosa.

«Informo l'abate che siete qui» dice Sorella Sakura dandomi un colpetto sul braccio.

Annuisco, e quando le due donne escono, faccio posto a Sora sul futon. «Sora, siediti qui. Dimmi che cos'hai scoperto.»

Lei si siede, ma le sue labbra rimangono serrate.

Devo fargliele aprire, devo sapere quali segreti custodiscono. «Sora, hai trovato la mia vicina Maiko?» Ho il cuore in gola mentre aspetto la sua risposta.

«Maiko non c'era.» Sora abbassa le spalle con un sospiro.

«C'era sua figlia che badava al fratellino?» Mi balena nella mente il bel visino di Tatsu: occhi grandi, ciglia lunghe, coperto di fango. Mi avvicino, e nel farlo, disturbo il sonno della piccola. «Sora?»

«No.» Scuote la testa. «Non c'era nessuno. La casa era vuota.»

«Vuota? Ma sei andata nella casa giusta?» Il mio cuore sembra impazzito. «Sei andata a casa *mia*?»

Il suo sguardo avveduto incontra il mio, disperato.

Mi appoggio alla parete e deglutisco, poi, preoccupata, mi mordo le labbra sino a farle sanguinare. Sapere è brutto, ma non sapere è anche peggio e non cambia la realtà delle cose. «Sora, ti prego, dimmi che cos'hai scoperto. Qualsiasi cosa sia, va bene.» Annuisco per incoraggiarla.

Lei prende un respiro profondo. «Una donna anziana che si fa chiamare Nonna Fumiko...»

«Sì!» Quel nome familiare accende una speranza. «Mi ha aiutato a prepararmi per il matrimonio.»

«Mi ha detto che la famiglia di Maiko si è trasferita in un altro villaggio.»

«Oh... Va bene. Suppongo che sia frequente tra gli...» Mi interrompo su quella parola. Gli *Eta* si spostano dove c'è lavoro. Solo che non ci avevo mai pensato. «Ti ha detto dove? Ha visto Hajime?» I miei pensieri sono frenetici, le mie parole concitate.

Sora tira indietro le spalle.

«Sora?»

Alza gli occhi e si avvicina. «Lui... be'...» Si torce le mani. «Naoko, Hajime non è tornato.» Abbassa il mento. E anche lo sguardo. «Mi dispiace.»

«Non è tornato? Mai?» Il mio cuore si dibatte sotto un'enorme pressione. Non capisco. Avrebbe lasciato detto qualcosa. Le afferro il braccio e la scrollo. «Hai trovato delle lettere a casa?»

Sora piega la testa di lato. «Dal momento che la tua casa era vuota, è subentrata un'altra famiglia. Quindi non c'era nulla.»

Nulla.

Le mie dita allentano la presa sulla sua manica.

Ora non riesco a respirare.

Poiché Hajime era trattenuto in servizio, temevo che avremmo perso la casa, ma mi aspettavo che arrivassero notizie. Pensavo che Maiko avrebbe potuto ospitarmi per un po'. Nonna Fumiko abita già con un'altra famiglia. Guardo la mia bambina addormentata e cerco di mantenere la calma, ma il panico sta crescendo dentro di me. «E adesso?»

Sora prende la mia mano tremante fra le sue.

Alzo gli occhi. «Nella mia mente ho immaginato il ritorno di Hajime almeno un centinaio di volte.» Sono demoralizzata e le mie parole sono ridotte a un mero sussurro. «Lui mi cercava disperatamente, voleva sapere dov'ero andata. Prendeva perfino il treno per Zushi. Correva su per la collina fino a casa mia e urlava il mio nome.»

«E poi che cosa succedeva?» mi incalza Sora premendo la fronte contro la mia in modo da formare un triangolo sopra il mio fagottino.

«"Naoko" mi chiamava, e Obaachan si trascinava alla porta con aria corrucciata.» Guardo Sora tra le lacrime.

Lei mi stringe forte la mano.

«Hajime non credeva a niente di quello che lei gli aveva detto e continuava a cercarmi finché non mi trovava. Poi mi prendeva tra le braccia e mi sussurrava "Ti amo, Cricket. Dov'è il nostro Uccellino?" Vedi, Sora, nella mia fantasia erano sempre le bugie di mia nonna o di mio padre ad allontanare Hajime.» Sbatto le palpebre per scacciare quel sogno a occhi aperti e alzo lo sguardo tra le ciglia umide. «Non ho mai immaginato che non ce ne sarebbe stato bisogno.» Scuoto la testa, con le labbra che tremano per trattenere la mia angoscia.

Sora mi prende il viso tra le mani. «E se gli fosse stato *impossibile* tornare e le sue lettere fossero rimaste senza risposta? Forse ha scoperto che la vostra casa è occupata da altri e pensa che il suo ritorno non sia gradito?»

O forse mi ha lasciato.

Forse sono stata davvero cieca, dopotutto.

La bambina si agita e piange silenziosamente con le labbra arricciate. Io piango forte abbastanza per tutte e due. Le mie spalle sono scosse dai singhiozzi e da un terremoto di emozioni. Sora mi accarezza i capelli, e io penso a Obaachan. Alla mia famiglia. A Hajime.

A quanto ho perduto.

Piango ancora e ancora, finché, esausta, non penso più a nulla.

Tutto questo è stato inutile?

«Sora, Naoko? L'abate sta arrivando» annuncia Hisa facendo capolino nella stanza.

Io e Sora ci scambiamo uno sguardo pieno di apprensione. *E se la direttrice lo ha contattato? Se lei è qui? Se si aspettano che ce ne andiamo con lei?* Ma prima di dar voce a questi timori, l'abate fa il suo ingresso.

«È permesso?» La sua ricca tonaca, del colore dei tuberi e della corteccia macerata nell'acqua, è pesante e priva di ornamenti. L'abate ha una corporatura poco imponente, ma è il centro della comunità e domina lo spazio.

Se lui è una terra fertile, le sorelle e i monaci sono il suo frutto. Una successione di spezie che va dal curry, al cumino alla curcuma, entra insieme a lui.

Sorella Sakura si è tolta gli occhiali e li pulisce con un panno mentre fa delle rapide presentazioni.

Non sento nulla tranne il battito del mio cuore.

Non arriva nessun altro? Io e Sora ci scambiamo un'occhiata preoccupata.

«Un saluto alle ragazze e a questa nuova vita» esordisce l'abate osservando mia figlia mentre Hisa cerca di darle da mangiare con il contagocce. Un sorriso gioioso gonfia le guance dell'uomo e crea un ventaglio di piccole rughe all'angolo degli occhi. È contagioso, ma io rimango seria. E anche Hisa, quando lui chiede se la piccola mangia, non sorride. Anzi, scuote la testa.

«Lo farà» dico a entrambi. «Dobbiamo continuare a insistere.»

Formiamo un cerchio informale con Sorella Sakura alla mia sinistra, Sorella Momo, Sora e l'abate alla mia destra. Sono ancora tesa e pronta a strappare la mia bambina dalle braccia di Hisa e fuggire via.

«Vorrei che cominciaste dall'inizio. Come siete arrivate a bussare alla nostra porta?» chiede l'abate infilandosi le mani nelle sue ampie maniche e posando gli occhi su di me.

Sono occhi benevoli, ma saranno anche comprensivi? «Eravamo alla Clinica Ostetrica Bambù in fondo alla strada.» Aspetto per valutare le reazioni, ma non ne ottengo nessuna, perciò continuo. «Mia madre è mancata di recente, e un giorno ero a casa e...»

La bambina si agita e ne approfitto per interrompermi e riflettere sulle mie parole. *Come faccio a spiegare tutto?*

«La mia gravidanza presentava qualche problema. Poiché c'era il timore che potessi perdere la bambina, mia nonna ha mandato a chiamare una levatrice. Voleva sottopormi ad altri esami, così sono stata mandata in clinica, ma...» Mi irrigidisco e abbasso lo sguardo, incerta su come rivelare le intenzioni di mia nonna. «Come faccio a spiegare quello che io stessa non capisco?»

«Naoko, racconta semplicemente la tua verità» dice l'abate con voce dolce e rassicurante. Le sue labbra sono rivolte all'insù agli angoli. «Talvolta è necessario infilare il bastone nella boscaglia per far uscire il serpente.»

Alla fine le parole trovano la loro strada e, una volta arrivate alle labbra, non riesco a fermarle. Fluiscono in rapida sequenza collegando gli eventi dell'ultimo anno e mezzo. Racconto di Hajime, del nostro matrimonio, della mia famiglia. Perfino di Satoshi, il prescelto dai miei genitori. Spiego che la direttrice Sato ci teneva prigioniere e poi, dopo aver lanciato un'occhiata a Sora, riferisco il trattamento che riservava ai bambini.

Tutti quei bambini.

Come piangevano, e come talvolta no. Il figlio di Yoko, di Jin, di Aiko, di Chiyo… e tanti altri.

Non mi limito a infilare il bastone, lo conficco e meno colpi per smascherare la direttrice Sato.

Tutti ascoltano senza interrompermi e, per quanto ne so, senza giudicare. Hisa si tampona gli occhi umidi di lacrime. Le monache scuotono la testa. Perfino Sora è commossa. Lei non era con me, Jin e Hatsu. Forse non sapeva fino a che punto era arrivata la crudeltà della spietata direttrice Sato?

Sora riprende a raccontare da dove mi sono interrotta, spiegando lo stato in cui mi aveva trovato, del tè, della nostra fuga e di come eravamo arrivate al convento.

L'abate sospira. Il suo sorriso è svanito, come se non fosse mai stato sulle sue labbra.

La bambina si agita e io vado a prenderla. Hisa esita, ma io insisto. Non mi importa se il mio atteggiamento li spazientisce. In questo momento sono insicura di tutto. Non mi fido di nessuno. Meglio affamata che smarrita. «Lei è qui?» sbotto, incapace di trattenermi oltre. «È venuta a prenderci?»

«Quella donna?» chiede Sorella Sakura con il viso stravolto. «No, no, cara. Volevamo semplicemente sentire la tua storia.»

«E io desidero ringraziarvi entrambe per avercela raccontata» aggiunge l'abate con tono solenne. «E per il vostro coraggio.»

Piccoli cenni di pacata approvazione riempiono lo spazio.

«Che cosa accadrà ora?» chiede Sora.

Sorella Sakura si sistema gli occhiali. «Informeremo le autorità locali, in modo che possano esaminare la faccenda, naturalmente.»

«Ma non faranno nulla» protesto guardando tutti in faccia, uno dopo l'altro. «Un'indagine non farà la differenza.»

«Dipende dalla persona cui si chiede» dice l'abate. «Una volta un uomo stava camminando sul bagnasciuga quando notò un monaco chino sulla sabbia, intento a raccogliere qualcosa e a gettarlo nell'oceano.» L'abate libera le mani che teneva infilate nelle maniche per mostrare i movimenti. «L'uomo si avvicinò e gli chiese: "Che cosa state facendo?"Il monaco si interruppe, alzò gli occhi e rispose: "Sto gettando nell'oceano le stelle marine. Il sole è alto e la marea le ha lasciate qui a morire".»

Cullo la mia bambina e ascolto.

«L'uomo fece correre lo sguardo lungo l'ampia costa, poi tornò a rivolgersi al monaco: "Ma non vedete per quante miglia si estende la costa e quante stelle marine sono arenate? Il vostro gesto non potrà certo fare la differenza". Il monaco ascoltò educatamente, poi gettò un'altra stella marina in acqua, oltre le onde che si frangevano, e disse: "Ha fatto la differenza per quella".» L'abate conclude con un ampio sorriso e gli occhi che brillano divertiti. «Vedi, Naoko?» Alza il mento. «Non hai forse aiutato Hatsu? E tu, Sora, non hai aiutato Naoko? Le vostre azioni non hanno fatto la differenza per qualcuno?» Con un cenno del capo indica il tesoro che stringo fra le braccia.

Poi si posa le mani sulle ginocchia, pronto ad alzarsi in piedi. Le sorelle e i fratelli monaci fanno altrettanto. Soltanto Sora e Hisa restano ferme. Osservo ancora una volta la mia bambina addormentata. Mia nonna diceva sempre: «Anche *nulla* è qualcosa».

Lei è qualcosa.

«Fratello Yuudai?»

L'abate si volta, fa un passo indietro dalla soglia e mi guarda con le sopracciglia inarcate. «Che c'è, figliola?»

«Per favore, se può fare qualcosa al riguardo, devo vedere mio padre.»

Non sono arrivata fin qui per niente.

36

Giappone, 1958

Hisa mi ha suggerito di fare un sonnellino approfittando del fatto che la bambina dorme, ma io mi sono assopita soltanto per pochi istanti. Ora fisso i contorni degli alti pini attraverso lo *shoji*, il pannello della finestra, e sospiro. Sono ossessionata da un incubo.

Era estate e correvo in aperta campagna in mezzo a prati di erba alta. Con le braccia spalancate, le mie dita sfioravano i calici dei soffioni. Piume impalpabili danzavano davanti a me come un mare di onde che si inseguono a cascata. Mi fermai, rivolsi il viso al sole e lasciai che il calore mi accarezzasse le guance.

Tra le nuvole vidi la nave di Hajime. La brezza si alzò e la *Taussig* si allontanò sempre di più portandoselo via. Poi Fratello Daigan prese la mia bambina, e quando lo chiamai, lui era già sparito e la mia voce si perse nel vento.

Tutt'intorno a me si udivano i pianti dei *mizuko*, i bambini d'acqua che aspettavano *Jizō*, che aspettavano me. Gemevano. Gli uccelli, una decina, forse due, volavano sopra la mia testa, spaventati. Osservai il loro petto morbido finché si confusero con l'azzurro del cielo e io restai sola in silenzio. Poi qualcosa si agitò alle mie spalle. Mi voltai.

La tigre maestosa.

Quegli occhi di ambra con le pupille simili a spilli si fissarono su di me. C'era qualcosa di familiare nel suo sguardo. Le labbra contratte in una smorfia beffarda, un ringhio ammonitore che veniva dalla parte più profonda della sua gola. Sentivo il suo respiro; eravamo vicinissime.

Era un mostro color arancio e zenzero, alto come due uomini adulti, e aveva la mole di quattro. La coda, lunga quanto me, si contorceva per l'irritazione.

Il mio cuore correva come una lepre. La tigre si spostò a sinistra e posò una gigantesca zampa sull'altra con un movimento lento e calcolato. Io mi buttai sulla destra, ma i nostri occhi rimasero incatenati. Un altro ghigno sprezzante scoprì i denti ingialliti, ma la bestia non mi attaccò.

Piuttosto, cominciammo a girare in tondo, un cerchio dietro l'altro nell'erba alta. Mi svegliai di soprassalto con il suo ruggito ancora nelle orecchie mentre riprendevo coscienza dopo un tormentato dormiveglia. Avevo la fronte imperlata di sudore e mi domandai se il mostro poteva ancora divorarmi.

Me lo chiedo anche adesso.

D'un tratto la porta si apre e Sorella Sakura fa capolino dicendo: «Eccoci, Naoko. Sei pronta?»

«Ricorda la storia delle due tigri?» le chiedo. Non riesco a liberarmi del ricordo dell'incubo di poco prima.

«Sì, certo. Ciao, piccola-*chan*.» La voce della monaca si alza e si abbassa come in una cantilena mentre offre il dito alla manina aperta della mia bambina. «Racconta di un uomo che salì su un rampicante per prendere una fragola e rimase intrappolato lassù a causa di due tigri terribili e malvagie. Allora i topi rosicchiarono la pianta da entrambe le parti.» Fa delle smorfie buffe alla piccola mentre parla. «Sì, erano molto spaventose.» Come al solito le scivolano gli occhiali, ma invece di spingerli su, Sorella Sakura alza il mento e continua a vezzeggiare la piccola. «Ma tu non sei spaventata, vero?»

«Sì che lo sono. Sono come l'uomo intrappolato che vuole la fragola.» Io voglio lei, ora.

Hisa appare sulla soglia. «Tuo padre è qui, Naoko, sei pronta?»

Il terreno su cui si estende il monastero è molto grande. In realtà è un centro di formazione che accoglie oltre cento monaci residenti. Tra la sala conferenze, *il sentō*, gli alloggi, i templi e le aule, ci sono almeno trenta strutture, circondate da giardini ideali per la meditazione. Io ho visto soltanto il cancello d'ingresso e la mia stanza. E ora, al crepuscolo, il sole indugia all'orizzonte con le braccia spalancate in un ampio sbadiglio di giallo e di arancio, perciò vedo il complesso mascherato dalle ombre.

Seguo l'abate e Sorella Sakura tenendomi mezzo passo indietro, vicino a Hisa, che porta in braccio la mia bambina in fasce. Svoltiamo in uno dei numerosi corridoi coperti. È stretto, con le travi a vista sull'alto soffitto. Le piccole lanterne appese ai pali di supporto ammiccano con la loro luce tremolante indicandoci il percorso.

Il corridoio conduce a un'ampia stanza che funge da anticamera del tempio adiacente. Mentre la attraversiamo, non posso fare a meno di sbirciare i monaci all'interno, con le loro tonache color ruggine e castagna seduti nella posizione del loto o con la fronte che sfiora il pavimento. Le devozioni della sera pulsano per tutto l'edificio attraverso il pavimento e penetrano perfino nelle mie ossa stanche.

L'abate si volta e mi trova ferma. «La meditazione serve a calmare la mente-scimmia. Chiudi gli occhi, Naoko. Ascolta.»

Chiudo gli occhi e mi figuro Jin e Hatsu che ascoltano quel sillabare prolungato ripetuto più e più volte. Alcuni monaci tengono la nota, mentre altri iniziano. Quando questi tengono, i primi ricominciano. I canti stratificati si riverberano dal loro diaframma. Il canto sommesso è fatto di molte voci che si fondono in una sola, e mi parla. Riempie le crepe tra i miei pensieri frenetici e li supera, come una marea che sale all'improvviso coprendo una costa rocciosa.

«Qual è il tuo desiderio? Di che cosa senti il bisogno? Che cosa cerchi?» chiede l'abate.

Apro gli occhi. Il canto non è una preghiera, non è una richiesta. «Nulla.»

Fratello Yuudai si apre in un sorriso che sposta tutte le pieghe del suo viso verso l'alto. «Allora sei pronta.» Attraversa l'ampia stanza e apre la porta che immette in un'altra.

Sistemo i capelli della mia bambina, poi scambio un'occhiata con Hisa. Quando io sarò invitata a entrare, lei rimarrà nell'atrio con Sorella Sakura, poi, al momento opportuno, presenterò mia figlia e chiederò a mio padre di accettarla.

Le mie viscere si stringono in un nodo via via che acquisto consapevolezza della cruda realtà della situazione. Sono nervosa ed eccitata. È come se delle formiche rosse strisciassero sulla mia pelle e mi mordessero. Nonostante tutto, ho sentito la mancanza della mia famiglia, ma che cosa dirà mio padre?

Le mie mani si torcono ansiosamente perché non sono fiduciosa riguardo l'esito del nostro incontro. In cuor mio so che mio padre voleva che fosse la nonna a occuparsi di questioni femminili. Ma allora è la *nonna* la tigre del mio incubo, o le tigri sono due, come nella storia, pronte a divorare me e la mia piccola fragolina?

La porta si apre.

Guardo il visetto della bambina che riposa tra le braccia di Hisa e dico una rapida preghiera per darmi forza. Se riesco a tenere testa e cuore concentrati nella direzione giusta, i piedi si muoveranno di conseguenza. Un passo e poi un altro mi conducono sempre più vicino. Poi sbircio dentro.

Mio padre è di fronte all'abate e mi dà le spalle. Indossa un'elegante camicia bianca e un paio di pantaloni beige che gli cascano addosso. *Ha perso peso?* Faccio un passo avanti rubando uno sguardo alla balia e alla bimba, poi, con le dita tremanti, mi chiudo la porta alle spalle. Quando mi volto, mi ritrovo a tu per tu con mio padre. Non mi muovo. Avverto un formicolio sulla pelle.

È proprio come nel mio sogno.

L'abate mi chiama con un cenno della mano. L'ampia manica color ruggine inghiotte il movimento. «Entra pure, figliola.»

Gli occhi di mio padre sono neri, con strisce contrastanti di diaspro e miele. Li scruto. Dentro c'è rabbia? Odio? Mi aggredirà? No, io vedo soltanto tristezza. Il senso di colpa mi divora nel profondo e mi faccio piccola. Una bambina che si nasconde dietro le gambe di un genitore, solo che io non ho un genitore.

In compenso, lo sono diventata.

«Prego, Naoko, entra» ripete l'abate.

Mio padre è il nostro faro. La sua parola in famiglia è legge. Io faccio ancora parte della famiglia? Copro la distanza che ci separa con un profondo inchino in segno di sottomissione.

L'abate approva con un sorriso dolce. La sua voce è serena e melodiosa. «Naoko, io e tuo padre abbiamo parlato a lungo della clinica ostetrica e di come sei arrivata da noi...»

Il resto delle sue parole svanisce sotto il rumore dei miei pensieri vertiginosi. I miei occhi guizzano dall'abate a mio padre. I riflessi grigi sulle tempie si sono sbiancati e sono più evidenti di quanto ricordassi. Le rughe sono più profonde sulla fronte e segnano gli angoli della bocca camuffando ogni espressione piacevole. Ha un'aria regale e autorevole.

«... ora vi lascio, così potete discutere del vostro futuro.» L'abate rivolge un inchino a entrambi e uscendo mi tocca il braccio con una stretta rassicurante.

Mio padre mi fa cenno di sedermi, e io obbedisco, ma non do le spalle alla porta. Devo controllare le ombre per accertarmi che la mia bambina sia là fuori. L'immagine di Fratello Daigan che se la porta via continua a replicarsi nella mia mente.

Incrocio lo sguardo di mio padre, ma non riesco a trovare le parole. Respiro a fatica, così aspetto che sia lui a iniziare.

«Sono felice che tu abbia chiesto all'abate di contattarmi.» La sua voce è rauca, come se non la usasse da un po', oppure sono io che ho dimenticato quanto suonava aspra alle mie orecchie?

Mi concentro sulle mie mani, guardo il suo viso, e poi la porta alle sue spalle. Le ombre che si muovono dietro. La mia bambina. Le parole escono piene di rabbia. «Sapevi che... *che razza di posto* era quello?»

«No.» Chiude gli occhi per un istante. Quando li riapre, sono più dolci. «E sì.»

«Sì?» Mi cadono le braccia. Quindi è lui la belva? Supporre una cosa non equivale a crederci. «Perché? Come…»

«Aspetta. Quando hai avuto l'emorragia, Obaachan ha temuto, *entrambi* abbiamo temuto per la tua salute. Credevamo che avessi perso il bambino, che fosse troppo tardi, capisci? Quando capita una situazione simile ci sono determinate cose… procedure che devono essere…» Alza la mano e la agita in aria, come se potesse cacciar via le parole sgradevoli che lascia aleggiare sospese tra noi.

Restiamo immobili. E le sue parole continuano a girare e a girare, tormentandomi.

Serra le labbra e dal suo petto esce un lungo sospiro. «Lo so perché una volta tua madre ha perso un bambino.» Non mi guarda in faccia. Guarda invece da qualche parte nel passato. «È stato dopo Taro. Un maschietto.»

Mi sento cadere le spalle. *Lei non me l'ha mai detto.*

«Avevano dovuto fare… una procedura per pulire l'utero. Questo lo ricordo.» Per la prima volta in vita mia vedo mio padre combattuto. Combatte contro un'ondata di emozioni che cerca di mascherare dietro il viso teso. Ma proprio come nell'ultima guerra, non c'è nulla da fare se non arrendersi. Si schiarisce la gola respingendo prontamente la commozione che cresce dentro di lui. «Ecco perché sei stata mandata là. Capisci? È un posto per cose del genere.»

«Non ho perso la bambina.»

La mancata reazione di mio padre è una risposta sufficiente.

«Allora perché hai continuato a pagare la direttrice Sato?»

Le sue folte sopracciglia si corrugano. «Che cosa vuoi che sappia io di queste cose? Mi hanno detto che ti serviva questo per stare bene, e Obaachan era d'accordo, perciò naturalmente ho pagato.»

Ferma nel mio proposito, formulo l'altra domanda difficile. «Obaachan era d'accordo? *Lei* sapeva tutto?»

Mio padre stringe gli occhi. «Obaachan ha opinioni ben precise sull'argomento, ma il suo intento era salvaguardare la tua salute. Avevamo appena perso tua madre e...» Scuote la testa e si passa una mano sulla mascella.

Le ombre alle sue spalle si muovono e i miei pensieri tornano alla mia bambina. «Vorrei farti conoscere tua nipote.» Ormai ho pronunciato quelle parole e non posso rimangiarmele.

Mio padre si irrigidisce, ma non dice nulla.

Questa è la mia occasione, forse l'unica. Mi alzo, mi inchino e mi dirigo decisa verso la porta. L'apertura improvvisa fa sobbalzare Sorella Sakura e Hisa, ma il mio Uccellino è pronto.

«Per favore» dico tendendo le braccia.

Hisa mi porge la bambina e io scruto il suo visetto, con quel prepotente ciuffo di capelli e gli occhi innocenti. Poi alzo lo sguardo su Sorella Sakura. Non diciamo nulla, ma le implicazioni di questo primo incontro con mio padre incombono tra noi.

Desidero ardentemente che lui veda la bellezza e l'innocenza di sua nipote. Tra qualche giorno dovremo lasciare il monastero e non abbiamo un posto dove andare. Abbiamo bisogno della sua approvazione.

Mi sforzo di respirare profondamente per calmare i nervi. Rientro nella stanza, chiudo la porta e mi piazzo davanti a lui. «Ecco tua nipote.» La mia voce è dolce e nasconde una nota di speranza.

Mio padre osserva il fagottino che tengo tra le braccia.

Sento muoversi il terreno sotto i piedi e il tremito si espande in ogni direzione. Siamo in bilico su una linea di faglia culturale, con una frattura profonda chilometri e potenziali strascichi catastrofici. Il mio intento può spostare le parti, ma questa bambina unisce tutti noi come un ponte. Se soltanto mio padre fosse disposto ad attraversarlo. *Ti prego, fa' che lo attraversi.*

La piccola si dimena ed emette un gorgoglio. Ha gli occhi spalancati, come se percepisse quanto è importante questo incontro. Mi inumidisco le dita e le appiattisco il ciuffetto ribelle.

«Non piange quasi mai.» Studio le reazioni di mio padre

mentre la osserva. «Non è per niente capricciosa.» Mi avvicino e la sollevo, in modo che possa vederla bene.

Lui la scruta da capo a piedi, ma il suo viso resta impenetrabile.

Questa è la sua nipotina, a prescindere dall'identità del padre. Fa qualche bolla di saliva ed emette un piccolo verso, come se cercasse aria.

Mio padre non ha reazioni.

Io sì. Mi sento mancare. Cerco disperatamente la cosa giusta da dire mentre le lacrime cominciano a pungermi gli occhi. «La pelle è solo leggermente più chiara, e guarda...» Mi avvicino ancora di più. «Gli occhi sono scuri come i miei.» I capelli si raddrizzano tra le mie dita. «Questo è soltanto uno *tsumuji*.» Un ciuffo ribelle è considerato segno di genialità. «Visto? Non ci sono ricci né onde. Non si noterà troppo. E diventerà più forte. Ne sono sicura.»

Mio padre alza il mento e mi trapassa con lo sguardo.

Ha smesso di osservare lei.

Allaccia le mani dietro la schiena e si dondola sui talloni. Mi rimetto la bambina sul petto. Poi mi preparo, non soltanto a dirgli la verità, ma anche ad affrontarla.

«Hajime è stato richiamato in servizio. Sai, per via delle tensioni con Taiwan. Ma ora la missione è terminata.» Ingoio il mio orgoglio e continuo. «E lui non è tornato.» Ho gli occhi lucidi, ma non ho intenzione di piangere davanti a mio padre.

«Quindi andrai ad aspettarlo a casa tua.»

«No.» Mi concentro sul suo mento, sul movimento del suo pomo d'Adamo, ovunque, tranne che sui suoi occhi, i suoi occhi vuoti. Il nodo che ho in gola si gonfia al punto che quasi mi impedisce di tirar fuori le parole. «Non posso tornare là perché...» Abbasso la testa, sopraffatta dall'umiliazione. «Perché, non avendo più pagato l'affitto, la casa è stata assegnata a un'altra famiglia.»

Mio padre sbuffa attraverso le narici frementi di irritazione e fa un passo indietro per assorbire questa nuova informazione.

Aspetto. Dieci secondi. Venti? Sembrano mille, prima che riprenda a parlare.

«E ti aspetti che torni?» Il suo tono è piano e dolce, come se sapesse che la forza delle sue parole potrebbe sconvolgermi.

In effetti potrebbe.

Questa volta non riesco a trattenere le lacrime che ora mi rigano le guance. Mi tremano le labbra. Con i denti serrati, prendo un rapido respiro per non scoppiare a piangere, ma è troppo tardi. Sono sulla pianta rampicante, fra due tigri. I topi affamati la rosicchiano per costringermi a muovermi su o giù. Non so in che direzione andare. *Quale delle due tigri è la peggiore?* Alzo gli occhi e dico la verità. «No. Non mi aspetto che torni.»

Resto in silenzio, guardando mio padre in attesa di una reazione qualsiasi. L'aria è troppo pesante. Troppo immobile. Il cuore batte all'impazzata. Il mio Uccellino si muove tra le mie braccia. Prego che non si agiti troppo.

Mio padre ha la mascella contratta. «E i tuoi piani?»

Vuole che glielo chieda.

Vuole vedermi umiliata.

Vuole che lo supplichi.

Guardo il mio piccolo tesoro. *Lo supplicherò per lei.* Gli rivolgo un inchino profondo. «Vorrei tornare a casa, Otousan. Per aiutarti con Kenji e la nonna. Vorrei prendere il mio posto come...»

«E lei?»

Alzo gli occhi all'altezza dei suoi. «È mia figlia.»

«È malata.» Mio padre sbuffa e comincia a camminare.

«Si riprenderà. Abbiamo trovato un modo per farla mangiare.» Non aggiungo che lo fa con scarso successo.

«Non possiamo sopportare il peso di una bambina così. Le cure mediche adeguate ci costerebbero troppo.»

«Mi prenderò io cura di lei!»

«Devi anche pensare al nome della nostra famiglia, e se non a quello, pensa a questa bambina. È piccola, malaticcia, potrebbe avere problemi di sviluppo, e come la mettiamo con la scuola?» Ruota sui talloni, e la voce acquista volume insieme alla velocità dei suoi passi. «Dove andrà?»

«Sarò io la sua maestra.»

«Non potrà aspirare a un matrimonio o a un lavoro rispettabili.» Continua il suo ragionamento senza tenere conto delle mie parole. «E *ammesso* che sopravviva, rappresenterebbe un costo.»

Mi piazzo davanti a lui, guardandolo dritto negli occhi. «Starà bene. Farò in modo che prenda peso e che sia in salute. La istruirò e mi prenderò cura di lei. Ti prego, ho bisogno che resti con me.»

«Basta!» La sua mano fende l'aria. «Tu hai bisogno. Desideri. Vuoi. *Basta!*» Il suo viso si inasprisce. «Quello che desideri è proprio quello che ti ha portato qui. Quello che desideri ora non ha alcuna importanza, Naoko. Stavolta è questione di cosa è *meglio*.» Si avvia verso la porta, ma si blocca.

Poi, voltandosi, aggiunge: «Ciò che è meglio per te e ciò che è meglio per questa bambina non sono la stessa cosa. *Tu* sei benvenuta a casa. Lo capisci questo? Tu soltanto».

Un altro passo, poi la porta si apre e mio padre se ne va.

Quindi era lui la tigre.

37

Giappone, oggi

Naoko prese un respiro profondo e si tamponò gli occhi umidi. «Ora che conosce la mia storia, Tori Kovač, in cambio vorrei conoscere la sua.»

Sentirle pronunciare il mio nome fu come cancellare il tempo con uno strofinaccio bagnato. Di colpo mi ritrovai catapultata dai colori vibranti e dalla ricca cultura del Giappone degli anni Cinquanta alle linee dure e nitide del presente. Sbattei le palpebre cercando di conciliare la giovane Naoko diciassettenne – una ragazza ostracizzata a causa dell'uomo che amava, isolata da tutti quelli che conosceva, incolpata della morte della madre e costretta a fare una scelta impossibile – con la Naoko di più di settant'anni, la donna cui mio padre aveva scritto, che aveva amato e che gli aveva dato una figlia.

«Grazie per essersi aperta con me» dissi, consapevole che non mi aveva raccontato tutto. Naturalmente nemmeno io ero stata sincera sino in fondo. Lanciai un'occhiata alla lettera di papà che tenevo ancora in mano. Per conoscere il resto della storia di Naoko, dovevo condividere quello che sapevo della storia di mio padre.

Lei mi fece un lento inchino, poi, notando la mia tazza semivuota, prese la teiera e mi versò dell'altro tè.

Il cuore mi batteva forte contro le costole. «Capisco cosa ha dovuto affrontare. E pur essendo sconcertata dal comportamento di suo padre, devo ammettere che sono sconcertata anche dal comportamento del mio.»

I miei occhi si spostarono da lei alla lettera. «Mio padre aveva mai scritto prima?» Dovevo sentirle rispondere di sì. Dovevo sapere che ci aveva provato. La sua lettera a Naoko era sbucata dal passato e, come Wendy in *Peter Pan*, cuciva un'ombra scura e ribelle ai miei piedi. Non riuscivo a liberarmene. Ovunque andassi, mi seguiva sussurrando *E se le avesse abbandonate? E se la colpa fosse sua?*. Questo dubbio metteva in discussione tutto ciò che sapevo di mio padre e la fiducia che riponevo in lui. E dopo aver scoperto cosa aveva dovuto passare questa donna, era necessario che lei cancellasse quell'ombra.

Naoko indugiò qualche istante frugando nel passato. «All'inizio penso che Hajime abbia scritto. Almeno mi piace crederlo.» Corrugò la fronte e il suo sguardo tornò a posarsi su di me. «Ma immagino che se l'avesse fatto, mio padre e mia nonna mi avrebbero nascosto le lettere. E le poche che arrivarono successivamente, non le ho mai lette. Anzi, le ho sepolte insieme al mio dolore.»

Sussultai e mi protesi verso di lei. «*Perché?* Non voleva sapere se lui aveva cercato di tornare?» La domanda mi uscì istintivamente, in modo maldestro.

«A cosa serviva sapere quando non avrebbe potuto cambiare nulla?» Guardò la busta che tenevo in mano come se avesse visto un fantasma.

Io vidi il mio e alzai la lettera. «Sapere cambia tutto per me. Da quando ho letto questa non ho fatto altro che mettere in discussione la figura di mio padre, perché la cosa non ha senso.» I miei occhi cercarono i suoi. «Come ha potuto mio padre, un uomo che viveva per la sua famiglia, abbandonarne un'altra? Una giovane moglie? Una *figlia*? Come ha potuto *farlo* ed evitare sempre anche il minimo accenno? Quest'uomo *non* è mio padre. Dev'essere successo qualcosa.»

«Allora lei sa già, e ha risposto alla sua stessa domanda.»

Riflettei sulle sue parole, confusa.

Naoko inclinò la testa. «Hajime è stato un buon padre?»

«Sì. Il migliore.»

Aggrottò la fronte. «Allora che cosa cambia sapere altro?»

Ecco.

Una verità.

Una verità personale. E forse l'unica che contava. «Lei ha ragione. Non cambia nulla. L'uomo che conoscevo era un grande padre.» Mi strinsi nelle spalle, frustrata dalla tempesta emotiva che strangolava le mie parole. «Ma io ho conosciuto l'uomo, Naoko. Non il ragazzo che è arrivato fin qui.»

«E io ho conosciuto il ragazzo, non l'uomo che sarebbe diventato.» Intrecciò di nuovo le dita in grembo. «Quindi, vede? Sapere altro non cambia nulla nemmeno per me. Non cambia il fatto che un giovanotto americano mi ha amato, e a tal punto da impegnarsi a imparare la mia lingua e i miei costumi per farsi accettare dalla mia famiglia davanti a una tazza di tè. Non cambia il fatto che ha affittato una casetta dal tetto di paglia e ha progettato una vita con me in questo Paese. Non cambia il fatto che mi ha donato il suo cuore in una magica cerimonia nuziale sotto gli alberi.»

«Non cambia nemmeno il fatto che, per chissà quale ragione, non è mai tornato.»

«Sì, è vero, eppure...» Gli occhi di Naoko si accesero. «Mia nonna diceva sempre: "L'uomo ha mille progetti, il cielo soltanto uno". E il cielo? Oh, quanto ha riso dei nostri, ma...» Piegò la testa di lato, gli angoli delle labbra alzati in un sorriso pensoso. «Nemmeno il cielo può cambiare la verità. Nonostante tutto, ci siamo amati.»

Annuii e sorrisi, ma mi rattristai ricordando un'altra verità. La loro figlia. «Secondo questa», alzai la busta, «mio padre non sapeva dove fosse la bambina, né cosa le fosse successo.» Il battito del mio cuore accelerò. «Può dirmelo? La prego.»

Restammo in silenzio. Lei, con la figlia di Hajime, e io, con la donna che un tempo lui amava. La questione del frutto di quell'amore si insinuò tra noi come un cuneo inamovibile.

«Okaasan?»

Alzai la testa di scatto udendo quella parola familiare.

Lo sguardo di Naoko tremò. Si voltò verso la porta del patio dove era apparsa una donna, poi la salutò in giapponese. Ma la donna che cercava Okaasan non guardava Naoko, guardava me.

Rimasi raggelata.

Ebbi la sensazione che il sangue mi defluisse dalla testa. Senz'altro ero bianca come il fantasma che anelavo di vedere. Era più vecchia di me, ma l'età era quella giusta? Difficile dirlo. Ero un caos di emozioni. Studiai il suo viso per ritrovarvi quello di mio padre, per poi scoprire che in realtà somigliava a Naoko, ma forse… Da una certa angolazione… Aveva la stessa struttura ossea di Naoko e gli stessi caldi occhi neri.

«Salve» disse, e si inchinò.

Le stesse maniere gentili.

Abbozzai un cenno del capo, ma non riuscii ad aprir bocca.

Caspita, mi era difficile anche respirare.

«Tori, lei è Shiori» disse Naoko. «Shiori, ti presento la mia nuova amica americana, una giornalista che sta scrivendo un articolo sulla nostra casa per il "Tokyo Times".» Stavolta fu Naoko a lanciarmi uno sguardo di sottecchi.

Lo sostenni, confusa.

Davvero la figlia non sapeva nulla del passato di sua madre, o forse Naoko non voleva mettere in imbarazzo l'ospite che aveva mentito?

Naoko tornò a rivolgersi a sua figlia. «Oh, sì, i fiori.» Si alzò in piedi e ritirò il cestino di bambù che aveva posato di fianco a sé. «Ogni settimana raccolgo i fiori più belli per mia figlia, in modo che sappia quanto è importante per me.» Annuì e passò il cestino a Shiori.

«E ce n'è abbastanza per tutti i suoi amici» aggiunse Shiori in inglese con un sorriso tenero. Si appese la cesta nell'incavo del braccio, proprio come aveva fatto la madre poco prima, poi le due scambiarono qualche battuta in giapponese.

Osservavo, analizzavo, fissavo. Questa donna poteva essere mia sorella.

Con un leggero inchino, Shiori si apprestò ad andarsene.

Mentre la guardavo allontanarsi, le domande ovvie erano caricate e pronte sulla mia lingua impaziente. Non appena scomparve dalla vista, liberai la mia curiosità. «Era... voglio dire, lei è...? *Devo* sapere... La prego.» Le lacrime mi offuscavano gli occhi.

Naoko non mi rispose e mi indicò il cuscino.

Le proposi uno scambio mostrandole la busta. «Shiori deve leggere questa, deve sapere che mio padre, suo padre, pensava a lei. Che la amava. Mi permette di fare questo per mio padre?» L'ultima parte mi si impigliò in gola.

Naoko aveva gli occhi lucidi.

«Per favore, Naoko. Se Shiori è mia sorella, vorrei parlarle di lui. Chiederle perdono per conto suo e...» Mi portai una mano sul cuore. «Chiederle di perdonare *me* per aver avuto il padre che lei non ha mai avuto. Ma se invece Shiori non sa nulla, e lei preferisce che sia così, lo capisco. Ma allora almeno *lei* dovrebbe sapere...» Le porsi la lettera con uno sguardo di supplica. «So che non cambia nulla, ma questa lettera *significa* qualcosa.»

Vedendo che non allungava la mano per prenderla, fui io a tendere il braccio. «La prego, significherebbe qualcosa anche per me. Mi permetta di fare questo per mio padre.» La mia voce si spezzò, perdendo la lotta contro l'emozione.

Naoko guardò prima la busta sgualcita, poi me, infine, con la massima cautela, me la prese di mano. Estrasse la lettera di papà come se le parole fossero fragili e spiegò l'unico foglio scoprendo il pezzo di filo. «L'ha conservato.» Sorrise.

«Il filo rosso del destino» sussurrai mentre nella mia mente risuonava il collegamento con la sua storia. «È il filo che lei aveva messo nel bigliettino.»

«Sì» disse con gli occhi lucidi. Sbirciò la lettera. «Scriveva ancora così piccolo.» Rise mostrandomi la grafia di mio padre. «Mi lasciava sempre dei messaggi e io lo prendevo in giro dicendogli: "È troppo piccolo, Hajime, troppo piccolo".» Me la restituì. «Può leggerla lei per me?»

Presi la lettera di mio padre e fissai le sue parole. Mi schiarii la gola per mandar giù il groppo che la stringeva, e dopo aver preso un bel respiro, la lessi per la centesima volta, in modo che Naoko potesse sentirla per la prima.

Mia carissima Cricket,

spero che, in qualche modo, questa lettera giunga fino a te e ti trovi in salute e circondata dalle persone che ami. Mi auguro che la tua famiglia comprenda anche un componente legato intimamente a me.

Ti prego, senza alcuna pretesa da parte mia, di farmi sapere se nostra figlia sta bene e, se te la senti, di' al nostro Uccellino che è sempre stata nel mio cuore. Anche ora.

Sono vecchio ormai, Cricket. Sono arrivato all'epilogo, al momento in cui bisogna fare i conti con il dolore. Voglio che tu sappia che non ho mai avuto rimpianti per averti amato. Ma per averti perduto? Per il come e il perché? Oh, quelli sì. Tanti, tanti.

Il tuo Hajime

Naoko si coprì la bocca. Questa volta, quando le porsi la lettera, la prese con entrambe le mani e se la posò sul cuore.

Mi strinsi nelle spalle. «So che è breve…»

«Cos'altro c'è da dire? Mi amava, avrebbe voluto che le cose fossero andate diversamente, si ricorda il nostro Uccellino.» Annuì, prese un bel respiro e lo rilasciò come se l'avesse trattenuto per una vita intera.

Ci scambiammo un sorriso.

Inspirando attraverso il naso, Naoko guardò il cielo. Poi raddrizzò le spalle e, con l'aria corrucciata, i suoi occhi incontrarono finalmente i miei. Piegò la testa di lato, e io capii.

«Shiori non è il vostro Uccellino, vero?»

«No. Mi dispiace.»

«L'avevo capito, in qualche modo.» Non era rimasto nient'altro da fare se non esprimere ad alta voce la domanda che era sospesa tra noi. La stessa che mi aveva spinto a percorrere migliaia di chilometri per avere una risposta. «Se Shiori non è mia sorella, Naoko, allora lei *dov'è*? Non posso andarmene senza saperlo. Non posso.»

Rilassò le spalle. «L'avevo capito.» Piegò accuratamente la lettera e la rimise nella busta che teneva in grembo. Poi bevve un sorso di tè e mi guardò al di sopra del bordo della tazza. «Sapere la verità non basta. Prima bisogna capire. E questo richiede il coraggio di due persone. Chi la dice. E chi ascolta.»

All'ospedale papà mi aveva chiesto: «Mi stai ascoltando?»

«La ascolto» risposi a Naoko.

Lei annuì. «Mio padre mi diede un ultimatum. Sì, era lui la tigre, dopotutto. Le sue parole si ripetevano nella mia mente. *Ciò che è meglio per te e ciò che è meglio per questa bambina non sono la stessa cosa.*» Secondo le condizioni imposte da mio padre, in casa sua c'era posto soltanto per me. Vivere da sola non mi avrebbe permesso di occuparmi di mia figlia. Perciò che cosa dovevo fare? Restai appesa al rampicante, tenendo la fragola tra due tigri, e dovevo fare in fretta, perché i topi stavano rosicchiando...»

38

Giappone, 1958

Sono seduta con il mio Uccellino nel giardino zen coperto del monastero e rifletto sulle parole di mio padre. *Ciò che è meglio per te e ciò che è meglio per questa bambina non sono la stessa cosa.*

Smuovo la sabbia fresca con le dita dei piedi. Il giardino è fatto per essere ammirato dai vialetti tutt'intorno, ma io mi trovo sulla grande roccia piatta proprio al centro, e sono intenta a scompigliare le linee perfette con i piedi.

Una tempesta nel sabbioso mare di quiete dei monaci.

Accarezzo i capelli sottili di mia figlia con la punta delle dita. Sono scuri e morbidi come i miei. Anche se la sua carnagione è molto più chiara, in questo periodo è giallastra per via dell'ittero neonatale. Quasi riluce contrastando con il nero delle ciglia. È troppo magra e fatica a respirare.

Mi sforzo di mettere le cose nella giusta prospettiva.

Mi piacerebbe far visita alla tomba di Okaasan. Un'unica lapide con i nomi di mia madre e di mio padre incisi sopra. Il nome di mia madre è nero per significare che se n'è andata, mentre quello di mio padre resta rosso per indicare che è ancora in attesa di raggiungerla. Tutte le tombe sono segnalate in questo modo. È tanto bello quanto inquietante.

Il cimitero è una strana città di pietra in miniatura, una metropoli tentacolare per gli insetti, ma io vi troverei conforto. Chiederei consiglio. Aspetterei un segno.

Senza denaro come potrei proteggere la mia bambina? Provvedere a lei? Nutrirla? Oh, le darei tutto il mio amore, certo, ma l'amore non basta a ridarle la salute né a tenerla al caldo e al sicuro.

Guarda cosa ha fatto a me l'amore.

Mio padre ha versato una cospicua donazione al monastero e, in cambio, si aspetta che io rientri a casa al più presto. L'abate è convinto che lui cederà. Non sa che, in realtà, è pronto ad accogliere soltanto me.

«Naoko, sei tu, figliola?» mi chiama Hisa dal vialetto.

«Sì, sono qui» rispondo mentre lei fa qualcosa di inatteso e calpesta il giardino zen, aggiungendo altro sconvolgimento alla quiete.

Sorella Sakura mi sorprende ancora di più perché la segue a un passo di distanza. «Ai monaci prenderà un colpo domattina.» Ride notando come ho danneggiato il loro paziente lavoro. Si aggiusta gli occhiali sul naso mentre si china a guardare la mia piccolina che riposa sul mio grembo, avvolta in fasce. «Ha mangiato?»

Scuoto la testa. Non sono riuscita a farle prendere il latte con il contagocce.

È come se lei sapesse.

«Non abbiamo un posto dove andare» dico con la voce rotta.

«Che intendi dire?» chiede Hisa. «Tuo padre è stato qui.»

«Mio padre è disposto ad accogliere soltanto me.» Fisso la mia bambina, pensando con rammarico alla rigida presa di posizione di suo nonno. «La rifiuta, dice che non c'è posto per lei nella nostra famiglia. Sostiene che comunque è troppo debole, e che le cure per la sua salute sarebbero costose, oltre che inutili.» Balbetto, cercando di respirare. Il mio cuore è alla disperata ricerca di un rifugio.

Sorella Sakura sospira profondamente. «In un certo senso, figliola, tuo padre ha ragione.»

«Che cosa?» Alzo la testa di scatto. «Come sarebbe a dire che *ha ragione*?»

La monaca fa sparire le mani nelle ampie maniche della sua tonaca. «La piccola è malata e non mangia.» Scuote la testa. «Temo che sia soltanto questione di tempo.»

«No...» Le lacrime mi rigano il viso, ma non mi do nemmeno la pena di asciugarle. «Eppure aveva iniziato a mangiare.» Mi rivolgo a Hisa. «Non può semplicemente restare qui con voi? Verrei a trovarla tutti i giorni, oppure starei qui anch'io. Mangerà, ne sono sicura, e...» L'emozione mi stringe la gola impedendomi di continuare. Sto quasi per soffocare, ma poi riprendo. «Troverò un modo per pagare» aggiungo guardando entrambe con aria implorante. «Pagherò. In qualche modo ci riuscirò.»

«Naoko, non è questione di retta» mi spiega Sorella Sakura sedendosi accanto a me e avvolgendomi un braccio intorno alle spalle. «Mi dispiace, cara. Non possiamo fare altro che aspettare.»

«E quella casa?» chiedo sfuggendo al suo abbraccio. «Quella di Oiso? Quella per i bambini di sangue misto?»

La monaca inclina la testa di lato. Mi rivolgo a Hisa, ma distoglie lo sguardo.

«Loro la accoglieranno.» Sto piangendo a dirotto ora, stringendo al petto la mia piccolina. «Non potete aiutarmi a portarla là? *Per favore.*»

Hisa si asciuga gli occhi. «Finirebbe per morire sola.»

«No! Non potete saperlo!» Mi alzo in piedi e scuoto la testa. Sento crescere dentro di me un dolore bruciante, come se mi avessero pugnalato. Una sensazione che sale e mi fa fremere le narici a ogni breve respiro per lo sforzo di tenere tutto dentro. Non ho parole.

Soltanto rabbia.

Mi attraversa lacerandomi e si sfoga riversando sulle due donne una serie di accuse. «Come potete dirmi questo? Perché prima avete finto che vi importasse, e ora vi rifiutate di aiutarmi?» Le mie spalle sono scosse da singhiozzi rabbiosi mentre mi piego sulla mia bambina. «Perché nessuno vuole aiutarci?» Le mie urla non hanno suono perché mi manca il respiro ormai.

Non riesco a respirare.

«Naoko, ti prego.» Sorella Sakura e Hisa si avvicinano cercando di consolarmi.

Sono fuori di me. Le mie labbra si contraggono per emettere un urlo disperato. «No. *No…*» Ruoto su me stessa e scappo dal giardino zen. Mi rifugio nella mia stanza.

Scappo dalla loro amara verità.

Nella cameretta cullo la mia bambina. Hisa è seduta fuori della porta in caso dovessi chiamarla, ma non lo farò. Desidero stare sola.

Coricata sul fianco, mi raggomitolo intorno a quell'incantevole esserino. Le lacrime rotolano sulle guance una dopo l'altra. Le lascio cadere. Sono dilaniata dalla necessità di prendere una decisione tra destini avversi. Ovunque mi volti, qualsiasi cosa faccia, è come se fossi in balia del fato.

Per il momento racconto delle storie al mio Uccellino. Si è addormentata ore fa, ma io le parlo comunque fino a diventare rauca. Anche se sbadiglio, mi rifiuto di cadere nella trappola del sonno, poiché è un ladro che ruba tempo prezioso e io non ne ho da sprecare.

«Vediamo. Ti ho già raccontato quella del dono delle ingiurie, e quella del tizio che voleva rubare la luna… *oh*, ma non ti ho raccontato la mia preferita. Questa non può mancare.» Mi risistemo e mi schiarisco la voce per presentarla al meglio. «Questa me la facevo sempre raccontare dalla tua nonna. Le voci dei vari personaggi mi divertivano molto.

«Quattro monaci hanno promesso di mantenere il silenzio…» Mi interrompo, incapace di proseguire perché so che mia figlia non potrà mai sentire la versione di mia madre.

Così le parlo di Hajime attraverso le lacrime, di come ci siamo conosciuti e di quanto ci siamo amati, della sua reazione orgogliosa quando, sulla nave, aveva rivelato alle nostre piccole ospiti che sarebbe diventato papà. Le parlo del cuore coraggioso di Okaasan e di quando mi ha portato il suo abito da sposa. Di come me l'abbia visto indossare per il matrimonio e di quanto io abbia bisogno di lei in questo momento.

Le apro tutto il mio cuore perché ormai è spezzato e non è possibile ripararlo.

Cos'altro? Accarezzo le sue guance smunte. *Cos'altro posso confidarle?* Che vorrei che le cose fossero diverse, ma che i miei desideri non corrispondono a ciò che è meglio? «Mi dispiace, Uccellino» le sussurro all'orecchio piangendo sommessamente. «Sappi che sei stata voluta e amata, e che penserò a te ogni giorno della mia vita. Ogni giorno, lo giuro.» Sta rantolando ora. È come se sapesse.

«Jin, Hatsu e io abbiamo fatto un patto, sai?» dico, allontanando un po' il viso per vedere gli occhi e accarezzarle i capelli. «Ci siamo promesse che avremmo sottratto i nostri figli dalle ossute dita di morte della direttrice Sato, che il vostro spirito non sarebbe mai rimasto in attesa.» Le poso un bacio sulla testa e mi asciugo le lacrime.

«E ho promesso che, se non fossi riuscita a tenerti con me o a metterti al sicuro, mi sarei rivolta a Fratello Daigan. Gli avrei permesso di portarti con onore e rispetto in una dimora migliore.» Le mie spalle sono scosse dai singhiozzi. «Ma non voglio farlo, lo giuro.»

Mi raggomitolo intorno al corpicino di mia figlia e piango, il cuore spezzato, distrutta. Sono stata così pazza da credere di aver raggiunto il massimo della mia capacità di sopportare il dolore. Invece sono sprofondata in un pozzo senza fondo.

Guardo la finestra. Il sole mi insegue furtivamente. Avvolge le ombre in una fitta foschia luminosa e sonnolenta per cacciarle via. La mia bambina si muove appena. Respira? Accosto l'orecchio alla sua bocca e ascolto. Il respiro è debole. «Uccellino» sussurro, e poso il dito sotto la sua manina, poi la bacio. «Manterrò la mia promessa. Andrò a cercare Fratello Daigan.»

Lei mi guarda con quegli occhietti scuri come l'inchiostro, e so che ha capito.

La pianta rampicante sta per cedere.

È ora.

Ho la gola gonfia e i polmoni dilatati da una bolla che minaccia di scoppiare. Spinge per uscire mentre io cerco di trattenere tutto dentro. Il mio petto è scosso dalle convulsioni e annaspo in cerca d'aria. Mi sento sopraffatta. Ma manterrò la parola, per lei manterrò la parola.

Guardo fuori. È arrivato il momento.

Con la mia bambina avvolta ben stretta in una coperta, e con indosso tutti gli indumenti che possiedo, sgattaiolo fuori senza farmi vedere da Hisa. Ho lasciato un biglietto per Sora. «Grazie», ho scritto. Non c'era bisogno di aggiungere altro. Le monache la aiuteranno a partorire un bambino forte e sano, poi faranno in modo che venga adottato. Hisa ha detto che il mio Uccellino sarebbe morto da solo in quella casa. Non lascerò che accada. Fratello Daigan non lo permetterà.

Fuggo via con passi silenziosi. L'aria fredda mi morde la pelle calda mentre mi avvio verso il cancello principale. Una volta superato, non mi resta che correre lungo il tratto di strada che si apre davanti a me.

Non mi volto indietro. Non tornerò mai più.

La moneta del destino è stata lanciata in aria. Spero in un miracolo, in una svolta nel disegno del fato, ma le due facce sono uguali. *Ciò che è meglio per me e ciò che è meglio per la mia bambina non sono la stessa cosa.*

Quindi troverò Fratello Daigan e stringerò mia figlia al petto, proprio come aveva fatto Okaasan con me, e altrettanto rapidamente, sarò io a consegnargliela e a lasciar volare libero il mio Uccellino.

Sarò io.

39

Giappone, oggi

Ricacciai indietro le lacrime e fissai lo sguardo davanti a me senza vedere nulla. Rinunciare alla sua bambina dopo tutto quello che aveva passato. Come era riuscita a sopportare una prova simile? Cercai di ricompormi, ma il leggero tremolio della mia voce lasciava trapelare la mia emozione. «Mi dispiace tanto. Non oso immaginare quanto dev'essere stato doloroso.»

Naoko abbassò le palpebre sugli occhi pieni di lacrime. «Anche se non sono pentita di aver amato suo padre o la nostra figlioletta, quell'amore ha avuto delle conseguenze che hanno cambiato tutta la mia vita. E dopo?» Distolse lo sguardo. «Dopo non riuscii a sopportarlo. Era un buio impossibile, così pensai di annegare il mio dolore nel fiume dei tre attraversamenti.»

Mi coprii la bocca con le mani, temendo ciò che avrebbe detto.

«Ma il dolore che avrei causato a Kenji con un'altra perdita era più pesante delle pietre che avevo messo in valigia. Come potevo procurargli altra sofferenza? E poi, avevo fatto un patto con Jin e Hatsu, così sciolsi il nodo della corda che mi ero legata in vita e rimasi sul greto del fiume paragonando i peccati della direttrice Sato ai miei. Decisi che la mia punizione a vita era assicurarmi che quel demonio della direttrice ricevesse la sua.»

Dovetti fare uno sforzo incredibile per non stringerle la mano per confortarla. «E l'ha ricevuta?»

«L'abate mantenne la parola e informò le autorità. Queste, a loro volta, vennero da me. La direttrice fu arrestata, processata e dichiarata colpevole.» Naoko parve accasciarsi. «Anche se scontò solo quattro anni.»

«*Quattro?*» Mi accigliai e scossi la testa. «Tutto qui?»

«Sì, ma chiusero la clinica ostetrica. Quindi, vede? L'abate aveva ragione con la storia delle stelle marine. Anche se io e Sora non siamo state in grado di salvarle tutte, i nostri sforzi hanno fatto la differenza per quella e per quell'altra.»

«E per me» sussurrai, perché Naoko aveva rinunciato a mia sorella. Riflettei sulle sue parole, acquistando consapevolezza della loro verità. Mi faceva male il cuore per lei, per tutte loro, ma quella storia mi suscitava anche un soffio di speranza. Mia sorella era ancora là fuori, da qualche parte.

Essendo una giornalista, la ricerca era la colonna portante del mio modo di lavorare. Così, animata da un rinnovato proposito, sparai un fuoco di fila di domande. «Sa dove fu portata la bambina? Con quali agenzie di adozione era in contatto Fratello Daigan? È finita in quella casa? È rimasta in Giappone, è stata trasferita negli Stati Uniti, hanno registrato un nome all'anagrafe?»

«Un nome?» Naoko sgranò gli occhi. «Per me lei è sempre rimasta il mio Uccellino. Con quel nome l'avevo resa libera. E condividendo la mia storia, spero di aver liberato anche lei, la figlia di Hajime.» Chinò il capo, un'espressione cupa sul viso.

Ebbi la sensazione che volesse lasciar cadere l'argomento, ma ero così vicina all'epilogo, forse stavo per trovare mia sorella. Avevo fatto tutta quella strada. «Sono sicura che posso trovarla, Naoko.» Sapevo a chi rivolgermi e come procedere. «Forse non ho il suo nome, ma lei mi ha dato quello di Fratello Daigan e della comunità di Oiso.» Il cuore mi martellava nel petto. «C'è qualcos'altro che può rivelarmi per aiutarmi a trovarla? Qualsiasi cosa?»

«No» rispose lei scuotendo la testa. Prese le mie mani nelle sue, le strinse, poi le capovolse con il palmo aperto verso l'alto. «Io le ho dato la nostra storia, e la storia del nostro Uccellino. Ora quello che deciderà di farne è nelle *sue* mani.»

Le lasciò andare e io rimasi con le mani sospese davanti a me per un istante, poi le allacciai e me le portai al cuore. Mi aveva fatto il suo dono più prezioso, perciò mi sentivo in dovere di ricambiare con qualcosa di altrettanto prezioso che, in fondo, non era mai stato veramente mio.

Sciolsi il nodo del foulard di mia madre che portavo al collo. Ogni filo di seta conteneva un ricordo. Gite in auto la domenica, canzoncine sciocche da cantare tutti insieme, capelli biondi scompigliati dal vento. Ma sapendo che quei fili si intrecciavano con i ricordi di Naoko, le porsi il foulard. «Credo che questo sia il suo. Papà mi disse che aveva intenzione di regalarlo a me, ma che mia mamma l'aveva trovato e... be', cosa poteva fare?» Sorrisi alzando una spalla. «Me l'ha dato prima di morire, dicendo che era *importante*.» Lo sollevai. «Ora capisco perché.»

Naoko fece scorrere le dita sulla seta pregiata, ma non lo prese. «Restituendomelo, ha aiutato Hajime a mantenere la sua promessa.» Il suo sguardo incontrò il mio. «Ora posso chiederle di promettermi una cosa in cambio?»

«Certo, qualsiasi cosa.»

«Se trova il mio Uccellino, la prego di darle questo foulard. Le dica che è passato di padre in figlia e da marito a moglie, e ha attraversato l'oceano per due volte. Che porta con sé non solo attese e speranze, ma tutto il nostro amore.» Aveva gli occhi che brillavano e un sorriso a labbra chiuse.

Glielo promisi.

«Naoko?» Un uomo anziano con un paio di pantaloni di tela e una camicia azzurra a righe sottili spuntò dalla casa.

«*Oh*, mio marito» disse Naoko apprestandosi ad alzarsi. «È venuto a prendermi.»

Piegai la testa, incuriosita, poi mi alzai a mia volta.

L'uomo uscì dalla porta del patio, ci individuò e continuò nella nostra direzione. Una leggerissima spruzzata di grigio striava i capelli tirati indietro. La stessa sfumatura argentea ricopriva la mascella dura e squadrata in un velo di peluria. Emetteva una raffinatezza discreta nell'aspetto e nei modi, come Naoko.

Si inchinò leggermente.

Non sapevo bene cosa dire perché non avevamo affatto parlato di lui. Imbarazzata, mi limitai a ricambiare il saluto.

«Mi perdoni, ma i suoi occhi...» Il suo sorriso indugiò per qualche istante. «Non vedevo degli occhi così azzurri da quando Marilyn Monroe venne a Tokyo in luna di miele. E temo che, come i suoi, mi abbiano ipnotizzato.»

Mi sentii balzare il cuore in gola. Era la stessa associazione che mi aveva riferito Naoko nella sua storia. Era lui? La tensione fece esplodere le mie parole come una cannonata. «Lei è *Satoshi*?» Forse, dopotutto, avevamo parlato davvero di suo marito. Molte volte. Certo che era lui. Il modo in cui si presentava, alto e forte. Il modo in cui parlava, serio e misurato.

Ma poiché lui non rispose, mi resi conto di aver fatto un errore. «Mi dispiace. Ho semplicemente dedotto che lei fosse il giovanotto di cui mi parlava sua moglie.» Mi sentii avvampare.

L'uomo rise, una risata aperta e spontanea, poi mi toccò la spalla. «Si figuri. Sono onorato di aver ricevuto un'accoglienza così entusiastica.»

«E io sono estremamente imbarazzata.» Mi guardai i piedi con un piccolo sorriso di scuse.

«Quella imbarazzata sono io» disse Naoko per alleggerire il momento di impaccio. «Perché gliene ho parlato con tale dovizia di particolari che lo ha riconosciuto subito. Mi permetta di presentarle ufficialmente mio marito, Satoshi Tanaka.»

«È lei, dunque.» Mi illuminai di un'intima gioia. «E sono davvero felice che sia così. Davvero.» Accompagnai le mie parole con ripetuti cenni di approvazione e li osservai, insieme, marito e moglie. Naoko aveva *sposato* Satoshi. Era giusto così. Non riuscivo a smettere di sorridere.

Satoshi si inchinò e aggiunse: «Spero solo di essere all'altezza della presentazione».

«Lo è. Senza ombra di dubbio.»

«E questa signora, Satoshi, è la mia nuova preziosa amica, la signorina Kovač. *Tori* Kovač.»

«Tori?» Il sorriso dell'uomo si addolcì. Si voltò verso Naoko e le rivolse un lungo sguardo d'intesa. Un'intera conversazione senza parole.

Per la prima volta, avrei desiderato un interprete al mio fianco.

«Bene, non voglio trattenervi oltre.» Feci per congedarmi, ma ebbi un'esitazione. «Naoko, se dovessi scoprire qualcosa...» Non sapevo fino a che punto potevo spingermi in presenza di Satoshi. «Intendo dire, vuole che la contatti? Desidera essere informata di qualsiasi cosa io venga a sapere?»

Tra di noi cadde il silenzio.

«L'ho conosciuta, Tori Kovač, e ciò che desidero, ciò che spero, è che lei possa finalmente fare pace con il passato di suo padre. Sappia che, con questo incontro, rivelandomi il suo nome, lei ha portato pace nel mio.» Detto ciò, Naoko indietreggiò di un passo e si piegò in un profondo inchino.

Avrei voluto abbracciarla. Avrei voluto abbracciarli entrambi. Invece risposi con un inchino, poi alzai il foulard come a dire: «Non lo dimenticherò, grazie», un milione di parole inespresse.

Io e Satoshi ci scambiammo dei sorrisi cordiali, poi abbassai leggermente il mento e me ne andai. Prima di imboccare la strada, mi voltai indietro un'ultima volta.

La casa di Naoko sulla collina era circondata da fiori bianchi. Qui mio padre aveva incontrato per un tè il re di un impero, sognato una vita diversa e combattuto contro il volere del cielo.

Probabilmente non sarei mai più tornata a trovare Naoko o Satoshi, ma non li avrei mai dimenticati. Grazie al foulard di Naoko, avrei portato avanti la loro storia – la *nostra* storia – con speranza e amore.

Il mio volo sarebbe partito il mattino dopo, ma comunque avrei potuto prendere quello successivo, se necessario. Non potevo assolutamente andarmene senza aver fatto visita al monastero e aver chiesto di Fratello Daigan e dell'orfanotrofio.

40

Giappone, oggi

Durante il tragitto in treno verso Hiratsuka per visitare il monastero, ero agitata da mille supposizioni. *E se* il monastero avesse avuto molte informazioni su Fratello Daigan? *E se* l'orfanotrofio con cui collaborava avesse tenuto degli archivi? *E se* avessi trovato mia sorella?

Soffocai una risata. Stavo correndo troppo. Cosa sarebbe successo se al monastero non avessero avuto idea di chi fosse Fratello Daigan? E se, com'era capitato per i documenti militari di mio padre, mi fossi imbattuta in un altro vicolo cieco?

Come sarebbe andata?

Sarei andata a vedere la statua della bambina dalle scarpe rosse, anche se questo avrebbe comportato prendere il volo successivo. Lo dovevo a Naoko, a mia sorella, a papà, per quello che aveva cercato di dirmi. La bambina dalle scarpe rosse si trova da entrambe le parti dell'oceano per ricordarci le migliaia di bambini innocenti dispersi tra le due coste.

Ancora dispersi.

E se fossi riuscita a trovarne una?

Esiste un legame che unisce le famiglie ed esiste una naturale tendenza a congiungersi. Lo sentivo. C'ero vicina. Mi sedetti e mi asciugai le lacrime. Le emozioni dilagavano.

Raggiunta una fermata, il treno scaricò più passeggeri di quanti ne dovessero salire, e la mia carrozza si svuotò. *Ero quasi arrivata.* Avevo lo stomaco annodato per l'ansia. Hiratsuka era la prossima stazione, e con una breve passeggiata avrei raggiunto il monastero.

Pensai di farla di corsa.

Presi posto in un sedile vicino al finestrino e guardai il paesaggio che mi scorreva accanto. La sonnolenta campagna che mi ero immaginata dai racconti di Naoko era tutt'altra cosa rispetto alla proliferazione urbana di edifici moderni che ora la occupavano. Sull'altro lato, la linea ferroviaria costeggiava il mare. Anche quell'area era stata trasformata dallo sviluppo industriale.

Quando rallentammo balzai subito in piedi, pronta ad affrontare qualsiasi cosa mi aspettasse. Scendendo sulla banchina, l'aria di mare mi salutò con un bacio salato e un umido abbraccio. Ero incerta sulla direzione da prendere. Naoko aveva detto che bisognava proseguire dritto dalla stazione, ma la strada si biforcava.

«Scusi?» chiesi a una donna, ma sorrise e continuò a camminare. Scansai una bicicletta costringendo un motorino a sterzare all'improvviso. Girai su me stessa, cercando di orientarmi. Negozi, uffici e traffico con numerose biciclette che si insinuavano tra le auto. Hiratsuka non era affatto una sonnolenta cittadina rurale; anzi, era vivace e movimentata.

Eppure il mio telefono non riusciva ad accedere alle mappe. *Una tacca.* Mi avvicinai a un negozio e sbirciai al di là del bancone. C'era un vecchio seduto davanti a un piccolo televisore, intento a mangiare. Mi sorrise.

«Salve. Il monastero è da questa parte?» chiesi indicando la strada. «Monaci? Fratello Daigan?»

L'uomo arricciò il naso e perse il sorriso. Ripetei la domanda, poi ci rinunciai e proseguii nella direzione che avevo in mente.

Più camminavo, più gli edifici si diradavano, trasformandosi da complessi di uffici ad appartamenti impilati l'uno sull'altro, a modeste casette indipendenti, molte delle quali sembravano abbandonate. Alcune avevano il tetto parzialmente sfondato ed erano prive di porte e finestre. Avevo letto che in Giappone oltre otto milioni di case erano abbandonate a causa dell'invecchiamento e del progressivo calo della popolazione, ma constatarlo con i propri occhi lasciava sgomenti. Una città fantasma in un contesto di vita reale, resa ancora più sinistra dalla luce del sole che si andava scolorendo. Accelerai il passo. Temevo di trovare il monastero chiuso. Sempre *se* l'avessi trovato.

Naoko mi aveva detto che il tragitto a piedi non era lungo, ma ormai camminavo da un bel po'. Chiesi indicazioni a un altro passante, ma non riuscii a capirle. Uno mi indirizzò a sinistra, l'altro a destra. Li ringraziai con un inchino e proseguii nella stessa direzione.

Un'alta recinzione correva sul lato opposto della strada che stavo percorrendo.

Ebbi un tuffo al cuore. Lo steccato di *bambù*.

Non avevo mai preso in considerazione l'eventualità che l'edificio che ospitava la clinica potesse ancora esistere.

Attraversai la strada per sbirciare attraverso le canne, ma vidi soltanto una fitta boscaglia. Ricordai il racconto di Naoko. *Stiamo cercando di passare dall'altra parte. Figliola, ma voi siete dall'altra parte.*

Lei aveva desiderato uscire e ora, cinquant'anni dopo, eccomi qua, desiderosa di entrare. Invece di un cancello chiuso da un lucchetto, c'era un arco che sovrastava l'ingresso. Lo oltrepassai e mi avventurai lungo il lastricato sconnesso, stando attenta a non inciampare. Il sole al tramonto filtrava a sprazzi sotto un tetto di rami intrecciati, gettando ombre capricciose che inghiottivano la strada dietro di me. Gli uccellini trillavano come per avvertire del mio arrivo inaspettato.

Più avanti c'erano altri arbusti e un fitto bosco su entrambi i lati. Mi voltai chiedendomi se fosse il caso di tornare sui miei passi quando qualcuno si rivolse a me in giapponese. Stavo violando una proprietà privata. Non avrei dovuto trovarmi lì.

Dalla leggera pendenza del sentiero apparve prima la testa calva dell'uomo, poi il resto. Un monaco vestito di bianco. Via via che si avvicinava, strascicava avanti e indietro la sua tonaca come una scopa che spazza via lo sporco. Aveva in mano una piccola sporta, come se fosse appena tornato da fare la spesa. Mi parlava battendo ripetutamente il bastone per terra.

Gli feci un cenno di saluto con la mano e mi avvicinai. «Salve, c'è una clinica ostetrica laggiù?»

Lui mi fissò sbattendo le palpebre. Magari non parlava inglese, ma, essendo un monaco, avrebbe riconosciuto il nome. «Conosce un certo Fratello Daigan?»

Le sue folte sopracciglia si corrugarono.

«*Fratello Daigan*, quello che aiutava i bambini?»

Alzò la testa. «Ah, i bambini.» Si picchiettò la pancia e poi allargò le guance tonde in un sorriso. I suoi occhi si raggrinzirono diventando due falci di luna. «*Ojizō-sama*, Fratello Daigan?»

«Ehm, sì?»

«Okay. Venga.» Mi precedette fluttuando nella sua tonaca bianca. Vedendo che non lo seguivo, ripeté gesticolando infervorato: «Bambini. *Ojizō-sama*, Daigan, venga».

Forse era ancora una clinica ostetrica? Speravo che non mi avesse frainteso e pensasse che fossi incinta.

Rimontai lo svantaggio e mi avvicinai a lui. Sentivo dell'acqua gorgogliare più avanti. Un ruscello? Sì, e un piccolo ponte. Il pesciolino perseverante di Naoko! Sorrisi e gettai un'occhiata oltre il parapetto mentre lo attraversavamo. Pesci con pinne dorate, bianche e nere giravano in tondo nei mulinelli dell'acqua bassa. Naoko e Satoshi avevano discusso della loro situazione esattamente in questo posto. E lui aveva avuto ragione: Naoko era come quel pesciolino, tenace e combattiva. E anche lei non si era sbagliata: aveva dovuto esserlo.

Più avanti gli alberi si dividevano lasciando intravedere una struttura con il tetto di tegole color ruggine. O forse era il sole basso a darle quel riflesso. Era attorniata da altri edifici di costruzione più recente. «È questa la clinica?»

Il monaco scosse il capo e virò verso una stradina secondaria indicando un punto davanti a noi. Il nuovo sentiero era più stretto e invaso dalla vegetazione, tanto che bisognava camminare in fila indiana. Affrettai il passo per non rimanere indietro.

Il terreno in pendenza scendeva, e raggiunto il punto più basso, riprendeva a salire e salire.

Mentre il sole calava, cominciai a temere di aver fatto un grosso errore. Che il monastero fosse chiuso.

«Ecco, bambini.» Il monaco si era fermato un po' più avanti. Il sole splendeva davanti a lui gettando lunghe ombre alle sue spalle.

Un ramo mi si agganciò al braccio e mi fermai per liberare la manica.

«Venga.» Il monaco mi fece cenno di andare avanti con un gesto rigido come quello del tipico gatto portafortuna.

Addentrandomi nel sottobosco, feci un ultimo ampio passo per raggiungerlo, poi strizzai gli occhi contro la luce del sole e mi sentii mancare il respiro. Fiori rossi a perdita d'occhio punteggiavano il prato incolto che si apriva davanti a noi.

«Vede?» disse il monaco. *«Bambini.»*

Mi coprii la bocca con la mano.

Mi riaffiorarono alla memoria le parole di Naoko: «Dallo sbocco della radura la terra è rossa di sangue, e io sbircio nel ventre gonfio e gravido della morte».

Era una visione bellissima e inquietante al tempo stesso. Le sculture di cemento con bavaglini e berretti di stoffa rossa erano sparse ovunque senza un ordine preciso. Alcune erano disposte in file ordinate, altre si arrampicavano lungo l'argine, altre ancora si fronteggiavano come se fossero impegnate in una conversazione silenziosa.

Il monaco fece per andarsene, ma io gli diedi un colpetto sul braccio. Aveva capito male. «No, io volevo delle informazioni su Fratello Daigan. Il monaco che *aiutava* i bambini.»

«Sì. Là.»

«Là?» ripetei, confusa.

Mi indicò una statua. *«Là.»*

«Quella è una statua di *Jizō*. Io volevo informazioni su Fratello *Daigan*.»

«Sì, *Ojizō-sama*, Daigan. Là.» Ne indicò un'altra. «E anche là.»

Passai davanti a lui per entrare nella radura: dovevo capire quello che mi stava dicendo. Una statua di *Jizō* mi sorrise, con il suo bavaglino rosso ormai sbiadito dal sole. Mi voltai di scatto verso il monaco e gli chiesi: «Questo? *Questo* è Fratello Daigan?».

«Sì. *Ojizō-sama*, Daigan.» Abbassò le sopracciglia folte.

«E questo?» chiesi quasi urlando indicandone un altro.

«Sì.» Il monaco mi mostrò di nuovo il prato punteggiato di rosso. Quello in cui ci trovavamo. «Tutti *Ojizō-sama*, Daigan.»

Avvertii delle dita pungenti che mi percorrevano la spina dorsale. Dita che pinzavano nasini di bimbi e soffocavano i loro vagiti.

«*Ojizō-sama...*» ripetei lentamente, scandendo le sillabe. «*O-jizo.*» Mi cadde la mascella.

Statue di *Jizō*.

Tutte.

Naoko aveva detto: «I *mizuko*, i bambini d'acqua – nati morti, oppure morti per aborto spontaneo o procurato –, non possono passare nell'aldilà da soli. Di solito uno *Jizō* è vestito come un bambino, con un bavaglino e una cuffietta rossa».

Gli occhi mi si gonfiarono di lacrime. Fratello Daigan *non era* un monaco che aiutava i bambini a trovare una nuova casa, almeno non un monaco in carne e ossa. Era lo spirito che li aiutava ad attraversare. Naoko mi aveva detto questo.

Il mio cuore perse un battito.

Oh, Dio, il patto.

«Se non riusciremo a tenere i nostri piccoli o a metterli al sicuro, cercheremo Fratello Daigan e gli permetteremo di condurli con onore e rispetto verso una sistemazione migliore.»

«Dopo, non riuscii a sopportarlo.»

Oh, Naoko.

Respirando a fatica, mi guardai intorno alla ricerca del monaco. «*Aspetti!*» urlai, poi lo inseguii. «Aspetti! *La prego.*»

Si voltò. La tonaca seguì il suo movimento un istante dopo.

«Dove sono gli altri bambini?» Il mio cuore batteva all'impazzata, divorato dalla paura. «Ehm, mezzo..., *Hafu*.» Indicai il campo. «Dove sono gli *Hafu*?»

«Ah...» Il monaco inarcò le sopracciglia e si avviò in una nuova direzione.

Lo seguii prendendo grossi respiri, perché temevo quello che avrei potuto scoprire. Le statuine di *Jizō* con le loro facce di pietra ci guardavano passare. Una aveva le guance paffute e sorrideva. Un'altra aveva un'espressione accigliata. Alcune pregavano in silenzio.

«Ecco» disse il monaco.

Un boschetto di alberi esotici proprio come quelli descritti da Naoko. Cortecce grigio scuro e foglie simili a dita affusolate. Alcuni si ergevano verso il cielo e torreggiavano sugli altri. Per la maggior parte superavano appena la mia testa. «È qui che giacciono» aveva spiegato Hatsu a Naoko.

Mi voltai per abbracciare con lo sguardo tutto il paesaggio, aspettando di vedere piccoli tumuli anonimi. Invece c'erano decine e decine di statue di *Jizō* disseminate ovunque, tranne sotto un albero maestoso. Qui le statuette erano raggruppate in un cerchio perfetto, e le cuffiette e i bavaglini rossi contrastavano con una miriade di fiori bianchi. Annaspai.

Crisantemi.

Ogni settimana raccolgo i fiori più belli per mia figlia, in modo che sappia quanto è importante per me. E ne raccoglie abbastanza per tutti i suoi amici. Le parole di Naoko e Shiori mi punzecchiavano i polmoni.

Mi sentii affluire il sangue alle orecchie. Le lacrime presero a cadere una dopo l'altra. Feci un passo avanti, poi un altro e un altro ancora, finché mi ritrovai faccia a faccia con la verità di Naoko. Di mio padre.

La mia.

Caddi in ginocchio, mi piegai su me stessa e piansi.

L'ho trovata, papà. Ho trovato mia sorella.

Era circondata dai suoi amici.

Una, due... ne contai sei. Hatsu era fuggita, e anche Sora,

perciò una statuetta per il bambino di Jin – *quella con la sciarpa fatta a mano?* – poi per quello di Aiko, forse di Chiyo e di Yoko, la ragazza che Naoko non aveva mai conosciuto, ma di cui aveva sentito il bambino piangere. Non me ne venivano in mente altri.

Ciascuna aveva il suo viso – due sorridevano, due piangevano, una dormiva – e quella di mia sorella, con il maggior numero di fiori intorno alla base, nonché l'unica con una targhetta di legno, mi guardava dritto negli occhi.

In quell'istante scambiammo una conversazione intima, solo noi due. Una conversazione attesa da troppo tempo.

Diceva *Ti ho cercata tanto* e *Sono qui, sono qui.* Cacciai indietro le lacrime e fissai lo sguardo sui caratteri *kanji* incisi sulla piccola lapide di legno e dipinti di rosso. *Che cosa c'era scritto?*

Mi voltai per chiederlo al monaco, ma lui se n'era già andato. Cercai affannosamente il telefono, scattai una foto della scritta e attraversai di corsa il boschetto di alberi esotici inseguendolo e gridandogli di aspettare.

«Scusi? Fratello?» Mi districai tra le tombe, una dopo l'altra. Poi lo intravidi in lontananza mentre si avvicinava al terrapieno per tornare sui suoi passi. «Fratello?»

Si voltò.

Corsi ancora più veloce, il cuore in gola, e quando lo raggiunsi non riuscivo nemmeno a respirare.

Telefono alla mano, cliccai sulla foto e gliela mostrai. I suoi occhi passarono dall'immagine a me.

«Che cosa significa?» chiesi indicando la scritta. «Qui.» Gli feci segno, cercando di tirargli fuori le parole di bocca. Desideravo sentirle con tutte le mie forze.

Lui affondò una mano nella tasca della tunica e tirò fuori un paio di occhiali da vista. Con la montatura dorata in bilico sulla punta del naso, socchiuse gli occhi e lesse. «Oh, *Chīsai tori.*»

Un tuffo al cuore. «Come, scusi?»

«*Chīsai tori*» ripeté con un sorriso.

Non capivo.

«Ahhh...» Usando il pollice e l'indice, mi mostrò un piccolo spazio tra le dita. *«Chīsai.»* Poi alzò gli occhi al cielo e guardò a sinistra e a destra. «Ecco, *tori.*» Un uccellino marrone con il petto più chiaro volava sopra le nostre teste. Il monaco sbatté le braccia e indicò di nuovo in alto.

«Uccello? *Tori* significa "uccello"?» *Tori* sta per "uccello" in giapponese? *«Chīsai tori*, uccellino.»

Tornai a guardare l'immagine sul mio telefono.

La lapide.

Il nome di mia sorella.

Il mio nome.

Il nome che condividevamo.

Papà non aveva dimenticato il suo Uccellino. Mi aveva chiamato come lei. Forse non avrei mai saputo la vera storia dei suoi desideri e dei suoi sogni, né che cosa lo aveva tenuto lontano dai suoi affetti. Ma non importava, perché conoscevo bene il suo cuore. E proprio come aveva detto a Naoko nella sua lettera, lui l'aveva sempre custodita lì.

Ringraziai il monaco tra le lacrime e tornai da mia sorella, con la mente che si abbandonava alla corrente dei pensieri.

Lettere. Naoko aveva detto che ce n'erano state molte altre e che le aveva «seppellite insieme al suo dolore». Intendeva dire che le aveva sepolte qui? Mia sorella aveva custodito le altre lettere di papà fin dall'inizio? Se era così, l'Uccellino conosceva per certo il *come* e il *perché*, mentre io non l'avrei mai saputo. Ma conoscendo l'uomo che era mio padre e, attraverso Naoko, il ragazzo che era stato un tempo, credo con tutto il cuore che lui avesse cercato di tornare.

Era rimasta soltanto una cosa da fare.

Mantenere la mia promessa.

Mi sfilai dal collo il foulard di mia madre – il foulard di Naoko – e lo avvolsi con cura intorno alla statua di mia sorella. Circondata da fiori bianchi, ora non indossava più soltanto cuffietta e bavaglino rossi, ma anche un foulard che aveva attraversato l'oceano per due volte ed era passato di padre in figlia, e da marito a moglie. Dissi a mia sorella che avevamo lo stesso nome e che, consegnandole il foulard, le trasmettevo tutto il nostro amore.

Quello di sua madre, di suo padre e il mio.

Prima di congedarmi Naoko aveva detto: «Ciò che desidero, ciò che spero, è che lei possa finalmente fare pace con il passato di suo padre. Sappia che, con questo incontro, rivelandomi il suo nome, lei ha portato pace nel mio».

Scoprendo il nome di mia sorella, quella pace l'ho trovata anch'io.

Come aveva fatto Okaasan con Naoko, e Naoko con il suo Uccellino, dopo una lunga notte passata a raccontare storie e a spargere lacrime con mia sorella, condividendo tutto quello che potevo su mio padre, su *nostro* padre, l'uomo che *ancora* adoravo e conoscevo, lasciai libero il passato.

Lo lasciai libero per entrambe.

Per tutti noi.

L'Uccellino non era più nelle mie mani.

Epilogo

Giappone, oggi

Il tempo, come ho già detto, non fa discriminazioni. Non gli importa se siamo felici o tristi. Non aspetta, né rallenta, né si affretta. È una creatura lineare che viaggia in una sola direzione, ed è costante.

Ma è anche indulgente?

Me lo chiedo spesso.

Per anni il buio ha indebolito le mie ossa impedendomi di lasciarmi il passato alle spalle. Mi ossessionava sussurrandomi una serie di *Se soltanto*, di *E se*…? Secondo Satoshi era semplicemente il dolore che cercava di liberarsi, e solo permettendone l'elaborazione avrei potuto affrontare i miei fantasmi.

Stavo cogliendo dei fiori quando vidi il fantasma di Hajime.

Posai uno stelo nel mio cestino, poi scacciai ripetutamente un'ape arrabbiata che ronzava vicino al mio viso. Quando alzai lo sguardo, mi accorsi di un uomo che camminava lungo la strada dirigendosi verso la casa. Un uomo che indossava pantaloni di tela e un'elegante camicia bianca con le maniche rimboccate. Socchiusi le palpebre alla luce abbagliante del pomeriggio, ma non vidi altro che delle macchie solari gialle e azzurre che danzavano in aria.

Mi riparai gli occhi e li strinsi per mettere a fuoco. C'era qualcosa di familiare nei passi lunghi e sciolti di quell'uomo, nella sua andatura così naturale e spigliata. Piegai la testa di lato via via che si avvicinava, sentendomi disorientata. Aveva gli stessi capelli scuri, ma più lunghi. La mascella pronunciata e la fossetta sul mento come quella del mio Uccellino. Il cestino di fiori cadde, così come il mio cuore. Rimasi a fissare quella scena, incredula.

«Hajime?» Non era neanche un sussurro.

Sentii cedermi le gambe. Mi coprii la bocca con le mani. Non c'era abbastanza aria per i miei polmoni e mi faceva male il petto per lo sforzo di respirare.

Punti di luce lo seguivano mentre lui si muoveva intorno a me, globi con code luminose come gli *hitodama*, i fuochi fatui tradizionalmente associati alle anime dei morti. Hajime era venuto a trovarmi in sogno? O ero io che lo stavo sognando? Qual era la realtà? Il ricordo del nostro incontro combinato si ripresentò nella mia mente insieme alle parole che avevano ammutolito mia nonna. *Invece di cercare quale delle due dimensioni è reale, forse lo sono entrambe. La vera felicità sta nel mezzo.* Ancora una volta, avevo trovato in qualche modo il mio posto tra loro?

Ci scambiammo uno sguardo e un dialogo silenzioso.

Cricket, ti amo, ho cercato di tornare.

Lo so, dissi tra le lacrime. *Lo so.*

Allungai la mano per toccarlo, ma le mie dita sfiorarono soltanto la luce.

D'un tratto Satoshi mi chiamò da casa e mi chiese se c'era qualcosa che non andava, ma non riuscivo a parlare. Quando tornai a voltarmi, la visione di Hajime era svanita.

Era stata una fantasia o un dono? Forse entrambe le cose. Perché, dopo, fui di nuovo in grado di amare con tutto il cuore. Speravo che questo avesse permesso a Hajime di fare altrettanto.

Dopo aver incontrato Tori Kovač e aver sentito la sua storia, capii che era andata così anche per lui.

E condividendo la mia storia con la figlia di Hajime, mi resi conto che non era soltanto mia. Apparteneva anche a Jin, a Hatsu e a Sora, a tutte quelle ragazze e a quei militari che si erano innamorati e avevano dovuto affrontare scelte e difficoltà inimmaginabili. A tutti i figli nati dalla loro unione, alle centinaia di bimbi che erano stati adottati e alle *migliaia* che non erano sopravvissuti.

La mia storia apparteneva anche a Tori, e spero che lei, come giornalista, voglia condividerla. Perché, come nella leggenda della stella marina, potrebbe essere importante per quella e per quell'altra. Forse la figlia di Hatsu riconoscerà la cerimonia di nozze sotto le luci tremolanti delle lanterne e troverà la strada di casa. Forse altri sapranno che i loro genitori ci avevano provato. Che, nonostante il pregiudizio del mondo, avevano amato.

Tengo la lettera di Hajime stretta al cuore, chiudo gli occhi e mi immagino migliaia di luci che palpitano in lontananza, consapevole che la pillola di saggezza della nonna era sbagliata.

Il dolore e la felicità non passano. Scavano nel profondo e diventano le nostre ossa. Ci reggiamo sulle loro gambe incerte, cercando di mantenere l'equilibrio quando non c'è.

C'è soltanto l'amore. Soltanto la verità.

E questa è la mia.

Nota dell'autrice

Sebbene sia un'opera di narrativa, *La donna dal kimono bianco* si basa su eventi e storie reali, compresa la mia, o meglio, quella di mio padre. La sua storia della bellissima ragazza giapponese di cui si innamorò ai tempi in cui era arruolato nella Marina americana. Fu invitato dalla sua famiglia alla tradizionale cerimonia del tè, ma essendo un marinaio americano, fu poi rifiutato. Da qui, le ricerche e la mia immaginazione hanno preso il sopravvento.

Ho lavorato a ritroso partendo da ciò che sapevo: ubicazione dei porti, date di servizio e il racconto di mio padre. Poi ho proseguito con la ricerca, scavando nelle leggi sui matrimoni internazionali e nei registri anagrafici degli Stati Uniti, del Giappone e in ambito militare. Su tutti e tre i fronti ho riscontrato una macchina burocratica lenta, fatta apposta per ostacolare le unioni interrazziali. La piccola percentuale di militari cui fu permesso di sposarsi dovette affrontare quote di immigrazione severe e, una volta tornati in patria, le leggi americane contro i matrimoni misti. E se le spose giapponesi subivano gravi discriminazioni negli Stati Uniti, non era nulla paragonato a ciò che subivano quelle rimaste in Giappone. Esuli nel loro stesso Paese, queste donne non disponevano di mezzi di sostentamento.

Dall'unione tra militari americani e donne giapponesi nacquero oltre diecimila bambini prima, durante e dopo l'occupazione. *Diecimila*. Di questi, poco più di settecento furono consegnati alla Elizabeth Saunders Home, un orfanotrofio situato a Oiso, in Giappone, fondato nel 1948 da Miki Sawada, erede della famiglia Mitsubishi, proprio per i bambini di razza mista abbandonati.

Ma come e perché avveniva questo fenomeno?

Rispondendo a queste domande sono riuscita a creare un racconto verosimile, ma è stato parlando con i sopravvissuti – i bambini della Elizabeth Saunders Home – e scoprendo le loro storie che *La donna dal kimono bianco* ha preso forma davvero.

L'orfanotrofio di Oiso

Per l'orfanotrofio di Oiso che accoglieva bambini nati da coppie miste mi sono ispirata alla Elizabeth Saunders Home, fondata nel 1948 da Miki Sawada, erede dell'impero industriale Mitsubishi. Nella sua autobiografia, Miki scrive che nel 1947, mentre stava viaggiando in treno, il corpicino privo di vita di un neonato di razza mista avvolto in strati di giornale e in un panno le cadde in grembo dalla cappelliera. Fu questo orribile episodio che la indusse ad aprire un orfanotrofio.

L'istituto fu intitolato a Elizabeth Saunders, prima benefattrice dell'orfanotrofio, una donna inglese di religione cristiana che trascorse quarant'anni in Giappone come governante al servizio della famiglia Mitsui.

Naoko, Jin, Hatsu, Sora, Chiyo, Aiko e Yoko

Naoko e le altre ragazze della clinica ostetrica sono ispirate alle storie reali delle numerose ospiti della Elizabeth Saunders Home, che ho conosciuto e intervistato in occasione del primo ritrovo organizzato a Shelter Island, San Diego. Continuo a far parte di questa meravigliosa comunità tramite il gruppo Facebook "Elizabeth Saunders Home Reunion Group", gestito dalla pronipote di Elizabeth Saunders.

La Clinica Ostetrica Bambù

La Clinica Ostetrica Bambù è un luogo di fantasia, ma mi sono ispirata alla Clinica Kotobuki di Shinjuku, Giappone. Nel 1948, gli agenti di polizia di Waseda, sollecitati da una soffiata, vi trovarono i resti di cinque bambini. Quando l'autopsia escluse la possibilità di morte naturale, la polizia perquisì l'edificio e ne scoprì altri settanta. Tuttavia, data la notevole estensione della proprietà, il bilancio esatto delle vittime rimane sconosciuto.

Direttrice Sato

Miyuki Ishikawa, la vera «ostetrica diabolica» che gestiva la Clinica Kotobuki negli anni Quaranta, ha ispirato il personaggio della direttrice Sato. Processata alla Corte distrettuale di Tokyo, sulla base di diverse testimonianze, Miyuki Ishikawa fu accusata della morte di oltre centosessanta tra neonati e bambini e, giudicata colpevole, condannata a otto anni di carcere.

In seguito al clamore suscitato dalla vicenda, il 24 giugno 1949 l'aborto per «motivi esclusivamente economici» in Giappone venne legalizzato secondo la Legge di Protezione Eugenetica e si stabilì un sistema nazionale di certificazione per le levatrici.

Nel 1952 Miyuki Ishikawa si appellò contro la condanna a otto anni, sostenendo di non avere avuto mezzi economici sufficienti per sostenere l'afflusso di bambini indesiderati nati nella sua clinica, e vinse il ricorso. L'Alta Corte di Tokyo ridusse così la condanna originaria a quattro anni.

La bambina con le scarpe rosse

La canzone e le storie che hanno ispirato le statue sono tutte vere. La bambina si chiamava Iwasaki Kimi, e la statua originale in suo onore si trova a Yokohama, dove un tempo aveva sede l'orfanotrofio. Il 27 giugno 2010, per commemorare il 150° anniversario del porto di Yokohama, alcuni delegati giapponesi donarono una copia della statua della bambina con le scarpe rosse alla città gemellata, San Diego. La statua è ubicata sulla spiaggia di Shelter Island, vicino alla base navale americana.

Il villaggio di Taura dove Hajime affitta una casa

Il villaggio nella cittadina di Taura è inventato, ma la comunità è basata sugli insediamenti *Eta* che un tempo esistevano in Giappone. I *Burakumin* erano una minoranza socioeconomica all'interno del più ampio gruppo etnico giapponese. Erano membri delle comunità emarginate in epoca feudale, composte da coloro che svolgevano attività considerate impure o contaminate dalla morte, ad esempio carnefici, becchini, macellai o conciatori. Storicamente sono stati oggetto di pesanti discriminazioni e ostracismo. Benché la classe dei *Burakumin* sia stata ufficialmente abolita nel 1871, i discendenti devono tuttora affrontare atteggiamenti discriminatori.

Le statue di *Jizō* e *Ojizō-sama*

Secondo i tradizionali insegnamenti del buddismo giapponese, *Ojizō-sama* è il monaco che aiuta i neonati a giungere nell'aldilà. Si dice infatti che i *mizuko*, i bambini d'acqua – nati morti, oppure morti per aborto spontaneo o procurato – non possono attraversare da soli. Le statue di *Jizō*, che indossano i tipici accessori di un bambino, un berrettino e un bavaglino rossi, servono ad avvisare *Ojizō-sama* che i bambini sono in attesa che lui li introduca di nascosto nell'aldilà trasportandoli nelle maniche della sua tunica. Le statue di *Jizō* sono diffuse nei cimiteri di tutto il Giappone.

La storia del padre di Tori e quella di Naoko

La storia dello Spartiacque continentale è basata sul rito d'iniziazione diffuso in Marina per i giovani marinai, alla loro prima traversata del Pacifico oltre il meridiano e la Linea internazionale del cambio di data. Esiste davvero un'ancora gigantesca fuori dal Womble Gate, l'ingresso della base navale di Yokosuka, una sorta di città americana con tanto di Statua della Libertà, e con una Blue Street, così denominata per le pietre bianche e blu incastonate nell'asfalto. Se per le storie del padre di Tori mi sono basata su questi luoghi reali, per quelle di Naoko ho attinto ai miti e al folklore giapponesi.

Benché l'abbia accantonato più volte, questo romanzo ha continuato a chiamarmi. Dalla conoscenza deriva la responsabilità, e poiché avevo scoperto l'esistenza di *diecimila neonati* sentivo la responsabilità di far conoscere la loro storia. Mi auguro sinceramente che questo romanzo getti una luce in varie direzioni, senza attribuire colpe né suggerire soluzioni forzate. È attraverso il ricordo che questi bambini continuano a vivere. Come l'Uccellino di Naoko, consegno la mia storia, la *loro* storia – una verità bellissima e tragica – nelle vostre mani. Cosa farne dipende da voi.

Ringraziamenti

Devo un ringraziamento speciale ai colleghi JC Kang e JC Nelson, per il tempo, l’aiuto e il sostegno che mi hanno dato fin dall’inizio. Il mio grazie più sincero per l'occhio attento e il solido entusiasmo che avete dedicato alla storia di Naoko e Tori. Entrambi siete stati fondamentali per il suo sviluppo. Grazie alla *critique partner* e amica Leanne Yong, per avermi sempre spinto a dare di più, e a Amy Anhalt, Stacey Zink e Kris Mehigan per le innumerevoli letture e i consigli preziosi. Desidero ringraziare anche la meravigliosa community di scrittura Scribophile e, in particolare, Patti Jurinski, Julia Satu, Shannon Yukumi, Colleen Maloney e Steven Wade.

Inoltre sono grata alla mia brillante agente nonché amica, la splendida Lorella Belli della Lorella Belli Literary Agency, per la fiducia, l’incoraggiamento e il senso degli affari, e a Jeff Kleinman di Folio Literary Management per il sostegno e l’entusiasmo. E, naturalmente, un sentito ringraziamento va alla mia scrupolosa editor Erika Imranyi di Park Row Books, per aver colto il potenziale della storia e avermi spinto a esprimerlo appieno.

Ho un enorme debito di riconoscenza nei confronti dell’Elizabeth Saunders Home Reunion Group. Le verità e le bellissime storie che avete condiviso saranno per sempre una parte preziosa della mia storia personale. Un grazie particolare ai membri del gruppo Facebook «Yokosuka Naval Base, Past and Present» per il vostro contributo e per il vostro tempo.

Infine, il mio grazie più sincero a AJ, che ha immaginato tutto, e a Marvin, Kirklen e Garrett, che hanno vissuto con me questa storia fin dall'inizio e vi hanno creduto con incrollabile fiducia.

Questo libro è stampato col sole

Azienda carbon-free

Finito di stampare nel mese di settembre 2022
per conto della TEA S.r.l.
da Grafica Veneta S.p.A. di Trebaseleghe (PD)
Printed in Italy